김덕령 서사문학의 전승 양상과 교육적 의의

김덕령 서사문학의 전승 양상과 교육적 의의

김덕령 서사문학의 전승 양상과 교육적 의의

강 현 모

도서출판 역락

책머리에

　이 책은 그 동안 발표하였던 김덕령에 관한 각종 논문과 자료들을 한 권의 단행본으로 묶은 것이다. 일부는 다른 책에 수록하였던 것을 재수록 하기도 하였는데, 이는 김덕령에 관한 서사문학을 전체적으로 조망하기 위한 작업이기 때문이다.

　필자의 김덕령에 대한 관심을 1984년도 <한국구비문학대계> 전라남 도 화순군편을 조사하면서부터 시작되었다. 화순군은 대학원에 입학한 뒤에 한양대 최래옥 교수님과 한남대 김균태 교수님, 그리고 양교 학부 학생 40여 명이란 대규모 조사단으로 조사하던 곳이다. 화순군은 김덕 령이 성장했던 곳과 이웃하고 있으며 그의 효성과 관련된 조대나 동북 지방의 하천 등이 있어, 현지조사 과정에서 김덕령에 대한 이야기가 많 이 전승되고 있었다. 그런데 탁월한 능력을 가진 김덕령에 대한 많은 이 야기가 있음을 알고, 돌아와 김덕령에 대해 조사하여 보니 이룩한 업적 이 별로 없는 데도 다양한 장르에서 자료들이 등장하고 있어 특이하였 다고 생각하였다.

당시에 범인을 찾아내는 공안설화에 대한 관심이 있어 이로 석사학위 논문을 제출하였다. 그런 뒤에 부여지방을 조사하면서 발견한 역적이었 던 이몽학에 대한 이야기에서 새로운 의미를 찾아내고자 하였다. 즉 탁 월한 능력을 가지고 있던 자가 억울하게 죽어 자신의 능력을 다 드러내 지 못한 인물에 대한 검토였다. 특히 다양한 장르를 가지고 있던 김덕령 이 연구대상으로 적합하다고 여기고 논문을 작성하였다.

학위논문작성을 거의 완성하여 가던 단계에, 중간발표에서 연구범위가 좁다는 이유로 퇴짜를 맞고, 선생님들을 많이 원망하며 1년 동안을 허송세월로 보내며 지냈다. 뒤에 김덕령에다 기존에 연구하였던 임경업과 이몽학을 묶어 <비극적 영웅설화의 연구>란 논문을 제출하였다. 그리고 김덕령에 대해 틈틈이 발표하는 것으로 만족하였는데, 이번에 책으로 간행하게 되었다. 이 책의 내용은 그때 세워 놓은 뼈대로 구성하였는데, 하나의 책으로 발간하게 되었음을 불행 중에 다행이라 아니할 수 없다.

이 책은 김덕령의 서사문학 연구로, 머리말에 해당하는 1장 김덕령 서사문학에 대해서와 맺음말에 해당하는 김덕령 서사문학의 성격과 특성을 포함하여 총 5장으로 구성되어 있다.

2장의 설화전승의 영웅화 양상에서는 우선 역사적 기록이나 문헌기록을 통하여 김덕령의 생애를 재구하였다. 이런 생애를 맞추어 수집된 문헌설화와 구비설화의 내용을 김덕령의 일대기에 맞추어 재구를 통하여 설화의 의미를 살펴보았다. 그 결과 문헌설화에서는 김덕령에 대해 사실을 바탕으로 영웅적 형상화를 시도하는 설화의 의미를 찾아내고, 구비설화에서는 사실을 뛰어넘는 허구화를 통하여 민중적 영웅으로 형상화하는 의미와 양상을 살펴보았다.

  3장의 서사문학에 나타난 수용 양상에서는 2장에서 검토한 문헌과 구비설화의 양상을 다른 서사 장르에 어떻게 수용하여 재구성하고 있으며, 그 의미가 어떠한가를 살펴보았다. 즉 고소설(임진록), 한문 전, 국문 전기 소설, 현대소설에 수용된 김덕령의 구비 전승과 문헌 전승의 양상을 파악하며, 그 결과 재구된 작품의 의미를 검토하였다.

  4장의 김덕령 서사문학의 교육적 의의에서는 김덕령의 전승이 가지는 의의에 대해 검토하였다. 첫째로 김덕령의 전승을 재구하였을 때 나타나는 비극적 영웅담의 서사구조 특징을 파악하였고, 둘째로 서사 장르에 수용된 전승양상을 통하여 각 장르간의 전승양상과 특징, 친소관계를 검토하였다. 그리고 마지막으로 김덕령의 서사문학에 수용된 기대되는 영웅상에 대해 검토하였다.

  어려운 사정을 무릅쓰고 선뜻 출판을 허락해준 도서출판 역락의 이대현 사장님과 자료를 꼼꼼히 검토하고 체계에 맞추어 편집 작업을 진행해 주신 편집부 직원들께 감사드린다. 또한 이 책이 나올 수 있는 계기를 만들어준 최래옥 교수님과 김균태 교수님, 오늘이 있게 하여준 한양대와 한남대 교수님들께 감사드리며, 교정을 봐준 한남대의 황윤선 선생에게도 감사를 드린다.

2007년 6월 1일

강 현 모

목 차

제 1 장 __ 김덕령 서사문학에 대해서

1. 김덕령 서사문학의 생성 ································· 15
2. 사적 검토와 연구 방법 ································· 18

제 2 장 __ 설화 전승의 영웅화 양상

1. 김덕령의 생애 ································· 25
2. 문헌전승에 나타난 영웅화의 시도 ················· 31

　　1) 신이한 탄생 / 31
　　2) 용력의 형성과 그 성격 / 33
　　3) 활동기의 가능성과 결핍 / 41
　　4) 비극적 종말 / 56

3. 구비전승에 나타난 비극적 영웅의 형상화 ········· 77

　　1) 결핍요소를 지닌 탄생담 / 78
　　2) 자만심에 도취된 성장기 / 84
　　3) 왜적퇴치의 신이한 활동담 / 100
　　4) 만고충신 김덕령의 최후담 / 115

제 3 장 _ 서사문학에 나타난 수용양상

1. <임진록>에 나타난 김덕령 전승 ·· 127

   1) 〈임진록〉의 이본과 김덕령 전승 / 130
   2) 〈임진록〉에 나타난 김덕령 전승의 양상과 의미 / 133

2. <전>에 그려진 양상과 의미 ··· 174

   1) 전의 일반적 특성과 허구화 / 175
   2) 문집 속의 〈전〉과 〈해동명장전〉의 특성과 의미 / 179

3. 국문 <김덕령전>의 서사구조와 의미 ······································· 191

   1) 시대적 배경 / 191
   2) 서사구조적 특징과 의미 / 196

4. 김덕령 전승의 현대적 수용양상과 의미 ································· 213

   1) 역사소설과 박종화의 〈임진왜란〉 / 214
   2) 〈임진왜란〉에 나타난 전승의 양상과 의미 / 220

제4장_김덕령 서사문학의 교육적 의의

1. 김덕령 전승의 서사구조적 특징 231

   1) 김덕령 전승의 서사구조 / 231
   2) 비극적 영웅담의 구조적 특징 / 248

2. 김덕령 서사문학 장르 간의 관계 259

   1) 장르적 변용 방식 / 261
   2) 표현 매체의 전승 방식 / 262
   3) 전승 삽화의 수용 양상 / 269
   4) 서사 장르의 관계 양상 / 278

3. 서사문학에 수용된 인식태도 281

   1) 민족적 차원의 대외의식 / 281
   2) 민중적 차원의 시대의식 / 292
   3) 개인적 차원의 영웅상 / 302

제5장_김덕령 서사문학의 성격과 특성

▌참고문헌 / 321
▌부　　록 / 327
▌찾아보기 / 344

김덕령 서사문학의 전승 양상과 교육적 의의

제1장 김덕령 서사문학에 대해서

제2장 설화 전승의 영웅화 양상

제3장 서사문학에 나타난 수용양상

제4장 김덕령 서사문학의 교육적 의의

제5장 김덕령 서사문학의 성격과 특성

김덕령 서사문학에 대해서

1. 김덕령 서사문학의 생성

문학 작품은 그것을 수용하는 계층의 의식세계를 반영한다. 즉 작품 속에는 주인공이 현실세계와의 대응을 통해 수용하는 계층의 의식적이고 주관적인 체험이 용해되어 있다. 대상에 대한 이해와 평가는 개인마다 완전하게 합치되지 않을지라도 공통점을 지니게 된다. 어떤 대상에 대한 공통점은 궁극적으로 세계로까지 확산된다. 그리고 대상에 대한 주관적 체험간의 괴리와 공통점으로 의식세계의 분화와 통합을 이루어 다양한 세계관이 표출하게 된다. 그리하여 역사적으로 특정한 시대에만 통하는 사회적 이념적인 삶의 모습들이 공존하게 된다. 문학적으로는 어떤 의식세계를 표출하는 특성에 따른 장르의 분화가 일어나게 된다. 이런 점은 한 인물을 대상으로 하는 문학에서도 이루어진다. 본 책에서는 임진왜란이란 국가적 수난기에 살았던 김덕령이란 인물 전승을 통하여 문학적 변모양상과 그 의미를 살펴보고자 한다.

김덕령이 살았던 조선 중기는 국가적으로 훈구파와 사림파 간의 대립양상인 사화를 끝내고, 정권을 획득한 사림파 내의 정권획득을 위한 당쟁이 심화되어 가던 시대였다. 지배계층은 사색당파로 갈리어 국가적 통치 질서가 문란해지고, 삼포왜란 등의 변란으로 국가의 기강이 극도로 피폐해졌다. 사회적으로는 몇 년간 계속된 가뭄으로 기아선상에 놓여 이곳저곳에서 민중들의 반란이 일어나기도 하였다.

이처럼 국내적으로 어려움에 처한 시기인 임진년에 왜적은 대군을 거느리고 조선정벌을 시도하였다. 조선은 건국 이후 커다란 전쟁이 없는 평화의 지속으로 전쟁에 대해 해이해져 있었다. 그렇기 때문에 전쟁 초기에 조선군은 훈련이 잘된 왜군에게 연전연패하여 임금이 의주로 몽진하기에 이르렀다. 국가적 질서의 문란과 사회적으로 어려운 시기임에도 불구하고 지방사족과 민중들은 구국의 일념으로 외침에 대항하여 각지에서 의병을 일으켰다. 이들 의병의 활동으로 후방이 교란된 왜적은 진격을 주춤하게 되었고, 중국 명나라 군사의 도움을 받은 조선군사와 의병들은 왜적을 패퇴시켜 서울을 탈환하게 되었다.

임진왜란 때의 이름난 의병장으로는 김천일, 고경명, 조헌, 곽재우, 김덕령, 사명당과 영규대사를 위시한 승병 등 다양한 계층의 사람들이 총망라 되었다. 그런데 이들 의병들의 뛰어난 활동에도 불구하고 그들에 대한 대우는 별로 없었다. 그리고 대부분의 의병장들은 전쟁 중에 사망을 하였거나, 역적의 누명을 쓰고 형장의 이슬로 사라졌다.

역적의 누명을 쓰고 죽은 대표적 인물이 김덕령이다. 김덕령은 관리들의 권유로 어머니의 기년 상을 지내고 기병하였으나, 제대로 능력을 발휘하지도 못하고 이몽학의 모반죄에 연루되어 억울하게 죽었다. 김덕령이 억울하게 죽음을 당하자, 능력의 가능성이 민중들의 상상력을 통하여 문학적으로 형상화되기에 이르렀다.

김덕령에 관한 기록은 이몽학의 난과 관련된 반역 죄인으로 체포되어 6차의 고문으로 옥사[1]하였기 때문에 두 가지의 양상으로 나타난다. 하나는 지배자적 입장에서 평가이다. 김덕령이 현종 2년 신원되기 전까지

지배계층이 기술한 역사기록이나 문집의 문헌기록, 문헌설화에서 엿볼 수 있다. 이들 기록에는 그의 모반죄에 대한 처벌을 정당화 하거나 긍정하려는 기술 태도를 보이고 있다. 다른 하나는 민중적 입장에서 평가이다. 민중의 의식에서 걸러진 역사적 사실의 이면에 숨어있는 진실을 표출하려 하는 태도이다. 이런 평가 태도는 김덕령이 뛰어난 능력에도 불구하고 사회에 쓰이지 못하고 옥사한 사실을 중시하면서, 옥사가 그릇된 행위라고 말하는 민중의식을 나타내는 민간의 전승이나 그가 신원된 현종 2년 이후의 문헌기록에서 찾아볼 수 있다.

전자의 태도가 김덕령의 죄를 합리화시키려는 편파적인 기술 태도[2]라면, 후자의 태도는 민중들의 현실적인 한계 상황을 능력과 기개의 가능성을 지닌 김덕령을 통해 극복하려는 구연 태도라 하겠다. 다시 말해 전자는 지배층이 인식하고 사실시 하는 문헌기록화 된 역사적 사실이고, 후자는 민중들이 인식하고 사실시 하는 구비 전승된 역사로 허구적 진실이라 하겠다. 이와 같이 김덕령에 대한 이율배반적인 기술태도는 그가 모반죄에 연루되어 옥사하였다는 점에 있다. 이를 기반으로 하여 그가 태어나고 성장하는 과정, 그리고 활동 시기에 나타난 행적 등의 사건들을 계층에 따라 다르게 인식하고 해석하기 때문이다. 이런 점에서 김덕령에 대한 올바른 평가는 역사적 사실과 허구적 진실을 정확하게 대비 고찰할 때에 정당하게 이루어질 수 있다.[3]

또 김덕령이 작품의 주인공이 된 것은 그에 대한 기록과 행적을 통해서 추정될 수 있다. 문학적 주인공이 된 김덕령에 관한 기록은 다양하다. 그에 관한 사실적 상황을 기록하였다는 문헌기록에는 역사적 사실에 가까운 기록이 있는가 하면, 역사적 사실과 동떨어진 허구성을 가미

---

1) 「선조조고사본말」 <김덕령> 『연려실기술』 권17. 殺速凡二十六日刑訊六次 … 竟死杖下.
2) 임철호, 『설화와 민중의 역사의식』 (집문당, 1989) p.114.
3) 강현모, "이몽학설화의 연구" 『한국학논집』 13집 (한양대 한국학연구소, 1988. 2) p.54.

한 기록이 있다. 김덕령에 관한 허구성이 가미된 기록은 정확하지 않지만 그가 신원된 현종 2년 뒤의 기록이 많다. 왜냐하면, 신원된 뒤에 민간에 유포되었던 구비전승에서 탁월한 용력과 신이성을 차용하여 결합시킨 민담적 취향을 가진 자료들을 수용하였기 때문이다. 한편 민중들은 그들 나름대로의 의식 취향(세계관)에 따라 김덕령을 더욱 신성화하였다. 그리고 후대의 기록은 시대적 상황에 따라 문헌설화나 구비설화를 차용하였기 때문에 각각의 문학적 양상이 다르게 나타난다. 이런 관계로 김덕령에 대한 올바른 평가를 위해서는 역사적 사실인 역사와 문헌자료와 허구적 진실인 구비전설을 중심으로 살펴보아야 한다. 그리고 이들의 전승 양상과 의미가 다른 문학적 장르에 어떻게 변모되고 있는지를 살펴보아야 할 것이다.

2. 사적 검토와 연구 방법

김덕령에 관해 언급한 연구는 몇 편 되지 않는다. 김덕령에 대한 초기의 언급은 『임진록』의 연구에서 중요 등장인물의 하나로 언급되었다.[4] 이와 같이 임진록을 통한 김덕령에 대한 언급은 최근까지 계속되어 왔다.[5] 이들의 연구는 대체로 <임진록>에 나타난 인간상이나 역사적 사실과 비교를 통해 변이양상을 보여주는 것이 대부분이다.

이와 유사한 외국인 연구로는 중국인 위욱승(韋旭昇)의 연구가 있다.[6]

---

4) 김순휴, "임진록고" 『동악어문논집』 4집 (동국대 동악어문학회, 1966).
5) 임철호, "임진록군 연구" (연세대 석사학위논문, 1977) pp.126~129, 183~192. ; 소재영, 『임병양란과 문학의식』 (한국연구원, 1980) pp.144~153. ; 박경자, "임진록에 나타난 인물연구" (고려대 교육대학원 석사학위논문, 1880) pp.55~59. ; 임철호, "임진록과 문헌설화의 역사의식" 『한국고전소설연구』 (이우출판사, 1983) pp.351~372. ; 최삼룡, "<임진록>의 영웅상에 대한 고찰" 『국어국문학』 107집 (국어국문학회, 1992.6) pp.17~23. ; 이동근, "임난전쟁문학연구" (서울대 석사학위논문, 1983).
6) 韋旭昇, 『抗倭演義(壬辰錄)研究』 (아세아문화사, 1990).

논자는 북한에 현존하는 국문본 임진록을 한역(漢譯)하고, 한문본 임진록을 구두점과 수정하여 자료로 싣고, 뒤에 그의 연구 논문을 싣고 있다. 논자는 김덕령을 의병장의 영웅으로 규정하고, 그의 탁월성을 이순신보다 높게 평가하고 있다. 뛰어나고 탁월한 그가 쓰이지 못한 것을 시대적 한계로 인식하고 있다.

한편 조동일은 임진록의 한 인물을 대상으로 비교 검토하여 소설적 양상을 추적하는 연구를 했다.7) 논자는 김덕령이란 사실적 인물의 소설화된 변모양상을 임진록과 한양가의 이본을 통해서 검토하고 있다. 이 작업을 통하여 임진록의 장르론적 논의에 대해 일단락을 짓게 만들었을 뿐만 아니라, 임진록에 등장하는 한 인물에 대한 본격적인 연구를 시도하게 하는 계기가 되었다.

김덕령에 관한 문헌설화와 구비설화의 수용계층의 의미를 살핀 최초의 작업은 임철호에 의해 이루어졌다. 그는 임진록에 대한 일련의 연구를 통하여 임진록에 등장하는 각 인물의 개별적인 검토를 시도하였다.8) 그는 이 연구에서 임진록에 등장하는 김덕령에 관한 문헌기록을 통해 생애를 재구하고, 문헌설화를 통해 지배계층이 가진 세계인식의 한계를 보여주며, 구비설화를 통해 민중들의 독자적인 역사관(세계관)의 인식태도를 파악한 뒤에, 임진록의 세계가 구비문학적 성향을 보여주고 있음을 밝혔다. 임진록 인물에 대한 개별적 연구는 그의 박사학위논문과 함께 수정 보완하여 종합적으로 검토되기에 이르렀다.9)

김덕령에 대한 연구는 윤재근으로 이어진다. 윤재근은 조선조의 저항

---

7) 조동일, "임진록에 나타난 김덕령"『상산 이재수박사 환력기념논문집』(1972) pp.483~502. 이 논문은 다시 "임진록"이란 제목으로『완암김진세선생 회갑기념논문집』(『한국고전작품론』, 집문당, 1990)에 실려 있고, 또『민중영웅 이야기』(문예출판사, 1992)에도 실려 있다.
8) 임철호, "김덕령설화 연구"『한국언어문학』 22집 (한국언어문학회, 1983).
9) 임철호,『임진록 연구』(정음사, 1986),『설화와 민중의 역사의식』(집문당, 1989).

적 인물의 서사구조를 탐색하기 위한 일환으로 시도하였다.[10] 논자의 일련의 연구는 김덕령 전승 자료를 정리하면서, 그의 전승에서 탄생담과 죽음 문제를 가장 중요한 요소로 보고 이를 검토하고 있다.

　김덕령에 대한 그 다음 연구로는 필자에 의해서 구비전설을 중심으로 이루어졌다.[11] 필자는 먼저 김덕령의 활동담에 대한 검토를 하였는데, 김덕령은 탁월한 능력으로 왜적을 물리쳐 민족적 영웅으로 평가되고 있다. 탁월한 능력에도 불구하고 김덕령은 부모의 상중죄인으로 전쟁에 참가하였기 때문에 능력 발휘에 한계가 있다고 보았다. 또 다른 논문에서는 김덕령의 성장기를 나타내는 설화를 중심으로 검토하였다. 김덕령은 탁월한 영웅성이 돋보이는 활동기에 왜구를 물리쳤지만 그 영웅성에 한계를 주는 요인을 성장기에서 찾았다. 즉 김덕령은 성장기에 신이성을 드러내는 금기의 파괴로 영웅성을 형성하는 데 한계를 보여준다고 하였다. 이런 연구는 그의 탄생담과 최후담을 연결하여 고찰할 때 보다 선명하게 드러날 것으로 기대된다. 그 이후 김덕령 관련 연구의 성과를 서사 장르에 대한 검토를 진행하여 왔다.

　지금까지의 연구들을 바탕으로 김덕령의 서사문학에 나타난 영웅성의 형상화 과정과 그 의미를 파악하겠다. 즉 김덕령 전승이 가진 비극적 영웅 서사구조와 의미를 분석하고자 한다. 그런데 문헌설화와 구비설화

---

10) 윤재근, "김덕령 전승연구(Ⅰ)"『어문논집』26집 (고려대 국어국문학회, 1986). "김덕령 전승연구(Ⅱ)"『경기어문학』7집 (경기대 국어국문학회, 1986), "조선시대 저항적 인물의 전승연구" (고려대 박사학위논문, 1988) pp.21~44.

11) 강현모, "김덕령의 왜구물리치기 설화 연구"『한양어문교육논집』4, 5합집 (한양어문교육학회, 1991). "김덕령의 영웅성의 형성과 그 한계"『설태 박요순선생 정년퇴임기념논총』(동 간행위원회, 1992). "전기소설 <김덕령전>의 서사구조와 의미" ≪한남어문학≫ 19집 (한남대 국어국문학회, 1993. 12), "김덕령 문헌설화에 나타난 영웅화의 모색과 시도" ≪비교민속학≫ 14집 (비교민속학회, 1997), "김덕령 전승의 현대적 수용 양상" ≪비교민속학≫ 19집 (비교민속학회, 2000. 12), "관운장 계열 <임진록>에 나타난 김덕령 전승의 성격과 의미" ≪인문사회논총≫ 9 (용인대 인문사회과학연구소, 2003. 3), "비극적 장수설화의 연구" (한양대 박사학위논문, 1994. 6).

는 단편적인 삽화들이 나열되어 있어 영웅설화의 서사구조에 완벽하게 들어맞는 구조의 이야기가 없다. 따라서 김덕령에 대해 수집된 모든 삽화를 일대기적 순서로 재구한 다음에 그 삽화가 지닌 의미와 기능을 검토하겠다. 그런 다음에 다른 문학 장르에 나타나는 변용된 양상과 문학교육적 의의로 서사구조, 장르적 특성, 인식태도 등을 살펴보겠다. 이를 위하여 다음과 같이 장을 나누어 논의를 전개하고자 한다.

2장에서는 김덕령에 관한 역사적 기록을 중심으로 그의 생애를 살펴본 뒤에, 지금까지 수집된 문헌설화와 구비설화를 중심으로 단편적인 삽화들을 구조적 단락소로 보고, 그의 의미를 파악하여 김덕령의 서사문학에 나타난 영웅적 서사구조의 단초를 찾아보고자 한다.

1절에서는 김덕령 전승의 영웅화 양상을 파악하고자 할 때, 그의 생애를 사실적 측면에서 확인하는 과정이 필요하다.[12] 이때 그의 생애를 확인하는 작업은 대체로 실록이나 그의 연보, 그리고 사실을 기초로 하는 역사적 기록물을 토대로 살펴보겠다. 다만 이런 역사적 기록물이라도 김덕령의 생애를 허구화 하였을 가능성을 전혀 배제할 수 없다. 오늘날의 입장에서 역사적 기록물이 과장되거나 허구화된 것은 문헌설화의 양상에서 다루기로 하겠다.[13] 이때 현실적으로 가능한 사실을 바탕으로 그의 생애를 순차적으로 검토하는 과정을 택하였다. 다만 생애의 어떤 특이성이 설화적 변이의 가능성이 있는지 살펴볼 것이다.

2절에는 문헌설화를 중심으로 김덕령의 영웅화가 어떻게 이루어졌는지 그 모색과 시도의 과정을 살펴보고, 3절에서는 구비설화를 통해서 김덕령 영웅화의 민중적 변모양상을 고찰하겠다. 문헌·구비 설화의 검토

---

12) 조동일, 전게논문. 임철호, 『임진록 연구』.
13) 문헌설화는 정사인 『조선왕조신록』을 제외한 『김충장공유사』의 <연보>, <실기>, <전>과 『연려실기술』 등에 나타난 허구적 진술이 담긴 대목을 문헌설화의 양식으로 보고 검토 대상으로 삼겠다.

는 1절에서 검토한 김덕령의 생애를 중심으로 각기의 삽화를 시대 순으로 재구하고, 삽화를 단락으로 나누어 그 삽화가 지닌 의미를 화소 분석적 방법으로 살펴보고자 한다.[14) 이들의 재구를 통하여 4장 1절에서는 비극적 영웅담(설화)의 서사구조와 그 특성을 살펴보겠다.

단편적인 삽화들을 김덕령의 일대기로 재구하여 검토하려는 의도는, 화자가 김덕령의 탁월한 능력을 발휘하는 대목을 구술하면서도 그의 죽음을 안타까워하고 있기 때문이다. 이런 화자들의 구연 뒤에 있는 평가에서 김덕령의 탁월한 능력이 제대로 실현되지 못한 이유가 어디에 있는가의 인과적인 설명이 필요하도록 느끼게 하고 있다. 다시 말해 화자들은 김덕령 전승의 전체적 내용을 알지 못할지라도, 의도적이건 무의도적이건 구연한 부분이 전체적 맥락에서 어떠한 역할을 하고 있는지 알고 있다고 하겠다. 이런 점에서 각 삽화가 가진 무의식적으로 연결된 인과적 성격을 파악하는 일도 중요하다. 그때 나타나는 김덕령의 영웅적 성격을 파악하기 위해 서사구조의 특성을 검토할 필요성이 있다. 이런 서사구조의 특성을 파악하는 것은 문헌·구비설화에 대한 검토의 결론적 성격을 가지고 있다.

3장은 2장에서 검토한 김덕령 전승이 서사문학 장르의 변천에 따라 어떻게 변모했는지 그 양상과 의미를 살펴보고자 한다. 여기에서는 김덕령 이야기가 작품의 부분이나 전체를 이룬 임진록, 한문 <김덕령전>, 국문 전기소설 <김덕령전>, 그리고 현대소설 <임진왜란>에 나타난 양상을 살피게 될 것이다.

1절 임진록에 대한 검토에서는 임진록의 이본에 대해 기존 연구의 결과를 통하여 개괄적으로 검토하고, 김덕령 전승의 유형을 크게 사실을 바탕으로 한 영웅적 형상화, 충효의 갈등을 통한 민중적 영웅화, 무한한

---

14) 최래옥, 『한국구비전설연구』(일조각, 1982) 화소분석적 방법을 차용하지만, 화소보다는 단락소를 분석하는데 방법론적 차용으로 보는 것이 더 타당할 것이다.

능력과 한계를 드러내는 민족적 영웅화로 나누어 검토할 것이다.

2절 한문 <김덕령전>에서는 전의 일반적 특성과 허구화에서 작가의식의 개입 가능성을 타진하고, 그를 통하여 김덕령을 입전한 이민서의 김덕령<전>과 홍량호의 <김덕령>전의 양상을 비교하면서 의미를 살펴보기로 하겠다.

3절 개화기에 쓰인 장도빈의 국문 전기소설 <김덕령전>에서는 전기소설이 쓰이게 된 일제 강점기라는 시대적 배경을 살펴본 뒤에 작품의 서사구조를 살펴보았다. 이를 통하여 장도빈이 전기소설 <김덕령전>을 저작한 작가의식과 작품의 의미를 검토하겠다.

4절 현대소설에서는 박종화가 쓴 <임진왜란>에 대해 검토하겠다. 우선 역사 소설의 특성과 박종화의 문학적 성향을 검토한 뒤에 작품의 수용양상과 서사구조의 의미를 파악하겠다.

4장에서는 김덕령의 서사문학이 가진 교육적 의의를 살펴보는 것이다. 즉 앞에서 도출된 비극적 영웅담의 서사구조와 의미, 서사문학 장르 간의 관계, 서사문학 작품에 수용된 인식태도를 살펴보고자 한다.

1절은 2장에서 검토를 통해 도출할 수 있는 비극적 영웅담(설화)의 서사구조와 그 특성을 살펴보기로 하겠다. 김덕령은 탁월한 능력에도 불구하고 비극적인 죽음을 당하고 있다. 김덕령이 비극적으로 죽을 수밖에 없는 상황을 살펴보기 위하여, 김덕령의 일생을 탄생담, 성장담, 활동담, 그리고 최후담 등 4단계로 나누어 각 단계에 나타난 기능과 의미를 검토할 것이다. 이때 비극적 영웅설화가 될 수밖에 없는 삽화의 기능을 영웅설화의 기능과 비교하면서 언급하겠다. 그리고 비극적 영웅설화의 서사구조를 확인하면서 신화적 영웅설화의 서사구조와 차이점을 찾아 그 구조도와 의미를 검토하고, 비극적 영웅설화의 특성인 순환구조와 반복구조 그리고 열림(개방)구조의 성격도 살펴보겠다.

2절은 2장과 3장에서 다룬 내용 중에 전승의 양상이 문학 장르에 따라 어떻게 다른 자료들을 수용하는지 장르적 친연 관계를 검토하게 될 것이다. 이 김덕령 서사 장르간의 관계에서는 김덕령 전승의 장르체계와 서사내용의 상관성을 검토하게 될 것이다. 임진록의 경우는 서사내용이 대체로 구비전설의 자료를 취사선택하고 있는데, 전과 전기소설에서는 문헌설화의 자료를 제재로 사용하고 있는 것으로 보인다. 이를 장르적 관계에 대해 검토하고자 한다.

3절은 김덕령 전승에 수용된 인식태도를 검토할 것이다. 비극적 영웅인 김덕령에 관한 전승을 구연하고 독서를 하는 것은 그 작품 속에 구현된 이미지 흥미를 이끌 수 있는 요소가 있기 때문이다. 이런 점에서 김덕령 전승의 모든 장르에 구현되어 있는 이미지가 무엇이 있는지를 살펴보고자 한다. 첫째는 국가적 차원으로 왜적이나 명(중국)에 대한 적개심과 자존심의 문제를 검토하겠다. 둘째로는 당시의 사회구조적 모순에서 비롯된 좌절한 영웅의 출현과 죽음 문제를, 셋째는 김덕령 개인에 대해 구현된 이미지를 살펴보게 될 것이다.

이런 논의를 위한 자료로는 가능한 모든 자료를 수용하려고 하였다. 우선 문헌자료로는 김덕령에 관한 기록이 있는 선조실록을 비롯한 정사 기록물과 각종 문집에 기록된 문헌설화를 수집하였다. 그리고 구비자료는 한국정신문화연구원에서 간행한 한국구비문학대계를 중심으로 하여 필자의 현지조사본, 그리고 각종 연구와 현지조사 보고서의 자료로는 물론이고 각종 군지나 향토지, 한국지명총람, 그리고 역사적 자료인 인물 기록물도 참조하였다.

제 2 장

설화 전승의 영웅화 양상

1. 김덕령의 생애

  김덕령의 생애는『김충장공유사(金忠壯公遺事)』권2의 연보를 보면 알
수 있다. 김덕령의 생애는『김충장공유사』를 중심으로『조선왕조실록』
(선조, 현종, 정조)이나『해동명장전』,『연려실기술』등의 편년체적 기록에
서 살펴보겠다. 다만 김덕령 생애의 모든 부분을 열거하기 보다는 그의
탄생, 성장, 활동, 그리고 최후에 해당하는 부분을 중심으로 검토하여 보
고자 한다.
  김덕령은 선조 원년에 광주 석저촌에서 태어났다. 태생담을 보면,

  모친 심씨의 꿈에 무등산에서 범 두 마리가 내려와 방안으로 들어오는
  것을 보고 임신하였는데, 해산하는 날 호랑이가 문밖에서 기다리다가 대
  숲으로 갔다고 한다.[1]

  이렇게 태어난 김덕령은 그의 가문이 2대에 걸쳐 벼슬을 못한 한미한

---

1)『金忠壯公遺事』권2 <年譜>, 先是 母潘夫人夢見兩虎 自無等山來入房 因有娠及彌朔又夢兩虎
  入房 將娩有虎守門外 解胎後從後園竹林而去 人皆異之

집안의 둘째 아들로 영리하고 용력이 있게 태어나 기대를 모은 대상이었다.2)

김덕령은 신이한 용력을 가지고 있으나 드러내지 않아서 부모도 몰랐다고 한다.3) 기대가 컸던 김덕령은 8세에 종조(從祖)되는 사촌(沙村) 김윤제(金允悌)에게 공부를 시작하였다. 김덕령은 부친이 일찍 돌아가셨는데, 아버지가 돌아가신 후에 홀어머니를 지성으로 섬기던 효자였다. 17세에 향시에 합격하였고 18세에 결혼을 하였다. 20세 때 형 덕홍(德弘)과 매부 김응회(金應會)와 더불어 우계(牛溪) 성혼(成渾)을 스승으로 모시고 공부하였다.

25세(선조 25년)에 임진왜란이 일어나자 의병을 일으킨 형을 따라 전주까지 갔다. 이때 덕령은 형 덕홍이 홀어머니와 동생을 돌보라고 권유하여 귀향하였다.4) 그 후 김덕령은 형이 금산 전투에서 전사하자 세상에 뜻을 두지 않고서 고향에 묻혀 홀어머니를 지성으로 섬겼다. 김덕령은 26세 여름에 지성으로 섬기던 어머니가 세상을 떠나, 상중죄인이란 이유로 기병권유를 거절하였다. 거절한 이유는 효가 충보다 앞선다는 유가의 기본윤리 의식에 바탕을 둔 것이다. 그렇지만 왜병의 침탈이 노골화 되어 가자, 담양부사 이경린(李景麟), 장성현감 이귀(李貴)의 천거와 관찰사 이정암(李廷馣)의 기복종군의 요구로 초장(100일장) 장례를 마친 11월에 김덕령은 검은 상복을 입고 격문을 돌려 담양에서 5,000여 명을 모

---

2) 상게서. 沙村公每稱賞曰 佗日大吾門者必此兒也.
3) 『김충장공유사』의 연보에 보면 8세 때는 눈의 광채가 사람을 쏘는 듯하여 10리 밖의 물건도 볼 수 있었다거나, 나무 가지를 꺾는데 빠르기가 새와 같았다고 한다. 그리고 10세 때에는 누각을 넘어 당에 들어갈 정도로 공중을 날았고, 12세에는 홍수가 난 물을 목발(木鉢)을 끼고 친구를 건너 주었다고 한다. 이런 용력을 드러내지 않아서 부모도 알지 못하였다고 한다. 이에 대해서는 뒤의 민담적 형상화에서 자세하게 검토하게 될 것이다. 윤재근, "조선시대 저항적 인물 전승연구" (고려대 박사학위논문, 1988) pp.25~26.
4) 정조실록 9년 9월 (권45 p.538), 金德弘當壬辰之亂 與其弟德齡 首倡義旅 領軍之全州 謂德齡曰 老母在堂 季弟尙幼 汝則歸護老母 遂送其弟.

집한 후 사기충천하게 기병하였다.[5]

덕령은 기병하자 권율에게서 초승장(超乘將)이란 칭호를 받았다. 또 분조(分朝)하여 전주에 와 있던 세자 광해군(光海君)이 덕령의 재능을 시험하고 익호장군(翼虎將軍)이란 칭호를 하사했으며,[6] 또 조정에서 충용군(忠勇軍)이란 군호를 주었다.[7] 이듬해 선전관(宣傳官)에 제수되었고, 작전 계획을 세우고 영남에 격문을 띄우기도 하였다. 그리고 담양을 출발하여 순창 남원에 이르면서 군사들을 훈련시켰고, 함안을 거쳐 4월 진주에 도착하였다. 이처럼 김덕령은 의기로 호남 도내의 장사 태반을 얻어서 조정의 기대가 대단하였으나,[8] 때를 넘기려는 납미 누락자가 많았고 군량과 병기가 부족하였다.[9] 더욱이 왜와 적당한 화의를 위해 명나라 장수 송응창이 내린 전투중지 명령으로 제대로 싸울 수도 없었던[10] 처지였기 때문에 사기가 날로 저하되었다.

김덕령은 제대로 싸울 수 없는 상황이었기 때문에 공도 세우지 못하였고 또한 그를 시기하는 무리도 있었다. 그 중에서 27세 때 윤두수의 건의로 선조의 윤허를 얻어 거제도에 은거하고 있는 적을 소탕하라는

---

5) 『김충장공유사』와는 달리 선조실록 26년 12월조, 권22, p.185에 전라관찰사 이정암의 계에 의하면 "府居校生金德齡 自少勇氣絶倫 一鄕莫不嘆服 撥萃爲將 無出此人 而時方持服 難於應募云 故臣巡到潭陽 招見德齡 勸使起復從軍 以循國家之急 則今方招集義旅 遠近爭附 募得同志數百 則摧鋒陷鎭 決一死戰云"라 하였다.

6) 『해동명장전』 권6, <김덕령> 世子招見 以試其勇 賜號翼虎將軍. 이는 범에 날개가 달렸다는 의미인데, 뒤에 선조는 너무 과하다고 해서 초승으로 고쳤다고 한다.

7) 선조실록 26년 12월 권22, pp.198~199. 德齡請軍號於權慄 慄以超乘將稱號之 … 備邊司啓曰 金德齡軍賜號忠勇軍.

8) 『김충장공유사』 덕령이 의병을 일으킬 적에 무등산에 올라가서 장검을 만드는데, 산이 우는 소리가 나고, 산 계곡에 흰 기(氣)가 수 일 동안 가득하여 없어지지 않았다. 또 제사를 지낼 때 검이 스스로 땅에 떨어지는 괴이한 일이 있었는데 상스럽지 못한 징조로 여겼다.

9) 선조실록 27년 1월 권22 pp.200~201. 德齡爲人 雖未知何如 而道內武士之精勇者 太半歸之 聚軍頗多 … 已至千人 皆是納米漏落之輩

10) 선조실록 26년 3월조, 권21, p.676. 伏見宋經略傳諭權慄牌文 極爲痛婉. 한편 『김충장공유사』에는 황조에서 파견한 沈維敬에 의해서 중지한 것으로 되어 있다(p.11).

명령이 있었다. 김덕령을 선봉장으로 권율·이순신·곽재우 등과 함께 거제도의 적을 소탕하라는 것인데, 김덕령의 용력을 시험하기 위한 계략이었다.[11] 곽재우가 이 일이 김덕령이 원하는 일이 아님을 알고 권율에게 계획을 물릴 것을 청하였으나, 듣지 않아서 여러 장수는 마지못하여 진군하였다. 김덕령이 익호기를 쌍으로 꽂고 진군하였으나 성 위에서 비 오듯 쏟아지는 총알을 어찌 못하고 퇴각하고 말았다. 이로써 김덕령은 윤두수의 미움을 사는 것은 물론 뭇사람의 촉망을 잃었다.[12] 김덕령은 그 후에 작전도 마음대로 수행할 수 없자, 의병활동에 대한 회의와 충을 위한 기병으로 파괴한 효와의 갈등에 빠졌다.[13]

작전이 제대로 수행되지 못하여 의병들의 사기는 저하되고, 군율이 해이해 졌다. 그래서 김덕령은 군법을 엄하게 시행하려고 많은 사람을 죽이게 되었다. 이때 광양현에 살고 있던 죄인의 처자가 윤근수에게 구원해 줄 것을 청하여 근수가 김덕령에게 부탁하였다. 그래서 김덕령이 윤근수의 부탁으로 놓아 주었다가, 윤근수가 돌아가자 다시 잡아 죽였다. 이로 인하여 윤근수에게 미움을 사서 잡혀가게 되어 국문을 당하게 되는 것이 28세 때의 일이다. 이때 윤근수는 김덕령을 "신의가 없고 살인하기를 좋아하여 장수가 될 수 없는 자"라고 강력 주장하였으나, 조정의 논란 속에서 정탁(鄭琢)과 김응남(金應男) 등이 강력하게 힘을 써 석방되었다. 이때 선조는 김덕령에게 말을 하사하였지만, 기대와 평가가 부정적으로 바뀌었다.[14]

---

11) 임철호, "김덕령 설화연구", 『한국언어문학』 22집 (한국언어문학회, 1983), p.193. 한편 『김충장공유사』에서 인용한 『망우당집』에는 거제도를 점령하려는 전투에 대해 곽재우가 중심이 된 것으로 되어 있다.

12) 「선조조 고사본말」 <김덕령> 『연려실기술』 pp.734~735. 선조실록 27년 10월조, 권22 p.363, 372.

13) 선조실록 28년 2월조, 권22, p.431. 臣起自憂服說 旣不能自盡於親喪 事與心違 又不得勅命於 討賊進退無據 忠孝俱闕 臣之罪 在法不赦.

14) 선조수정실록 29년 2월조, 권25, p.657. "掌鞫義兵將金德齡 … 上特命放罪 慰諭而遣之 又

김덕령은 거제도 왜적 소탕작전의 실패와 기병 3년여에 공이 없음, 그리고 국문사건으로 능력이 허명으로 드러났을 때에 난처한 일이 일어났다. 김덕령 나이 30세에 충청도 홍산에서 이몽학(李夢鶴)이 반란을 일으킨 것이다. 이몽학은 군사와 민심을 모으기 위하여 김덕령·곽재우·홍계남 등이 가담하고, 이덕형도 내응하였다고 하였다.15) 더욱이 '金·崔·洪'이 적힌 문서를 얻은 관리들은 이몽학의 모사인 한현(韓玄)을 잡아 신문하였다. 한현은 이를 '김덕령·최담령·홍계남을 가리키고, 곽재우·고언백도 나의 부하'라고 하였다. 김덕령은 권율의 명령으로 이몽학의 난을 평정하기 위하여 운봉까지 왔을 때 이몽학이 피살되었다. 그래서 김덕령은 본가로 돌아갈 것을 권율에게 청하였으나, 거절당하여 진주 본진으로 돌아갔다가 영문도 모른 채 감옥에 갇히게 되었다.16)

이몽학의 난에 연루되었다는 소문이 거짓으로 드러나 곽재우가 은명을 입고 진으로 돌아가는 등 대부분 사람들이 벗어났지만, 김덕령만은 벗어나지 못하였다. 사람들 중에는 김덕령이 까닭 없이 잡혀 와서 국문을 당하는 것을 원통하게 여기는 자가 많았으나, 요직에 있는 사람들은 김덕령을 모두 꺼려 한 사람도 구하는 자가 없었다. 심지어 충청감사 이시언과 경상감사 김응서(후에 경서로 개명) 등은 "덕령이 사람 죽이기를 삼 베듯 하며, 또한 모반할 상이니 죽이지 않으면 후환이 있을 것"이란 소문을 퍼뜨리기까지 하였다. 그리고 빨리 죽이도록 형리에 부탁하였는데, 26일 동안에 6차례나 심한 국문을 하였다.17) 이로 김덕령은 정강이

賜戰馬一疋 上謂入侍諸臣曰 當初 推奬德齡太過 謂韓信復出 以今觀之 不過合作突擊一將領 不可爲大將也"

15) 선조수정실록 29년 7월조, 권25, p.658. 聲言忠勇將金德齡 義兵將郭再祐洪季男等 皆連兵相助 兵曹判書李德馨 爲內應云.

16) 「선조조 고사본말」 <김덕령> 『연려실기술』. 이곳을 「조야첨재」에 다음과 같이 기록되어 있다. "丙申秋 李夢鶴之亂 得文書有金崔洪三姓 及韓玄就縛元師問之招曰 金德齡崔聃齡洪季南也 又曰郭再祐高彦伯皆我心腹也 慄卽具啓 分遣軍官逮捕 時德齡承元師討逆之命 自晉州到雲峰 聞湖右平 請往還本家慄不許 遂還鎭 卽下晉州獄"

뼈가 부러지고 목숨만 남았으나 평상시와 다름없이 자신의 무죄를 주장하였다는 것이다. 김덕령은 국문에서 '자기에게 죄가 있다면 충성도 이루지 못하면서 삼년상을 이루지 못한 불효 죄'라고 주장하였다. 이에 선조는 김덕령이 '형장을 아무렇지도 않게 여기니 참으로 적(賊)이라'며[18] 용서하지 않아 마침내 옥사하고 말았다.

김덕령은 30세에 역적의 누명을 쓰고 죽었다. 김덕령이 죽자 추천하였던 이정암이 그의 신원을 건의하였으나 받아들이지 않았고, 현종 2년에 전국적인 한발로 인하여 미신원자를 신원해 주는 과정에서 이경석(李景奭), 심지원(沈之源), 원두표(元斗杓), 정유성(鄭維城), 정태화(鄭太和) 등의 건의로 신원되었다. 그리고 동왕 9년에는 병조참의로 추증되고, 숙종 4년에는 벽진서원(碧津書院)에 배향되었으며, 동왕 7년에는 병조판서로 가증되었고, 벽진서원을 의열사(義烈詞)로 사액되었다. 정조는 12년에 충장(忠壯)이란 시호를 내리고, 13년에 좌찬성을 가증하고 제사의 향화가 끊이지 않도록 특명을 내렸다.[19] 그리고 정조는 15년에 서용보에게 『김충장공유사』를 간행하도록 하고, 그 문집의 서문을 직접 지었다.

---

17) 「선조조고사본말」 <김덕령> 『연려실기술』. "遂掌致禁府推鞫 再祐等亦被掌未久蒙恩還鎭 德齡無故被掌寃之者衆 當路皆忌無一救者 或有飛語德齡殺人如麻 又有叛相不誅必有後患 且囑刑吏使之速殺 凡二十六日訊六次"
　　안방준, 『은봉전서』 권8 <삼원기사>에 보면 충청병사 이시언, 경상우병사 김응서 등이 김덕령을 시기하고 질투하였다. 그래서 그들은 심복 10여 인을 각지에 보내 김덕령이 이몽학의 역모에 가담하였다고 소문을 내고, 또 조정대신이나 사대부에게 편지를 보내어 모함하였다고 기록하고 있다.
　　『김충장공유사』 <연보>에도 위의 내용과 유사한 기록이 보인다. 한편 국문하는 과정은 1일 2차 8차례의 심한 국문을 당하고 옥사하였다고 한다.
18) 「선조조 고사본말」 <김덕령> 『연려실기술』 p.735. … 德齡不有刑杖眞是賊也.
19) 『김충장공유사』 <연보> 참조

2. 문헌전승에 나타난 영웅화의 시도

김덕령은 탁월한 능력을 지니고 있으면서도 현실에서 사회적으로 쓰이지 못하고 비극적인 종말을 맞이하였다. 민중들은 이런 비극적 인물을 그들의 영웅으로 재구하였다. 민중들은 김덕령의 생애를 재구하는데 사회적 여건이 변화하였다. 즉 김덕령이 죽을 당시에 역적의 누명으로 죽었기 때문에 그에 대한 언급에서 부정적 측면만을 표출하고, 영웅성을 은밀하게 내면화 시켜 지배자인 위정자들의 시각에 드러나지 않도록 해야 하였다. 그런데 현종 2년 이후에 신원되면서 부정해야 할 제약 요소가 없어졌다.

문헌설화에서는 다양한 방식으로 김덕령을 영웅화 하는 민중의식의 양상을 기록하거나, 자기 나름의 논리를 전개하여 영웅성을 극대화 하거나, 김덕령의 한계성을 보여주게 된다. 본 절에서는 김덕령의 생애를 설화화한 문헌설화를 중심으로 살펴볼 것이다. 그런데 문헌설화는 김덕령이 죽은 직후에 기록된 것으로부터 오랜 세월이 지난 기록이 있으나, 이들이 채록되기 전까지는 민중들 사이에서 구전설화와 함께 구술되었고, 오늘날까지 구전된 자료에 어떤 영향을 미쳤을 것으로 여겨진다. 이런 점에서 문헌설화의 변이양상을 민담적 형상화 혹은 영웅화의 시도라고 하였다.

1) 신이한 탄생

김덕령의 탄생담은 오직 『김충장공유사』 <연보>에만 보이고 있다. 이는 문헌기록자들이 김덕령의 탄생담보다 그의 행적에 관심을 가졌기 때문일 것이다. 김덕령의 탄생담을 보면 다음과 같다.

어머니 심씨 부인이 꿈에 두 마리의 호랑이가 무등산에서 내려와 방안

으로 들어오는 것을 보고 임신을 하였다. 만삭이 되자 또 꿈에 두 마리의
호랑이가 방에 들어왔다. 분만할 무렵에 호랑이가 문을 지키고 있다가 해
산한 후에 뒷동산 대나무 숲을 따라 들어 가버리니 사람들이 모두 기이하
게 여겼다.

　(先時　母潘夫人夢見兩虎　自無等山來入房　因有娠　及彌朔又夢兩虎入房　將娩
有虎守門外　解胎後從後園竹林而去　人皆異之)

　　문헌설화에서 김덕령의 탄생담은 호랑이와 관련되어 있고, 구비설화
에 많이 보이는 풍수지리설과 연결된 삽화가 보이지 않았다.[20] 위 문헌
설화에서 김덕령의 탄생담은 호랑이가 임신할 때도, 임신 중에도, 해산
할 때도 현몽하였다고 되어 있다. 김덕령에 대한 태몽은 태어날 김덕령
의 기질과 성격을 보여주고자 하는 결구로 인식하고 있다. 즉 호랑이처
럼 용맹스러운 인물임을 상징한다. 이런 태몽담을 김덕령에게 결구시킨
것은 그가 훌륭한 기상을 가진 인물이기를 바라는 서술자들의 기대심리
를 보여준 것이다.

　　한편 이 삽화의 구성은 기병하고 받았던 김덕령의 군호가 익호장군이
란 점과 관련되어 생각할 수 있다. 김덕령이 두 마리의 호랑이를 잡았다
거나,[21] 호랑이 두 마리를 겨드랑이에 끼고 다녔다[22]고 하여 붙여진 군
호였다. 이처럼 두 마리의 호랑이를 물리치거나 거느리고 다녔다면 그
와 같은 용맹의 기상을 타고 났을 것이란 사고의 재구인 것이다.

　　이 탄생담에서 호랑이는 왜 김덕령을 해산 하자마자 후원의 죽림을

---

20) 구비설화에서의 탄생담은 대체로 풍수설화와 연결되어 있다. 위와 비슷한 설화는 1989
　　년 6월에 퇴근하는 차안에서 한양대 김용덕 교수한테 들은 바 있다. 필자가 이몽학과
　　이율곡의 탄생담을 말하자, 비슷한 탄생담이 김씨의 일족에 내려오는 전설이 있다며
　　들려주었다. 이때 들려준 김덕령에 관한 탄생담의 줄거리는 다음과 같다. 김덕령의 부
　　친은 호랑이가 품안에 드는 신이한 태몽을 꾸고 정부인에게 가서 동침을 요구하다가
　　거절당하였다. 그리하여 첩에게 가서 동침하여 김덕령을 얻게 되었다.
21) <왜병에게 호랑이잡아 팔기> 삽화 참조
22) <연보> p.9. 이외에도 이귀의 천거에 관한 삽화에서도 나타난다.

따라 가버렸을까. 임신과 탄생에 깊이 관여하였던 호랑이가 김덕령이 탄생 하자마자 가버린 것은 단순하게 생각할 문제가 아니다. 우리나라 산속(産俗)에서는 출산한 후 3주일 정도의 외인 출입을 금지하기 위하여 금줄을 친다. 그런데도 호랑이는 외인들의 출입을 금하기 위해 일주일 정도 문을 지키지 못하고, 해산을 하자마자 산 속으로 돌아갔다고 하였다. 여기에서 두 가지를 고려할 수 있다. 하나는 태어난 아이에게 호랑이로 상징되는 서술자들이 기대하였던 것을 얻지 못하고 포기한 것이고, 다른 하나는 자기의 점지로 태어날 아이가 자기를 배반할 기미로 생각할 수 있다. 즉 전자는 영웅의 기대심리에 대한 한계를 표출한 것으로 태어날 아이가 후에 성공하지 못하고 실패할 것을 복선화한 결구라고 하겠다. 후자는 뒤에 언급할 김덕령이 죽림에서 호랑이를 처치하였다는 점에서 고려된다.

문헌설화에서의 탄생담은 구비설화만큼 확연하지는 않지만, 김덕령의 신이한 능력과 기질을 보여주면서도 그 한계성을 예시하고 있다.

2) 용력의 형성과 그 성격

(1) 김덕령의 성장과 용력의 성격

김덕령이 신이한 능력을 보여주는 과정을 보면 다음과 같다. 김덕령은 유업을 하였던 가계의 출신으로, 어렸을 때 증조부 밑에서 덕업을 닦았다. 그는 신이한 능력을 지니고 있었지만 별로 드러내지 않았던 것 같다. 김덕령의 연보에 보면, 뒤 1번의 능력을 나타내는 것이 8세 때의 일이다. 그는 눈의 화광으로 밤에 10리 밖의 물건을 비출 수 있었지만, 용모가 준수하고 기질이 안정되어 능력을 드러내지 않았기 때문에 부모조차 알지 못하였다23)고 한다. 그러던 차에 식량 얻어오기와 땔나무 해오

---

23) <연보> p.1. 容貌俊秀氣質安靜 目光射人能見十里外物 … 不露其勇力以故 公之父母亦未知其

기[24]의 용력을 보여 다른 사람들에게 용력이 있음을 알리게 된다. 또 김덕령은 10세에 공중에 매달리기를 평지와 같이 하여 높은 누각의 처마에서 새알 꺼내기라는 능력을 보여주어 사람들의 이목에 띄게 되었다. 이때 김덕령은 용력에 일삼지 말라는 엄한 교훈을 받고 학업에 전심하였다고 한다.[25] 이 결구는 구비전설의 힘내기형의 전설에 영향을 미친 것으로 고려될 수 있다. 즉 김덕령은 힘내기형 전설에서 보이는 힘의 과시를 위하여 용마와 누나를 제거한 뒤, 뉘우치고 열심히 노력하였다는 의식과 일치하는 것이다.

김덕령의 성격은 두 가지 측면에서 고려되어진다. 첫째는 매우 유자의 성격을 가진 인물로 묘사되었고, 둘째는 자신의 용력을 뽐내는 인물로 설정되어 있다. 이런 이중적 성격은 구비설화에도 나타난다. 자신의 능력을 감추어 소문이 나지 않도록 했어야 함은 뒤에 이어지는 삽화와 최후에 관한 삽화와 연관하여 생각할 수 있다.

김덕령은 12세에 신이한 능력을 여러 사람 앞에 드러내고 만다. 부모의 상을 당하였다는 소식을 들은 친구는 홍수로 냇가를 건널 수 없었다. 상을 당한 친구가 물속으로 뛰어들어 죽을 것 같을 때, 김덕령은 한쪽 다리에 스님에게서 받은 나무바리를 차고, 옆구리에 아이를 끼고 냇가를 건네주었다. 그리하여 사람들은 용력과 그 용력을 숨긴 재덕에 탄복하였다는 것이다.[26] 또 14세에 작은 아버지가 화순 동복으로 이사를 하였는데, 김덕령은 그 앞의 냇가에서 고기를 잡아다가 조석으로 부모에 공양하였다[27]고 한다.

有勇力.

24) <연보> pp.1~2.

25) <연보> p.2.

26) <연보> pp.2~3. 물 건너기는 그의 신이성을 드러내는 역할을 수행하고 있다. 즉 물 건너기는 최래옥 교수의 "수용관점에 따른 건국신화의 해석"(『백산학보』 27호, 백산학회, 1983.5, pp.75~79) 강현모의 "이몽학설화의 연구" (pp.65~70)에서와 같은 의미로 추정할 수 있다.

이렇게 김덕령은 10세 때에 용력으로 일을 삼지 말라고 하여 숨기고 있다가 12세에 위급한 친구를 구해주고, 14세에 100리의 먼 거리에서 고기를 잡아다가 부모에게 공양을 하였다. 나이 12세나 14세는 성장기에 속한다. 김덕령은 성장기에 신이한 능력을 보였는데도 선생에게 버림을 당하지 않고, 오히려 20세에 성 우계(成牛溪)를 새로운 선생으로 맞이하여 유업에 충실하였다.[28] 선생에게 버림을 당하지 않은 김덕령은 성장기에 증조부의 엄명을 어기고 능력을 과시하였다는 측면에서 좀 미약하지만 잠재적 금기의 파괴로 볼 수 있다.

(2) 신이한 김덕령의 용력들

김덕령은 용력이 대단하였던 것 같다. 김덕령의 용력은 성장기의 것과 활동기의 것으로 나눌 수 있는데, 여기서는 성장기의 용력을 중심으로 살펴보기로 하자.

> 1. 노하면 눈에서 화광이 나와 밤에 수리를 비추었다.[29]
> 2. 단간 방으로 말을 달려 들어갔다가 되돌려 나왔다.[30]
> 3. 다락의 지붕으로 올라가 옆으로 누워 처마 안으로 굴러 떨어져 다락

---

27) <연보> p.3. 효행부분은 구비전설에서 완전한 서사구조를 이루지 못한 채 구전되고 있다. 문헌설화는 효행삽화에서 효행만을 강조하고 있는데, 구비전설은 효행과 빠른 능력을 나타내는 역할을 수행하고 있다.

28) <연보> p.4. 문헌설화에는 금기를 설정하지 않았다. 반면에 구비전설에서는 선생이 김덕령에게 더 가르칠 것이 없을 때, 김덕령이 잠재적 금기를 파괴하도록 만든다. 문헌설화에서는 덕령이 실패한 사실과 성장기의 교육이 연관성을 가지지 못하는 반면에, 구비전설 담당자들은 김덕령이 최후에 실패하게 되는 원인을 인과적으로 설명하려고 시도하였다.

29) 동야휘집, 계산담수 권2 p.238, 유사 <연보>, <실기>, 대동기문, 해동명장전 등에 있다. 이중에서 계산담수와 <실기>는 씨름삽화에 포함되어 있어 약간의 차이가 있다.

30) 동야휘집, 계산담수 권1, 계산담수 권2 p.236, 국조명신언행록 권4, 명신록 권11 별집 9, 선조조고사본말(연려실기술), 유사 <연보>, <실기>, <전>, 동야집사, 대동기문, 청야만집, 해동명장전.

안으로 들어가다.[31)

4. 대나무 숲의 호랑이를 박두(활)로 쏘았는데도 달려 나와 창으로 찔러 턱을 뚫고 땅에 꽂아 꼬리만 흔들고 움직이지 못하게 하였다.[32)

5. 용력이 절륜하여 수백 질의 담장을 뛰어넘었는데, 겨드랑이에 날개가 있기 때문이다.[33)

6. 도망가는 개를 쫓아가 잡아 그 고기를 다 찢어 먹었다.[34)

7. 둔갑을 할 줄 안다.[35)

8. 어머니가 아팠을 때 진주에 사는 명의를 찾아갔지만, 함께 가려고 하지 않아 3일간 정원에 엎드려 간구하였다. 이에 감복한 의원을 데리고 당일로 돌아와 어머니의 병을 완쾌시켰다.[36)

김덕령의 신이성을 유감없이 드러내고 있는 장면들이다. 김덕령의 뛰어난 능력을 나타낸 단편들은 각기의 문헌설화에 3~4개가 결합되어 나타나 있다. 연속적으로 김덕령의 뛰어난 능력을 구술하는 것은 김덕령의 신이성을 부각시키기 위한 방편이다. 이들 능력들은 김덕령을 민담적 영웅으로 기인화 시키고 있지만, 반면에 문헌설화 담당 계층의 역사의식 결여에서 비롯되었다[37)고 하겠다. 그런데 이런 의식은 역사의식의 결여라기보다, 영웅이 필요하였던 시기에 신이한 능력을 지닌 위와 같은 김

---

31) 동야휘집, 계산담수 권1, 계산담수 권2 p.236, 명신록, 선조조고사본말, 동야집사, 유사 <연보>, <실기>, <전>, 청야만집, 해동명장전.

32) 동야휘집, 계산담수 권1, 계산담수 권2 p.236, 명신록, 선조조고사본말, 동야집사, <연보>, <실기>, <전>, 대동기문, 청야만집, 해동명장전.

33) 쇄어, 계서잡록, 재조번방지(대동야승), 동야집사, 대동기문, 해동명장전.

34) 동야집사, 명신록, 선조조고사본말, 유사 <연보>, <실기>, 청야만집.

35) 난중잡록3, 계산담수 권2 p.236, 계산담수 권1, 명신록, 자해필담, 풍암집화, 해동고승전.

36) <연보>, <실기>. <연보>에 나열된 두개의 삽화에서 앞 삽화는 막연한 진주 의원으로, 뒤 삽화는 진주의 참봉 金楠으로 되어 있다. <연보>에는 먼 거리이기 때문에 왕진이 불가한 것을 김덕령의 능력으로 해결하였다고 한다. 특히 뒤 삽화는 김덕령의 말이 신이함을 구체적으로 묘사하고 있다. 반면에 <실기>에는 의원이 김덕령의 말을 듣지 않자, 의원이 들어줄 때까지 정원에 엎드려 기다렸다는 김덕령의 지극한 효성을 강조하고 있다.

37) 임철호(2), 전게서 p.123.

덕령조차 쓰이지 못하고 비극적인 운명을 맞이하게 하였던 현실을 인식한 담당계층 의식을 함축적으로 나타낸 것이다.

김덕령의 용력은 위에 예시한 것처럼 다양하다. 좀 자세하게 살펴보기로 하자. 둘째 능력은 말 타는 능력이 뛰어남과 동시에 훌륭한 말을 얻었음을 나타낸다. 즉 활동반경의 확대를 가져다 줄 신마의 얻음을 의미한다. 김덕령이 신마(용마)를 얻었다가 자기 실수로 잃었다는 내용의 구비전설의 치마대 전설과 연결될 수 있다.

셋째의 능력은 다섯째의 조건인 어깨에 날개가 났다는 점과 동일선상에서 해석할 수 있다. 인간은 새를 하늘과 교통할 수 있는 천계의 사자로 여겼다. 이는 새가 하늘을 날 수 있는 날개 때문이다. 그래서 인간도 날개가 있기를 희망하였으며, 새와 같이 날개가 난 사람은 선택된 사람으로 여겼던 것이다. 화중들도 김덕령을 하늘의 사자인 새의 상징성처럼 뛰어난 인물로 여겨 날개가 나 있다고 보았다. 그리하여 새나 원숭이도 오르지 못하는 높은 곳에 오를 수 있는 능력을 지닌 인물로 보았다. 김덕령이 지붕에서 옆으로 누워 떨어져 다락의 안으로 들어갈 수 있었던 것도 그의 어깨에 날개가 나 있기 때문이다. 이처럼 김덕령에게 날개가 있다고 본 것은 신이성을 강조하기 위한 것이다.

김덕령의 용력이 뛰어난 동기는 여섯째 능력에서 찾을 수 있다. 여섯째 능력을 보면, 김덕령은 도망가는 개를 잡아 생고기를 찢어먹었다고 한다. 김덕령이 생고기를 찢어먹는 것은 신기(神氣)가 왕성하여지기 때문이란 것이다.[38] 이는 개가 보신의 대표적 동물이란 점에서 고려할 수 있다. 보신의 음식을 섭취하여 신기를 얻고, 신기는 신이한 능력에 용감성을 부여하는 것이다. 신기를 얻어서 그의 용력을 드러내는 것이 넷째의 능력이다. 그는 대나무 숲속에서 달려드는 호랑이에 질겁하지 않고 차

---

38) <연보> p.9. 吾若食此(生肉 : 필자주)則神氣自旺云.

분하게 대결하여 승리한다. 달려드는 호랑이를 먼저 박두라는 활의 일종으로 쏘지만 죽이지 못하자, 그대로 달려 나오는 호랑이를 창으로 대적하여 턱을 뚫어 땅에 박히게 하였다. 그런데 이 호랑이는 탄생담의 호랑이와 전혀 무관하지 않은 것 같다. 탄생담에 나오는 호랑이가 대나무 숲을 따라 산으로 갔다고 되어 있는 점에서 어떤 연관성을 고려해 볼 수 있을 것 같으나 정확하게 파악되지 않았다.[39]

김덕령의 능력에 신이성을 부여하는 것으로 둔갑을 할 줄 아는 것과 효행을 강조하는 것에 있다. 일곱째의 능력인 둔갑이 구체적으로 어떤 모습으로 변하는 것인지는 알 수 없다. 다만 자신의 형체를 마음대로 바꿀 수 있다는 점은 신이성을 부각시키는 역할을 하는 것이다. 다음으로 여덟째의 의원 데려오기는 효행을 하는데 있지만, 그 효행을 하기 위한 방법에서 신이성을 드러내도록 되어 있다. 먼 거리를 하루 밤사이에 도착하게 한다거나, 의원을 감동시켜 덕령의 의지대로 따르게 하는 것이다.

이상에서 보면 김덕령의 용력은 생고기를 먹어 생기는 신기가 용감성으로 나타나고, 날개가 난 것이 비범성으로 나타난다. 그리고 둔갑을 통하여 신이성을 실현하고 있다고 추측할 수 있다. 그렇지만 김덕령의 성장에 따른 신이한 능력은 서사적 결구를 이루지 못한 단편적인 내용의 나열이 있을 뿐이다.

(3) 씨름삽화

씨름삽화는 김덕령 성장기의 마지막 부분으로 능력이 뛰어남을 나타내고 있다. 이 삽화의 앞부분에서 김덕령은 씨름을 통해 자신의 용력을 드러내려고 하지 않았다. 그 이유로는 유자로서 직분을 지키기 위한 것으로

---

39) 탄생담에는 호랑이 두 마리가 대나무 숲으로 들어갔다는 점에서 차이가 있다. 한편 탄생담에 나오는 두 마리의 호랑이는 맨손으로 잡아 왜병에게 자랑하면서 팔았던 호랑이와 같은 것으로 고려할 수 있다.

되어 있다.[40) 우선 씨름삽화를 단락소로 나누어보면 다음과 같다.

1. 호남민속에는 단오 날에 각저희(씨름놀이)를 하는데, 승리자에게 후한 상을 내렸다.
2. 한 장사가 승리하여 뽐내고 있을 때, 김덕령은 불려 들어와 술과 안주를 얻어먹으면서 씨름할 것을 부탁받았다.
3. 김덕령은 유자의 입장에서 거절하지만, 주위의 강권으로 평상시 입은 옷차림으로 씨름에 임하였다.
4. 장사는 힘으로 덕령을 이기려고 하였으나, 덕령이 꾀로 이겼다.
5. 장사는 실수라며 다시 겨루기를 원하였으나, 김덕령은 눈에서 화광이(目發火光) 크게 발하여 사람들이 놀랬다. 이로 이름을 날렸다.[41)

씨름은 단오 날에 행하는 민속놀이로 전국 각지에서 행하여졌다. 위의 삽화는 김덕령에 관한 설화이기 때문에 호남을 중심으로 행하여진 것으로 보았다. 또 씨름은 상무정신을 드러내는 것이므로 관아를 중심으로 행하여진 인재 등용의 한 방법이기도 하였다. 김덕령은 씨름삽화를 통해 능력이 관아에 알려져 뒤에 천거의 대상이 될 수 있었다.

김덕령의 씨름삽화는 구비전설과 다른 양상을 보이고 있다. 구비전설에서는 김덕령이 용력을 자랑하기 때문에 누나가 저지하는 것으로 되어 있으나, 문헌설화에는 자기 스스로 자제하고 용력을 자랑하지 않는 것으로 되어 있다. 김덕령은 씨름장에 씨름하러 온 것인지 분명하지 않지만, 뒤의 내용으로 보아 구경 온 것으로 보인다. 그런데 김덕령의 용력을 알고 있는 관아사람들이 그를 구경꾼으로만 있게 하지 않았다.

김덕령은 씨름판에 끼어들 수밖에 없는 상황이 되었다. 유생으로서의

---

40) 구비전설에서는 김덕령이 어릴 때부터 자신의 힘을 과시하기 위하여 큰 씨름장을 찾아다닌 것으로 되어 있는데 비하여, 문헌설화에서는 씨름을 억지로 하는 것으로 되어 있어 반대적인 의미를 지니고 있다.
41) 계산담수 권2 pp.238~239. 이와 유사한 삽화가 김충장공유사 <실기>에 실려 있다.

태도를 지키려 하지만, 수령을 비롯한 관아 사람들은 그에게 술과 안주를 먹이면서 씨름을 하게 강권한다. 씨름에 임하는 김덕령은 씨름의 복장이 아닌 유자의 복장, 갓을 메고 도포를 입은 채로 나선다. 이는 김덕령이 지조와 용력이 뛰어남을 드러내려는 설화 담당계층의 의식을 보여 준 것이다. 씨름판에서 유자의 복장인 김덕령이 누구도 당할 자가 없는 완전한 씨름 복장을 한 장사를 이겼을 때, 김덕령의 능력을 드러내는 담당층의 의도가 더욱 큰 효과를 본다.

김덕령은 장사와의 힘의 대결에서 열세이다. 장사는 김덕령을 번쩍 들어 몇 바퀴를 돌려 집어던질 만큼 차이가 있다. 그렇지만 김덕령은 넘어지지 않고 꿋꿋하게 맞서 힘의 열세를 지혜와 빠름으로 해결하고 있다. 김덕령은 장사를 한 바퀴 돌려 이겨버리고 만다. 승부는 이미 결판이 났다. 그런데 장사는 자신의 패배를 인정하려 들지 않고 실수라며 다시 겨루기를 원하지만, 김덕령은 이를 인정하지 않았다. 자신의 실력을 부정하는 장사에게 분기를 터뜨리는데, 방법은 눈에서 화광이 발하는 것이다. 눈의 화광은 어릴 때 밤에 10리 밖을 비추었다고 하지만, 여기서는 분기의 표출이다. 즉 자신의 존재를 부정하는 장사에 대한 분노의 표시로 화광을 발한 것이다. 발한 화광은 김덕령 자신도 어찌하지 못하며 주변의 여러 사람이 함께 소리쳐 그치게 하였다는 것이다. 그리고 이로 인하여 세상에 이름이 날리게 되었다고 한다.

씨름삽화는 김덕령의 지조와 용력을 드러내고, 자신의 존재를 부정하는 자에 대한 극렬한 저항을 나타내고 있다. 문헌에 나타난 씨름삽화에서 스스로의 우월성을 드러내려 하지 않았지만, 자신의 우월성을 부정하는 힘에 대한 거부는 구비전설과 비슷하다. 한편 문헌에 나타난 씨름삽화는 구비전설에 비하여 전반적인 생애와의 연관성을 가진 것으로 결구시키지 못하였지만, 김덕령의 신이한 능력을 드러내는 동시에 이름이 날리게 되어 뒤에 사람들의 천거 대상이 되었음을 보여 준다. 씨름삽화

는 김덕령이 기복종군하게 된 원인을 설명할 수 있도록 맞추어진 결구
로 보인다.

3) 활동기의 가능성과 결핍

(1) 장검 만들기

김덕령은 의병을 일으키기 위하여 전국에 기병하면서 자신이 쓸 칼을
만들었다는 삽화가 있다. 이 칼을 만드는 과정에 대한 삽화는 김덕령의
생애를 예견하도록 결구시켜 놓고 있다.

> 김덕령이 기병할 초기에 장인과 함께 무등산에 들어가 장검을 주조하
> 였다. 밤에 청백 기운이 마을 안에 가득하고 산이 5~6일간 울었다. 사람
> 들은 그것을 기이하게 여기고, 식자들은 모두 불길한 징조로 여겼는데, 과
> 연 효험이 나타났다.[42]

> 김덕령이 처음 기병할 때 무등산에 올라가서 대검을 주조하였다. 대검
> 이 만들어지자 산이 천둥치듯 울었고, 또 곡 중에 하－얀 기운이 하늘을
> 덮고 몇 일간 없어지지 않았다. 읍에 옛 명장 정지 장군의 사당에 갑옷이
> 있었다. 김덕령이 그 갑옷을 취하여 입고 대검을 차고 가서 정지장군의 묘
> 에 제사를 지낼 때, 검이 스스로 풀어져 땅에 떨어졌다. 세 사람이 다 기이
> 하게 여기며 불상(不祥)의 징조로 여겼는데, 마침내 징험이 있었다.[43]

김덕령의 <장검 만들기> 삽화는 두 가지로 구분할 수 있다. 전자는
장검 만들기에 관한 삽화이고, 후자는 장검 만들기에 정지(鄭地)장군 묘

---

42) 명신록 p.73, 해동명장전 p.519, <실기> p.4. 德齡起兵初 令匠人入無等山鑄長劍 夜則有靑
　　白氣彌滿一洞 山鳴又五六日 人多奇之 識者皆以爲不吉之兆 至是果驗.

43) <연보> p.13, <전> p.13. 始公之起義也 上無等山鑄大劍 劍成山有聲如雷鳴 又谷中有白氣亘
　　天數日不滅 邑有古名將鄭地廟藏其甲 公取被之帶劍 往祭地墓 劍自解墮地者 三人皆怪之以爲
　　不祥 至是乃驗. 전에는 무등산을 서석산으로 되어 있고, 갑옷을 鐵衣라고 하는 등 보다
　　구체적으로 묘사하고 있다.

에 제사 지내기가 결합된 삽화이다. 전자는 무등산에 올라가서 장검을 만드는 것으로 되어 있다. 이때 무등산은 이곳 지역민들의 인심이란 점에서 김덕령에 대한 기대를 상징화한 것이다. 그런데도 장검을 주조할 때 청백이나 하얀 기운이 산 계곡에 가득하고, 산이 울었다는 것을 불길의 징조로 이해하였다고 되어 있다. 서술자들이 <장검 만들기> 삽화를 통해 보여주고자 한 김덕령의 한계이다.

후자의 <장검 만들기> 삽화는 앞의 삽화에서 불길의 징조가 명확하지 못하다고 인식한 담당 계층이 반복적 부연을 통해 보다 명확하게 한계를 드러내려는 의도로 보인다. 즉 산이 울었다는 것과 청백 안개가 자욱하였다는 것은 불길의 징조로 이해될 수 없다. 오히려 상(祥)스러운 기운이며, 산울림은 그의 이름이 떨칠 것을 상징한다고 할 수도 있다. 그렇지만 김덕령이 임진왜란 기간에 공을 세우지 못하고 이몽학의 모반에 연루되어 불우하게 옥사하였다는 비극적인 역사적 사실의 한계를 인식하고 있는 담당층들은 보다 구체적인 불길한 예후의 묘사가 필요하였다. 그 결과 광주지역에서 옛 명장으로 이름이 높았던 정지 장군의 사당에 제사지내는 방식을 결구하게 되었다. 서술자들은 김덕령이 훌륭한 장군으로의 성취를 위하여 명장의 신조를 받도록 제사지내게 하였다. 즉 서술자들은 정지 장군이 명장이기 때문에 김덕령이 장군으로의 가능성이 있는지 없는지 알 것으로 믿었다. 그래서 정지 장군이 새로 주조하여 찬 김덕령의 장검을 떨어뜨림으로써 김덕령의 한계를 사람들에게 알리는 장치로 이용한 것이다.

보검이 없는 장군은 지휘력의 상실을 의미한다. 새로 주조한 검이 떨어진 것을 통하여 사람들에게 김덕령의 미래가 불확실하고 불운할 것을 짐작하게 만들었다. 그런데 앞의 삽화에서는 사람들이 기이하게 여기고 아는 자들만이 불길의 징조라고 여겼는데 비하여, 아래 삽화는 세 사람이라고 지칭하고 있다. 이때 세 사람이란 누구인지 분명하지 않지만, 삼신의 의미를 가질 수 있다.[44] 즉 김덕령 장군이 정지장군에 제사하는 것은 장군으로의 탄생과 같은 의미를 지닌다. 훌륭한 장군이 되도록 도와주어야 할 삼신은 김덕령의 칼이 떨어지는 것을 보고, 김덕령의 미래에 확신을 가지지 못하였다고 볼 수 있다. 그래서 삼신들은 불길의 징조로 여기면서 관망자의 자세로 김덕령을 보았다는 것이 된다. 이 상징의 삼신은 산신으로 볼 수 있으며, 산신은 무등산 산신의 의미라 할 수 있다. 무등산은 광주지역 사람들의 힘의 결집을 상징하게 된다. 이렇게 볼 때 삼신의 방관적 자세는 광주지역 사람들의 김덕령에 대한 기대가 확실성과 확신에 차 있지 못했음을 보여주고 있다. 이런 결구는 김덕령이 역적의 누명을 쓰고 억울하게 죽었다는 역사적 한계를 인식한 담당층들이 그의 운명적 단초를 보여주려는 의도에서 결구한 것으로 보인다.

(2) 추노설화

김덕령에게 성장기와 활동시기의 중간적 역할로 보이는 추노설화가 연결되어 있다. 이는 김덕령의 결혼 초야에 결구되어 효성을 드러내고 신이한 능력을 유감없이 발휘하게 하면서, 이면에 무자비한 김덕령의 성격을 드러내려는 의도가 있는 것 같다. 이런 추노전설이 역사적 의미를 상실한 담당층 의식의 반영이라고 보는데,[45] 꼭 그런 것만은 아니다. 문헌설화에 나타난 추노설화는 김덕령 생애의 양상을 합리적으로 설명하려는 의식을 보여주고 있다. 이에 대해 자료를 통하여 살펴보기로 하자.

1. 김덕령은 과부의 딸과 결혼한 첫날밤에 장인이 추노하러 갔다가 변을 당한 것을 알았다.
2. 김덕령은 초야를 지내고 다음날 떠나라는 장모의 만류를 뿌리치고 두

---

44) 이는 좀 견강부회한 감이 없지 않다.
45) 임철호, 『설화와 민중의 역사의식』 (집문장, 1989) p.124.

노비를 거느리고 장인의 원수를 갚으러 노비들의 마을로 떠났다.
3. 김덕령은 노비들의 계략과 위협을 특이하고 신이한 능력과 지혜로 물리치고 장인의 원수를 갚았다.
4. 김덕령은 노비들을 몰살시키고 그의 재산을 압수하여 장모에게 갖다 주었다.[46]

일반적으로 전승되는 추노설화의 일종이다. 이런 추노설화가 김덕령에게 결구된 것은 그의 뛰어난 능력과 무자비성을 드러내려는 의도로 보인다.

첫째 단락에서 김덕령은 장인이 추노를 갔다가 비명횡사한 사실과 자기를 사위로 삼은 이유가 장인의 원한을 풀어줄 기대에서 비롯된 것임을 알게 된다. 다시 말해 장모는 남편이 추노하러 갔다가 돌아오지 않자, 남편의 원한을 풀기 위하여 외동딸을 키워 신이한 용맹이 있다는 김덕령과 연분을 맺어준 것이다. 김덕령은 장모의 뜻에 부응하여 2단락과 같이 초야도 지내지 않고 철추를 소매에 감추며, 창두 2명을 거느리고 즉시 떠났다.[47] 이는 능력에 대한 자부심과 효행심을 드러낸 동시에 그의 조급성을 드러낸 행동이다.[48] 이때 조급성은 구비전설화 되면서 더욱 강하게 부각되는 것 같다.

3단락에서 노비들은 추노 온 김덕령을 상전으로 대우하면서 온갖 음해를 계획한다. 계획은 바로 바닷가의 뱃놀이였다. 실제의 추노과정은 관청과 연결되는 것이 일반적이기 때문에, 함부로 상전댁 사람을 해칠 수 없다. 그래서 해난사고로 가장하며 그들이 죽이지 않았음을 입증할 수 있는 뱃놀이를 선택하였다. 배에는 김덕령만 태우고 같이 간 창두들

---

46) 동패낙송, 기문총화, 동야휘집, 대동기문.
47) 동패낙송이나 기문총화에서는 다음날 즉시 떠나겠다고 되어 있다. 또 김덕령이 데리고 떠나는 노비의 수도 6명으로 되어 있다.
48) 동야휘집, 一聞此語 業火万丈忍不可住 固請卽行.

을 타지 못하게 한 후에 건장한 노비들만 타고서 뱃놀이를 하였다. 이때 노비들은 김덕령의 능력을 알지 못한 채, 자신들의 건장한 것만 믿고 김덕령의 장인을 죽인 것을 말하고 김덕령을 몰아세운다. 김덕령은 두려운 빛을 나타내어 노비들을 속이면서 음식을 청하는 여유를 보인다. 노비들이 죽기를 재촉하자 김덕령은 타고 온 배의 선판을 굴러 몸을 공중에 솟구치면서 배를 뒤집어 건장한 노비들을 수장시키고 여유 있게 노를 저으며 돌아왔다.

3단락에서 보여준 여유를 4단락에서는 찾아볼 수 없다. 4단락은 장인의 원수를 갚는 김덕령이 효행과 용맹만을 강조하다가 자신의 무자비성을 함께 드러내는 장면이다. 김덕령은 육지에 도착하자마자 도망가는 늙은 노비들을 포박하여 주살하고, 또 마을에 들어가 이미 저항의지를 상실하였고, 심지어 늙었거나 어린아이까지 주살하는 비인간적이고 무자비성을 효행이란 미명하에 자행하였다[49]는 것이다. 이런 무자비성은 구비전설에서 강화되어 누나까지 죽이는 것으로 결구하는 힘내기형 전설에 많이 나타내고 있다. 무자비성의 결구는 김덕령이 임진란 기간에 "사람 죽이기를 좋아하였다"는 풍문이 전설화 과정에서 의식적이든 무의식적이든 담당층의 의식이 끼어든 것으로 보인다. 이처럼 추노전설은 김덕령의 효행심과 신이한 용맹성을 보여주는 동시에 일의 처리에 있어서는 조급성과 무자비성을 보여주고 있다.

(3) 김덕령의 산중처자 구하기

이 설화는 김덕령이 강원도로 사냥을 가서 호랑이를 추격하다가 어느 산정에서 호랑이를 놓치고 길도 잃어버렸다는 것부터 시작한다. 우선 이 설화를 단락으로 나누어 제시하면 다음과 같다.[50]

---

49) 동패낙송과 기문총화, 馳還村中 村中男女老少 一撞金之拳頭無不立斃亂屍如麻.
50) 파수록, pp.464~472.

1. 김덕령이 사냥을 가 호랑이를 쫓다가 깊은 산정에서 길을 잃었다.
2. 불빛이 반짝여 찾아가니 빈집 같은 큰 저택에 소복을 입은 처녀가 형이라고 하여, 적당하게 대답하였다.
3. 김덕령은 처녀에게서 가계의 내력이 적힌 편지를 받고 화가 났다.
4. 다음날 김덕령은 마을입구 길을 악한 노비에게 인도하라며 죽이려고 하였으나, 노비의 용력을 알지 못하여 망설이었다.
5. 김덕령이 잡은 꿩을 주우러 가는 노비를 활로 독화살을 쏘자, 노비는 이를 잡아 꺾으면서 "여자 먼저 죽이고 너를 죽인다"고 하였다. 김덕령은 처녀가 피해 받을 것을 두려워하여 쫓아갔다.
6. 김덕령은 처녀를 찾는 노비에게 소리치며 담 넘기를 하며 싸웠다.
7. 김덕령은 날개가 있어 용력이 더 생겨나, 혈용(血勇)이 수축하여 힘이 빠진 노비를 난타하여 죽이고, 악한 노비에게 협조한 100명의 노비도 죽였다.
8. 덕령은 첩을 삼아달라는 처녀에게 남매의 의를 맺었으니 안 된다며, 정숙하게 기다리고 있으면 대상을 치를 때에 온다고 말하고 돌아왔다.
9. 덕령은 대상이 끝난 처녀를 용맹이 비범한 종제와 성례를 올려주어, 이들은 부귀영화를 누리며 살았다.

위 설화는 신립 장군이 젊어서 사냥 갔다가 일어난 사건과 유사하다.[51] 김덕령은 강원도로 사냥을 갔다가 호랑이에게 유인 당하여 깊은 산중에서 길을 잃어버렸다. 길을 잃어버렸다는 점은 고난을 상징한다. 1단락의 고난은 김덕령이 호랑이를 사냥하는 것이 아니라, 2단락 이후의 결핍요소를 해결하도록 호랑이가 김덕령을 유인하는데 있다.[52] 길을 잃고 방황하는 고난에서 좌절하지 않도록 불빛이 반짝이었다는 희망을 주는 단락이 2단락이다. 2단락의 희망은 완전한 것이 못 된다. 왜냐하면 도착한 곳은 대문이나 창문이 떨어져 빈집과 같은 큰 저택이었다. 이런

---

51) 『한국구비문학대계』 3-2(청주시 청원군편) pp.387~392. <살릴 여자 죽인 신립(申砬) 장군>
52) 이때 호랑이는 산신의 대행자, 또는 산신의 사자로 보아야 할 것이다.

대저택에 소복을 입은 처녀 둘만 있다는 것은 결핍요소가 있는 상태를 나타낸다. 이처럼 1과 2단락은 김덕령의 능력을 드러내기 위한 도입 성격을 띠고 있다.

2단락은 김덕령의 지혜의 측면을 보여준다. 처녀의 엉뚱한 질문은 사정이 있음을 나타낸 것이다. 주변상황을 사려있게 고찰한 김덕령은 처녀에게 사정이 있음을 간파하고 임기응변으로 대답하였다. 그것으로 김덕령은 소복을 입은 처녀에게 기개와 재치를 인정받게 된다. 김덕령은 처녀와 인사를 하고, 정갈한 저녁상까지 받게 된다.

3단락에서 김덕령은 처녀로부터 편지를 받는다. 편지에는 처녀가 김덕령에게 형이라고 하였던 이유와 자신의 가계 내력이 적혀 있다.[53] 편지에 처녀의 가계는 잠영누족으로 할아버지께서 속세를 피하여 수백 명의 노비를 거느리고 이곳에서 은거하였다. 그런데 노비 중에 효용이 뛰어난 자가 있어 밤사이에 상전을 모두 죽이고 처녀를 겁탈하려고 하였다. 그래서 적당하게 달래어 부모의 대상을 치루고 백년가약을 맺기로 약속하였다는 것이다. 삼 년 동안에 의기가 있는 대장부를 만나서 원수를 갚을 결심이었는데, 손님이 적당한 사람이라 생각되어 청하고 바라는 것이다. 김덕령은 편지를 읽는 동안에 화가 치밀어 올랐다.

4단락에서 김덕령은 아침에 집으로 들어온 악한 노비를 유인하기 위하여 동네 입구를 인도할 사람을 처녀에게 부탁하였다. 지목된 악한 노비는 김덕령이 '앞에서 인도하라'고 하자, 김덕령의 말에 활과 화살, 장검, 철편 등이 걸려있는 것을 보고 뒤따르겠다고 하였다. 김덕령은 악한 노비의 용력을 알 수 없어 대결을 망설이었다.

---

53) 신립 장군의 전설에서는 가해자가 원귀이기 때문에 편지를 주고받지 않았다. 또 대결이 원귀이기 때문에 한 번의 대결만 필요하고, 대결의 시간도 밤이다. 그런데 김덕령의 전설은 주인과 노비의 대결이기 때문에 보다 사실적이고 극적 효과를 보인다. 이는 김덕령의 영웅성을 드러내려는 역할에 중점이 있다.

김덕령과 악한 노비의 본격적 대결의 시작이 5단락이다. 김덕령은 꿩이 날아가는 것을 보고 활로 쏴 잡고, 꿩을 주우러 가는 악한 노비에게 독화살을 쏘았다. 그런데 노비는 독화살을 잡아서 부러뜨리면서 '처녀를 먼저 죽이고 김덕령도 죽인다'며 달려간다. 5단락에서 김덕령은 악한 노비와의 대결에서 열세로 나타난다. 활과 장검 철편을 가진 김덕령이 맨손의 악한 노비를 두려워한다는 표현은 악한 노비의 효용을 강조하여 김덕령의 영웅성을 강조하기 위한 방편이다. 그리하여 뒤의 단락에서 김덕령의 능력은 영원하여 일시적인 악한 노비의 효용을 제거하여 민중들을 구원할 힘의 원천이란 의식을 보여주려는 것이다.

6단락에서 김덕령은 5단락과 마찬가지로 악한 노비에게 열세이다. 김덕령은 처녀가 피해 볼까 두려워 말을 타고 뒤쫓아 왔는데도, 뛰어온 악한 노비보다 늦게 도착하였다. 심지어 김덕령은 처녀를 찾아 해치려는 악한 노비에게 소리치고 도망하듯 담을 넘는다. 이를 본 악한 노비는 담을 넘어 김덕령을 쫓아온다. 김덕령은 노비가 내정에서 외정으로 나오면 외정에서 내정으로 넘어가고, 외정에서 내정으로 넘어 들어오면 내정에서 외정으로 도망 나오기를 반복하였다. 김덕령이 도망치듯 담을 넘는 것은 꾀를 쓴 것이다. 즉 6단락의 열세가 거짓으로 꾸며진 것임을 7단락에서 알 수 있다.

7단락에서 김덕령의 영웅성은 날개가 있음으로 드러낸다. 악한 노비는 단순한 효용이고 김덕령의 능력은 천부적인 것이다. 그렇기 때문에 힘을 쓸수록 김덕령은 늘고, 악한 노비는 준다. 김덕령과 악한 노비는 시간이 흐를수록 우월의 차이가 드러나기 시작하여 지금까지의 열세를 극복하고, 반대로 악한 노비를 추격한다. 그리고 대결할 능력이 없는 악한 노비를 철편과 검으로 난타하여 죽인다. 그리고 처녀의 원수를 갚는다는 측면에서 악한 노비와 그에게 협조하였던 노비들을 죽이는 것은 마땅한 일이다. 그런데 협박으로 어쩔 수 없이 악한 노비를 따른 100여

명의 노비를 죽인 것은 김덕령의 능력을 드러내기 위한 것이라기보다 그의 무자비성을 드러낸 것이 된다. 이런 무자비성은 김덕령이 기병하여 의병장으로 군율을 지키기 위하여 많은 사람을 죽였다는 풍문이 추노설화와 같은 전설화 과정에서 의식적 또는 무의식적으로 첨가된 것이다.

8단락은 김덕령의 성격을 보여준다. 처녀가 '첩이라도 삼아 달라'는 청을 의남매를 맺어 불가하다고 말한[54] 다음 '숙부모의 대상을 치를 때까지 정숙하게 기다리고 있으면 온다'며, 여자에게 의지할 곳과 희망을 주고 있다. 그리고 김덕령은 9단락과 같이 종제를 의매와 결혼시킨다. 김덕령은 종제가 조실부모하였으나 효용이 있기 때문에 의매의 노비들을 무난하게 다스릴 것으로 알았다. 그리하여 김덕령은 종제에게 교훈을 지키게 하여 종제 부부가 영화롭게 살게 하였다.

이상에서 <산중처자 구하기>는 김덕령 능력의 드러내기 역할을 수행하면서 그가 지조 있음을 짐작하게 한다. 반면에 김덕령의 능력이 뛰어난 것만 강조하다가 오히려 김덕령의 무자비성을 보여주고 있다. 이것은 추노설화와 상통하는 면이다.

(4) 기병과정과 의병활동

문헌설화에는 김덕령의 기병과정이 사서나 문헌기록과 대동소이하다. 본 절에서는 김덕령이 행한 기병과정과 의병활동을 간략하게 언급하고, 의병활동의 시기에 행한 김덕령의 신이한 능력에 관한 단편적인 삽화들은 다음에서 다루기로 하겠다.

김덕령이 기병과정이나 의병활동은 역사적 사실이기 때문에 설화화

---

54) 신립 장군의 전설에서는 결혼하였기 때문에 여자의 청을 막무가내로 거절하였다. 여자는 지붕에 올라가서 불을 놓고 타죽어, 원귀가 되어 신립을 탄금대 전투에서 패배하게 만들었다. 김덕령의 전설에서는 김덕령의 결혼 여부가 확실하지 않지만, 결혼한 것으로 보이는 김덕령이 여자의 청을 의남매 관계로 완곡하게 거절하였다. 그러면서도 김덕령은 처녀에게 정숙하게 기다리고 있으면 대상을 지내러 온다며 희망을 주고 있다.

하는데 한계를 가진다. 김덕령은 형과 함께 의병을 떠났다가 형의 명령에 따라 어머니를 봉양하기 위하여 집에 돌아왔다. 이때 형의 전사 소식을 듣고 울분을 참을 수 없었으나, 마침 어머니의 상을 당하였기 때문에 의병에 참여할 수 없었다. 마침내 김응회(金應會) 등과 장성현감 이귀, 담양부사 이경린의 권유와 천거로 기년상을 마친 후 의병활동을 하였다.

김덕령의 기병과정과 그의 진격로에 관한 것은 역사적 사실을 토대로 전설화 되어 있다. 즉 대부분의 서사전개는 역사적 사실과 일치하지만, 김덕령의 능력은 과장되었거나 신이한 측면으로 전설화 되고 있다. 김덕령은 의병을 일으켰을 때 대단한 기대를 받아 5,000여 명이 참가하였다. 분조하여 전주에 와 있던 광해군은 김덕령의 기병 소식을 듣고 그를 불러 능력을 시험해 보고서 익호장군을 제수하였다.[55] 김덕령은 광해군 앞에서 능력을 발휘하고 즉시 담양까지 내달아 의병을 이끌고 전선으로 이동하기 시작하여 장차 왜적을 격퇴시킬 진격로를 발표하였다.[56] 순창 남원을 지나면서 군사를 조련시킨 뒤에, 영남으로 들어가 왜병과 대치하였다. 이때의 김덕령은 왜병들에게 두려움의 대상이 되었다. 김덕령을 부각시킨 신이한 능력들은 단편적인 삽화로 전승되고 있다.

삽화에서 김덕령은 효를 버리고 충을 위하여 기병한 것으로 되었다. 그의 충성심은 선조가 제도(여러 도)의 의병을 혁파하여 김덕령의 충용군에 복속시키게 할 정도였지만 당시의 위정자들은 김덕령의 순수한 애국충정을 받아들이지 못하였다. 그래서 김덕령을 시기하거나 함정에 빠뜨리려는 시도가 있었다. 이런 시도가 거제도 탈환작전이다.[57]

거제도 탈환작전은 당시의 실권자인 윤두수가 자신의 위상을 높이기 위하여 무모하게 시도한 작전이다. 이 작전의 무모함을 간파한 곽재우

---

55) 난중잡록, 명신록, 선조조고사본말, <실기>.
56) 난중잡록, 명신록, 선조조고사본말, <연보>.
57) 대부분의 사서 기록과 문헌설화에는 거제도 탈환작전이 기술되어 있다.

가 권율에게 취소할 것을 요구하지만, 묵살 당하고 거제도 탈환작전은 왜군이 성문을 굳게 닫고 대항함으로써 실패하고 말았다. 작전은 김덕령의 능력이 허명임을 입증되는 계기가 되었고, 실패로 인하여 김덕령은 윤두수의 미움을 사게 되었다.

이때부터 김덕령은 자기를 미워하고 시기하는 자가 있어 기병하더라도 공을 세우지도 못하고 화를 당할 것을 두려워하여 술을 마시기 시작하였다. 이로 김덕령의 생애는 비극적 종말을 맞이하는 계기가 되었다.

이와 같이 문헌설화에서 김덕령의 기병과정과 의병활동은 역사적 활동과 별 차이를 보이지 않고, 다만 문헌기록과 사서의 축약 형태로 전해지고 있다. 문헌설화 담당층들은 김덕령의 의병활동을 전설화 하면서 역사적 사실의 한계 때문에 역사적 사실을 그대로 결구한 것으로 보인다.

(5) 가능성이 열린 활동기의 능력들

김덕령의 능력은 활동기에도 성장기와 같이 무한한 가능성이 열린 인물임을 강조하는 삽화로 되어 있다. 이런 삽화들은 일반적으로 서사적 구조를 이루지 못한 단편적인 언급이거나, 2~3개나 4개 이상의 삽화가 결합되어 나타난다. 여기서는 김덕령의 활동기에 해당하는 신이한 능력들을 중심으로 검토하여 보자.

> 1. 이귀는 김덕령을 천거할 때, "용과 범을 쫓아 잡고 공중을 날아다니며, 지혜는 제갈공명과 같으며, 용맹은 관우보다 더하다"고 하였다.[58]
> 2. 진주목장에 사나운 말이 뛰어나와서 곡식을 밟고 높이 뛰면 나는 듯하여 사람이 능히 가까이 하지 못하였다. 덕령이 그것을 듣고 즉시 가서 고비(굴레)를 끼고 올라타 말을 잘 길들였다.[59]

---

58) 동야휘집, 난중잡록 3, 계산담수 권2 p.236, 명신록, 자해필담, 선조조고사본말, 대동기문, 청야만집, 혼정편록, <실기>.
59) 동야휘집, 동야집사, 명신록, 선조조고사본말, 대동기문, <연보>, <실기>, <전>.

3. 김덕령이 타고 다니는 백마는 하루에 천 리를 달리고, 가는 곳마다 승전하며 포위를 뚫고 적진에 뛰어들기를 무인지경(無人之境)에 들어가는 것과 같았다. 그래서 왜적들이 '비장군(飛將軍)'이라 부르며 모두 칼을 거두고 피하였다.[60]

4. 김덕령은 말이 전일에 음식을 수 일 동안 먹지 않더니, 지금 또 먹지 않은지 10여 일이라 근심하였다. 김덕령은 성윤문이 편지로 청하자, 조정에서의 체포 명령이란 것을 알았다.[61]

5. 김덕령은 철퇴 2개를 허리 아래 좌우에 차고 다녔는데, 각기 무게가 백 근이나 되었다.[62] 또 순천에서 양쪽에 80근의 철추로 장검을 빼앗아 수만 군중으로 달려오기를 사람이 없는 경계에 들어오는 듯하니 적들이 크게 얼빠져 감히 다시 남쪽 경계를 엿볼 생각을 못하였다.[63]

6. 김덕령은 맨손으로 범 두 마리를 두들겨 잡아서 왜놈에게 자랑하며 팔았더니, 왜놈들이 두려워하였다.[64]

7. 산에서 검을 휘두르면 좌우의 수목이 비바람과 같이 떨어졌다.[65]

8. (김덕령) 일국의 신장이라고 하여 왜인들이 그것을 듣고 심히 두려워하였다. 왜장 청정은 김덕령의 명성을 듣고 화공을 시켜 화상을 그려다 보고 "진실로 장군이다."라고 하였다.[66] 그리고 영남에 갔을 때 왜병들이 적병을 거두어 한 곳에 합쳐 대군을 만들어 항거하였다.[67]

---

60) 재조번방지, 동야집사, 선조조고사본말, <연보>.

61) 풍암집어, 동야집사, 명신록, 풍암집화, 대동기문, 청야만집, <실기>, <전>.

62) 동야휘집, 계산담수 권2 p.236, 동야집사, 명신록, 선조조고사본말, 대동기문, 청야만집, <연보>, <실기>, <전>.

63) 동야집사.

64) 난중잡록 3, 선조조고사본말, 명신록, <연보>, <실기>.

65) 대동기문, 해동명장전, <전>. 그리고 <유사>에는 김덕령이 기병하여 남원으로 진을 옮길 때로 되어 있다. 즉 남원에 진을 쳐야하는데 밤나무들이 우거져 대진을 칠 수가 없자 장검을 휘둘러 큰 나무들을 잘랐다고 한다.

66) 선조조고사본말, 동야휘집, 동야집사, 명신록, 자해필담, 대동기문, 청야만집, 해동명장전, <연보>, <실기>, <전>.

67) 동야집사, 명신록, 쇄어, 계서잡록, 재조번방지, 풍암집어, 해동명장전, <실기>, <전>.

위의 신이한 능력들은 대개 전쟁과 관련된 것이다.[68] 이런 신이한 능력들은 기대되었던 김덕령이 임진왜란 기간에 제대로 쓰이지 못한 상황을 풍자하려는 방편인 것 같다. 당시의 상황을 지배층의 당파성과 무능으로 훌륭한 인물이 제대로 쓰이지 못하고 배척을 받아 전쟁의 피해를 더 많이 보았다고 간파한 민중들은 비극적으로 인생을 마친 김덕령을 영웅화하여 드러내고자 하는 의도를 보여준 것이다.

위의 첫째 능력은 김덕령을 천거한 이귀의 말이다. 이귀는 김덕령의 신이한 능력을 제시하며 제갈공명의 지혜와 비교하였고, 관우의 용맹보다 뛰어나다고 말하고 있다. 김덕령의 뛰어난 용맹은 용과 범을 쫓아서 잡을 정도라 하였는데, 이것은 공중을 날 수 있을 때 가능하다. 다시 말하면, 김덕령은 어깨에 날개가 나 있다는 의미를 함축하고 있다. 또 이귀의 천거하는 중에 '김덕령의 품안에 호랑이 두 마리가 논'[69]다는 말도 있다. 이처럼 김덕령의 뛰어난 능력이 호랑이와 관련을 가진 것은 탄생담에 기인한다. 또는 김덕령은 호랑이의 상징인 동물의 왕중왕이란 의미와 같은 자, 그보다 뛰어난 자임을 나타내기 위한 방법인 것 같다.

둘째와 다섯째는 서로 연관성을 가지고 있다. 둘째에서 훌륭한 말을 얻은 김덕령은 말의 도움으로 뛰어난 능력을 발휘할 수 있었다. 김덕령이 훌륭한 말을 얻은 동기는 구비전설과 좀 차이가 있으나 의미는 같다.[70] 그 동기를 보면, 진주목장에서 사나운 말이 뛰쳐나와 곡식을 밟고 높이 뛰면 나는 듯하였다. 김덕령은 이처럼 사람이 접근할 수 없는 말이 뛰쳐나왔다는 것을 알고 즉시 가서 말에 고삐를 끼고 올라타 열심히 길들였다는 것이다.

---

68) 일곱째의 능력만이 전쟁 전과 후의 능력으로 구분된다.

69) 「混定編錄」 권7 『大東野乘』 권16, p.103. 曾做出金德齡兩腋兩虎出入之說者也.

70) 구비전설에서는 광주지역에서 날개가 있다거나 용마라는 신이한 말을, 문헌설화에서는 진주에서 뛰어난 말을 얻는 것으로 되어 있다. 또 전자에는 신이한 말이 김덕령의 과욕 때문에 죽는데, 후자는 끝까지 김덕령 삶의 동반자로 나타나 있다.

날뛰는 말을 길들여 타고 다니면서 행한 능력이 셋째에서 다섯째 능력이다.71) 특히 셋째와 넷째의 능력은 말이 행한 능력이다. 셋째는 말의 뛰어난 특성이다. 김덕령의 말은 하루 천리 길을 가고, 가는 곳마다 승리를 하고, 적진의 포위를 뚫고 들어가기를 무인지경에 들어가는 듯하였다는 것이다. 말은 훌륭한 장수로서의 요건 강화를 의미한다. 김덕령이 비장군(飛將軍)이 된 것은 앞 둘째 능력의 말 모습과 비슷하다.

말은 넷째와 같이 주인의 미래사를 예견하여 김덕령이 체포될 때 슬픔에 밥을 먹지 않았다. 김덕령이 첫 번째 체포당하기 전 수 일 동안 밥을 먹지 않았고, 두 번째 체포를 당할 때도 10여 일 동안이나 밥을 먹지 않았다. 두 번째 체포를 당할 때는 말이 밥을 먹지 않은 첫 번째의 상황에 비추어 앞일을 파악한 것 같다. 말이 밥을 먹지 않아 걱정하고 있을 때, 성윤문의 편지를 받은 김덕령은 '조정에서 체포할 것임을 알고' 말을 달렸다고 한다. 말의 능력을 통해 자신이 체포될 것을 알고도 약속한 곳에 나아간 것은 무죄함과 체포의 부당함을 드러내려는 서술자의 의식을 나타낸 것이다. 여기에서 말이 밥을 먹지 않은 날짜가 첫 번째는 수 일이었지만 두 번째는 10여 일이라고 하였다. 날짜의 차이는 단순한 표현적 차이가 아니라 후자가 전자보다 혹독한 체포일 것임을 암시하고 있다.

다섯째 능력은 김덕령의 용력을 나타내고 있다. 그렇지만 김덕령의 용력을 지탱하여주는 것은 명마의 덕분이다. 김덕령은 항상 100근짜리 철퇴를 허리 좌우에 차고 다녔다고 한다. 보통 사람은 하나도 주체하기 힘이 드는데, 두 개를 허리에 차고 검과 활을 가지고 다녔다는 것은 대단한 용력이다. 그 용력을 실제로 사용하게 해주는 것이 말이다. 김덕령

---

71) 앞 성장기의 김덕령 능력들도 진주목장에서 얻은 말과 관련하여 해석하면 쉬울 것이다. 김덕령은 훌륭한 말을 얻어 능력을 배가시켜 발휘한다. 즉 김덕령은 훌륭한 말을 얻어 활동반경의 확대를 가져와 훌륭한 장수의 역할을 수행할 수 있었다.

의 말은 전쟁터에서 종횡무진하며 김덕령을 뛰어난 장수로 만드는 역할을 하였다.[72]

말과 김덕령의 뛰어난 능력은 왜병이나 왜장에게 두려운 대상이 되었다. 왜군들은 김덕령을 두려운 대상으로 '석저 장군'이라 칭하며[73] 대적하는 것을 회피하였다. 청정은 그림 그리는 화공을 몰래 김덕령 진영에 보내어 김덕령의 화상을 그려오게 하였다. 청정은 김덕령의 화상을 보고서 '진실로 장군이다'라며, 휘하 왜병들에게 작은 진을 합하여 큰 진을 만들어서 대항하라고 명령을 한다. 이것이 여덟째의 능력이다. 여덟째의 능력은 앞의 김덕령 능력들이 합하여 대외적 이미지로 부각된 것이다. 김덕령의 능력은 국내에만 한정되지 않고 대적하는 왜병에게 가장 두려운 대상으로 인식되었다. 이것은 임진왜란 국민적 피해를 줄여줄 뛰어난 능력의 김덕령을 옥사시킨 지배층에 대한 풍자의식인 것이다.

이밖에도 김덕령의 신이한 능력은 범 두 마리를 맨손으로 때려잡아 왜놈에게 자랑하며 팔았더니 두려워하였다고 한다. 이때 때려잡은 호랑이는 그의 탄생담에서 나온 호랑이의 숫자와 같다. 호랑이는 단순하게 숫자만 같은 것이 아니라 자신을 탄생시키고 돌보아 주었으나, 낳자마자 대나무 숲으로 돌아간 호랑이라 하겠다. 김덕령은 호랑이를 잡아 왜병들에게 자랑하며 팔았지만, 자신을 돌보아 줄 호랑이를 잡은 탓에 영웅성도 발휘하지 못하고 억울한 누명으로 옥사하고 말았다고 할 수 있다. 일곱째의 능력은 산에서 검을 휘두르면 좌우의 수목이 비바람 같이 떨어졌다는 것으로 김덕령의 능력이 뛰어남을 드러내려는 역할을 하고

---

72) 김덕령의 뛰어난 말은 구비전설에서 용마라고 한다. 구비전설 담당자들에게 말은 장수에게 행동반경의 폭을 넓혀주는 것으로 인식되었다. 그래서 구비전설 담당자들은 김덕령이 훌륭한 말을 갖지 못하도록 치마대 전설을 설정하여 김덕령이 용마를 잃어버리도록 설정하였다.

73) 동야휘집 등 여러 문헌에 왜병들이 김덕령을 석저 장군이라고 칭하였다. 석저 장군이라고 칭한 이유는 여러 가지가 있다.

있다.

이상 활동기의 능력은 영웅으로서 무한한 김덕령의 가능성을 제시하고 있다. 김덕령은 용과 호랑이와 대적할 정도로 날 수 있고, 하루 천 리 길을 달릴 수 있는 뛰어난 명마도 얻었다. 이처럼 김덕령은 자신의 신이한 능력과 명마의 뛰어난 능력이 조화를 이루어, 왜군들에게 '석저 장군' 혹은 '비장군'으로 불리며 두려움의 대상이 되었던 것이다.

4) 비극적 종말

(1) 체포 사건과 전설화

김덕령은 기병하여 의병활동을 하면서 두 번 체포를 당한다. 첫 번째는 거제도 탈환작전의 실패로 윤두수의 미움을 받고 있을 때, 윤근수와 약속 위반으로 체포되었다. 두 번째는 이몽학의 모반에 연루되어 체포되어 옥사하게 된다. 김덕령이 체포되는 역사적 사실이 얼마만큼 전설적인 모습으로 변모되었는지 살펴보기로 하자.

체포당하기에 앞서 김덕령은 시기하는 자가 많아 화를 당하리라 예상하고 포음하며 지냈다.

> 김덕령의 위명을 시기하고 질투하는 자가 있어 그의 성공을 온갖 수단으로 방해하고 저지하였다. 김덕령은 큰 공을 세우지 못하고 또한 화를 예측할 수 없음을 알고, 마음이 우울하고 격하여 밤낮으로 술을 마셨다. 동생 덕보에게 이르기를 "네가 나의 용맹을 가지고 내가 너의 지략을 가졌다면 어찌 이 지경에 되었겠는가." 이로부터 마음의 병(울화병)이 되었다.[74]

김덕령은 허된 이름으로 시기하는 자가 많아 계획하는 일들이 저지되

---

74) 명신록, 해동명장전, <연보>, <실기>, <전>. 중국의 예를 들어 설명하고 있다.

고 적과 싸움도 제대로 할 수 없게 되었다. 또 큰 공은 고사하고 화를 예측할 수 없는 상황으로 빠져들자 우울병이 생기게 되었다. <술 마시기> 삽화는 김덕령이 효를 버리고 충을 선택한 것에 대한 갈등의식 표출이다. 김덕령이 갈등에 빠진 것은 효를 버리고 선택한 충을 충실하게 수행할 수 없기 때문이었다. 김덕령은 동생 덕보에게 이르는 말에서 선택이 잘못되었음을 보여주고 있다.

시대상황은 김덕령에게 유리하게 돌아가지 않았다. 그리고 전쟁에 참가한 의병들의 사기는 극도로 떨어지고 군율도 해이해져 군율을 바로잡기 위하여 부하들을 엄격하게 다루다가 군법을 어긴 자를 체포하여 죽였다. 시기하는 자들은 이것으로 '무고한 사람들을 살인하기 좋아하는 자, 또 신의가 없는 자'라고 김덕령을 고발하였다. 그 결과로 김덕령이 체포되는데, 이것이 1차 체포이다. 윤두수의 미움을 받아 일어난 1차 체포에서 김덕령은 명성이 깎였지만, 정탁과 김응남이 힘써 구하여 풀려날 수 있었다.

김덕령이 풀려난 지 얼마 되지 않아 충청도 홍산 지역에서 이몽학의 반란이 일어났다. 이몽학은 반란을 일으키면서 '김덕령·최담령·곽재우 등이 모두 동조하고 도성에서 한음 이덕형(李德馨)이 내응하기로 되어 있다'면서 무리들을 규합하였다. 이몽학의 세력이 급격하게 커지자, 조정은 권율로 하여금 김덕령을 이용하여 진압하려 하였다. 김덕령은 권율의 명령을 듣고 적정을 탐지하면서 이몽학을 토벌하기 위하여 운봉까지 왔으나, 이몽학이 주살되었음을 알고 권율에게 고향에 내려갈 것을 청하였지만 허락되지 않자 군을 이끌고 진주에 도달하였다. 이몽학의 무리에서 나온 문서에 김·최·홍의 세 성씨가 있어 한현(韓玹)을 잡아 문초하니 "김덕령·최담령·홍계남이라"고 하였다. 이로 인하여 김덕령이 체포되었는데 이것이 2차 체포이다.

2차 체포는 김덕령을 영웅적 인물의 비극적 종말로 재구성하고 있다.

김덕령은 날 수 있는 능력과 용력을 가진 최고 장수로 소문이 나 있었
다. 때문에 순수하게 체포되지 않을 것을 걱정하였다. 즉 김덕령의 체포
방법을 논의하는 과정을 보면, 뛰어난 용력 때문에 속임수를 쓰는 '체찰
부로 군문에 불러오게 하여 사로잡는' 방법과 '미친 선비이니 속임수로
할 것이 아니라 전례대로 선전관과 도사로 잡아오는' 방법의 논란이 있
었다. 후자의 입장을 말한 서성(徐渻)은 임금의 명을 받고 김덕령을 체포
하러 내려갔다.[75] 서성이 운봉이 이르렀을 때 이미 권율의 밀지를 받은
성윤문(成潤文)이 김덕령을 잡아 옥에 가두었다. 이때 성윤문은 김덕령이
무고함을 알고 적당히 묶어두려고 하였다. 그런데 김덕령은 자기 때문
에 성윤문이 피해를 받지 않도록 원칙적인 방법으로 묶게 하였다. 김덕
령이 떳떳하게 체포당한 것은 그의 무죄를 드러내어 체포나 죽음이 불
편부당한 것임을 나타낸 것이다.

　김덕령의 체포 과정은 역사적 사건을 바탕으로 전설화되었다. 즉 역
사적 기록인 <연려실기술>의 기록이나 일반 문헌설화에 나타난 김덕령
의 체포과정은 비슷하다. 서술자들은 김덕령이 체포되어 옥사한 사실을
인식하고 전설화 하는데 역사적 사실의 한계를 벗어날 수가 없었다. 다
만 역사적 사실을 토대로 옥사하였다는 비극성과 신이함을 강조하거나
체포와 옥사가 운명적임을 드러내는 쪽으로 설화화 하였다.

(2) 수레 부수기(이인 만나기 삽화)

　김덕령은 체포되어 진주 옥에 갇혔다가 서울로 압송되었다. 김덕령의
체포는 당대에도 문제점이 있지만, 자신이 선택하고 결정한 운명임을

---

75) 문헌설화 담당층은 김덕령이 반역할 인물이 아니란 점을 강조하기 위하여 서성으로
　　하여금 김덕령을 정식으로 잡아오도록 하고 있다. 이는 서성이 김덕령을 잡아온 역사
　　적 사실을 바탕으로 하여 김덕령의 영웅성을 드러내는 동시에 그의 비극적 종말을 부
　　각시키는 방법이다.

보여주고 있다. 이는 김덕령이 압송되는 도중에 친구를 만나는 <수레
부수기> 삽화에 잘 나타나 있다.[76] 삽화를 단락으로 나누어 제시하면
다음과 같다.

1. 간신의 무고(誣告)로 잡혀가는 도중에 '술이나 한 잔 하고 이별하자'
   며 험한 산정에서 김덕령을 불렀다.
2. 덕령은 친구가 부른다며 도사에게 잠시 함거(檻車)를 열어달라고 하
   였으나 허락하지 않았다. 몸을 움직여 철삭을 끊고 한 주먹으로 수
   레를 부순 뒤에 몸을 날려 산꼭대기로 갔다.
3. 덕령은 친구와 악수를 하고 술을 나누며 운명을 한탄하였다.
4. 덕령은 친구가 운명을 따르라고 하자, 따르겠다며 헤어진 뒤 다시
   내려와 수레 속으로 들어가니 모두 놀랐다.
5. 덕령이 무죄를 호소했지만 죄를 받아 죽게 되었다.[77]

삽화의 앞부분에는 김덕령의 신이한 능력과 광해군에게 익호장군을
제수 받았음을 제시하고, 큰 공을 세우기 전에 간신들의 무고로 압송되
었음을 나타내고 있다. 이는 김덕령이 뛰어난 재능을 사용하지 못하고
체포되었음을 상징하는 것이다. 즉 국가는 능력이 있는 인물이 그 능력
을 충분하게 발휘하도록 해야 하는데, 그렇게 하지 못하였음을 보여주고
있다.

1단락에서 김덕령은 철삭으로 된 포승줄로 묶인 채 함거에 실려 서울
로 압송되는 도중에 산정에서 친구가 '술이나 한 잔 하자'고 부르는 소
리를 듣는다. 1단락은 김덕령의 신이한 능력을 드러내기 위한 도입의 성

---

76) 이 삽화는 임진록 최일영계열의 변이형이나 이순신 계열 등에 유사삽화가 실려 있다.
   이 삽화가 임진록에 수록된 것은 원래 임진록에 수록된 것이 아니라 설화의 형태로 전
   승되던 것이 임진록의 이본에 수용된 것이라고 보기도 한다(임철호, 전게서, p.127).
77) <쇄어>, 『한국야담자료집성』 권7 (계명문화사, 1987) pp.102~103. <계서잡록>, 상게서
   권5, pp.3~6.

격을 띤다. 그리고 친구는 세속과 완전하게 단절한 상태임을 의미하기도 한다.78) 즉, 세속과 단절의 측면은 오염되고 더러운 세상이기 때문에 자신을 더럽힐 수가 없어 김덕령을 산정으로 오라고 한 것 같다. 그런데 친구가 '산정까지 오라'고 부른다는 말로 함거를 이송하는 도사들이 김덕령에게 갔다 오라고 허락할 리가 없다. 김덕령은 스스로 산정에 가는 방법을 모색하여야 한다. 그렇기 때문에 김덕령은 신이한 능력을 드러낼 수밖에 없다.

2단락은 김덕령의 신이함을 보여주는 단락이다. 김덕령은 도사에게 산정에서 절친한 친구가 부른다며 갔다 오게 해달라고 하였다. 어느 도사가 반역 죄인으로 체포되어 가는 김덕령에게 허락하겠는가. 2단락은 불가능한 사실을 통해 김덕령의 신이함을 부각시키고 있다.79) 김덕령은 도사가 허락하지 않자 잡혀오는 것이 능력이 부족해서가 아니라 어명을 따를 뿐이라고 한다. 즉 김덕령은 "내가 도피하고자 하면 나를 잡을 사람이 없을 것이오."라며 몸을 움직여 철삭 포승을 끊고 한 주먹으로 수레를 부수고 친구를 만나러 산정으로 올라간다. 철삭 포승을 끊고 함거를 부수고 눈 깜짝할 사이에 산정에 오른 것은 신이한 능력의 소유자에게나 가능한 것이다. 이런 능력의 소유자인 김덕령이 체포된 것은 죄인이기 때문이 아니라 위정자들의 무능과 간신의 무고 때문이다. 서술자들은 지배왕권의 조선사회에서 신이한 능력의 김덕령이 왕명에 복종할

---

78) 뒤에 언급할 삽화는 친구가 함거까지 와서 술을 권하는데, 이 삽화는 산정에서 부르는 것이다.

79) 이규경, <도교선서도경변증설>『국역분류 오주연문장전산고』 권18집 (민족문화추진회, 1980) p.6. 김덕령은 스승의 전수 없이 도교의 이인임을 보여주고 있다(無師授而散見諸書者 南趎崔湯張世美姜貴千丹陽異人李光浩甲寺寓僧金世麻文有彩鄭之升李廷楷郭再祐金德良李之菡鄭斗諸人 而隨聞見記 故漫無次序 ; 스승의 전수 없이 여러 책에 흩어져 나오는 것으로는 남추, 최탕, 장세미, 강귀천과 단양의 이인 이광호, 갑사에 사는 중, 김세마, 문유채, 정지승, 이정해, 곽재우, 김덕양, 이지함, 정두 등 여러 사람인데, 듣고 보는 대로 기록하였기 때문에 산만하여 차서가 없다).

수밖에 없는 신하로서의 한계 인식을 보여주고 있다. 이런 인식은 김덕령의 비극적인 죽음이 스스로 선택한 운명적이라는 운명론으로 귀결시키고 있다.

이런 의식은 3단락과 4단락에서 잘 나타나 있다. 김덕령은 함거를 부수고 산정에 올라가서 친구를 만난 간신배들의 모함으로 반역 죄인이란 누명을 쓰고 잡혀가는 것이 억울하여 크게 울었다. 친구는 질책을 하며, "내가 매번 너에게 우리나라는 편소하여 몸의 쓰임이 어려우니 세상에 나가지 말고 나와 함께 은거하는 것이 좋다고 경계하였다. 네가 나의 말을 듣지 않고 당하였으니 어찌 하겠느냐." 하면서 탄식하였다. 또 "이것 또한 하늘의 뜻이며 명령이니 어찌 하겠는가." 하고 술을 따라 권하며 "오늘 너와 이별할 따름이다. 갑자기 된 일을 후회하여 무엇 하리오. 너는 이에 이르렀으니 천명을 받들어 따르는 것이 옳을 것이다."며 운명적으로 결구하고 있다.[80]

이는 김덕령이 무죄하지만 운명적 귀결이므로 거부한다 해도 아무런 의미가 없음을 보여주고 있다. 설화적 변이를 운명론적으로 귀결시키는 것은 김덕령이 옥사하였던 역사적 사실을 인식한 서술자들 의식의 한계에 기인한다. 김덕령이 억울하게 죽은 것은 그가 선택하고 타고난 운명이기 때문에 어찌할 수 없는 것이다. 즉 아무리 신이한 능력을 지닌 인물이라도 타고난 운명을 거역할 수 없다는 민중적 사고를 바탕으로 이루어진 설화적 변이 양상이라고 하겠다.

김덕령은 운명임을 알고 친구의 말에 따라 "나 또한 따를 것"이라 한다. 그리고 술잔을 주고받은 뒤에 이별을 하고서 나는 듯 내려와서 수레 안으로 들어갔다. 사람들은 김덕령의 신이한 능력과 약속 이행을 옆에서 보고 실색(놀라서)하였다. 김덕령이 스스로 함거 속에 들어가는 것은

---

80) 김덕령에게 말하는 친구의 정체는 정확하게 알 수 없다. 다만 뒤에 언급할 삽화에서 짐작할 수 있을 뿐이다.

운명론적 결구이지만, 그가 잡혀가는 것이 잘못이란 것을 은연중에 나타내고 있다. 만약 김덕령이 죄인이라면 떳떳하게 잡혀가지 않았거나 스스로 죽음을 택하였을 것이다.

5단락에서 김덕령은 자신의 무죄를 주장하지만 들어주지 않자 죽음을 거부한다. 그렇지만 친구와의 만남으로 알게 된 운명론에 입각하여 죽음의 거부에도 한계를 느끼고 죽음이 헛되지 않도록 대가를 받아내려고 한다. 죽음의식에 대한 의미는 다음 절에서 다루기로 하겠다.

위에서 친구의 정체가 무엇인지 정확하게 파악할 수가 없다. 다만 친구의 정체를 짐작할 수 있게 하는 것은 구원 나온 이여송이 조선을 뒤엎으려고 하거나 행패를 부릴 때 이인이나 산신령이 나타나 훈계하는 전설과 결구된 삽화가 있다. 이때의 <이여송 설화>는 민족적 차원에서 임진왜란으로 중국의 도움을 받았지만, 그들의 행패와 무시를 이여송으로 대상화 시켜 징계하는 것으로 중국에 대한 민족의식을 드러내고 있다.[81] <이여송 설화>가 김덕령에게 전이된 것은 민중적 차원에서 김덕령에 대한 징계를 나타낸 것이 아니라, 부조리한 사회현상을 비판하려는 의도가 있다[82]는 것이다.

    1. 김덕령은 사냥을 갔다 기품이 있는 노인에게 인사를 하자, 노인은 용력이 출중한 아들의 버릇을 가르쳐 달라며 자기 집으로 데리고 갔다.
    2. 김덕령이 큰 소리로 꾸짖자 아이가 냉소하여, 화가 나 철편으로 내려치는데 빗으로 막았다. 김덕령은 온갖 실력을 발휘하였으나 아이가 조금도 움직이지 않아 쩔쩔매었다.
    3. 노인은 김덕령에게 '놀린 것이라'며 술을 따라 주고 아이를 질책하자, 손님의 공격에 응했을 뿐이라고 하여 김덕령이 감탄하였다.
    4. 노인은 자기 가계가 용력이 절륜하나 세상에 용납이 못 되어 산중에

---

81) 임철호, "이여송설화 연구" 『국어국문학』 90호 (국어국문학회, 1983) pp.235~243.
82) 임철호, 전게서, p.129.

서 산다며, 김덕령이 '용력을 과시하기 때문에 경계하기 위하여 데
려왔다'고 하였다. 이에 덕령의 등에서 땀이 배어나왔다.
5. 노인은 사냥을 갔다 온 아들을 김덕령에게 인사시키고, 영웅득실과
병법검술에 대해 3일 밤낮을 담론하였다.
6. 덕령이 돌아갈 것을 청하자, 노인은 망령됨을 삼가 하여 세상의 화
를 피하라고 당부하였다.
7. 뒤에 김덕령이 압송되어 갈 때 한 장부가 덕령에게 술을 권하면서
꾸짖어 천명에 순응하라고 하였다.[83]

위 삽화에서도 모반죄로 체포되어 압송되는 도중에 술을 권하는 김덕
령의 친구가 누구인지 확인할 수 있다.[84] 노인은 세속에 나가면 불행한
일이 일어날 것이라고 누차 김덕령에게 강조하였다. 심지어 김덕령을
훈계시키기 위해 자기 막내아들과 대결시켰다. 그런데도 김덕령이 세속
에 나갔다가 체포되어 서울로 압송되는 것을 보고, 노인의 아들이 나타
나서 전일을 회고시키고 있다. 그리고 위 삽화는 앞의 삽화에서 김덕령
과 친구가 만나는 사실을 논리적으로 설명하고 있다.

1단락은 김덕령이 모반사건에 연루되기 훨씬 전에 일어난 사건임을
암시하고 있다. 즉 김덕령이 용력을 과시하며 명성을 날리기 시작할 때
로 여겨진다. 뒤에 만난 노인이 경거망동한 짓이나 세속에 나가지 말라
고 하는 점에서 짐작할 수 있다. 1단락에서 김덕령은 사냥을 갔다가 나
무 밑에 풍모와 위풍이 당당한 노인을 만난다. 노인의 정체는 명확하게
알 수 없지만 김덕령의 미래사를 알고, 탁월한 능력을 가지고도 세상에
쓰이지 못하여 산속에 묻혀 은거하고 있다는 점에서 이인의 면모를 지

---

83) <청야담수>, 상게서 권4, pp.296~299. <파수록>, 상게서 권12, pp.463~468. 임철호 교
수는 마지막에 술 권하는 사람을 노인으로 파악하였는데, 실제로는 노인의 아들이다.
84) 靑鶴上人『靑鶴集』(아세아문화사 영인본, 1987) pp.162~163. 여기에서도 비슷한 문구가
나오고 있다. 이는 김덕령이 청학산인이라는 도교의 이인에게서 수업을 받으려고 하다
가 중도에 현세로 나갔다고 생각할 수 있다.

녔다. 이인의 면모를 지닌 노인은 김덕령을 경계시키기 위해 패륜아의 버릇을 고쳐달라고 하였다. 김덕령은 용력만 믿고 노인의 속셈을 알지 못한 채 약속을 하고, 노인의 집으로 따라갔다.

자기 용력이 출중하다고 과시하고 자랑하였던 김덕령은 2단락에서 초립동이에게 여지없이 패배하였다. 김덕령은 용력만 믿고 아이의 능력과 노인의 의도를 파악하지 못하는 실수를 범하였다. 김덕령은 온갖 능력을 다하여 아이를 공격하지만 아이를 조금도 움직이게 하지 못하였다. 이를 통하여 노인은 김덕령이 과시한 용력이 얼마나 부질없고 형편없는가를 보여 주었다.

3단락과 4단락에서 노인은 충분한 교훈이 되었다고 생각하고 김덕령에게 사실을 이야기 하였다. 3단락에서는 노인이 김덕령에게 아이와 대결을 시킨 의도를 설명하였고, 4단락은 3단락의 결과 신이한 능력이 있으면서도 쓰이지 못하는 세상이니 경거망동한 행동을 삼가 하라는 것이다. 3단락에서 자랑하고 다닌 김덕령의 용력은 손님의 공격에 조금 응했을 뿐이라는 아이의 말을 통해 형편없는 것, 아이도 이기지 못하는 것, 별 볼일 없는 것 등이 된다. 그렇지만 김덕령은 능력을 자랑하였던 자기가 얼마나 모자라는 인간인가를 깨닫지 못하고 아이의 능력에 감탄할 뿐이다.

3단락을 구체적으로 설명하는 것이 4단락이다. 노인은 김덕령에게 자기 가계가 너무 출중하기 때문에 세상에 쓰이지 못하고 산중에서 은거하고 있다고 말하였다. 김덕령은 출중함이 어떠한가를 이미 막내와 겨루었기 때문에 알고 있다. 이렇게 출중한데도 은일자중 하여 세상에 자랑하고 다니지 않아 화가 미치지 않은 것을 의미하고 있다. 그런데 노인은 김덕령에게 "그대가 일세에 당할 자가 없으나 크게 지나친 까닭에 경계하기 위하여 시험한 것"이라 한다. 경계의 표시로는 항상 아이도 이기지 못한 능력임을 염두에 두고 겸손할 것을 말하고 있다. 이때 김덕령은 '등에 땀이 배어나왔다'는 표현에서 자신에 대해 깨우친 것이다.

한편 5단락에서 김덕령은 노인과 그 아들들과 술을 마시며 담론을 시작한다. 그들의 담론이란 영웅의 득실과 병법, 검술 등이다. 전자는 김덕령이 영웅이 되었을 때 득과 실에 관한 이야기로 그의 행동을 조심하라는 의미가 있을 것 같다. 후자의 병법과 검술은 김덕령의 능력을 향상시킬 수 있는 것이다. 즉 김덕령과 노인과의 담론은 김덕령이 영웅이 되었을 때의 유의점과 행동방법의 능력을 배가시키는 것이다. 이렇게 3일 밤낮을 담론하였다는 것은 이들이 의기투합하였음을 보여주고 있다. 이런 점에서 노인은 군담소설의 조력자와 같이 김덕령을 도와주는 역할을 담당한다.

<수레 부수기> 삽화에서 노인의 깨우침은 구비전설과 상당한 차이를 보이고 있다. 구비전설의 <장군수 훔쳐 먹기> 삽화에서 선생은 김덕령에게 성장에 시간적 여유와 능력을 겸비할 것을 묵시적인 방법으로 가르치고 있다. 그리고 김덕령이 장군수를 훔쳐 먹었을 때 쫓아낸다. 문헌설화에서는 김덕령의 행동이 지나침을 지적하며 못하도록 경계하고 있다. 노인은 김덕령이 떠날 때 경계의 말을 항상 명심할 것을 부탁하는 것은 <장군수 훔쳐 먹기> 삽화에서 스승이 제시한 금기와 같은 의미를 지닌 것이다.[85]

6단락에서 김덕령은 노인에게 경계를 받았지만, 이해하지 못하고 산중을 떠나겠다고 말한다. 노인은 떠나는 김덕령에게 경거망동을 삼가하여 세속의 화를 당하지 말라고 또 경계하였다. 김덕령도 훈계를 근면하게 받들겠다고 하였으나, 기복종군하여 의병활동을 하는 동안 허명으로 시기하는 자들이 많았다. 이 부분은 문헌기록에 나타나 있지 않았지만, 노인이 준 훈계를 잘 지키지 못한 것으로 보인다. 그 결과를 나타내

---

85) 기아모티프의 현상으로 볼 수 있다. 『한국구비문학대계』 2-5(속초시·양양군편), <김덕령 장군을 죽인 간신> pp.390~393.

는 단락이 7단락이다.

7단락은 김덕령이 압송되는 도중에 한 장부가 나타나 술을 권하는 장면이다. 김덕령의 친구는 금부도사에게 "죄인과 까닭이 있으니 술 한 잔을 권하게 해 달라"고 부탁하였다. 앞의 삽화에서는 장부가 산위에서 김덕령을 부르는데 비하여, 여기서는 김덕령의 함거까지 내려온다. 전자는 김덕령의 신이한 능력을 드러내는 대신에 임금의 권위를 손상시킨다. 임금의 권위를 손상시키는 것을 인식한 서술자들은 장부가 함거 곁으로 와서 술을 권하도록 설정하였다. 장부는 김덕령에게 술잔을 따라 주면서, "옛날 만났을 때에 아버지께서 경계한 것이 실제로 이런 일이었다. 스스로 취한 것이니 누구를 원망하리오. 원컨대 그대는 천명에 순응하고 친척이나 벗에게 큰 근심이 이르지 않도록 하게나." 하고 꾸짖었다. 김덕령이 압송되는 것은 훈계를 저버린 탓에 스스로 택한 운명임을 강조하고 있다. 스스로 택한 운명은 바로 천명과 같으니, 천명에 순응하라고 한다. 천명에 순응하라는 이유로는 단순하게 천명 의식만 강조하지 않고 사실적 측면으로 결구하여 친척이나 벗에게 화근이 미치지 않도록 하라는 것이다. 이런 사고의 표출은 민중적 사고에 기틀을 두고 있다고 하겠다.

이상에서 <수레 부수기> 삽화는 김덕령이 옥사하였다는 역사적 사실을 인식한 문헌설화 담당층이 이에 근거한 설화 변이의 한계를 보여주고 있다.[86) 결과적으로 서술자들은 이 삽화로 김덕령이 지닌 신이한 능력을 활용하지 못하고 죽은 안타까움을 드러낼 수 있다. 또 김덕령의 영웅성을 손상시키지 않고도 옥사하기까지를 운명론적 윤리의식과 결부시켜 합리적으로 설명하고 있다.

---

86) 임철호 교수는 이 양상을 권력의 부당한 횡포에서 맞이한 사형이란 운명에 적극적 대응의지를 보이지 못하고, 순순히 응하라고 권하는 문헌설화 담당자들의 역사긍정적 윤리의식을 드러낸 것이라 한다(전게서, p.131).

(3) 사형거부와 한계

김덕령 설화는 체포를 <수레 부수기> 삽화를 통해 운명론적으로 결구시키고 있지만, 죽음에 이르러 또 한 번의 저항의지를 보인다. 김덕령은 효를 버리고 충을 위하여 기병하였지만 조그만 공도 세우지 못하고 시기와 질투하는 자들의 무고로 체포되어 국문을 당한다. 충을 위하여 기복종군 하였는데 반역자란 누명을 쓰고 죽어야 한다는 것은 아이러니가 아닐 수 없다. 사형거부에 관한 삽화들은 김덕령의 실제 옥사사건과 비슷하게 결구되어 있으면서도[87] 그의 신이성을 강조하는 측면으로 나타나 있다.

> 철삭과 큰 나무로 묶어 놓았는데, 덕령이 웃으면서 말하길, "내가 만약 반역하고자 하면 어찌 이것으로 족히 나를 막을 수 있으리오." 하고 노하여 몸을 떨치니 철삭이 다 끊어지었다.[88]

김덕령은 공초를 당할 때 부당하게 붙여진 반역죄로 죽음을 거부하고 죽음이 헛되지 않도록 신이한 능력을 마음껏 드러내고 있다. 김덕령의 신이한 능력을 보여주는 서술자들의 의식에는 그의 체포가 부당한 것임을 나타내면서도 앞의 <수레 부수기> 삽화와 같이 운명을 거부할 수 없었다.

첫째가 위에 있는 <철삭 끊기> 삽화이다. 김덕령이 압송되어 하옥되자 그 부당함을 수많은 사람이 하소연 하였다. 조정은 이를 의심하여 더욱 단단하게 묶을 것을 명하였다. 이때 김덕령은 신이한 능력을 이용하였다면 체포되지 않았을 가능성을 보여주고 있다. 즉 김덕령은 위와

---

87) 문헌설화에서 죽음의식은 조정이나 위정자들에 대한 직접 비판을 제기하지 못한데 연유한 것으로 보기도 하였다(임철호, 전게서, p.132).
88) 대동기문, <연보>, <전>, 해동명장전.

같이 "만약 반역하고자 하면 어찌 이런 철삭이나 거목으로 묶음이 족히 나를 막을 수 있으리라"고 하거나, "나라의 후한 은혜를 생각하여 반역을 할 생각이 조금도 없었다."[89]고 한다. 김덕령이 잡혀온 것은 힘이나 능력이 없어서가 아니라 당시의 시대적 지배질서에 순응하기 위해서이다.

김덕령과 지배층의 갈등에서 정당한 김덕령이 부당한 지배층에 패배하고 만다. 김덕령이 <철삭 끊기>라는 능력을 보여 지배층의 무능을 폭로하지만 일시적이다. 이런 결구는 김덕령이 옥사하였다는 역사적 사실을 인식하고 있는 변이의 한계를 드러내고 있다. 하지만 서술자들이 김덕령에게 신이한 능력을 부여하여 지배층에 대항하는 것은 김덕령이 국문에 순순하게 응하지 않고 1일 2차 6차례의 고문에도 자신의 뜻을 굽히지 않았다는 사실을 바탕으로 신이함을 부각시키고 있다.

문헌설화에서도 김덕령의 정당성을 부각시키고 지배층의 무능을 풍자하는 쪽으로 변이를 보이기도 한다.

> 사형을 처할 때 김덕령은 칼날을 거부하다가 웃으면서 말하길 "너희들이 누가 칼로 만 번을 치더라도 결코 나를 죽이지 못한다. 내 스스로 칼을 받아들인 연후에야 가능하다." 마침내 머리를 늘어뜨리고 비늘을 제거한 후에 그의 말과 같이 칼을 받아 머리가 끊어졌다.[90]

김덕령은 지배위정자들의 무능을 여지없이 폭로하고 있다. 김덕령은 죽어야 하는 것을 부당하게 여겼다. 운명에 순응하려고 하였으나 너무도 억울하였다. 김덕령은 자신이 죽어야 할 이유를 찾을 수가 없어 의문

---

89) 선조조고사본말, 청야만집, 역대유편. 국형을 심히 가혹하게 하였을 때 장군이 말하길, "나는 나라의 푸짐한 은혜를 받았는데 어찌 역적을 따라 반란을 추구하겠습니까." 노하고 분해서 몸을 떨치니 철삭이 다 끊어졌다.
90) 쇄어(계서잡록).

을 제기한다. 그리고 서술자들은 김덕령이 죽음을 거부하게 하여 죽이려는 위정자들의 명분이 잘못되었음을 드러내고 있다. 김덕령은 죽이려는 위정자들의 칼을 받으면서도 웃었다고 한다. 즉 서술자들은 '김덕령이 형장을 아무렇게도 생각하지 않는 것이 죄이다.'라는 선조의 말처럼 김덕령이 순수함을 주장하였던 것을 칼날 받으면서 웃었다로 표출한 것이다. 그리고 김덕령이 끝까지 자신의 정당함을 주장하다가 죽었던 사실을 "너희들이 누가 칼로 만 번을 치더라도 결코 나를 죽이지 못한다. 내 스스로 칼을 받아들인 연후에야 가능하다."라 하였다. 이는 김덕령이 정당성을 확보하고 죽겠다는 의미를 내포하고 있다.

위정자들은 실제로 김덕령을 이몽학의 모반죄로 체포하였으나 아무런 단서도 얻지 못하고 옥사시켰다. 서술자들은 이때 김덕령이 실제로 죽었지만 정신적으로 죽지 않았다고 인식하고 있는 것이다. 최후담에는 이런 저항적 의미가 담겨 있다.

> 김덕령은 양 겨드랑이에 날개가 나 있다는 설이 있다. 체포되어 형 베풀기를 무수하게 하였으나 피부의 견고하기가 철이나 돌과 같아서 상처를 내거나 파열시키지 못하였고, 오히려 지붕에 올라앉았다. 일찍이 선조가 친국을 하기 위하여 궐내로 끌어들였는데, 김덕령이 홀연히 벌거벗은 몸으로 검을 빼어들고 임금 앞에 나아가 말하기를, "전하께서 신에게 반역하였다 할 것 같으면 신이 진실로 이 자리에서 반역할 것입니다." 선조가 말하길 "너는 스스로 죽어라. 어찌 이와 같은 장난을 하는가."[91]

김덕령이 사형을 거부하는 직접적인 방법을 제시하고 있다. 김덕령이 사형을 거부할 수 있는 것은 겨드랑이에 날개가 나 있기 때문이다. 그리고 피부가 단단하다는 것은 비늘이 있다는 의미로 보인다.[92] 김덕령은 비

---

91) <실기> p.8.
92) 쇄어(계서잡록)에는 김덕령에게 비늘이 있었기 때문에 사형을 거부하였다. 여기서도

늘과 날개가 있어 위정자들을 속이면서 사형을 거부하였다. 즉 사형의 칼이 닥치면 비늘로 몸을 단단하게 보호하고, 날개로 혼을 지붕에 올라앉게 했다는 의미가 된다. 김덕령은 사형을 거부하는 것에 그치지 않고, 임금 앞에서 검을 빼어들고 자신의 정직성을 드러내고자 한다.

임금 앞의 발검은 역적의 행위이다. 김덕령은 역적이었든 아니었든 역적의 누명으로 죽을 수밖에 없다. 즉 김덕령은 임금님이 친국을 하려고 대궐로 끌어들일 때 벌거벗은 몸으로 칼을 빼어들고 나타나서 "전하께서 신에게 반역하였다 할 것 같으면 신이 진실로 이 자리에서 반역할 것입니다."고 말한다. 이는 김덕령이 무력으로라도 임금에게 반역자가 아니라는 것을 인정받고 싶었다는 의식을 나타낸 것이다. 서술자들은 김덕령이 무고하게 죽은 것을 안타깝게 여겨 임금 앞의 발검이 역적이 된다는 사실을 알고 있으면서도 김덕령을 살렸으면 하는 심정을 나타낸 것이다.

김덕령의 물음에 임금은 "너는 스스로 죽어라. 어찌 이와 같은 장난을 하는가."라고 하였다. 김덕령이 모반죄에 연루되지 않았을지라도 임금 앞에서 검을 빼어들었다는 것은 죽을 죄가 된다. 그래서 김덕령의 질문과 상관없이 선조는 장난을 한다며 죽으라고 한 것이다. 김덕령이 죽을 수밖에 없는 것은 서술자들이 역사적 사실을 인식하고 있는 한계이다. 서술자들은 김덕령의 말을 통해서 역사적 사실을 벗어나 임금 앞에서 발검 하는 것으로 허구적 변이를 시도하였으나, 이내 유교적 지배질서의 원리 아래에 살았던 서술자들의 의식과 발검 자체가 반역이 되고, 김덕령이 옥사하였다는 역사적 한계 때문에 스스로 죽음을 택하는 쪽으로만 변이를 시도하게 되었다.

문장의 의미로 볼 때 비늘이 덮여 있다는 뜻으로 해석될 수 있다. 이 비늘 모티프는 구비전설화 되면서 강화되어 나타난다. 그리고 날개는 성장기의 힘내기형 전설에서 많이 나타나고 있다. 이처럼 구비설화가 문헌설화보다 합리적인 결구로 보인다.

김덕령은 죽음을 거부하다가 죽음을 택하게 된다. 김덕령이 죽음을 택한 이유를 살펴보자. 실제로 김덕령은 죽음을 거부하다가 고문을 못 이겨 옥사하였다. 문헌설화에서도 김덕령이 옥사한 역사적 사실에 입각하여 설화화 하였다. 서술자들은 김덕령이 고문으로 죽게 되었지만, 자신의 떳떳함을 주장하고자 죽음을 스스로 선택하였다고 보았다. 그래서 서술자들은 김덕령이 죽음을 선택한 이유를 찾게 되었는데, 다음의 예화로도 알 수 있다.

> "반역으로 결안(죄안)하시면 끝내 복종하지 않을 것입니다. 만약에 충효 2자로 결안 할 것 같으면 서명하겠지만, 그렇지 않을 것 같으면 결코 서명하지 않을 것입니다. 마침내 난을 평정하지 못하여 신하된 도리에 불충하였고 양명현달하지 못하여 자식 된 도리로 불효를 하였다"라는 결안 (문구)을 허락하여 서명하였다.[93]

문헌설화 담당자들은 고문을 못 이겨 옥사하였다는 역사적 사실을 그대로 전승시키지 않고 김덕령의 죽음을 신성화 쪽으로 설화화 하였다. 위 예화를 구체적으로 나타난 것이 아래 삽화이다.

> 신이 만 번 죽어 용서받지 못할 죄가 있는 것은 계사년에 자모가 죽었는데 3년 상의 애통을 잊고, 원수를 갚으려고 분발하여 상복을 벗고 칼을 들고 일어나서 여러 해 종군하여도 조그마한 공도 세우지 못하여 충성도 펴지 못하고 효도에도 어기었으니, 죄가 이에 이르매 만 번 죽어도 용서 받기 어렵습니다.[94]

위와 같이 김덕령이 죽음을 선택하는 이유는 역사적 사실과 부합되지

---

93) 쇄어, 계서잡록.
94) 난중잡록3, 계산담수 권2 p.236, 명신록, 연려실기술, 청야담수, 파수록, 대동기문, 해동 명장전, <연보> <전>.

만, 스스로 택한다는 점이 설화화 된 특징이다.

김덕령은 사형을 거부하다가 자신의 한계를 운명적으로 인식하게 된다. 그래서 죽을 명분을 찾게 된 것이 기복종군이다. 김덕령은 효와 충의 갈등에서 충을 택하였다. 그런데 효는 충보다 앞선 윤리적 덕목으로 인식하여 자신이 파괴한 효를 대신한 충의 업적을 이루지 못하였기 때문에 죽을 수밖에 없는 불효 죄와 불충 죄에 연결된다고 생각하였다. 불효 죄와 불충 죄를 하게 된 것이 잘못 선택한 운명에 기인한다고 보았다. 김덕령은 '내가 유생으로 기복종군한 것이 큰 죄이다. 지금 내가 이로 죽을 따름이다. 그렇지 않을 것 같으면 어찌 반역의 무고에 죽을 것인가.'[95]라고 자술한다. 서술자들은 이를 통하여 자기가 선택한 운명에 대한 책임을 남에게 돌릴 것이 아니라 자기가 해결하여야 한다고 보았다. 그리하여 김덕령이 스스로 죽음을 택하도록 변이시켰다.

그런데 문헌설화는 담당계층의 세계인식에 대한 한계 때문에 구비전설에서의 '만고충신'이란 이름으로 죽는 변이까지 발전시키지 못하였다. 즉 구비설화의 인식세계로 지향의식을 보이는 중간적 단계에서 멈추고 말았다고 하겠다.

(4) 죽음과 의미

김덕령의 비극적인 죽음은 커다란 파문을 남겼다. 즉 신이한 능력이 있으면서도 제대로 쓰이지 못한 김덕령이 억울하게 죽자 국내외에 많은 영향을 미치게 되었다. 우선 당시대가 임진왜란 기간이란 점에서, 김덕령과 대치하고 있다가 그가 죽었다는 소식을 들은 왜병들의 동정을 보면 다음과 같다.

---

95) <실기> p.9.

천가 12년 정유재란의 화가 어찌 이처럼 심하였겠는가. 그 후 적들이 진위를 알고자 하여 충용장군을 면대할 수 있도록 원수부에 청하니, 원수는 집에 돌아가서 상(喪)을 마치게 하였다고 대답하였다. 이에 그가 죽었다는 것을 자세히 알고 술을 마시며 축하면서, "양호(兩湖)는 걱정이 없다"고 하였다.[96]

김덕령의 죽음을 정유재란이란 왜군의 재침과 관련시키고 있다. 왜병들은 김덕령의 죽음을 확인하기 위하여 원수부의 권율에게 충용장군 보기를 청하였다. 권율은 왜병이 김덕령을 무서워 한다는 사실을 알고서 죽었다고 하지 못하고, 복상을 치루기 위하여 고향에 갔다고 말하였다. 기복종군한 사람이 전쟁이 끝나지 않은 상태에 복상하러 갔다는 말은 논리적으로 맞지 않는다. 왜군들은 여러 가지 정황으로 김덕령이 죽었다는 것을 파악하게 되었다.

왜병들은 김덕령이 죽은 것에 대해 좋아하기를 중국 금나라 사람들이 남송의 충신인 악비(岳飛, 악붕거岳鵬擧)가 죽었다는 소문을 듣고 좋아하였다는 것에 비유하고 있다.[97] 왜군들은 서로 축하하며 '양호인 충청도와 전라도가 이제 걱정 없다'며 큰소리 쳤다고 한다. 문헌설화 담당자들은 이런 결구를 통하여 김덕령의 신이한 능력이 전라도와 충청도를 왜군의 수중에 들어가지 않게 하였다고 보았다. 정유재란 동안에 왜군들의 대대적인 공세로 진주성이 함락되고 남원성도 함락되었다. 이를 김덕령이 죽었기 때문에 일어난 것으로 보았다. 다시 말해 서술자들은 위정자들이 신이한 능력을 지닌 인물을 제대로 쓰지 못하여 당한 피해로 보았던 것이다.

김덕령의 죽음은 대외적으로 왜병들에게 희망과 힘을 주어 국가적으

---

96) 동야휘집, 대동기문, 난중잡록3, 명신록, 선조조고사본말, 해동명장전, <연보>, <실기>, <전>.
97) 동야휘집, 대동기문, 해동명장전.

로 큰 피해를 입었을 뿐만 아니라, 국민적 화합을 저해하는 손실도 가져왔다. 남쪽지방의 사람들이 김덕령이 옥사한 이후 부자형제 간에 의병을 일으키는 것을 경계하였다는 것이다.

> 장군이 죽은 뒤부터 여러 장수와 사람들이 스스로 보신하지 못할 것을 두려워하여, 곽재우는 의병을 해산하고 은거하여 화를 피하였고, 이순신은 전쟁에서 가슴에 탄환을 맞고 죽었다. 호남과 영남 사이에 부모자식이나 형제간에 이로써 의병을 서로 금하고 경계하였다.[98]

위와 같이 김덕령의 죽음은 의병들의 사기를 저하시키는 작용을 하여 전쟁 초기에 왕성하였던 의병활동이 사라지게 되었다. 이순신의 죽음이나 곽재우의 은거 외에도 최담령은 국가에서 김덕령의 후계로 장군을 삼으려고 하였으나 그의 휘하에 속하였던 사람이라며 사양하고 은거하였다. 김덕령의 아우 덕보도 지리산으로 은거하였다.[99] 김덕령의 죽음은 호남지방 사람들에게 심각한 정신적 타격을 준 것이다. 즉 의병을 일으키면 죽게 된다는 의식이 팽배하여 국난이 닥쳐도 의병을 일으키려 하지 않았다.[100]

이상에서 김덕령에 관한 문헌설화 담당층은 김덕령의 옥사가 위정자들의 독선과 당파성에 기인한 것으로 보았음을 알 수 있다.

(5) 문학과 포부

김덕령은 처음부터 무인의 길을 택한 것이 아니라 유업을 하는 선비

---

98) 『김충장공유사』 권3 <전>, 自將軍之死諸將人人自疑不自保郭再祐解兵辟穀辟禍 李舜臣方戰免胄自中丸以死 湖嶺之間父子兄弟以義兵相禁戒. 『김충장공유사』의 <실기>와 『해동명장전』에도 비슷한 내용이 실렸다.

99) <실기> 참조

100) <실기>에는 전라도 순천부에서 金千ㅇ이 의병을 일으켰을 때, 유식한 사람은 하나도 참석하지 않았고 노비들만이 참가하였으며, 김대인도 옥사하였다고 한다(p.4).

였다. 유자로서의 학문 소양을 쌓아가다가, 임진왜란이 일어나자 의분을 참지 못하여 유업을 중단하고 기병하였다. 김덕령은 이몽학의 모반죄에 연루되어 억울하게 옥사하였기 때문에 유업도 무인도 다 실패하고 말았다. 그런데도 문헌설화에는 김덕령의 신이한 능력을 강조하는 삽화에서조차 문인의 성격을 드러내고 있다.[101] 문헌설화 담당자들이 김덕령의 문인적 성격을 강조하는 것은 역사의식의 결여와 현실 도피의 사고에서 나온 것[102]이라 하지만, 김덕령의 문인적 성격은 현실도피적인 경향이 아니라 김덕령의 신이성을 강조하기 위한 한 방법이었다. 즉 김덕령 같이 신이한 능력과 문인적 성격을 겸비한 인물을 쓰지 못하고 억울하게 죽인 것을 부각시키고 있는 것이다.

그의 작품을 살펴보자. 김덕령은 장군으로 출전하였지만 "단정하고 아담하여 선비와 같았다"며 외모가 문인적 성격을 지녔다고 한다. 김덕령에게는 문인적 성격의 외모와 달리 무인적 기개를 나타내는 작품으로, "거문고와 노래는 영웅의 일이 아니고/ 모름지기 칼춤으로 옥장(玉帳)에서 놀 것이다./ 뒷날 칼을 씻고 돌아온 후에/ 강호에서 낚시질하는 이외 무엇하리오."가 있다.[103] 여기서 김덕령은 현재 영웅이 해야 할 일이란 군대 막사에서 칼춤을 춰야 한다는 것이다. 그리고 강호자연에 은일하여 고기를 낚으면서 첫 구절의 거문고나 노래를 듣는 것은 전쟁을 평정

---

101) <동야휘집> 등에 김덕령은 유업을 한지 얼마 되지 않은 작은 선비라 아는 사람들이 별로 없다고 하거나, <풍암집어> 등에서는 선비였기 때문에 나이 30이 되도록 아는 사람이 별로 없다고 하였다. 그런데 이런 문인적 성격이 구비전설에는 별로 나타나지 않는다.

102) 임철호, 전게서, p.125. 김덕령이 무인으로서의 가능성을 모색하기 위해서는 부조리한 역사현실에 대한 비판이 선행되어야 한다며 김덕령이 포기하였던 문인으로서의 성격과 가능성을 의도적으로 부각시킨 것으로 보았다. 그렇지만 설화에 나타난 김덕령의 문인적 성격은 김덕령의 신이성을 강조하기 위한 한 수단으로 보아야 할 것이다.

103) 동야휘집, 동야집사, 명신록, 국조명신언행록, 선조조고사본말, 풍암집화, <실기>, 계산담수 p.236, 대동기문, 행동명장전. 弦歌不是英雄事 劍舞要須玉帳遊 他日洗兵歸去候 江湖漁釣更何求.

한 뒤에 해야 한다고 보았다. 이것은 김덕령이 커다란 포부를 가지고 기병하였을 때의 심정으로, 원대한 뜻이 담겨 있다.

김덕령은 이름이 너무 성하여 뜻을 이룰 수 없었을 뿐만 아니라 그의 명성을 시기하는 무리들로 인하여 이몽학의 난에 연루되어 체포되었다. 왜적을 무찌르기 위하여 기병하였던 김덕령이 왜병을 눈앞에 두고도 싸우지 못하다가 억울한 누명을 쓰고 고문을 당하는 심정을 나타내는 시조 한 수가 있다. "춘산(春山)의불이나니못다뷘곳다붓는다져뫼져불은쓸물이나잇거니와이몸의너업슨불니러나니쓸믈업서ᄒ노라."104)며 억울한 심정을 불로 표현하였다. 외적의 문제나 실제로 일어난 불은 물이 있으면 끌 수 있지만, 자신의 마음에서 억울한 한으로 생긴 불은 끌 수 있는 물이 없다. 시는 자신의 심정을 알아주는 않는 위정자들에 대한 원한이 서린 절규인 것이다.

한편 권 석주(權石洲)가 꿈에 덕령의 시집을 얻었는데, 첫수가 <취시가(醉時歌)>라고 한다. 이 <취시가>는 석주의 심정을 김덕령에 비의하여 나타낸 것으로 보인다. 석주는 김덕령에 비의하여 부귀공명의 추구가 부질없다는 것을 삶과 세상사를 달관한 듯한 심정으로 보여주고 있다. 부귀공명을 세우는 것도 꽃과 달 아래서 취하는 것도 뜬구름과 같다고 한다. 취하였을 때 부르는 노래를 알아줄 사람이 없어, 단지 장검을 들고 어진 임금을 받들고 싶다고 한다.105) 그런데 석주는 김덕령에게 이루어지지 않았음을 나타내는 답시가 있다. 석주는 "장군 옛날에 창을 잡았으나/ 장한 뜻이 중도에서 꺾여 지니 운명인 걸 어찌할거나/ 지하에

---

104) 『김충장공유사』 권1 <시> p.3. 임철호 교수는 명군과 왜의 협상 시기에 싸울 수 없는 울분과 안타까움을 드러낸 시조라고 하는데, 이 시조는 2차 체포되어 옥사하기 직전에 지은 옥중 작품으로 되어 있다.

105) 동야휘집, 연려실기술, 대동기문, 풍암집어, 풍암집화. 權石洲夢得一冊 乃德齡詩集 其首一篇曰 醉時歌 詞曰 "醉時歌 此曲無人聞 我不要醉花月 我不要樹功勳 醉花月也是浮雲 樹功勳也是浮雲 醉時歌無人我心、 只願長劍奉明君."

계신 영령의 한없는 원한이여/ 분명히 한 곡조의 취하였을 때의 노래
여"106)라고 답 하였다. 김덕령의 큰 뜻이 꺾인 것은 하나의 술 취한 노
래와 같다고 하였다. 석주는 김덕령의 좌절과 비극적 삶의 모습을 스스
로 택한 운명과 결부시켜 나타내고 있다. 그렇지만 석주는 김덕령의 삶
을 운명으로 결구하였지만 단순한 결구가 아니라, 김덕령의 탁월한 능
력이 활용되지 못한 당대에 대한 비판적 시각을 가지고 쓴 것이다. 석주
는 김덕령이 큰 뜻을 가지고 기복종군 하였음을 높이 평가하며 쓰이지
못한 것이 한없는 원한으로 남아 있다고 보았다. 원한은 꼭 풀어져야 한
다. 그런데 아직도 김덕령의 원한을 풀어주지 못하여 술 취한 것과 같이
비관적으로 바라본다는 것은 풀어주지 못한 위정자들의 잘못이란 의미
를 함축하고 있다.

이상에서 김덕령의 문학과 의미를 살펴보았다. 김덕령의 문인적 성격
을 강조한 것은 문헌설화 담당자들의 잘못된 역사적 인식이거나 역사적
현실로부터의 도피가 아니라 김덕령의 신이한 능력을 강조하는 한 방법
이었다. 김덕령은 신이한 능력을 지니고 있을 뿐만 아니라, 자신의 포부
를 담을 수 있는 문학적 소양이 뛰어난 인물임을 강조하고 있는 것이다.

3. 구비전승에 나타난 비극적 영웅의 형상화

본 절에서는 김덕령 전승 중에서 구비자료를 중심으로 검토하고자 한
다. 한 인물에 관련된 구비전설의 연구는 일반서사문학의 연구처럼 있
는 자료를 분석하는 것도 중요하지만, 우선 구전되고 있는 삽화들을 일
련의 연관된 하나의 서사체를 이루도록 재구하는 작업이 필요하다. 이

---

106) 동야휘집, 연려실기술, 대동기문, 풍암집어, 풍암집화. 將軍昔日把金戈 壯志中催奈命何
　　地下英靈無限恨 分明一曲醉時歌.

런 재구 없이 어떤 인물에 관련된 설화를 단순하게 세계관적 변모양상의 분석이나 의미 층위에 서사적 분석은 새로운 오류를 만들게 된다. 즉 한 인물의 서사체를 인과적으로 재구한 뒤에 그 서사물이 지향하는 의미층위나 세계적의 변모양상을 분석하는 방법이 올바른 작품분석 방법이라고 하겠다.

김덕령의 구비자료를 검토하는 방법으로 김덕령의 일생을 탄생담, 성장담, 활동담, 최후담 등 4단계로 나누고 각 단계가 들어갈 수 있는 각 편의 삽화를 재구하는 방식을 통해 의미를 살펴보게 될 것이다. 모든 삽화를 4단계의 범주에 설정하고 이들의 인과적 관계를 통해 각 단계의 삽화가 김덕령이란 인물을 어떻게 부각시키고 있고, 또 한계를 보여주고 있는지를 살피게 될 것이다. 그리고 각 단계에서 삽화들은 화소분석을 통해 의미를 살펴보고자 한다. 자료로는 한국구비문학대계 자료와 현지조사 자료를 중심으로 다루고 기타의 자료는 참고로 하겠다.

1) 결핍요소를 지닌 탄생담

김덕령의 탄생담은 문헌설화에서 <호랑이 태몽>의 탄생 삽화와 달리 풍수지리설에 관계된 <묘자리 얻기> 삽화와 결구되어 있다. 이 삽화는 광주 무등산의 명당 터를 얻기 위해 찾아온 중국의 지관에게서 김덕령의 부친이 묘자리를 빼앗는 이야기이다.

1. 중국의 명사(지관, 중)는 명당을 찾아 무등산까지 왔다가 한미한(남의 집 살이) 김덕령의 아버지 집(주막, 여막)에 머물게 되었다.
2. 김덕령 부친은 중국 명사가 달걀을 구해줄 것을 부탁하자, 처음에 곤달걀을 주고, 뒤에 성한 달걀을 주었다.
3. 중국 명사는 달걀로 시험하여 처음에 실패하고, 두 번째에 김덕령 부친도 몰래 쫓아가서 닭 우는 소리를 듣고 돌아온다.

4. 김덕령 부친은 중국의 명사가 부친의 시신을 파러 중국으로 돌아갔을
   때 그곳에 석회암을 들어내고 자기 아버지의 시신을 이장하였다.
5. 조상의 뼈를 가져온 중국 명사는 묘를 보고, '임자가 따로 있다'고
   포기하면서 석회암을 들어낸 것이 실수라고 한다.
6. 결과 처음에 딸을 낳고 다음에 김덕령을 낳았다.[107]

김덕령의 탄생담은 풍수지리설을 이용한 삽화 이외에 태몽에 관련된
것이 조사되어 있다.[108] 위와 같이 풍수지리설과 관련된 김덕령의 탄생
담은 김덕령이 날개가 돋고 '꼬끼오' 소리를 지를 수 있는 지기(地氣)를
받고 태어났지만, 일생이 순탄하지 못할 운명임을 예시하고 있다. 즉 5
단락에서 결핍요소로 제시된 김덕령 부친이 저지른 실수의 결과이다.
신이한 탄생을 할 김덕령에게 결핍요소를 제기하여 최후에 실패할 것이
란 의도를 복선화하고 있다.

위 삽화는 중국 명사가 조선의 무등산에서 중국에서조차 찾지 못한
천하명당을 얻게 된다. 이것은 단맥삽화에서 나타나는 민족적 선민의식
이 내재한 것이고, 역사현장에서 실제로 체험하지 못한 중국에 대한 열
등의식의 극복이라[109] 한다. 그런데 중국 명사나 지관의 등장은 5단락의
변이양상으로 볼 때, 중국과 대립양상에서 우위를 나타내려는 것이 아

---

107) 대계 5-1, pp.254~256. 대계는『한국구비문학대계』의 자료집을 칭하며, 번호는 한국정
   신문화연구원에서 간행한 구비문학 자료를 분류 번호이다. 즉 5-1은『한국구비문학대
   계』전라북도 남원군편을 칭한다. 이후 한국정신문화연구원에서 간행한 자료를 대계
   라고 지칭하겠다.
108) 위와 다른 <호랑이 태몽> 설화는 1989년 6월에 퇴근하는 차속에서 한양대 김용덕 교
   수한테 들은 바 있다. 필자가 이몽학과 이율곡의 탄생담을 말하자, 비슷한 탄생담이
   김씨의 일족에 내려오는 전설이 있다며 들려주었다. 이때 들려준 김덕령에 관한 탄생
   담의 줄거리는 다음과 같다. 김덕령의 부친은 호랑이가 품안에 드는 신이한 태몽을
   꾸고 정부인에게 가서 동침을 요구하다가 거절당하였다. 그리하여 첩에게 가서 동침
   하여 김덕령을 얻게 되었다. 그리하여 김덕령은 서자로 태어나서 출세를 못하였다 한
   다. 그런데 이 설화는 김덕령이 둘째 아들이란 점에서 서자의 중의적 의미를 차용한
   설화적 결구로 보인다.
109) 임철호, 전게서 (집문당, 1989), pp.134~135.

니라, 김덕령이 태어난 묘소의 풍수지리가 중국 명사들조차 탐내는 곳임을 강조하기 위한 설화적 장치로 보인다.

김덕령 탄생담을 단락 중심으로 변이양상과 의미를 살펴보자.

1단락에서 무등산은 천하 최고의 명당자리가 있는 곳이다. 무등산에 있는 이 명당자리는 이 지방의 선민의식이 내재한 것으로, 중국에서조차 찾아올 정도라고 하였다. 무등산 명당의 중요성을 강조하는 변이로는 중으로 가장한 지관에서부터 황사(중국의 지관)로 변하거나, 1명에서 3명이란 숫자로 변하고 있다.

훌륭한 명당을 한미한 사람이 얻었다는데 문제가 있다. 실제로 김덕령은 한미한 집안의 태생이다. 설화에서 김덕령의 부친은 묘자리를 얻을 때, 남의 집 살이·여막살이·주막살이·신털미 장사를 하는 미천한 사람으로 설화화 되어 있다. 한미한 가정의 태생임을 강조한 나머지 서얼이라고도 한다.[110] 한미한 가문으로 결구는 김덕령의 집안이 2대에 걸쳐 벼슬을 하지 못하였기 때문이다.[111] 당대에 훌륭한 가문이 얻은 훌륭한 명당이라면 문제가 없지만, 한미한 가정이 얻은 훌륭한 명당의 발복은 조선사회의 신분 계층적 문제에서 심각한 고민거리였다. 이런 점에서 민중들은 한미한 가문 때문에 능력을 발휘하지 못하고 비극적으로 죽게 결구하기 위해 김덕령이 훌륭한 명당의 발복으로 출중한 용력을 지니게 설정한 것이다.

2와 3단락은 중국 명사가 무등산에서 찾은 명당의 진실 여부를 시험하는 단계이다. 중국 명사는 명당을 시험하기 위하여 묵고 있는 집에 계란을 구해 달라고 한다. 중국 명사가 부탁하는 대상은 김덕령의 부친·할아버지·어머니·초립동이(부친이 어릴 때) 등이 나타나지만 의미에는

---

110) 대계 6-11, p.596. 또 김용덕 교수가 구술한 설화.
111) 대계 5-3, p.120. 여기는 반대로 김덕령의 부친이 무등산에 도를 닦기 위하여 왔다가 묘를 얻게 된다.

별다른 변화를 끼치지 않는다. 또 계란을 전달하는 방법도 다양하다. 두 개를 달라고 하여 하나는 곤달걀 하나는 성한 달걀을 주기도 하고, 중이 달라고 하자 고기가 얼마나 먹고 싶은가 해서 여물 솥에 삶아주기도 한다. 또 계란을 달라고 하지만 닭이 우는 이적을 행하지 않는 삽화도 있다. 심지어 보통 달걀을 주었으나 죽은 다음에 묻었던지 날개·발까지 생기고 말았다는 삽화도 있다.112)

2단락과 3단락은 중국의 명사와 조선의 한미한 사람과의 갈등을 통해 중국 명사의 지혜와 한계성을 드러낸 것113)이라 한다. 중국의 지관은 김덕령 부친이 삶아 준 달걀로 당황하고, 두 번째 준 계란으로 명당을 확인하지만 김덕령 부친에게 발각당하고 만다. 민중들이 김덕령 부친에게 중국의 명사를 속이고 명당을 얻게 한 것은 한미한 가정에서 훌륭한 명당을 합법적으로 얻기도 어려울 뿐만 아니라, 김덕령이 역사적으로 비극적 삶의 사실을 인식한 설화화의 한계에 기인한 것이라 하겠다.

민중들은 중국 명사가 은밀하게 발견한 명당을 얻게 하여 훌륭한 장수의 기대치를 보여주고 있다. 이곳은 닭이 날개깃을 퍼덕이며 '꼬끼오' 할 수 있는 명당이다. 닭은 날개가 있어 비상할 수 있고, 소리 내어 울 수 있는 동물이다.114) 이점에서 명당은 태어날 사람이 닭처럼 날 수 있는 능력과 명성을 널리 떨치리라는 상징적 의미를 가진다. 이런 훌륭한 명당이기에 중국의 지관은 은밀하게 알아보고 조상의 묘를 이장하려고 하였다. 그런데 김덕령의 부친은 명당 찾기를 몰래 훔쳐보고 좋은 명당을 얻을 수 있었다.

---

112) 달걀을 주고받는 부분의 변이는 뒤의 서사전개에 영향을 미쳐 다양한 변이양상을 보여주고 있다.

113) 임철호, "김덕령설화연구" 『한국언어문학』 22집 (한국언어문학학회, 1983), p.201. 중국에도 없는 명당을 조선의 무등산에서 찾아낸 점이나, 중국 지관에게 삶은 달걀을 주어 당황하게 하였다가 두 번째 성한 달걀을 주고 그의 행동을 살펴보는 것에서 찾아볼 수 있다는 것이다.

114) 윤정선 역, 뢱 브느와 저, 『징표, 상징, 신화』 (탐구당, 1984) pp.66~67.

그런데 민중들은 훌륭한 장수감인 김덕령이 비극적 종말을 맞이하도록 한계를 나타내는 장치가 필요하였다. 좋은 명당을 얻어 훌륭한 인물을 기대하였지만, 현실적으로 훌륭한 영웅이 되지 못함을 알려주는 단락이 4단락이다.

4단락에서 김덕령 부친은 중국 지관이 표시한 곳이 어떻게 좋은지 알지 못하고, 다만 명당으로 생각하고 아버지의 시신을 이장한다. 김덕령의 부친은 아버지의 묘를 이장하여 중국의 명사에 승리하지만 도장(盜葬)과 석회암을 드러내는 실수를 범한다.115) 김덕령 부친은 중국 지관이 잡은 곳이기에 좋은 명당이라고 생각하였지만, 명당을 잘못 쓰고 있다는 것을 인식하지 못하였다. 여기에서 민중들은 김덕령 부친이 풍수지리를 조금이라도 알았으면 하는 아쉬움을 나타내고 있다. 즉 김덕령의 부친이 묘를 이장하면서 범하는 실수는 선금(나침판 : 쇠)을 잘못 놓아 좌향이 틀린 경우와 안대(?)가 틀린 경우이다. 반면에 일부삽화에서는 이장한 자리가 한국 사람이 아닌 해외(海外) 사람에게 좋은 자리라 하기도 한다.

5단락은 김덕령의 부친이 중국의 지관에게 승리한 것이 표면적이고 불완전한 것임을 나타낸다. 중국의 지관은 조상의 뼈를 가져왔을 때 이미 묘가 쓰여 있는 것을 보고 달걀을 구해준 사람이 쓴 것으로 생각하였다. 명당의 내력과 복록까지 아는 중국 지관은 김덕령 부친에게 명당을 빼앗긴데 체념하는 경우와 되찾기 위해 노력하는 경우가 있다. 위 예화는 묘자리가 쓰여 졌음을 보고서 체념하며 석회암을 들어낸 것이 실수라고 알려 준다. 여기에서 묘자리는 한 번 쓰고 고치면 안 된다는 의식을 엿볼 수도 있다.116) 반면에 일부 삽화에서는 그 명당이 한국 사람에게 적합하지 않고 해외(중국) 사람에게 적합한 명당이니 다른 좋은 명당과 바꾸자고 한다.117) 즉 이곳의 명당은 투구가 물 건너에 있기 때문

---

115) 임철호, 전게논문, p.201.
116) 대계 6-9, p.433.

에 중국 사람에게 적합한 명당이라고 한다. 중국 지관이 되돌려 받기 위해 중국 사람에게 적합한 명당이기에 조선 사람에게 오히려 해가 될 수 있으니 그만 두라거나, 다른 곳에 대대로 만석지기의 터를 잡아줄 것이라고 한다. 심지어 중국 사람이 묻으면 천자가 되고 조선 사람이 묻으면 이백 년 후에 충신 밖에 안 되니 바꾸어 달라고 한다. 그렇지만 김덕령 부친은 중국 지관이 해를 끼칠지도, 또 이곳의 명당이 더 좋은 곳인지도 몰라서 바꾸지 않는다. 심지어 중국 지관이 묘지가 잘못 쓰였으니 그 바른 법을 가르쳐 준다 해도 거절한다.[118]

5단락의 의미는 김덕령이 지닌 영웅성의 한계를 복선화시키고 있다. 묘지를 잘못 쓴 경우 올바르게 고쳤다면 김덕령은 훌륭한 능력의 소유자가 될 수 있지만, 부친의 잘못으로 능력에 한계가 있음을 암시하고 있다. 그리고 해외 사람의 명당이란 의미는 조선사회의 부조리를 드러내어 한미한 가정에서 태어난 김덕령이 포부를 마음껏 펼칠 수 없음을 암시한다. 김덕령 부친이 이장한 장소가 조선인에게 맞지 않는다는 것이나, 특히 1단락에서처럼 김덕령이 한미한 가문에서 태어난 영웅이란 점에서 아기장사 설화와 상통하는 의미가 있다. 이런 한계는 묘지의 복덕 결과인 6단락에 나타나 있다.

6단락은 중국 지관의 부탁이나 제의를 거절하고 김덕령 부친의 의도대로 묘소를 쓴 결과이다. 김덕령이 높이 등용되었다면 천하 명당의 첫 번째 기운으로 태어났다고 하였을 것이다. 그렇지만 민중들은 김덕령의 비극적인 종말의 역사적 사실을 인식하고 있기 때문에 삶의 한계를 가

---

117) 대계 6-9, p.373, 448, 567, 582. 대계 5-2, p.339. 등.

118) 거절하는 가장 중요한 이유는 이곳이 닭의 울음소리를 내는 명당이란 점이다. 닭의 울음소리는 세상에 이름이 날릴 것을 의미하고, 닭의 날개는 하늘로 비상함을 의미한다. 즉 닭의 상징 의미와 같은 인물 출현의 기대를 나타낸 것이다. 그 외로는 중국인을 믿을 수 없을 뿐만 아니라, 명당이란 파서 다시 묻으면 효력이 없어질 것이란 믿음 때문이다. 이를 중국과의 대결의지로 보면, 민족적 자존심을 지킬 수 있는 민족적 영웅의 출현을 기대하는 것이다.

진 결핍요소를 제공할 필요가 있다. 민중들은 묘지를 이장하는 과정에서의 실수나 묘자리를 훔쳐 쓴 도덕성 결핍, 분수를 넘는 욕심 등으로 땅의 복덕에 불행을 내재시키고 있다. 즉 묘를 이장한 결과 벌을 받았다거나, 별 볼일 없었다거나, 또 김덕령이 끝에 힘을 못 쓰고 말았다는 비극적 종말을 대부분 암시하고 있다. 그리하여 첫 번째로 누나가 낳고 둘째로 김덕령을 낳게 하였다.

그런데 결과가 김덕령에게 긍정적 변이도 보인다. 김덕령은 명당의 복록으로 신비하게 날아다닐 수 있는 날개가 있었다. 또 김덕령은 무등산의 정기를 받고 태어났다.[119] 이때 산은 그 지방 민중들의 정신적 지주란 상징적 의미를 고려할 때, 무등산 정기를 받아 탄생한 김덕령은 무등산이 상징하는 광주일원의 정신적 지주 역할을 할 인물임을 의미한다고 하겠다.

이상의 탄생담은 김덕령이 한계를 가진 민족적·민중적 영웅 기상을 지니고 태어났음을 부각시킨 것이라 하겠다.

2) 자만심에 도취된 성장기

문헌설화에서는 김덕령이 성장기에 능력의 가능성을 최대로 펼치게 하였다. 그리고 김덕령은 성장할 때 유자로서의 풍모 때문에 그의 능력을 드러내지 않았다가 10여 세 이후에야 능력을 드러낸 것으로 되어 있다. 반면에 구비전설에서는 김덕령의 성장기를 한계를 가진 인물로 결구시키고 있다.

김덕령의 성장기에 대한 일화는 <장군수 훔쳐 먹기> 삽화, <오뉘씨름> 삽화, <오뉘힘내기> 삽화, <치마대> 삽화, 부모에게 효도하기, 담력과 빠르기 등의 삽화가 있다. 이들 삽화를 김덕령의 성장과 비교하면

---

119) 대계 6-8, p.883 등.

시기의 앞뒤를 분간하기가 어렵다. 다만 오뉘힘내기보다는 씨름삽화가 앞선 시기이다. 그리고 부모에게 효도하기 삽화나 담력시험 삽화는 오뉘힘내기와 비슷한 시기로 추정된다. 이들 각기의 삽화는 김덕령의 성장기에 뛰어난 능력을 나타내는 과정일 뿐, 연관성을 가지지 못한다. 다만 씨름삽화와 오뉘힘내기가 결합되어 전후의 연관 관계를 맺은 것이 많이 나타나며, 치마대 전설의 경우도 앞의 두 삽화보다 후대일 가능성이 있다. 또 김덕령의 힘내기형 삽화는 이몽학의 경우와 달리 성장담에 속한다.[120] 대체로 성장기의 김덕령 삽화들은 김덕령의 영웅으로의 가능성을 드러내지만, 금기의 파괴를 설정하여 김덕령 최후에 결정적인 영향을 미치게 된다.

(1) 장군수 훔쳐 먹기

이 삽화는 김덕령의 수학시기를 보여준다.[121] 이 삽화는 김덕령이 자만심으로 1차 금기를 파괴하여 공부를 제대로 하지 못하고 쫓겨나는 기아모티프 현상과 선생이 제시한 2차 금기를 파괴함으로 비극적 삶을 암시하고 있다. 김덕령의 수업에 관계된 삽화를 단락으로 제시하면 다음과 같다.

1. 한 도사가 김덕령을 데리고 8년을 공부시키려고 했으나 6년 만에 천문지리, 육도삼략, 팔진법에 무불통지하여 더 가르칠 것이 없었다.
2. 선생은 김덕령이 잠든 사이 밤마다 밖에 나갔다오고 하였다.
3. 하루는 김덕령이 자는 척하다 선생의 뒤를 따라가, 큰 석문이 있는

---

120) 임철호, 전게서, pp.135~137. 강현모, "이몽학설화연구" 『한국학논집』 13집 (한양대 한국학연구소, 1988. 2) pp.70~78.

121) 문헌설화에는 김덕령의 학습장면이 구체적으로 나타나지 않았으나, 젊어서 산속으로 사냥을 갔다가 노인에게 속세에서 자신의 용력을 과시하지 말라는 <수레 부수기> 삽화의 앞부분에 암시된다. 그런데 문헌설화에는 젊은데 비하여 구비에서는 어린 것으로 되어 있다.

동굴 안으로 들어가는 것을 보고 왔다.

4. 이튿날 저녁, 선생이 잠든 사이에 석문 안으로 들어가 방아독(절구)에 절구 공이 모양의 기둥을 타고 괸 장군수를 실컷 마셨다.

5. 다음날 아침, 선생은 '너를 공부시켜 8년 만에 물 먹여 보내려 했는데, 가르칠 것도 없고 물도 훔쳐 먹었으니 하산하라'고 하였다.

6. 선생은 김덕령에게 '서울 김 정승네 딸의 방에 큰 불덩어리 셋이 건너오는데, 임진병란에 건너올 일본의 천하장사이니 잡지 말라' 하였다.

7. 김덕령은 선생의 말을 저버리고 삼백 근 짜리 철퇴로 왜장을 죽이고 천하장사가 되었다.

8. 집에 와서 얼마 있다가 임진왜란이 일어났다.[122]

위 삽화에서 김덕령은 자신의 능력을 드러내지 말라는 암시된 금기를 파괴하고 말았다. 김덕령이 선생님 마시는 장군수를 훔쳐 먹고 쫓겨나는 것은 기아모티프의 현상과 같다. 결과 김덕령은 무사적 지식 이외의 지혜를 배우지 못한다. 이런 김덕령이 정상적인 영웅으로 성장하는데 결정적 결핍(장애)요소로 작용한다.

1단락은 김덕령이 수학하는 시기를 나타낸다. 정확하게 알 수는 없지만 태어났을 때란 구술에서 어린 시절을 의미한다. 즉 문헌설화에서 김덕령이 젊었을 때 어느 노인에게 대접받고 왔다는 것을 구비설화화 하면서 어린 시절로 결구하였기 때문에 앞뒤의 논리적 연결이 제대로 되지 않는다. 다만 김덕령이 수학하기 시작한 것은 15~6세의 일로 추정할 수 있다.[123]

1단락에서 김덕령은 영웅의 가능성을 유감없이 발휘한다. 김덕령은 선생이 8년 기한으로 공부시키려는 것[124]을 6년 만에 무불통지하였다. 이

---

122) 대계 2-5, pp.390~393.

123) 수학기의 나이는 『김충장공유사』 <연보>에 의하면 8세에 공부를 시작한 것으로 되어 있다. 그런데 이 삽화의 뒤에 결구된 임진왜란 삽화를 검토하여 보면 이보다 성장한 시기로 잡아야 할 것이다.

때 김덕령이 배운 공부란 대체로 무(武)에 해당하며, 문헌설화에서 유업 (儒業)을 중시한 것과 큰 차이가 있다.[125] 민중들이 김덕령의 무사적 측면 을 강조한 것은 훌륭한 장군감으로 인식하는데 기인한 것 같다.

김덕령은 훌륭한 장군감이지만 성격적 결함 때문에 실패할 수밖에 없 음을 보여주는 것이 2~7단락이다. 2단락은 도입의 성격을 가지고 있다. 선생은 김덕령이 잠든 사이에 몰래 나갔다오는 신비성이 있다. 선생의 신이함은 그 밑에서 공부한 제자를 훌륭하게 키울 수 있다는 의미를 내 포하고 있다. 그런데 선생의 행동은 김덕령에게 제자로서 마땅히 지켜 야 할 유교적 가르침을 묵살하고 호기심을 유발시켜 선생을 미행하도록 하는 것이 3단락이다.

김덕령은 선생이 밤에 나가는 것을 보고 몰래 뒤를 쫓았는데 선생의 축지법을 능가하였다. 축지법을 사용하는 선생이 알지 못할 정도로 뒤 쫓아 갔다는 것은 김덕령이 탁월한 능력의 소유자였음을 보여주는 대목 이다. 김덕령은 선생이 석문 안에 들어가는 비밀을 알아내고 돌아온다.

이튿날 선생이 잠든 사이에 석문 안으로 들어간다. 석문 안에는 절구 통과 절구대로 이루어진 장군수가 있었다. 절구통과 절구대의 의미는 절구통에 괴여 있는 물이 천하에 당할 자가 없는 장군수란 말에서 남녀 의 결합을 상징하고 있다.[126] 남녀의 결합 시기가 적절할 때 새로운 생 산이 가능하다. 그 시기를 선생은 8년으로 여겼는데, 김덕령은 그 때까 지 기다리지 못하였다. 장군수를 미리 먹은 결과 김덕령은 성숙하지 못 한 미숙아의 성격을 가지게 된다. 완숙하지 못한 장군수를 먹은 김덕령

---

124) "10년 공부 말짱 도로묵"이란 속담과 같이 구비설화에서는 수학 연한을 10년으로 되 어 있으나, 이 설화에서는 특이하게 8년으로 되어 있다.

125) 이긍익, 『연려실기술』 권 17, <선조조고사본말> 김덕령조

126) 절구통과 절구대의 결합은 남녀의 성 결합을 의미한다. 남자의 의미인 절구대와 여성 을 의미하는 절구통, 결합의 의미인 절구대를 타고 절구통에 고인 물을 볼 때 생생력 을 의미한다고 하겠다. 즉 물 자체에도 생생력을 가지고 있는데, 성 결합을 통한 물의 의미는 확실한 생생력을 의미한다.

은 성격이 듬직하지 못하고, 씨름삽화나 오뉘힘내기처럼 조급하며 우쭐
대는 사람으로 나타난다.

5단락은 선생이 마시는 물을 훔쳐 먹고 쫓겨나는 기아모티프 현상이
다. 선생은 8년 동안 공부시키려던 김덕령을 6년 만에 지적인 면에서 더
이상 가르칠 것이 없어 기다림이란 인내심과 수양을 길러주고자 하였다.
선생이 김덕령을 잡아둘 마지막 유일한 수단은 장군수를 마시게 하는
일이다. 그런데 선생은 자기를 미행하여 이 일을 스스로 해버린 김덕령
을 버리게 된다. 더 가르칠 게 없다고 김덕령을 하산시키지만, 장군수를
훔쳐 먹었기 때문에 흡족한 마음이 아니었다. 결과적으로 김덕령은 드
러내지 말아야 할 능력을 선생에게 보여 쫓겨난 것이다. 그래서 김덕령
은 자만심과 오기 때문에 세상의 이치와 도리를 보는 법을 선생에게 배
우지 못하고 쫓겨났다. 이때 쫓겨나는 현상은 비극적 영웅담의 기아모
티프 현상과 동일하다.[127]

5단락의 결구는 문헌설화에서 이인과의 만남을 민중적 의식으로 재구
한 것이다. 문헌설화에서는 이인과의 만남이 김덕령의 자의지로 해결될
문제이지만, 구비설화에서는 사제 관계로 변모시켜 김덕령의 비극적인 삶
을 인과적으로 설명해 주고 있다. 즉 김덕령은 출중한 능력에도 불구하고
비극적 운명이 될 것을 문헌설화보다 인과적으로 설명하고 있다.

선생은 김덕령을 쫓아내지만 잘못되기를 바라지 않았다. 그래서 떠나
가는 김덕령에게 '김 정승네 집에 오는 일본의 천하장사인 큰 불덩어리
셋을 죽이지 말라'는 금기모티프를 제시하였다. 제시된 금기모티프는 김
덕령에게 능력을 드러내지 말라는 의미이다. 김덕령은 선생의 깊은 배
려를 저버리고 금기를 파괴하고 말았다. 김덕령은 일본의 천하장사와
대결하여 죽인 뒤에 이름을 세상에 알리게 된다.

---

127) 강현모, "이몽학 설화 연구", pp.66~70.

한편 6단락은 문헌설화와 마찬가지로 조선에서의 임진왜란이 천명이요 운명이란 민중적 한계를 보여주고 있다. 임진란에 건너올 왜의 장사라면 완벽하게 제거하여 전쟁을 피하려 하지 않고, 오히려 이들을 죽였기 때문에 더욱더 수난을 당할 것이란 천명(운명)의식을 보여주고 있다.

김덕령은 하산하여 김 정승네 집에서 큰 불덩어리 셋을 발견하고 선생님의 말을 저버렸다. 군사부(君師父) 일체란 유교적 관념에서 어버이와 같은 선생의 말을 저버린 것이 문제다. 김덕령은 선생이 제시한 '경거망동을 조심하라'는 금기를 이해하지 못하고, 아무도 들지 못하는 300년 전의 철퇴를 가지고 일본장사와 격투하였다. 김덕령이 일본 3장사와 대결에서의 승리는 임시방편에 불과한 것이다. 선생의 말을 듣고 일본장사와 싸움에 휘말리지 않았다면 세상에 헛된 이름이 알려지지 않았을 것이고, 임진왜란 중에 친상을 당하였더라도 효와 충의 갈등을 느끼지 않았을 것이다. 또 김덕령을 등용하였던 조정에 실망을 주지도, 시기하는 자도 많지 않아 공과 명예를 얻고 역적으로 몰리지도 않았을 것이다. 왜에게도 잠재적인 영웅이 되어 전쟁을 손쉽게 해결하였을 것이다. 민중들은 김덕령이 작은 공도 세우지 못한 것을 허명이 세상에 퍼져 전쟁에 기병하였을 때 시기하는 자들이 많았기 때문이라 생각하였다. 이처럼 민중들은 김덕령의 허명이 퍼진 원인으로 김덕령이 시기와 장소에 부적합하게 능력을 발휘하여 선생이 제시한 금기의 파괴로 보았다.

김덕령의 학습과정은 김덕령에게 두 가지 큰 의미를 가지고 있다. 첫 번째는 기아모티프의 제기이고, 또 하나는 기아모티프 현상을 회복할 기회 제공의 금기 제시이다. 그런데 금기 제시는 지켜지기를 바라기 보다는 파괴될 것을 전제로 한다. <장군수 훔쳐 먹기> 삽화는 김덕령이 실제로 장군이나 무사적 관심보다 유자적 측면에 관심을 가졌으나, 임진왜란에 의병장으로 기병하여 공도 세우지 못한 사실을 설명하는 설화적 결구라 하겠다. 즉 <장군수 훔쳐 먹기>는 김덕령이 사실적으로 입신양명에 실패하고, 공을 세우지 못하고 역적의 누명을 쓴 채 형장의 이슬로 사라진 사실에 기인한 민중의식의 소산이라고 하겠다.

(2) 힘내기형 삽화

김덕령의 힘내기형에는 씨름삽화, 오뉘힘내기 삽화, 치마대(명마) 삽화로 나눌 수 있다. 김덕령 힘내기형의 특색은 이몽학의 경우와 달리 씨름삽화와 오뉘힘내기 삽화가 결합되어 나타나고, 치마대 삽화도 결합된 형태로 나타난다.[128] 그러므로 본장에는 세 삽화의 단락을 함께 살펴볼 것이다.

등장하는 여자 인물은 누나로, 이몽학의 누이보다 아량이 있는 인물이다.[129] 그렇지만 죽으면서 동생에게 어떠한 금기도 제시하지 않고, 죽은 뒤 김덕령이 용마를 얻는 과정이나 치마대 전설에서 원귀가 되어 날아가는 화살을 잡아 용마를 잃게 하는 삽화도 있다. 김덕령의 힘내기형 전설은 김덕령의 탁월한 능력의 제시와 함께 최후에 패배하게 된 원인을 제공하고 있다.

1. 김덕령은 씨름판에 가서 이길 사람이 없어 너무 자랑하고 다녔다.
2. 누나는 걱정되어 남복을 하고 자만하는 김덕령을 이기고 돌아왔다.
3. 누나는 힘센 사람이 있어 죽으려는 김덕령에게 충고하였다.
4. 김덕령은 무등산 돌기를 연습한 뒤에 누나에게 죽기 내기를 제시하였다(무등산 3바퀴 돌기와 도포 한 벌 짓기 내기).

---

128) 김덕령의 힘내기형 전설은 전라도에서 채록 자료에만 보인다. 다른 지방자료에는 김덕령의 이적담과 최후담 만이 보이는 특징이 있다.

129) 김덕령의 오뉘힘내기에서는 어머니가 거의 나타나지 않는다. 어머니가 나타나지 않기 때문에 누나는 어머니 속성의 역할까지 가져야 한다. 그렇기 때문에 김덕령의 오뉘힘내기 전설에는 여동생이 나타나지 않고 오직 누나가 나타난다. 다만 최래옥, 『한국구비전설의 연구』(일조각, 1981, pp.314~315)의 고려대 사범대학 국교과, 『한국어문교육』 창간호 (1986), pp.300~301) 등에 김덕령의 어머니가 나타나기도 한다.

   5. 누나는 김덕령의 성질에 자살할 것 같아 해놓은 옷의 옷고름을 떼
     어 놓았다.
   6. 김덕령은 돌아와서 옷고름이 덜 되었다고 누나를 죽였다.
   7. 김덕령은 광주 벌판에 번개같이 나타났다 없어지는 용마를 잡았다.
   8. 김덕령은 용마와 내기를 하였다(무등산 한 바퀴 돌고 와 화살받기).
   9. 용마가 빨리 돌아왔지만 화살이 오지 않아서 용마를 죽이자, 그때
     화살이 날아와서 말 고리에 박혔다.
   10. 김덕령은 용마도 누나도 잃었다.[130]

위 삽화는 김덕령의 힘내기형 전설이 총괄적으로 결합되어 있다. 즉
1~3단락은 김덕령의 씨름삽화에 관한 것이고, 4~6단락은 오뉘힘내기
삽화, 그리고 7~9단락은 치마대 삽화로 이루어졌다. 이처럼 김덕령의
힘내기형 전설은 각기 독립적이기 보다는 서로 연관성을 맺고 있다.

김덕령의 탄생과 관련된 묘자리는 정상적으로 얻은 것이 아니다. 그
결과 김덕령 누나가 먼저 태어나고 다음에 김덕령이 태어났다. 이는 세
상에서 가장 좋은 묘자리의 복록이 딸인 누나에게 있고, 다음을 김덕령
이 받았다는 의미이다. 묘자리의 둘째 복으로 태어난 김덕령의 영웅적
면모를 보여주는 것이 씨름삽화이다. 김덕령이 씨름판에 등장한 것은
대체로 12~16살 정도로 <장군수 훔쳐 먹기> 삽화와 같은 시기로 보인
다. 이런 점에서 김덕령의 힘내기형 전설은 그의 성장기로 보아야 할 것
이다.

씨름삽화는 성장하는 어린 나이의 김덕령에게 영웅성을 드러내지 말라
는 금기요소를 담고 있다. 나이 어린 김덕령은 세상에 자신을 이길 장사
를 만나지 못하자 자만심에 빠져서 해야 할 일을 망각하였다. 김덕령은
수련할 나이에도 불구하고 세상에 공명심만 날리기 위하여 전국의 장사

---

130) 대계 6-9, pp.496~499.

들이 모여드는 상 씨름판에 나간다. 이와 같은 김덕령의 힘내기는 드러내기 역할을 하지만,131) 김덕령이 지닌 한계와 최후의 실패 원인을 배태하고 있다. 즉 김덕령이 힘내기에 참가하지 않아 세상의 이목을 받지 않았다면 설화 속에서 부친상을 당하였을 때 효를 다하였을 것이다. 또 나라의 부름에 나아가 상하 관계의 순리를 터득하여 누구의 미움도 사지 않았을 것이다.

1단락에서 김덕령은 상씨름에 나아가서 황소를 독차지할 정도로 뛰어났음을 보여준다. 김덕령은 나이와 위치에 맞게 행동하여 다른 사람의 눈에 거슬리지 않아야 하였다. 그런데 김덕령은 매번 이기자 안하무인격이 되거나132) 자랑하고 다녔다. 그런 김덕령에게 금기 의미를 제시하는 것이 누나가 남복으로 갈아입고 나오는 2단락이다.

2단락에서 누나는 김덕령의 행동이 뒤에 탈이 생길 것을 막고자 씨름판에 참가한다. 누나는 김덕령이 상 씨름판에서 너무 날뛰고 방자하며 안하무인격이기 때문에 출세하지 못할 것을 두려워하거나, 서얼의 자식으로 너무 똑똑하기 때문에 맞아죽지 않도록 남복을 갈아입고 씨름판에 나간다.133) 누나가 씨름판에 나간 것은 김덕령에게 세상에 힘 있는 자가 많음을 알려 처신에 유념하게 하기 위한 것이었다. 또 김덕령에게 능력을 드러내지 말라는 금기요소가 잠재되어 있다. 김덕령이 선생에게 쫓겨난 것도 잠재시켜야할 능력을 드러냈기 때문이다. 이런 결구는 김덕령이 시기하는 자가 많아 옥사하였다는 의식을 민중적 방식으로 표출한 것이다. 민중들은 김덕령이 능력을 드러내지 않았다면 누나가 동생을 경계하여 자숙하도록 씨름판에 등장하지도, 최후에 비극적으로 죽지 않

---

131) 천혜숙, "전설의 신화적 성격에 관한 연구" (계명대 대학원 박사학위논문, 1986), pp.103
    ~110.
132) 대계 6-8, p.198.
133) 전자는 대계 6-8, pp.198~199. 대계 6-9, pp.456~457. 대계 6-11, p.606 등이다. 후자는
    대계 6-11, pp.596~597 등에서 김덕령이라 언급하지 않았다.

았을 것이란 의식을 나타내고 있다. 여기에서 씨름삽화는 김덕령이 능력을 드러내지 말아야 한다는 잠재된 금기의 표출이다.[134]

김덕령은 남복한 누나에게 일방적으로 패배하는데, 탄생담에서 보여준 예정된 결과이다. 두 번째로 태어난 김덕령이 땅의 복록을 먼저 받은 누나에게 항상 열등할 수밖에 없음을 탄생담인 <묘자리 얻기> 삽화에 결구시켜 놓은 것이다. 김덕령은 예정된 결과를 알지도 이해하지도 못한 채 일방적인 패배에 상심하여 죽으려고 한다. 그는 자기가 최고의 장사인 줄 알았는데, 자기를 일방적으로 패배시킨 장사가 있다는 사실에 분통을 터트리고 있다. 여기에서 김덕령이 자기중심적 사고를 가진 극단적 우월주의에 입각한 소영웅임을 보여주고 있다. 이런 결구 방식은 김덕령이 씨름판에서 일방적인 패배를 당한 후 자신의 미력함을 깨닫고 노력했다면, 최후의 실패를 설명할 수 없기 때문이다.

김덕령과 누나는 씨름삽화에 잠재되었던 대립이 표출되면서 4~6단락인 오뉘 힘내기를 통해 처절한 죽음 내기란 갈등 양상으로 나타난다.[135] 이 힘내기는 단순히 오누이간의 힘내기가 아니라 김덕령의 최후가 비극적이 되는 원인을 제시하는 삽화이다. 김덕령은 기아모티프의 현상으로 결핍된 능력의 한계를 누나가 보충해 줄 수 있었는데, 그런 기회를 상실하고 만다.[136]

김덕령이 일방적으로 패배한 것을 상심하여 밥도 굶고 죽으려고 하자 누나는 자기가 하였음을 고백한다. 누나가 씨름판에서 일방적으로 승리하였음을 고백하여 오누이 간의 처절한 죽음 내기인 오뉘힘내기가 전개

---

134) 임철호, 전게서, p.136. 김덕령의 힘내기는 그의 이인적 면모를 나타낸 것이 아니라 인간적인 행위를 보여준 것이라 한다. 그런데 김덕령의 힘내기는 영웅적 일면을 부각시키려는 의도와 함께 최후에 비극적일 수밖에 없음을 보여주고 있다.

135) 천혜숙, 전게논문, p.104. 여기에서 씨름삽화가 오뉘힘내기 삽화의 원인삽화로 결착될 가능이 있다고 하였다.

136) 강현모(2), "이몽학 오뉘힘내기 전설고" 『한양어문연구』 6집 (한양어문연구회, 1988) pp.102~107.

된다. 내용상 누나가 땅의 복록을 먼저 받아 영웅성이 뛰어나다고 생각하며 죽이려는 것과, 누나가 실제로 씨름을 하였는지를 의심하여 내기를 제의하는 것이 있다.[137] 전자의 경우, 자기보다 월등한 누나가 일에 방해가 된다고 죽이려는 것은 김덕령의 독단적 우월주의 사고를 보여준다. 후자의 경우에는 누나(여자)란 상징에서 비사회적이고 소외 계층에도 영웅이 있음을 드러내는 동시에 지배계층의 우월주의에 대한 풍자의 일면을 보여주고 있다.

김덕령의 오뉘힘내기에는 성 쌓기가 없고, 무등산 돌기와 도포 만들기 등 주로 속도에 관한 내기이다. 그리고 내기를 제시하는 자는 대체로 김덕령이다.[138] 누나는 내기에 심각성을 부여하지 않는 반면 김덕령은 내기를 심각한 의미로 받아들인다. 김덕령은 누나를 죽이고 세상에 홀로 영웅이 되려고 한다.

김덕령과 누나의 내기는 한 번 하는 경우와 두 번 하는 경우가 있다. 두 번 하는 경우는 서로 상대방에게 활을 쏘아 맞혀 죽이기 내기를 하다가, 결판이 나지 않자 일반적인 오뉘힘내기를 한다.[139] 또 김덕령이 첫째 내기에서 누나에게 패배하지만, 다시 내기를 하여 누나가 일부러 져주자 바로 죽이는 인정 없음을 보여주기도 한다.[140] 민중들은 문헌기록에 김덕령이 군법 시행으로 많은 사람을 죽였다는 점, 선조가 친국할 때 살인죄만으로도 죽일 수 있다[141]고 한 점에서 규격성을 가진 대범하지 못한 인물이라고 인식한 것 같다. 이런 김덕령의 속성을 오뉘힘내기 삽화에서 차용한 것으로 나타난다.[142]

---

137) 대계 6-9, p.497. 김덕령은 누나의 능력이 월등한 것을 알고 연습을 하고 내기를 한다. 그 이외는 자기를 속였다는 울분이나 자기보다 능력이 뛰어난 자이기 때문에 제거하기 위하여 내기를 한다.
138) 예외로는 대계 5-1, p.254와 pp.256~258이다.
139) 대계 5-3, pp.116~117.
140) 대계 6-9, pp.456~457.
141) 『연려실기술』 <선조조고사말본>김덕령조나 『선조실록』 29년 8월 참조.

김덕령과 누나 간의 처절한 갈등에서 월등한 능력의 누나가 일방적으로 승리한다. 그런데 아량을 지닌 누나는 김덕령이 지면 성격상 자살할 것 같아 옷을 다 만들고도 일부러 속옷고름을 안 달았거나, 이미 달았던 옷고름을 떼어 놓고 기다린다. 이런 누나의 성격은 김덕령의 오뉘힘내기에서 어머니가 개입하지 않기 때문에 누나로서만 아니라 어머니의 성격(마음)을 지닌 특성을 보이고 있다. 특정인물의 오뉘힘내기는 특정인물을 부각시키기 위한 방법으로 어머니의 개입이 임의적인 것이 되기 때문에[143] 어머니가 등장하지 않은 것이다. 이몽학의 경우는 어머니가 개입하여 이몽학이 승리하도록 결구하지만, 김덕령의 경우는 그것이 없다. 이는 이몽학이 역적이었던 반면 김덕령은 역적의 누명을 썼었지만 뒤에 신원이 되어 영웅성을 부각하는데 한계를 가지지 않았기 때문이다. 즉 민중들은 김덕령을 영웅화한다고 할지라도 관리들과의 마찰을 염려하지 않아도 되기 때문이다.

5단락에서 누나는 이몽학의 오뉘힘내기에서 보이는 처절한 갈등의 양상을 보이지 않고 일방적으로 승리한다. 하지만 누나는 동생이 자살할 것 같아 자기가 죽는 것이 낫다고 생각하고 일방적으로 승리를 포기한다. 이는 남존여비의 사회구조 속에서 드러나는 사회적 모순인 여성의 좌절과 한계성의 표출이라[144]지만 이것보다 김덕령을 드러내기 위한 설화적 결구로 보아야 한다. 역사상 비극적 종말의 김덕령이지만, 그가 영웅성을 발휘하지 못한 사회구조의 모순을 드러내면서 비극적일 수밖에 없는 이유를 오뉘힘내기에서 찾았던 것이다.[145]

누나는 '김덕령이 동기간으로 설마 자기를 죽이랴'[146] 생각하고 김덕

---

142) 강현모(2), 전게논문 참조.
143) 강현모(2), 전게논문, p.86. 천혜숙, 전게논문, p.107.
144) 임철호, 전게서, p.136.
145) 강현모(2), 전게논문, pp.90~109.
146) 대계 5-3, p.116. 대계 6-8, p.200. 대계 6-9, p.446. 등.

령의 사기를 높여주고자 힘내기를 시도하였다. 씨름삽화에서 패배로 의기소침한 김덕령에게 남아의 사상을 고취시키고, 세상살이에 강온의 삶의 태도를 가르쳐 주려고 하였다. 그런데 김덕령은 6단락과 같이 누나의 속마음을 알아주지 않고 죽여 버린다. 누나를 죽이는 과정에서는 김덕령의 잔인성과 비인간성을 보여주고 있다. 김덕령은 누나와의 내기에서 처음 판을 졌다. 죽기 내기에서 졌으면 당연히 죽어야 하는데도 다시 내기를 한다. 두 번째 내기에서 누나가 져 주자 바로 죽였다. 즉 김덕령은 자기보다 월등한 누나의 도움을 받고자 하지 않고 자기 제일주의 사고의 틀에서 누나를 죽였던 것이다. 이때 죽은 누나는 원통하였던지 독수리란 원귀가 되어 날아갔다[147]고 한다. 뒤에 이 독수리는 김덕령이 실패하게 하는 역할을 수행한다. 즉 누나의 원귀인 독수리가 김덕령의 활동반경을 넓혀줄 용마를 얻지 못하도록 결구시킨 것은 민중의식을 드러내는 재미있는 발상이다. 6단락의 결구 의도는 김덕령이 혼자 영웅이 되려는 목적을 위해서 동기간도 죽일 수 있는 무자비한 인간이란 표출과 함께 자기의 결핍요소를 극복해 줄 구원자를 죽여 비극적으로 될 것을 예시하고자 하였다.

씨름삽화와 오뉘힘내기 삽화에서 김덕령은 자기보다 뛰어나고 도움을 받을 수 있는 누나의 존재를 잘못 인식하였다. 김덕령의 잘못된 인식은 뒤에 나타나는 용마를 얻는 치마대 삽화에서도 나타난다.

김덕령이 얻은 말은 용마이다. 이 용마는 광주 벌에 잠시 나타났다 사라지는 말이었다.[148] 비천하는 용마는 김덕령의 활동반경을 확대시켜줄 수 있다. 김덕령은 공중을 날아다닐 수 있는 날개가 있는데다[149] 용마까지 얻었다면 활동반경이 확대될 것이다. 이때 김덕령과 용마의 관계

---

147) 대계 6-9, pp.568~569.
148) 문헌설화에는 진주목장에서 뛰어나온 나는 듯한 날쎈 말로 나타난다.
149) 대계 6-9, p.447, p.451.

는 아기장사 전설의 용마와 다르다. 김덕령 전설의 용마는 이몽학의 경우처럼 김덕령과 실제로 만났고 신이함을 인정받았다. 이 용마는 김덕령의 영웅성을 더 멀리 넓게 전파하는데 사용할 수 있는 표현적 장치이다.150) 또 용마는 김덕령과 호흡을 맞추고 잘 어울렸으며 원하는 것을 이루어 주었다.

치마대 전설도 김덕령의 빠르기를 나타낸다. 김덕령의 치마대 전설은 문헌에 나타난 호랑이를 잡았다는 것같이 그의 능력을 나타내는 민중의식의 표현 방식이다. 김덕령은 용마의 재능에 과욕을 부려 무리한 시험을 하지만, 용마는 김덕령의 욕구에 따라 약속을 충실하게 지켰다. 그럼에도 내기에서 승리한 용마를 믿지 못하고 늦게 온 것으로 추측하여 죽였다. 즉 김덕령은 내기에서 빨리 달려온 용마가 목적지에 도착하였을 때 화살이 떨어지지 않았다면 주변을 살펴보아야 하였다. 그렇지만 비슷하게 와야 할 화살이 땅에 떨어지지 않자 용마가 늦게 왔을 것이라고 생각하는 것이 더 당연한지도 모른다. 그래서 김덕령은 용마를 죽였을 것이고, 그것을 김덕령의 조급성이라고 비난할 소지를 없앤 것이 누나의 독수리 원귀 이야기이다. 독수리가 된 누나가 화살을 공중에서 잡았다는 결구는 김덕령의 영웅성을 손상시키지 않으려는 민중의식의 표출이다. 김덕령은 용마의 어떠한 노력에도 원귀인 독수리의 농간으로 용마를 죽일 수밖에 없도록 설정되어 있다. 누나에게 잘못한 원인으로 용마를 잃게 되어 결국 누나와 용마를 잃은 김덕령은 결핍요소의 보충이나 활동반경을 확대하지 못하여 영웅성을 제대로 드러내지 못하고 말았다.

김덕령의 힘내기에서 김덕령은 독단적인 영웅주의로 인하여 누나와 용마를 잃어버리고 비극적 종말을 맞이한다. 또 용마와 누나를 죽인 결과 영웅적인 충신이면서도 행세를 못하고 죽은 인물이라고 혹평을 받는다.151)

---

150) 강현모, 전게논문, p.76.
151) 대계 6-9, p.569.

(3) 빠른 김덕령

김덕령의 영웅성을 부각하는데 가장 중심이 되는 것은 빠름(속도)이다. 오뉘힘내기도 속도를 요하는 내기이다. 무등산을 한 바퀴 도는 것, 그것도 모자라 3바퀴를 돈다고 할 때 얼마나 빨리 돌아야 하는 지에서 알 수 있다. 김덕령의 영웅성에 빠름을 부각하는 것은 그가 익호장군이란 칭호를 듣고 또 나중에 호랑이를 두 마리나 잡아서 일본군 진영에 팔았다는 문헌기록 등을[152] 민중들 나름대로 재구한데 있는 것 같다.

김덕령의 빠름을 나타내는 삽화는 빠른 것만 나타내지 않고 다른 함축된 의미도 담고 있다. 즉 효성이 지극하였다는 점은 조대(釣臺)라는 지명유래 설화에 결부시켰고, 또 담력이 세다는 것은 친구 데려오기와 호랑이에게 잡혀간 사람 데려오기 등의 삽화에 결부시켰다. 이들 삽화들은 단편적으로 결구되었으면서도 김덕령의 영웅성을 드러내 가장 빠른 사람임을 보여주고 있다.

먼저 김덕령이 빠름을 드러내면서 효성을 강조하는 것을 보자.[153] 이들 삽화는 내용적으로 효성을 나타내지만, 그 이면은 빠른 장사임을 보여주고 있다. 김덕령은 어머니 또는 부모의 아침 반찬으로 올리기 위하여 무등산을 넘어 화순이나 보성까지 낚시를 갔다가 온다. 화순이나 보성은 고기를 낚아가지고 하루에 집까지 오기도 힘든 거리인데, 새벽에 고기를 잡아서 요리를 하여 부모를 봉양하기에는 무척 빠름이 필요하다. 또 김덕령이 고기를 잡으러 갈 때 석자세치의 굽 나막신을 신었다는 것은 어떤 난관도 이겨낼 수 있는 장사임을 보여주는 것이다.

김덕령의 빠름에 대한 다른 삽화로는 말을 타고 날아가서 화살을 잡

---

152) 문헌설화에는 김덕령과 호랑이와의 관계가 많다. 즉 탄생담이 있고, 숲속의 호랑이를 잡아 죽인 일, 익호장군 제수, 호랑이 잡아 왜 진영에 팔기 등이다.

153) 대계 6-11, p.469. 대계 6-9, p.452. 이런 삽화는 『김충장공유사』 <실기>에 숙부가 동복지방으로 이사하였는데, 앞의 천에 고기가 살쪄서 김덕령이 조석으로 고기를 낚아다가 반찬을 하여 올렸다고 되어 있다.

았다는 것을 들 수 있다.154) 김덕령이 빠른 것은 겨드랑이에 날개가 있기 때문이라 한다. 겨드랑이에 날개가 난 영웅이라면 민중들이 달성할 수 없는 어떤 일도 성취할 능력의 잠재성을 보여준 것이다.155) 그런데 김덕령의 빠름은 천부적인 면도 있지만, 노력에 의한 것임을 보여주는 것도 있다. 즉 "매일 아침에 무등산을 한 바퀴 돌고 올라가서 누나가 해준 밥을 먹었다"나 "김덕령이 언제든지 새벽에 나와서 군망을, … 무등산을 일곱 바퀴 돌았다는 전설이 있다"는 것이다.156) 이처럼 김덕령은 자신의 영웅성을 부각시키기 위하여 부단하게 훈련을 하였다.

김덕령의 빠름을 나타내는 대표적인 것은 호랑이에게 잡혀간 사람 데려오기이다.157) 한 사람이 호랑이에게 물려서 업혀갈 때는 별이 하나씩 총총히 뵈었는데, 김덕령이 호랑이를 죽이고 빼앗아 올 때는 별이 별똥(배차지)처럼 짜르르 하니 일자로 깔리더란 것이다. 이처럼 김덕령은 호랑이보다 더 빨라서 이름이 나기 시작하였다. 이런 결구는 김덕령이 호랑이와 싸워서 이겼다는 문헌기록을 상기하고, 호랑이보다 더 빨라야 이긴다는 민중적 사고로 재구한 것이다.

한편 김덕령은 친구 간의 의리가 있었음을 보여주는 삽화도 있다. 서당에서 공부를 하다가 보면 장원주가 나와 함께 어울려 먹었다. 어느 날 담양에 사는 친구가 집에 갔을 때, 어느 집에서 한 상 푸짐하게 차려왔다. 이때 김덕령은 함께 먹었으면 좋겠다는 말을 듣고 80리나 되는 길을 밤에 갔다 오겠다고 나갔다. 그리고 담양에 가서 친구를 업고 띠로 묶은 다음에 잠깐 사이에 와버렸다. 그 친구를 밖에 세워놓고 방에 들어가서

---

154) 대계 6-9, p.42.
155) 날개는 앞의 <묘자리 얻기> 삽화의 닭의 날개와 같은 의미이다. 즉 날개는 천상과 지상을 연결시켜줄 수 있는 천상의 사자인 새를 연상하게 한다. 그렇기 때문에 날개의 의미는 무한한 능력의 가능성을 보여주는 것이다.
156) 전자는 대계 6-9, p.42이고, 후자는 대계 6-8, p.883이다.
157) 대계 6-9, p.445, 448.

아이들과 이야기 하는 사이에 호랑이가 물어갔다. 김덕령은 그것도 모르고 아이들에게 보라고 하였으나 없어졌다. 그래서 호랑이를 쫓아가서 빼앗아 오는 과정은 앞 단락의 논의와 같다.

이상에서 김덕령의 영웅성을 부각하는 것은 빠름에 있다. 김덕령의 빠름은 명당의 묘자리를 써 겨드랑이에 날개가 달렸다는 천부적인 성격도 있지만, 훈련과 노력에 의한 후천적 요소도 있음을 알 수 있다.

3) 왜적퇴치의 신이한 활동담

김덕령에 관한 문헌에는 왜구와 직접 싸워 승리한 기록이 없다. 그런데도 구비전설에서는 김덕령이 신이한 능력을 발휘하여 왜군이나 왜장을 물리쳤다는 왜구물리치기 설화가 있다. 김덕령 활동기의 이야기로 왜구물리치기 설화를 결구한 것은 영웅적 성격을 드러내는 동시에 집권층의 시기로 억울하게 옥사한 한을 나타내려는 의도로 여겨진다.

김덕령은 왜구물리치기 설화에서 능력을 충분히 발휘하고 있으나, 아버지의 상을 당했다는 한계가 있다. 조선 관료사회에는 전쟁 중이라도 부모의 상을 당하면 관직을 사퇴하고 부모 상복을 입었을[158] 정도로 효가 우선하였다. 김덕령의 활동담은 효가 윤리의 근본의식으로 자리 잡았던 당시에 그의 기복종군에 대한 민중의 입장을 드러내고 있다. 민중들은 김덕령이 기제사만 지내고 종군한 것을 그의 활동에 치명적인 문제를 야기하도록 결구하였다. 이는 역사적으로 조그만 공적도 없이 역적의 누명을 쓰고 죽은 상황을 효를 다하지 않은 것에서 찾았다.

김덕령의 왜구물리치기 설화는 크게 3가지로 나눌 수 있다. 첫째는 김덕령이 복상 중이라 신이한 도술 능력을 발휘하는데 제한을 받는 <왜군 물리치기>이다. 여기에서 김덕령은 기피인물로 낙인 찍혀 역적으로

---

158) 임철호, 전게서, pp.147~148.

몰리게 된다. 둘째는 김덕령의 한계와 구국에 미천한 기생조차 필요함을 보여주는 <왜장 조섭(소서) 죽이기>이다. 이는 김응서 일화로 구전·기록되어 오던 것이 김덕령 일화로 전이된 것이다.[159] 셋째는 김덕령이 이여송조차 대적할 수 없는 왜장 청정이나 평수길을 물리치는 <왜장 퇴치하기>이다.

(1) 왜군 물리치기

김덕령은 능력을 발휘하여 왜군에게 실제적으로 피해를 입히지 않는 상태에서 스스로 물러나게 한다. 한 작품을 단락으로 나누어 제시하면 다음과 같다.

1. 김덕령이 철원에 살았는데 왜병이 밀려들어 왔다.
2. 왜병을 물리치려 할 때 어머니가 아버지의 복상 때문에 불가하다며 못 나가게 하였다.
3. 구경을 허락받고 가보니 조선의 장사가 없어, 김덕령이 청정(소서비)의 진에서 '내일 오시에 모든 병사가 흰 띠를 둘러매라' 하고 나왔다.
4. 다음날 김덕령은 오시에 흰 띠를 걷어오면서 물러가라고 하였다.
5. 그 다음날에 무기를 전부 빼앗아 오자 왜군이 후퇴하였다.[160]

복상 중인 김덕령이 신이한 능력으로 왜군을 물리치는 장면이다. 이 결구는 김덕령이 왜구에게 무서운 인물로 부각되었던 문헌설화의 의미를 민중적 의식으로 재구한다.

1단락에서 민중들은 김덕령의 고향이 전라도 광주 무등산임에도 철원이나 경상도 고령 사람이라고 한다. 이는 민중들이 특정인물(김덕령)과 연관된다고 생각되는 일이라면 사실인가를 검토하지 않고 결구시키기

---

159) 임철호, 전게서, p.140.
160) 대계 2-7, pp.114~116.

때문에 일어나는 잘못이다. 그런데 김덕령이 왜적을 물리치는 과정 앞에, 수학시절과 금기의 파괴를 결구해 놓은 것은 중요한 의미를 지닌다.[161) 김덕령은 선생에게 쫓겨나는 기아모티프 현상을 당한다. 또 선생이 제시한 '불덩어리로 변한 왜장을 죽이지 마라'는 금기를 파괴하여 왜장을 죽이고 집에 왔다. 집에 와 있다가 아버지가 돌아가셨는데, 그때 임진왜란이 일어났다. 금기의 파괴는 김덕령에게 임진왜란이 일어날 때 결핍요소를 가지게 될 것을 예시하고 있다. 결핍요소는 아버지의 죽음과 금기 파괴의 결과이다. 김덕령이 선생의 금기를 파괴하지 않았다면 아버지의 죽음이 없었거나, 그의 신이한 능력이 소문나지 않아 천거의 대상이 되지 않았을 것이다. 그렇지만 김덕령은 금기를 파괴하였고, 얼마 후에 임진왜란이 일어났다.

김덕령이 상중일 때, 왜군들은 마을 앞까지 쳐들어 왔다. 이때 구비설화에서 김덕령은 충·효 갈등이 암시적인데, 문헌에는 심각한 갈등 양상을 보여주고 있다.[162) 2단락에서 김덕령은 적들이 마을 앞까지 쳐들어오자 효만을 고집하지 않고 대의명분에 입각한 충을 생각하여 어머니의 허락 아래에 출전하려 하였다. 그런데 어머니는 김덕령과 달리 효가 우선한다고 여겼다. 어머니의 생각은 일반 민중들의 일반적인 사고일 것이다. 어머니는 아버지의 상중이란 이유로 출전을 허락하지 않는다. 심지어 출전하려면 자신을 죽이라고까지 완강히 거부한다.[163) 김덕령은 어머니가 허락하지 않아 정식으로 출전하지 못하였다.

김덕령은 전장에 비정상적으로 출전하였기 때문에 공을 세울 수가 없다. 김덕령은 전쟁터에 갈 때, '몰래 가거나 구경을 간다'고 하였다. 이

---

161) 대계 2-5, p.390.
162) 김덕령은 "삼년상도 못 지내고 기복종군 하여 충도 이루지 못한 것이 불효 죄라며 자기를 탓"하였다.
163) 대계 1-7, p.836.

런 결구도 역사적으로 기제사만 마치고 기복종군을 하고도 전공을 세우지 못한 사실을 합리적으로 설명하면서 김덕령의 영웅성을 손상시키지 않으려는 민중의식의 소산이다. 3단락에서 김덕령은 출전이 비공식적이고 부모의 허락을 받지 않았기 때문에 공을 떳떳하게 내세울 수 없다. 또 김덕령은 전장에서 살상할 수 없는 처지였다. 그러나 젊은 혈기와 애국심은 그를 구경꾼이나 방관자로 만들지 않았다.

4단락은 구경꾼 김덕령이 자기 마을에서 왜군이 물러가게 하는 단락이다. 왜군을 물리치기 위해서는 신이한 능력의 도술을 과시하여 그것을 보고 물러가게 할 수밖에 없었다. 그래서 민중들은 김덕령의 능력을 과시하기 위해 반복법을 사용하고 있다. 이런 결구는 김덕령의 능력이 사실이고 실제적임을 강조하기 위한 민중적 사고패턴의 방식이다. 한 번보다는 두 번이 사실로 더 인정받게 된다. 김덕령의 능력은 신이하지만 인명을 살상하지 않는다. 처음에 과시한 능력은 왜구들에게 살상의 위협도 없다. 첫째의 능력164)은 김덕령이 왜구들의 모자에 꽃을 달아주거나, 모자에 태극기를 달고, 운무가 덮이고 총구멍에서 물이 나오게 하며, 모자를 전부 벗겨 가고, 물러가라는 부적을 왜적의 머리에 붙이는 도술이다. 둘째로 행한 능력은 왜구의 무기를 전부 빼앗아 버린다거나, 민담에서처럼 3개의 병을 이용하여 적의 생명을 위협하는 것이다.165) 김덕령의 능력은 어떤 이상세계도 실현할 수 있다는 민중적 사고의 힘이다. 그런 까닭에 왜구들이 스스로 물러나고 만다.

조선의 위정자들은 훌륭한 김덕령의 능력을 시기하고 질투하여 영웅으로 활용하지 못하고 역적의 누명을 씌워 죽인다. 즉 김덕령은 신이한 능력으로 왜구를 물러나게 하였지만, 국가의 위기에 공식적으로 나서지

---

164) 자료로 첫째는 대계 1-4, p.896. 둘째는 대계 1-7, pp.836~837. 셋째는 대계 2-5, p.394. 넷째는 대계 5-1, p.320. 대계 5-2, p.345 등이다.
165) 대계 5-1, p.320.

않았다거나 국가에 보고하지 않고 왜구와 싸웠다며 역적의 누명을 쓰고 죽게 된다. 민중들은 김덕령에 관한 이런 설화적 결구를 통해 허구적 진실을 보여주면서, 능력은 있으나 신분적 처지로 항상 좌절을 맛보는 자신들의 한계를 표출하고 있다.

(2) 왜장 조섭 죽이기

김덕령이 기생과 공모하여 왜장 조섭을 죽이는 삽화는 3편이 있다.[166] 이 삽화는 원래 김응서가 애인 계월향과 공모하여 조섭이란 왜장을 죽였다는 문헌기록과 설화이다. 이것은 역사적 사실인지 알 수 없으나 평양성을 탈환하기 위한 총력전을 전개하는 과정에서 나타난 것이라 한다.[167] 그런데 문헌에서도 찾아볼 수 없고 평양성의 탈환과 전혀 관계가 없는 김덕령이 기생 황월과 공모하여 조섭을 죽였다고 전이된 구비설화는 흥미 있는 일로 구비문학의 한 특성으로 볼 수 있다.[168] 구비문학 담당자(민중)들은 어떤 사건에 대해 역사적 사실여부를 판단할 능력을 갖지도 못하고, 판단하려고도 않는다. 다만 민중들은 어떤 사건이 한 인물에 적합하다고 생각되면 실제로 행하였든 아니든, 또 사실이든 거짓이든 간에 결구시킨다.

민중들은 결구시킨 인물을 통해 의식세계를 표출한다. 김응서의 일화를 김덕령에게 결구시킨 것은 김덕령을 통해 민중들의 어떤 성취 욕구를 드러낼 필요성이 있었기 때문이다. 또한 김덕령과 김응서의 상이한 역사적 행적에서 찾아지기도 한다.[169] 즉 김응서는 조선사회에서 정상

---

166) 대계 7-2, 7-4, 8-5 등이다. 이는 왜장 소서행장의 우리식 표기로, 또 다른 이름으로는 소서비, 소섭, 소서, 조서비, 조섭 등이라고 한다.
167) 임철호, 전게서, pp.155~156, p.140.
168) 임철호(2), "임진록과 문헌설화의 역사의식" 『고전문학연구』 (이우출판사, 1983) p.364. 김덕령과 기생 관계를 살펴보면, 등장하는 기생은 계월향인데, 월천, 화월(兒名), 월선(本名)이라고 한다.
169) 임철호, 전게서, pp.140~141.

적인 절차를 밟아서 현달하였고, 절의를 위한 죽음으로 인정을 받았다. 반면에 김덕령은 탁월한 능력에도 불구하고 초야에 묻혀 지내다가 임진 왜란에 천거되어 출전하였지만 능력을 발휘해 보지도 못하고 반역 죄인 이라는 모함으로 죽었다. 민중들은 비극적 죽음을 한 김덕령을 민족적 영웅으로 부각시키려는 과정에서 <왜장 조섭 죽이기> 삽화를 차용한 것이다.

1. 이여송은 조선에 구원 나와 천기를 보니 조선의 명장이 필요하였다.
2. 이여송은 경상도 고령 땅에 상복을 입고 있던 김덕령을 찾아갔다.
3. 김덕령은 황월이란 기생을 얻었다가 버려두었는데, 왜장 소서(조섭) 의 소첩이 된 것을 알고 황월의 어머니를 찾아갔다.
4. 어머니의 편지를 받고 집에 온 황월이 김덕령을 천대하였다. 김덕령은 황월을 죽이고 싶지만 대사 때문에 참고 다음 날을 약속하였다.
5. 황월은 약속한 날에 왜병들을 술 취하게 한 뒤에, 김덕령에게 조섭 의 용력과 비밀을 말하고 다음 날을 기약하였다.
6. 김덕령이 약속한 날에 들어가니 황월이 진법의 방울에 소리가 나지 않게 해 놓고 김덕령을 데리고 조섭의 방을 들어갔다.
7. 김덕령이 용력으로 비늘이 덮혀 있어 죽이기 힘든 조섭의 목을 치고, 황월이 목이 붙지 못하게 콩깍지 재를 뿌렸다.
8. 김덕령은 황월이 '자기 목을 베어가지고 가라'고 하여 목을 베어 황 월의 어머니에게 갖다 주었다.
9. 이여송은 왜장 조섭을 죽이고 조선의 왕이 되고자 하지만, 김덕령의 용력이 두려워 역적으로 몰았다.[170]

1단락에서 이여송은 자진하여 조선에 구원을 나온 것이 아니다. 그렇 기 때문에 이여송은 구원 나오면서 조선에 트집을 잡아 퇴각하려고 하 였다. 그런데 이여송의 트집은 1단락 앞선 부분에서 조선의 이인들이 준

---

170) 대계 7-2, pp.656~660.

비하여 놓은 까닭에 실수로 끝난다.

이여송은 조선에 나와 천기를 보니, 조선 장사의 도움이 없이 임진왜란을 막을 수가 없었다. 임진왜란의 해결에 조선 장사의 도움이 필요하다는 결구는 민족적 자존심을 나타낸 것이다. 다시 말해 명나라에서 많은 군사와 훌륭한 장수가 구원을 왔지만, 그들은 시간이나 끌면서 자기에게 필요할 때만 적당하게 힘을 쓰며 싸웠다. 특히 평양성을 함락시킨 뒤에 승승장구하던 명나라 장수들은 벽골제에서 왜군에게 대패하고서 제대로 싸우지 않았다. 이런 상황에서 임진왜란은 조선 사람이 종식시킬 수밖에 없다는 민족적 자존심을 보인 것이다. 민중들은 천기란 단어로 명장 이여송도 어찌할 수 없이 임진왜란을 종식시킬 인물로 김덕령이 뽑히게 하였다. 즉 이여송이 천기를 보고 고령의 김덕령을 찾아가도록 한 결구는 이여송조차 참전해 주기를 바랐던 훌륭한 인물이란 점을 부각시켜 조선의 위정자들이 역적으로 죽였던 역사적 사실을 풍자하고 있다.

2단락에서 김덕령은 상복을 입고 있는데, 이는 활동에 제한 받고 있음을 의미한다. 즉 마음대로 활동할 수 없기 때문에 결핍요소로 작용하게 된다.[171] 표면적으로 삽화에서는 제약요소로 나타나지 않지만, 성공하고도 높이 쓰이지 못한 점과 이여송에게 역적으로 몰려 죽은 것은 상복을 입었다는 결핍요소의 결과로 여겨진다.

이여송이 찾아간 곳은 경상도 고령이다. 경상도 고령을 설정한 것은 임진왜란 때 오래 점령당하였던 경상도 땅이 빨리 회복되기를 바란 의도로 보인다.[172] 민중들은 경상도 지방의 인물 김덕령을 설정하여 임진란의 종식을 바라고 있으나, 김덕령이 비장으로 근무하였던 곳은 평양

---

171) 대계 8-5에서는 김덕령이 상복을 6년간 입었던 것으로 되어 있으나, 이여송의 천거
    때 상복을 벗은 것으로 되어 있다.
172) 김덕령에 결구된 기생삽화는 경상도에서 조사된 것 밖에 없다.

이나 강원도로 설정되어 있다. 김덕령은 활동지역인 평양이나 강원도에
서 기생과 애인관계를 이룬다. 애인관계가 부모의 상으로 중단되는 것
이 조섭을 죽일 수 있는 계기가 되었다. 만약 김덕령과 황월의 관계가
계속되었다면 조섭을 죽일 기회를 얻지 못하였을 것이다.173)

　김덕령은 버렸던 기생 황월이 조섭의 첩이 된 것을 알고 황월의 어머
니 집에 찾아간다. 황월의 어머니는 자기 딸을 천대하였던 김덕령을 조
롱하거나 공대한다. 그렇지만 황월 어머니의 천대는 표면적이고 내면에
김덕령이 황월을 찾아왔다는 반가움이 담겨 있다. 그리고 황월의 어머
니는 딸에게 연락을 해주는 적극적인 행동과 8단락에서의 행동을 통해
중대사를 알고 있는 이인의 면모를 유추할 수 있다.

　김덕령과 황월의 만남은 3차례 이루어지지만 김덕령의 한계를 보여준
다. 김덕령은 황월보다 피동적이고 세상을 보는 안목이 부족한 인물로
묘사되어 있다. 첫째 만남에서는 김덕령이 황월의 피상적 행동을 보고
책임을 묻는다. 반면에 황월은 김덕령이 찾아온 이면적 일까지 파악하
고 어머니를 시켜 준비하는 세심한 배려와 능동적 자세를 보여준다. 둘
째 만남에서 김덕령은 대사를 잊고 옛정만을 그리워한다. 심지어 황월
이 대사를 그르칠까 두려워 사사로운 정을 억제시키지만 김덕령은 자제
하지 못하기도 하였다. 셋째 만남에서는 김덕령이 용력을 사용하여 조
섭을 죽이지만, 황월의 지시에 따르고 있다. 이를 구체적으로 살펴보면
다음과 같다.

　1차 만남에서174) 황월은 김덕령을 냉랭하게 대한다. 기생 황월은 "근

---

173) 대계 7-4에서는 김덕령이 기생 하오리를 버린 것으로 설정하였다. 이런 설정은 기생
　　의 애국 충정을 더욱 강화시켜 주는 것으로 추측할 수 있다. 민중들이 미천한 기생의
　　애국심을 강화시킨 것은 민중의 처지와 같은 자로 국가를 위하여 노력하는데도, 보답
　　이 냉대와 멸시뿐임을 나타내고자 하는 의도인 것 같다.
174) 기생이 등장하는 과정은 왜장과 함께 나왔다거나(대계 7-4, p.132), 왜군이 많이 나왔
　　다(대계 7-2, p.657. 대계 8-5, p.234)고 한다.

10년간 찾아오지 않았던 김비장이 날로 머할러 찾아오노?"175)라며 괄시
한다. 황월의 괄시는 주변의 왜병 때문만이 아니라, 김덕령과 거리를 두
어 대사를 그르치지 않으려는 배려이다. 김덕령은 황월의 배려를 이해하
지 못하고 죽이려고 칼을 빼었다가 대사를 생각하여 멈추었다거나, 왜병
이 많아 어쩔 수 없어 죽이지 못하고 그냥 넘기었다고 한다.176)

   2차 만남인 5단락에서는 기생 황월이 왜군들을 술 취하게 만든 뒤 김
덕령에게 왜장 조섭의 이야기를 해 준다. 왜장 조섭의 일화는 민중적 영
웅의 성격을 가진다.177) 왜장에게 민중적 영웅의 성격을 부여한 것은 대
적해야 할 김덕령의 영웅적 모습을 부각시키기 위한 것이다. 황월은 조
섭이 영웅적 인물이기 때문에 조심하라고 하나, 김덕령은 옛정만을 그
리워하여 농담하고자 한다.178) 황월은 농담을 허락하지 않고 조섭을 죽
일 방도와 날짜를 약속하고 돌아간다. 김덕령은 기생보다 똑똑하지 못
한 인간으로 묘사되고 있다.

   민중들은 김덕령과 황월의 만남에서 기생에게 양반적 사고를 넘어 미
래사를 준비하고 처리하도록 설정하여 놓았다. 즉 황월은 개인의 정보
다 국가의 일을 앞세워 생각하고 노력하였다. 여기에서 민중들은 김덕
령을 대표로 하는 양반적 사고의 편향성과 허구성, 조급성, 예지를 갖지
못한 근시안적 사고를 비판하면서, 자기들의 처지와 유사한 기생 황월
을 통해 우월성을 드러내고 있다.

---

175) 대계 7-2, p.657.
176) 전자는 대계 7-2, p.657이고, 후자는 대계 8-5, pp.234~235이다.
177) 임철호, 전게서, p.143. 한편 구비전설에서는(대계 8-5, p.235. 대계 7-4, p.659) 조섭의 영
　　웅성을 다음과 같이 나타내고 있다. 잠을 잘 때 집통 같은 세 놈이 되고, 주위에 방울
　　을 매달아 진을 치고, 또 왼발로 방안을 들어서면 걸어놓은 무거운 칼이 일을 내고, 온
　　몸에는 비늘이 덮여 칼도 들어가지 않는다. 잠은 토끼잠을 자는데, 첫날은 눈을 감고,
　　둘째 날은 반쯤 뜨고, 셋째 날은 완전히 뜨고 깊은 잠에 빠진다. 또 김덕령이 칼로 목
　　을 쳐서 죽였는데 목이 붙으려고 하여 재를 뿌렸다거나, 목 없는 조섭이 칼을 휘둘러
　　대들보를 부수었다는 것 등이다.
178) 대계 8-5, p.235.

6단락은 황월이 왜장 조섭을 죽이도록 준비를 완료한 단계이다. 황월은 조섭이 진(陣)을 쳐놓은 방울에 소리를 내지 못하도록 솜으로 막아버렸다. 김덕령은 황월의 준비로 적장 조섭을 죽이는 1차 관문을 어려움 없이 통과하였다. 김덕령은 조섭의 방에 들어갈 때나 들어가서도 황월의 인도에 따라 행동하는 인물로 묘사되어 있다. 김덕령은 방에 들어가서 용력을 사용하지만, 지혜적 측면을 기생의 도움으로 해결하였다. 기생 삽화는 김덕령의 영웅성을 부각하기보다 국가 대사를 위해서 기생의 도움과 같이 빈부귀천의 구별이 없는 협동이 필요함을 나타낸 것 같다.

기생 황월과 김덕령이 조섭을 죽이는 7단락은 <지하도적퇴치설화>와 유사한 민담적 성격을 띤다. 민담적 세계의 결구는 민중들이 향유하던 구비문학에서 쉽게 얻을 수 있는 자료를 취사선택하기 때문이다. 그리고 5~7단락에서 조섭의 영웅성은 김덕령을 민중적 영웅으로 설화화 하기 위한 반대급부의 성격을 띠고 있다.

기생의 우월성이 극명하게 드러나는 단락은 왜장 조섭을 죽이고 왜군의 진영을 탈출하는 8단락이다. 황월은 스스로 죽음을 택하고 있다.[179] 죽음을 택하는 것은 조섭을 죽인 뒤에 황월의 몸이 더럽혀졌기 때문에 죽어야 한다는 유교적 열녀사상과 합치된 민중 의식의 반영이다. 또 김덕령이 잘 되기를 바라거나 자기 어머니를 살려달라고 한다.[180] 김덕령은 왜병이 몰려오자 어찌하지 못하고 기생을 죽인다. 특히 어떤 자료에서는 김덕령이 함께 살 방도가 없자 자신만 살고자 기생을 죽인다. 반면에 황월은 스스로 죽음을 택하여 김덕령은 물론 어머니도 살리고, 효자

---

179) 임철호(2), 전게논문, p.364. 기생이 죽는 방법은 1. 기생이 살려고 하는 것을 김응서(혹은 김덕령)이 죽인다, 2. 같이 성을 넘다가 왜병에게 죽는다, 3. 기생이 자원하여 김응서(혹은 김덕령)가 죽인다, 4. 자결한다. 기생의 죽음이 이른 까닭은 첫째, '불능양전'이라고 영웅을 죽인 여자이기 때문에 살려둘 수 없어 혼자 살기 위하여 죽인다. 둘째는 여자가 칼맞이 역할을 한 것이고, 셋째는 조선의 장사가 죽어선 안 되기 때문에 여자가 죽은 것이다. 넷째는 앞의 요구가 관철되지 않아 자살한다.

180) 전자는 대계 7-2, p.660. 후자는 대계 8-5, pp.237~238.

충신으로 칭송받을 수 있었다.[181] 조섭을 죽이고 김덕령이 기생의 어머니를 찾아갔을 때, "딸의 목도 비어 왔습니꺼?"[182]라는 황월 어머니의 반응도 앞서 말했듯이 이인의 면모를 보이고 있다. 즉 황월의 어머니는 김덕령이 찾아온 목적을 알고 있었다는 것이 된다.

9단락에서 이여송은 김덕령이 누구도 죽일 수 없는 조섭을 죽였지만, 욕심 때문에 역적으로 몰아 죽인다. 김덕령은 양반들의 잘못된 시각 때문에 죽었는데, 외부세력인 이여송의 농간에 죽었다는 것이다. 이처럼 민중들은 김덕령의 죽음을 계층 간의 대립으로 보지 않고, 민족적 자존심의 대결의식으로 변이시켜 나타내기도 한다.

(3) 왜장 퇴치하기

왜장을 물리치는 삽화는 앞의 항이 기생의 도움으로 왜장을 물리친데 반하여 김덕령의 능력으로 물리치고 있다. 그러나 왜장을 물리치는 과정에서 이여송의 도움을 받아 물리치고 있다는 점이 한계이다.[183] 왜장을 물리치는 삽화를 단락화 하면 다음과 같다.

1. 구원 온 이여송이 김덕령을 천거하여 대장을 삼았다.
2. 김덕령이 구름으로 진을 치는 왜장 청정의 성질을 돋우다.
3. 김덕령이 청정의 목을 치니 새가 되어 날아갔다.
4. 이여송이 그 새를 활로 쏴서 잡았다.[184]

1. 조섭을 죽인 김덕령은 평안도를 침입한 모사 평수길과 싸웠다.

---

181) 대계 8-5, p.238. 기생의 어머니는 황월의 목을 받고 열녀 충신이라며 '네가 어머니를 위하여 죽었다'고 한다. 이 점은 기생이 이미 충신이며 열녀인 동시에 효자임을 보여 주는 것이다.
182) 대계 7-4, p.133.
183) 실제적인 명나라의 도움을 설화화한 것으로 보인다.
184) 대계 7-14, pp.165~166.

2. 이여송은 평수길의 도술을 당하지 못하자 김덕령을 부른다.
3. 김덕령은 평수길의 도술을 물리친다.
4. <논개삽화 첨가>와 김덕령이 일본군을 절단을 내고 퇴진시킨다.
5. 김덕령은 일본모사 평수길에 패하여 이여송에게 도술을 배운다.
6. 김덕령이 실패하자 이여송이 선봉장이 되어 김덕령과 함께 공중전에
   서 평수길을 죽이고 8년 풍상을 끝낸다.[185]

   <왜장 퇴치하기> 삽화에서는 김덕령이 왜장을 물리치는 동기가 스스로의 판단이 아니라 이여송의 명령에 따른 것이다. 김덕령은 이여송의 천거로 대장이 되어 왜장 가등청정이나 평수길을 물리친다.

   전자의 예화 1단락이 뒤 예화에서는 <왜장 조섭 죽이기>에 연결 구술하였기 때문에 생략되어 있다.[186] 민중들은 이여송으로 하여금 임진란을 평정할 조선의 인물로 김덕령을 천거하게 하였다. 이여송이 김덕령을 천거하도록 한 결구는 김덕령과 같은 영웅이 임진왜란 기간에 시골에서 칩거하는 당시의 상황을 역설적으로 설화화한 것이다. 또한 중국의 도움을 비록 받고 임진란을 해결하였으나, 우리의 일을 스스로 해결할 능력을 가진 자주 민족이며 국가라는 민족의식의 발로이다. 즉 조선의 전쟁은 중국인이 아닌 조선인에 의해 평정되고 해결될 수 있다는 의식의 표출이다.[187] 우리 민중들은 구원을 나온 명나라 군사들이 전쟁의 평정에 최선을 다하지 않자, 민족적 영웅의 출현을 기대하였다. 그래서 어머니의 상복을 입고 전쟁에 뛰어들었으나 공을 세우지 못한 김덕

---

185) 대계 8-5, pp.238~241.
186) 기생의 도움을 받는 삽화가 앞에 있어 이여송이 그곳에서 이미 천거하였기 때문에
    다시 할 필요가 없다.
187) 구원 온 명나라 사람들의 피해도 왜병에 의한 피해와 비슷할 정도였다. 또한 명군은
    벽골제에서 대패한 후 조선을 돕기보다 자신들의 안위를 걱정하여 최선을 다하지 않
    았다. 이런 점에서 민족적 자존심을 드러내고, 자주 민족이요 자주 국가임을 드러낸
    것이라 하겠다.

령을 이여송의 상대역으로 부각시켰던 것 같다.

2단락은 왜장 청정의 능력을 보여주고 있다. 역사적 사실로 왜장 가등청정은 소서행장과 함께 조선을 침입하는데 중요한 역할을 하였다. 구비전설에서는 청정이 구름을 모아서 진을 치고, 서울을 침입하려는 신이한 인물이라고 한다. 청정을 물리칠 인물은 그보다 더 용감하고 신이성이 있어야 한다. 그 인물이 김덕령이다. 김덕령에 대해 구비설화에서는 문헌설화의 신이성을 보다 확대 설정하였다. 김덕령은 신이한 청정의 성질을 돋우기 위해 재치와 인내심이 필요하였다.

김덕령이 청정과 한판 승부를 벌인 것이 3단락이다. 김덕령은 왜장 청정의 목을 쳐 일방적으로 승리하지만, 완전한 것이 못되어 청정은 죽지 않고 새가 되어 날아갔다. 김덕령은 완전한 승리를 위해 날아가는 새를 잡아 죽여야 했는데, 4단락에서처럼 날아가는 새를 밑에 있던 이여송이 잡았다. 김덕령은 일을 완벽하게 처리하지 못하고 남의 도움을 필요로 하는 한계가 있다.

김덕령은 능력을 발휘하는 데도 허약성을 드러내는 한계가 있다. 김덕령의 한계는 자신을 죽음의 단계로 몰아넣을 때조차 신이한 능력을 활용하지 못한다. 이런 한계는 김덕령이 스승의 가르침에 따르지 않아 수학기에 지혜를 충분히 습득하지 못하고, 또 스승이 제시한 금기를 파괴하였기 때문이다. 그런데 김덕령은 이몽학과 달리 남에게 도움을 받아 일을 성공시키고 있다. 이는 이몽학이 남의 도움 자체를 부정하는 독선적인데 비하여, 김덕령은 오뉘힘내기와 치마대 전설에서 누나와 명마를 잃고 후회하면서 자신을 정진하였기 때문이다. 즉 이것이 남의 도움을 받아 성공할 수 있었던 이유이다.[188]

후자의 삽화는 김덕령이 모사 평수길을 물리치는 과정이다. 삽화는 4

---

188) 대계 6-8, p.200.

단락을 중심으로 1~3단락과 5~6단락의 상반된 내용이다. 앞부분은 김덕령이 일방적으로 우세한 것으로 구술하지만, 뒤 부분은 김덕령이 평수길에게 패배하는 이여송보다 못한 인물로 묘사되고 있다. 그런데 4단락은 김덕령과 관련된 결구인지 알 수 없다. 다만 논개가 왜장을 껴안고 남강 물에 빠져 죽었을 때, 강 건너의 김덕령이 왜군을 습격하여 물리쳤다고 해석할 수 있다.[189] 이렇게 보면 4단락은 김덕령의 탁월성이 인정되는 단락이다.

1단락은 조섭의 목을 바친 김덕령이 이여송의 명령으로 평안도에 가서 평수길과 싸웠다는 도입 단락의 성격을 띤다. 2단락에서 김덕령이 평안도에 가게 된 배경이 평수길의 도술을 이여송이 당할 수 없었기 때문이라고 구체적으로 나타난다. 평수길은 전쟁에서 패하자, 나뭇잎을 군사로 만들어 조·명군(朝·明軍)과 싸웠다. 이여송은 무수한 일본군(나뭇잎)을 당할 수 없자 김덕령을 다시 부른다.[190]

3단락은 김덕령이 능력을 발휘하는 단락이다. 이여송의 명령으로 평안도에 온 김덕령은 평수길이 도술로 만든 나뭇잎 군사를 칼로 맞추어서 물리친다. 김덕령은 평수길이 인간이 되어 도망가면서 부리는 도술도 막아낸다.[191] 김덕령이 이여송이나 평수길을 능가하는 민족적 영웅으로 설화화 되어 있다.

4단락은 논개 설화가 삽입된 부분으로 김덕령이 평수길을 완전하게 물리치지 못하였음을 보여주고 있다. 논개 때문에 대장을 잃은 왜군들

---

189) 논개가 왜장을 끌어안고 남강 물에 떨어져 죽은 것은 조선 장사와 약속에 따른 것이란 설화도 있다. 이때 설화 속에서 약속한 장수를 김덕령이라고 할 수 있을 것이다 (대계 8-3, p.77 참조).

190) 언급하였듯이 김덕령을 민족적 영웅으로 강조한 측면과 임진란이란 민족적인 일을 외국(명)에 맡길 수 없다는 민족의식의 표현이다. 그래서 이여송으로 민족적 영웅인 김덕령을 부르도록 결구하였다.

191) 대계 8-5, p.239. 평수길은 오작교에 까치로 군졸을 세웠다든가, 우물을 캄캄하게 하고 일월성신을 대장으로 무지개를 칼로 만드는 조화로 김덕령에게 대적하나 패배한다.

은 김덕령(?)에게 크게 패하여 절단이 났고, 왜장 청정은 일본으로 돌아갔다. 김덕령이 평수길을 이긴 대가로 전쟁은 남쪽으로 옮겨지지만, 부분적 승리이기에 전쟁을 종식시킬 수가 없었다. 이것은 전쟁에서 탁월한 개인(김덕령)의 능력이 부분적인 승리를 이끌어 낼지라도, 종식시키는 것이 불가능하다는 뜻을 담고 있다.

김덕령은 5단락에서 모사인 평수길과 재대결 한다.192) 여기에서는 1~3단락처럼 일방적으로 승리하지 못하고 평수길의 재주에 패배한다. 패전한 김덕령은 구원장 이여송에게 가서 당할 도리를 배운다. 김덕령은 앞에서 평수길과 이여송을 능가하는 인물인데 비하여, 뒤에서 셋 중에 가장 능력이 모자라는 인물로 묘사되어 있다. 상반된 구술은 김덕령이 공을 세우지도 못하고 억울하게 죽은 것을 알고 있는 민중들의 의도된 표출이다. 반면 조선에 구원 나온 명나라가 힘의 우위에 있음을 인정하는 당대의 상황을 설화화한 것 같다. 다시 말해 민중들은 임진왜란의 해결을 조선과 명이 협력한 결과로 보고, 설화화 과정에서 명의 이여송을 우위에 두고 조선의 김덕령과 함께 왜장을 물리친 것으로 결구하였다. 한편으로 임진왜란을 종식시키기 위해서는 방관하는 명나라 군사의 도움이 필요한데, 이를 김덕령이 이여송에게 배우는 것으로 결구한 것 같다. 5단락은 조선과 명의 협력이 없으면 임진왜란이 끝날 수 없음을 나타낸 것이다.

6단락은 김덕령과 이여송이 협력하여 임진왜란을 종결하는 단계이다. 이여송은 김덕령에게 비법을 가르쳐 주었지만 실패하자, 손수 선봉장이 되어 평수길과 대결한다. 이때 김덕령도 후군이 되어 이여송과 평수길의 싸움에 끼어들어 평수길을 죽이는데 협조한다. 이처럼 이여송과 김덕령은 협력하여 왜의 모사 평수길을 죽이고 8년 풍상을 종결시켰다. 여

---

192) 위 자료는 앞에 구술한 것을 망각하고 처음부터 구술하는 듯한 느낌이어서 재대결이라 할 수 없다. 다만 채록된 자료를 중심으로 고찰할 때 반복적 구술로 파악된다.

기에서 김덕령과 이여송의 협력은 조선과 명나라의 협력관계를 의미한다. 조선과 명의 협력관계를 이여송과 김덕령으로 표출한 것은 민중들의 의도가 있다. 민중들은 임진왜란을 해결할 능력 있는 조선의 인물을 김덕령으로 생각하였기 때문이다.

김덕령이 모사 평수길과의 대결에서 패배한 것은 성장기에 금기를 파괴한데 있다. 즉 김덕령은 씨름삽화에서 누나의 암시적인 금기의 파괴, 오뉘힘내기 삽화에서의 누나, 치마대 삽화에서의 용마를 잃었다. 이런 결과는 김덕령이 힘내기형 전설의 시기보다 앞선 시기로 추측되는 스승의 가르침을 소홀히 하였고, 스승이 제시한 금기를 파괴하였기 때문이다. 김덕령이 성장기에 제시된 금기를 철저하게 이행하였다면, 착실하게 수련한 능력이[193] 알려지지 않았을 것이고, 그리하면 시기하는 자도 없었을 것이다. 그런데 김덕령은 금기를 이행하지 않았고, 오뉘힘내기 전설과 치마대 전설 뒤에 자숙하였다지만 협력의 가능성이 있던 누나와 용마를 상실한 뒤이다. 그렇기 때문에 김덕령은 자신의 능력만으로 일을 해결하고 성취하여야 하는 한계를 가지게 된 것이다.

이상 민중들은 김덕령의 충의를 높이 사서 문헌 설화나 기록에서 찾아볼 수 없는 삽화를 끌어다 결구시키지만, 부모의 상이란 결핍요소 때문에 완전한 승리(격퇴)가 아니라 불완전한 승리로 결구시켰다. 김덕령이 왜구를 물리쳤다는 설화는 김덕령의 영웅성을 부각시킴과 동시에 한계를 보여주고, 또 민족적 자존심과 그 한계를 동시에 보여주고 있다.

4) 만고충신 김덕령의 최후담

김덕령의 최후담은 왜군을 도술로 물리치는 과정에 결합되어 나타나는 경우가 보편적이지만 신이한 도술로 왜군을 물리치는 과정이 없이

---

193) 대계 6-9, p.42, 대계 6-8, p.883.

나타나는 경우도 있다. 즉 오뉘힘내기 삽화에 연결된 것도 있으며, 반란이나 단순하게 최후담을 구술하는 경우도 있다.[194] 그런데 오뉘힘내기 삽화나 반란에 결구되어 구술된 최후담은 의병활동을 하다가 그의 능력이 상대편에 알려져 반대파의 모략으로 최후를 마친다.[195] 또 이런 삽화는 대체로 김덕령에게 부모의 상과 관련시키지 않았다. 한편 단순하게 연결된 최후담은 부모의 상으로 출전을 못하였는데, 그의 능력을 조정에 알리기 위하여 신이한 도술로 왜적을 물리치는 행위가 수반되었을 것으로 추측된다.

김덕령의 최후담은 성공하지 못하고 비극적인 종말로 결구되어 있다. 이 결구는 김덕령이 원사하였던 역사적 사실에서 찾아진다. 민중들은 김덕령이 원사하게 된 원인을 생애의 결핍요소에서 찾아 결구하여야 하였다. 김덕령의 최후가 비극적으로 되는 요소를 찾으면서 그의 영웅성을 흠집을 내지 않는 방법으로 성장기에 결핍요소를 찾아낸 것이다. 또 민중들은 김덕령이 원사하였던 사실을 자신들 삶의 애환으로 환치하여 민중적 영웅으로 형상화시켰다. 즉 민중들은 김덕령이 자신들의 삶과 유사한 비극적인 최후를 마쳤지만, 그의 최후담에 '만고충신 김덕령'이란 문제를 제기하여 끈질긴 삶을 나타내고 있다.

김덕령 전설에서 최후에 실패하도록 전개된 것은 성장담의 결핍요소 때문이다. 만약 김덕령이 성장 과정에서 스승의 가르침을 제대로 터득하거나 선생이 제시한 금기를 성실하게 수행하여 힘내기형 전설에서 조력자이며 협력자인 누나와 명마를 잃어버리지 않았다면, 비극적 종말이

---

194) 김덕령의 최후담이 도술로 왜군을 물리치는 과정 다음에 연결되지 않은 자료도 있다. 즉 오뉘힘내기를 다음에(대계 6-9, pp.446~447 등), 왜란이 끝난 다음에(대계 7-14, pp.166~167 등), 반란 다음에(대계 2-6, pp.122~123 등), 단순하게(대계 6-8, pp.883~884 등) 최후담이 연결되는 경우가 있다.
195) 오뉘힘내기 삽화에 연결된 최후담은 둘 사이에 긴밀성을 가지지 못하고 있다. 즉 화중들은 오뉘힘내기 삽화가 최후담에 직접적으로 영향을 미쳤다고 인식하지 않은 것 같다.

아닌 임진왜란 기간에 훌륭한 공적을 남겼을 것이다. 그렇지만 김덕령은 최후담 앞에 결구된 왜군을 신이한 도술로 물리치는 단계에서도 한계를 보이고 있다. 김덕령은 신이한 도술을 부리는 훌륭한 인물이지만, 임진왜란이란 국가적 중대사를 해결할 수 없었다. 왜냐하면 부모의 상을 당하여 살인을 할 수 없고, 또한 어머니의 반대를 무릅쓰고 출전하였기 때문이다.[196]

민중들은 김덕령의 최후담에 효와 충의 갈등을 도입하고 있다. 봉건적 윤리관에서는 충·효의 우열을 가릴 수 없다. 그런데 민중들은 국가적 변란을 통해 충과 효의 갈등을 그려 김덕령이 최후에 원사하게 만들고 있다. 민중들은 김덕령이 어머니 몰래 전쟁에 참가한 것을 불효로 인식하고 있는 것 같다.[197] 즉 민중들이 어머니의 말을 거역하고 충을 위하여 전쟁에 참가한 김덕령을 불효로 여기지 않았다면, 전쟁에서 공을 세우게 하고 죽을 때도 충효의 갈등을 겪지 않도록 결구하였을 것이다. 그런데 민중들은 김덕령이 부모의 상을 제대로 지내지 못하고 전쟁에 참가한 것을 불효한 행위로 인식하고, 그런 행위 때문에 국가에 대한 충도 제대로 이루지 못하였음을 보여주고 있다.[198]

민중들은 집안에서 효를 다하지 못한 인물이 국가를 위한 행위를 올바른 일이라고 생각하지 않았다. 그리하여 김덕령이 역적의 누명으로 옥사한 것을 부모의 상도 제대로 지키지 못한 자로서 전쟁에 참가한 사실에서 찾았다. 효가 충에 앞선다는 이런 의식을 김덕령이 어머니의 명령

---

196) 곽재우의 경우는 임진왜란이 일어나기 전에 부모의 복상을 마쳤다. 그리고 기강이란 곳에서 3년 간 은거하고 있다가 임진왜란이 일어나자 의병을 일으켰던 점이 김덕령과 차이다(임철호, 전게논문, p.202).

197) 김덕령은 부모의 상중이기 때문에 전쟁에 떳떳하게 참가하지 못하였다. 그가 전쟁에 참가하는 것은 구경을 갔다가, 혹은 어머니 몰래 참가하였다. 그리고 몰래 참가하였기 때문에 살생을 하지 못하였다는 점에서 유추할 수 있다.

198) 김덕령의 최후담은 역사적 사실을 바탕으로 전설화되었다. 그렇지만 그 전설화 된 양상과 의미는 많은 차이를 보이고 있다.

을 어기고 전쟁에 참가하였다는 설화적 결구로 나타난 것이다.

    1. (도술로 왜군 물리치기 삽화)
    2. 왜군을 물리쳤다는 소문 때문에 역적으로 몰려 죽게 되었다.
    3. 김덕령은 갖은 수단(총·칼·활·매·능지처참)으로도 죽지 않았다.
    4. 김덕령은 '만고충신 김덕령'이라 써 주면 죽겠다고 하였다.
    5. 조정에서 써 주자 김덕령은 다리 밑에 비늘 세 개를 떼고 지릅(삼)대
       로 3대를 때리자 죽었다.
    6. 죽인 뒤 무슨 충신이냐며 비를 없애려 하지만 없앨 수가 없었다.
    7. 그래서 오늘날까지 전해오고 있다.[199]

    위는 김덕령이 신이한 도술로 왜군을 물리친 후, 그것이 원인이 되어 죽는 과정이다. 김덕령의 최후담은 신이한 도술로 왜군을 물리친 활동담의 성격을 가진 삽화단락(1단락)이 전제되어야 한다. 김덕령이 부모의 상을 당한 상태에서 어머니의 말을 듣고 전쟁에 참가하지 않았다면 왜군을 물리친 신이한 능력이 조정까지 전달되지 않았을 것이다. 그리하였다면 조정에서는 김덕령의 능력을 알지 못하여 전쟁에 참가시키지도, 또 다른 마음을 먹었다고 생각하지도 않았을 것이다. 그렇지만 김덕령은 어머니의 명을 따르지 않고 신이함을 드러내고 말았다. 김덕령의 신이한 능력은 전쟁을 쉽게 치루고 싶었던 당시의 위정자들에게 절대로 필요한 사항이었다. 전쟁에 참가할 수 없었던 김덕령은 신이함을 드러냄으로 해를 입게 된다.

    2단락은 신이한 능력을 지닌 김덕령이 임진왜란에 정식으로 참가하지 못한 결과이다. 선조와 조정대신들은 김덕령이 신이한 도술로 왜군을 물리쳤다는 소문을 들고 소환하였다. 이때 김덕령은 아버지의 상중이라

---

199) 대계 2-7, p.116.

전쟁에 참가할 수 없었지만[200] 참가하여 공을 세우고 싶은 심정이었다. 그런데 김덕령은 어머니가 '모자의 인연을 끊으려면 가라'며 전쟁의 참가를 불효로 규정하자 참가할 수가 없었다. 김덕령을 통한 충효의 갈등에서는 현실적 차원인 충이 우선한다는 의식을 표출시켰다지만,[201] 효가 충보다 근본적으로 우위에 있음을 보여주고 있다. 만약 충을 우위에 두었다면 김덕령은 충을 위하여 떳떳이 나서고, 나선 것을 높이 평가하여 공도 세우고 등용되도록 하여야 할 것이다. 그렇지만 설화에서는 김덕령을 비극적으로 죽게 하였다.

위정자들이 김덕령을 소환하는 이유는 두 가지 양상으로 나타난다. 하나는 김덕령을 제거하기 위한 것이고, 다른 하나는 김덕령에게 정식으로 전쟁에 참가하라는 조치였다. 후자의 경우, 김덕령은 아버지의 상과 어머니와의 약속 때문에 전쟁에 참가할 수 없었다. 그 결과 김덕령은 비공식으로 전쟁에 참가하여 이름을 날리고, 국가에서 위임하는 공식적 전쟁의 참가를 거부하는 이율배반적인 행위를 하였다. 그는 국가의 초청을 거부하고 마을에 침략한 왜적을 물리쳐 공을 세웠다.[202] 그 행위는 자신의 능력을 과시하여 세력을 확대시키려는 계책으로 오인되어 반란의 혐의와 연결될 수 있다.[203]

김덕령을 제거하는 경우는, 위정자들은 김덕령이 신이한 도술 능력으로 등장하자 자신들의 위치가 위태로워질까 두려움을 느낀다. 그래서

---

200) 『선조신록』 권 21. 25년 6월조에 보면, "都承旨金應男 以聞母計 不得奔喪 供職未安 辭職 上疎 傳曰依啓"(임철호, 전게서, p.148에서 재인용) 등과 같이 친상을 당하면 공직도 버리고 부모의 상에 임하였다. 하물며 관직이 없던 사람은 벼슬길에 나서지 않는 것이 예라 하겠다.

201) 임철호, 전게서, p.144.

202) 대계 5-2, p.346.

203) 대계 5-1, pp.258~259. 국가적 위기에 처하여 의병을 이끌고 갔는데, 국가의 허락도 없이 병력을 모았다고 역적으로 몰아세운다. 다만 삽화에는 부모의 상과 관련되지 않았다.

신이한 능력을 가진 김덕령을 제거하고자 한다. 이런 유형은 김덕령이 부모의 상과 관계없이 의병활동 중에 모략을 세워 소환한다.[204] 구비설화에서는 소환하는 위정자 대표로 선조와 유성룡을 등장시키고 있다. 이중에서 김덕령과 유성룡의 관계는 설화처럼 직접적이고 실제적인 것이 아니라 당대 위정자들의 상징적 관계이다.[205] 역사적으로 위정자들은 자신의 안위만을 걱정하여 어려운 난관에 봉착한 김덕령이 무죄하다는 사실을 알고도 해결하여 주지 않았다. 특히 유성룡은 김덕령의 위기를 해결해 줄 위치에도 불구하고 해주지 않았다.[206] 민중들은 이런 유성룡의 행위를 '10년 독상을 유지하기 위하여 김덕령을 죽인 것이라'며 지위에만 급급한 것[207]이라 설화화 하였다. 이런 상황의 구술은 민중의식 속에 국가적 변란에 훌륭한 인물인 김덕령을 등용하여 그의 영웅성을 실현해 보지도 못하게 한 당시 위정자들의 독선과 위선을 폭로하고자 하는 의도이다.

그 밖에도 김덕령은 뛰어난 행적을 시기하는 무리들에 의하여 모함을 받는다. 신이한 능력을 가진 김덕령의 득세는 위정자들의 지위를 위태롭게 할 수 있다. 위정자들은 지위를 지키기 위하여 김덕령이 능력을 발휘하지 못하도록 최선을 다하였다. 그래서 김덕령이 의병을 모집하는 데도 허가하지 않았다.[208] 이와 다르지만 이여송이 조선을 삼키려고 할 때 김덕령의 능력이 두려워 조선국왕 선조를 이용하였다는 것도 있

---

204) 이 유형에서는 김덕령의 의병활동에 부모의 복상 문제가 거론되지 않았다. 김덕령이 부모의 상중에 참가하였는지, 혹은 부모의 상을 당하지 않은 상태에서 참가하였는지 알 수 없다. 다만 김덕령이 부모의 상을 완전하게 치루지 않은 역사적 사실을 고려한다면, 부모의 상중에 참가하였다고 보아야 할 것이다.

205) 임철호, 전게서, pp.141~142. p.149.

206) 문헌설화에서는 선조가 김덕령을 체포하여 왔을 때 여러 대신들에게 그의 죄를 물었다. 이때 정탁과 김응남이 힘써 구하였으나 영상의 위치에 있던 유성룡만이 아무 대답이 없어, 그 이유를 듣고서 김덕령을 혹독하게 고문하여 죽인 것으로 되어 있다.

207) 대계 5-1, p.320.

208) 대계 5-3, p.122.

고,209) 전쟁에서 큰 장수 다 죽이고 간신들이 모함을 하였다210)고도 한다.

3단락에서 위정자들은 체포해온 김덕령을 죽이려고 온갖 수단을 동원하고도 죽일 수가 없었다. 그들은 총·칼·매·활·능지처참 등도 하고, 불로 지져도 죽지 않아 오히려 자신들이 먼저 지치고 말았다. 위정자들은 그를 죽이려고 혈안이 되어 수단방법을 가리지 않았다. 반면에 김덕령은 어떠한 고난에도 불굴의 의지를 굽히지 않았다. 민중들은 불굴의 의지를 이몽학의 난과 관련되어 6차례의 고문에도 자신의 신념을 지켜 허위자백을 하지 않았던211) 정신적 세계를 설화화한 결과 김덕령을 어떠한 힘으로도 죽일 수 없는 신이한 존재로 결구하였다. 이처럼 불굴의 의지를 가진 김덕령으로 결구는 당시의 위정자들에 대한 민중들의 응어리를 보여준 것이다. 민중들은 임진왜란이란 국난의 위기에서 국가를 위하여 노력한 대가로 지배계층의 수탈만이 있었다. 이렇게 수탈당하며 살아온 민중들의 한을 김덕령의 삶으로 환치시켜 나타내고 있는 것이다. 즉 김덕령의 끈기는 민중의 삶 생리와 유사한 면이 있다. 민중의 삶은 나약한 것 같지만 무한한 생명력을 가지고 있다.

위정자들은 김덕령을 죽이기에 얼마나 급급하였던지 속셈을 나타낸 것이 4단락이다. 김덕령은 자기를 죽이려는 위정자의 속셈을 알고 소원을 들어달라며 스스로 죽음을 택한다. 죽일 방법이 없던 위정자들은 김덕령이 죽어 주겠다는데 어찌 좋아하지 않았겠는가. 그런데 김덕령은 '만고충신이 김덕령'이라는 현판을 써 달라212)고 하였다. 위정자들은 김

---

209) 대계 7-2, p.660. 이는 민중적 영웅을 민족적 영웅의 성격으로 결구시키려는 민중의식의 발로로 보인다.

210) 대계 7-14, p.166.

211) 『연려실기술』 <선조조고사말본> 김덕령조

212) 자료에는 김덕령의 죽음을 간략하게 기술하고 소원이 없는 것(대계 7-2, p.660, 대계 2-6, pp.122~123 등)과 '만고충신효자 김덕령'이란 소원을 말한 것(대계 5-2, p.346)이 있다. 역사적 기술이나 문헌설화에서는 김덕령이 불효자이며 불충신이라 볼 수밖에 없다고 한다. 그런데 구비설화에는 '만고충신효자'라고 한 것이 1편 밖에 없고, 대부분

덕령이 '만고충신 김덕령'이란 소원함에도 불구하고 들어주고 죽인다. 민중들은 김덕령이 원사한 역사적 사실에서, 위정자들이 목적을 위해서 파렴치한 행위도 할 수 있는 존재라고 결구하여 위정자들의 위선을 폭로하고 있다.

위정자들은 김덕령의 소원과 죽이기 사이의 논리적 모순을 발견하지 못하였다. 만고충신이라면 국가에서 높이 칭송하고 받들어야 할 인물인데도 죽이는 우를 범하고 말았다. 여기에서 민중들은 김덕령의 소원을 통하여 위정자들의 논리적 모순을 드러내고, 그들의 집권욕을 표출하고 있다. 위정자들이 김덕령을 죽이려는 죄목이 무엇인가? 그들은 김덕령을 죽이는 뚜렷한 죄목이나 소신을 가지지 못하였던 것 같다. 김덕령에게 만고충신이란 현판을 써 주지 말던가, 아니면 죽이지 말아야 하였다. 왜냐하면 위정자들은 당시의 지배적 윤리의 근본인 유교적 수기치심으로서의 왕척지심을 잊어버렸기 때문이다. 그들이 왕척지심의 윤리를 망각한 행위는 백성들에게 강요하였던 유교적 실천도덕이 허구임을 보여준다. 김덕령의 소원을 들어주고 죽이도록 결구한 민중의식에는 위정자(유자)들의 허구성이 폭로되어 있다.

4단락에서 또 하나 생각하여야 할 점은 김덕령이 스스로 택한 죽음이다. 죽음을 택한 요인은 효와 충 사이의 심각한 갈등이다. 김덕령은 죽게 된 원인이 어디에 있는지 생각하였다. 그리고 죽음에 임하여 '만고효자'라 하지 않고 '만고충신'이라고 소원을 말하였다. 여기에서 김덕령은 어머니의 뜻을 받들지 못한 불효자로서, 국가를 위해 어머니 몰래 한 행동이 죽음을 부른 요인이라 여겼다. 만약 김덕령이 어머니의 말을 듣고 시묘살이만 열중하였다면 옥사를 당할 이유가 없었다. 그런데 김덕령은 어머니의 말을 따르지 않고 침략해온 왜군을 몰래 물리친 것이 화근이

'만고충신 김덕령'이라고 소원하고 있다. '김덕령이 충신은 될 수 있어도 효자는 될 수 없다'고 생각한 민중의식을 알 수 있다.

되어 죽음에 이른 것이다. 죽음을 택하는 김덕령은 가정적 효보다 대의명분의 충을 앞세워 경거망동하게 출전한 행위가 잘못인 것을 깨닫는다.[213] 즉 충은 효의 도리를 다한 뒤에 행하여야 할 규범이다. 김덕령이 옥사를 당하는 것은 순차적인 규범을 어기고 대의명문에 치우쳐 불효를 하였기 때문이다. 김덕령은 자신이 죽게 된 이유로 효의 도리가 전혀 없고, 오직 충의 도리만이 있다는 것을 알았다.[214] 그래서 김덕령은 죽음에서 위안을 얻고자 '만고효자 김덕령'이라 하지 않고 '만고충신 김덕령'이라 소원을 말하였다. 만약 김덕령이 충의 윤리만을 강조하였다면 죽음을 택하지 않았을 것이다. 그런데 죽음을 스스로 택한 것은 효의 도리를 다하지 못한 도의적 죄책감 때문이라 하겠다.[215] 여기에서 충보다 효가 우위인 사회규범을 보여주었다고 하겠다.

5단락은 죽는 방법이다. 김덕령은 위정자들이 '만고충신 김덕령'이란 현판을 써 붙여주자, 자신을 죽이는 방법을 말해 준다. 그는 비늘로 덮여 있는 부분을 들추고 그곳을 매로 때린다는 공통점이 있다. 설화에서 비늘이 덮힌 부위는 오금 · 다리짝 · 다리 밑 · 겨드랑이 밑 · 장단지 · 어깨쭉지 · 볼기짝이고, 비늘의 수는 하나에서부터 8개까지 있다. 그리고 비늘을 들추고 때리는 도구로는 빵대쑥 줄기 · 썩은 절읍팽이 · 지릅(삼)대 · 복숭아 가지 · 침 등이고, 때리는 수도 한 대에서 세 대까지로 되어 있다.

비늘은 김덕령이 악독한 형벌을 거부할 수 있는 힘을 부여하고, 모호의 의미를 내포하고 있다. 그것은 김덕령의 영웅성을 보호해 주고 죽지 않게 해주는 보호막이며, 또 고려 왕조의 고귀한 상징성과 같은 유사성을 가지고 있다. 즉 김덕령이 비늘을 가진 것은 신이성과 고귀성을 가진

---

213) 문헌설화연구 부분 참조.
214) 임철호, 전게서, pp.147~148.
215) 『연려실기술』 <선조조고사말본> 김덕령조.

상징적 존재임을 나타낸다.216) 이런 보호막의 내력을 알려준 것은 상징성의 포기를 의미한다 하겠다.

보호막 구실을 하는 비늘이 다리와 겨드랑이(어깨)에 있는 이유가 있다. 다리는 활동범위를 나타나는 능력이다. 그리고 겨드랑이(어깨) 역시 활동반경을 나타낸다. 어깨나 겨드랑이는 날개의 자리로 유추할 수 있다. 이는 김덕령의 특성인 무장의 성격으로, 활동반경을 보호해 주는 역할이다.

죽일 수 있는 도구로 지릅(삼)대는 창과 화살의 대용물로 무사적 측면을 나타내고,217) 복숭아 가지는 민속적 측면에서 축귀의 힘을 가진 물품으로 신이함을 나타낸다. 또 썩은 절음팽이란 버려야 할 물품으로 현실의 삶에서 불필요한 위정자들을 가리키는 상징적 의미를 가지고, 열 십(+)자를 긋는 것은 민속적으로 절개의 의미를 가지고 있다고 하겠다.218)

6단락은 위정자들이 김덕령에 대한 평가절하 작업을 설화화한 것이다. 위정자들은 김덕령을 무능하고 광폭한 인물로 보여줄 필요가 있었다는 문헌기록이나 김덕령이 죽자 왜군들이 더욱 날뛰었다219)는 점에서 짐작할 수 있다. 그런 점에서 이 단락은 김덕령의 영웅성을 평가절하 시키는 위정자들의 위선을 폭로하는 동시에 김덕령의 영웅성을 부각시키고 있다. 즉 김덕령이 죽자 왜군이 날뛰었다는 것은 김덕령의 능력을 나타낸 것으로, 많은 국가적 손실임을 알려주고 있다. 그런데 위정자들은 김덕령이 영웅이 아닌 역적이며, 별 볼일 없는 인물로 드러내고자 하였다. 그런 행위는 '만고충신 김덕령'이란 현판을 깎거나, 지우기, 비각 부수기 등으로 상징화되어 있다. 현판을 깎거나, 지우기, 부수기처럼 김덕

---

216) 강현모(2), 전게논문, p.105.
217) 강현모(2), 전게논문, p.104.
218) 민속에는 산모가 난산하였을 때에 산모의 성기에 열 십자를 긋거나, 처녀가 죽으면 십자거리에 묻는 것 등은 다 닫힘을 열림으로 변화되기를 요구하는 행위이다.
219) 『대동기문』 권 2, 65장.

령을 평가절하 하고 싶지만, 민중들은 깎아지지도 지워지지도 않았으며 천둥이 쳤다거나, 김덕령이 살아서 돌아왔다는 상징에서 위정자들의 말을 믿지 않았음을 나타내고 있다.[220]

죽은 김덕령이 살아왔다고 하거나 현판이 깎아지지도, 지워지지도, 태워지지도 않고 오히려 더 뚜렷하게 부각되었다는 것은 역사적으로 일어난 사건은 아니다. 다만 김덕령의 영웅성이 민중들의 마음속에 실제로 살아온 것처럼 부각되었음을 상징화 한 것이다. 이는 김덕령이 역적으로 죽은 지 60여 년만(숙종 때)에 신원되었고, 뒤에 충장공이란 시호까지 받았음을 상기한 민중들의 설화화 양상이라 하겠다.[221] 김덕령이 신원된 것은 억울한 죽음으로 판명되었기 때문이며, 신원은 김덕령이 새로 살아온 것과 다름없다. 한편 민중들은 김덕령이 신원된 것을 살아온 것으로 결구하여 민중들의 무한한 삶의 생명력을 보여주고 있다.

7단락은 민중적 삶과 유사한 김덕령의 영웅적 생명력이 오늘날까지 비(현판, 간판, 철판, 사대문현판)에 전해 온다.[222] 즉 아무리 '만고충신 김덕령'이란 비를 없애려고 하였지만, 인력으로 어찌할 수 없는 일이기에 김덕령이 '만고충신'이 분명하다고 인정하기에 이른다.[223] 심지어 제거하는 일을 그만 두고 김덕령의 억울한 죽음을 신원하여 주고, 자손을 불러 충장공이란 시호까지 내렸다고 한다. 이런 김덕령의 최후담은 김덕령의

---

220) 대계 1-4, p.897. 김덕령의 비를 땅에 묻거나 태워도 다음날 아침에 광택이 났다고 한다. 이유로는 풍수지리와 관련된 우물명당의 삽화를 차용하고 있다. 우물명당 터를 파 없앤 결과 비각을 없앨 수 있었다고 한다.

221) 대계 6-2, p.103. 김덕령은 죽을 때 선조와 약속하고 3년 동안을 기다렸다가 선몽하였다고 한다. 이는 김덕령이 영웅성을 인정받는데 죽은 후 (신원된 것이) 오랜 시간이 걸렸음을 나타낸다.

222) 대계 1-4, p.897. 예외로 위정자들이 비를 없애는데 성공하고, 비에다 '만고역적 김덕령'이라고 써 붙였다는 것이다.

223) 대계 2-6, p.123. '신원되면 무엇하냐'며 정신적 삶을 부정하고 실제 삶에서 영웅성을 발휘하지 못한 것을 아쉬워한다. 또 대계 5-1, p. 259. 다시 부각된 김덕령의 영웅성을 인정하며 '그런 영웅을 죽인 나라가 뭐 잘 될 것이냐'며 아쉬워한다.

영웅성만을 부각시키기 위한 것이 아니라, 민중 자신들의 삶에 대한 심리적 보상 차원에서 이 삽화를 구술하고 있다.

제 3 장

서사문학에 나타난 수용양상

김덕령에 관해 설화 이외의 서사문학으로는 한문으로 기록된 '전'과 개화기에 쓰여 진 전기소설 <김덕령전>, 소설 중의 일부를 구성하고 있는 것으로 고소설 <임진록>과 현대소설 박종화의 <임진왜란> 등이 있다. 그리고 <한양오백년가>와 시조 2~3편이 있다. 이들 중에 서사 장르에서 김덕령에 관한 기록을 보면, 한문으로 기록된 전은 기존의 문헌 설화를 재구성한 것이고, 개화기에 기록된 <김덕령전>은 일제 강점의 기세가 거세지자 일본에 대한 반감으로 인하여 문헌설화의 자료를 한글로 번역하여, 작가의식을 반영하여 재구성한 정도이고, 임진록에 나타난 김덕령에 관한 기록은 그의 신이한 능력을 유감없이 드러내고 있다.

본장은 김덕령의 서사전승물인 임진록, 전, 전기소설, 현대소설 <임진왜란> 나타난 문학적 특성을 고찰하고, 그 서사문학의 전승 양상의 차이에서 오는 의미를 찾아보는데 중점을 두겠다.

1. <임진록>에 나타난 김덕령 전승

본 절에서는 <임진록>에 관한 연구가 아니라, <임진록>에 수용된 김덕령 전승의 양상과 의미에 관한 연구이다. 곧 김덕령의 전승이 <임

진록>이란 소설 장르에 어떤 양상으로 투영되었으며, 그 의미는 무엇인지를 살펴보고자 한다.

<임진록>은 조선시대에 온 민족이 힘을 합하여 왜적과 싸운 민속적 수난인 임진왜란을 배경으로 재구한 역사소설이다.[1] <임진록>은 그 동안 천시해 오던 왜적에게 전 국토가 유린당하여 물질적·정신적으로 막대한 손실을 가져온 임진왜란이란 국가적 재란 속에서 민족적 상처와 치욕을 보상하고 설원하며, 민족적 자존심과 민족적 자각을 부각하고자 재구된 민족문학적 성격을 가진 작품이기도 하다.[2] 따라서 <임진록>에서는 침략한 왜적이나 구원한 명군에 대한 배타심을 드러낼 뿐 아니라, 이에 대해 제대로 대항을 하지 못한 지배층에 대해 신랄하게 비판하고

---

1) 임진록에 대한 성격은 김태준(『조선소설사』 학예사, 1939, p.69)은 전쟁을 다룬 이야기라고 해서 군담이라고 한 이래 다양하게 주장되어 왔다. 그리고 신기형(『한국소설발달사』 창문사, 1960, p.236)도 군담이라고 하였다. 설화로 보려는 시도로는 최진원, 장덕순, 소재영의 연구가 있다. 최진원(<임진록> 『한국고전문학전집』 1집 보성문화사, 1978, 해제에서)은 역사적 사실을 마음대로 바꿔버리는 '설화의 폭력'에 의해서 이루어진 작품으로 보고, 임진록이 역사와 관련되어 있어 야담으로 보았다. 그리고 장덕순(『한국설화문학연구』 서울대출판부, 1970, p.247)은 전승방식과 서술 형태를 기준으로 하여 설화집으로 보았다. 이런 논의는 소재영("임진록의 의식세계" 『월암 박성의박사회갑기념논문집』 고려대 국어국문학연구회, 1977, p.521과 "임진록의 설화의 문학적 가치" 『논문집』 9집 숭전대출판부, 1979, p.121)에 의해 발전되어 임진록을 설화전설집이나 설화집성체로 규정하였다.
한편 이명선(『임진록』 국제문화관, 1948, p.152)은 임진록을 소설로 보았는데, 이후에 정주동(『고대소설론』 형설출판사, 1970, p.294)과 김동욱(『국문학개론』 민중서관, 1962, p.111)은 실제 사실을 허구로 나타내어 독자에 흥미와 감명을 주는 역사소설로 보았다. 그리고 서대석("병자호란과 군담소설" 『한국고전소설연구』 이우출판사, 1983, p.141)는 역사군담소설이라 하였다. 이런 소설이란 논의는 조동일에 의해서 일단락되었다. 조동일("임진록에 나타난 김덕령" 『이재수박사환력기념논문집』 형설출판사, 1972)은 임진록이 역사소설이란 전제하에 자아와 세계의 대결양상을 살펴 의미를 파악하고 있다. 이후에 김기동(『이조시대소설론』 선명문화사, 1975)과 장덕순(『한국문학사』 동화문화사, 1980)은 역사소설로, 소재영(『임병양란과 문학의식』 한국연구원, 1980, p.1)은 설화와 역사소설로 보았다. 뿐만 아니라 조동일 이후의 연구자들은 장르론을 논의하지 않고 작품론에 뛰어들었다.
2) 소재영, 『임병양란과 문학의식』 (한국연구원, 1980) p.264. "임진록은 시간적 변화를 의식하면서 각성기의 민중들로 하여금 내적인 자각과 외적인 분노를 표리 하여 형성된 성장의 문학이요, 민족의 문학임이 증명되었다"고 하였다.

있다.

<임진록>은 역사적 사실을 배경으로 한 작품이지만, 중요한 역사적 사실이 무시되고 역사현장에 없는 사실과 인물을 등장시켜 초현실적 공간을 드러내는 허구적 사실이 가미되어 있다. 그리고 임진왜란에 활동하였거나 허구적 인물을 등장시켜 민족적·민중적 소망을 해결하고자 하였다. 따라서 <임진록>의 내용은 여러 인물이나 주제 항목이 나열된 이야기 집합군으로, 각각 독립된 이야기의 완결성을 지니면서도 전체적으로 임진란의 상황을 전경화(全景化)하고 있다. 그러므로 각 주지들은 형식 논리적 또는 인과론적 상호관계의 일관성 법칙에 의해서 제시 전개되는 이야기가 아니라, 임진란의 전경을 조감하고 우리 민족의 항전 현장을 각각 대표화[3] 하고 있다.

작품의 서사 결구는 작자의 역사의식과 그 작자를 지배하는 민중의 욕망에 의해서 이루어진다. 양자 간의 관계 구명은 역사와 문학을 대비하여 사실의 굴절도를 파악하여야 한다.[4] <임진록>의 진행원리는 각 인물의 역사적 행적을 골격으로 민간설화를 가미하였기 때문에 찾아내기 어렵다. 따라서 기존의 연구에서는 각 인물을 천착하여 종합하는 방식으로 민중 의식이나 시대 의식을 고찰하여 왔다. 그 결과 <임진록>에 관한 연구만도 40편이 되며, 또한 <임진록> 연구에 대한 연구사[5]가 나올 정도로 활발하게 이루어진다.

이 중에서 <임진록>에 나타난 김덕령 전승에 대한 고찰로는 조동일과 소재영, 임철호, 최삼룡의 연구가 있다. 조동일은 사실에서의 소설의 전환을 밝혀 역사소설의 특징과 역사의식을 규명하는 작업[6]이고, 소재

---

3) 신동일, 『우리 이야기 문학의 아름다움』 (한국연구원, 1981) p.57.
4) 임철호, "임진록에 나타난 허구성—임진록군 연구Ⅱ" 『한국고전문학의 연구』(『문예사상연구』 2집, 한국고전연구회, 1981) p.17.
5) 신태수, "임진록연구의 현황과 전망" 『문학과 언어』 11집 (문학과 언어연구회, 1990. 5).
6) 조동일, "임진록에 나타난 김덕령" 『이재수박사환력기념논문집』 (형설출판사, 1972).

영과 임철호의 연구는 지금까지 발견된 이본을 중심으로 이본고를 통한 주제의식을 찾는 과정이다.[7] 그리고 최삼룡은 <임진록>에 등장하는 도선적 인물을 중심으로 고찰하였다.[8] 이들 연구를 바탕으로 <임진록>에 나타난 김덕령의 전승이 소설 장르에 어떻게 투영되었으며, 그 의미는 무엇인지를 유형을 나누어 살펴보고자 한다.

1) <임진록>의 이본과 김덕령 전승

김덕령 전승의 유형 양상을 살펴보기 전에, <임진록>의 이본 연구에 대해 검토하겠다. 이는 김덕령 전승의 유형 양상을 살펴볼 수 있는 계기가 될 것이다.

<임진록>의 이본고를 처음 시도한 김순휴는 필사본 5종과 완판본·경판본 등 7종의 이본을 소개하며 내용과 구성을 비교하였다. 그는 이본의 서술형식이 달라지는 현상을 설화가 정착하는 기록과정으로 보았다. 그 결과 임진란을 전후해 구전되던 설화가 읽을거리로 구성·정착되면서 필사본이 형성되고, 여기에다 사실적 개관과 민족적 주체의식 등이 작용하여 경판본과 완판본이 생긴 것으로 보았다.[9] 이 연구에서 김덕령의 설화는 신이한 도술과 원사, 이여송의 천거로 전공을 세운 이야기, 그리고 역사적 사실을 근거로 한 이야기 등 세 가지로 구분된다.[10]

소재영은 <임진록> 23종의 이본을 비교 분석하여 20여 개의 설화모티프로 정리하고, 각 이본의 설화모티프를 도표화하여 5계열 작품군으로 나누었다.[11] 곧 역사성을 바탕으로 한 작품군, 역사성을 바탕으로 의

---

7) 소재영, 『임병양란과 문학의식』 (한국연구원, 1980).
　임철호, 『임진록 연구』 (정음사, 1986).
8) 崔三龍 "<壬辰錄>의 英雄象에 대한 考察" 『국어국문학』 107집 (국어국문학회, 1992. 6).
9) 김순휴 "임진록고" 『동악어문논집』 4집 (동국대 동악어문학회, 1966. 7) pp.121~122.
10) 위 논문, pp.82~98, 114~115.
11) 소재영, 앞의 책, pp.15~86.

도적인 설화를 가미한 작품군, 설화를 바탕으로 한 한문본 계열의 작품군, 설화를 바탕으로 한 한글본 계열의 작품군, 의도적 설화를 발췌 편집한 작품군 등으로 나누었는데, 뒤로 갈수록 허구적이고 변이가 심한 이본들이었다. 위의 분류는 표기 수단과 내용을 혼합하는 등 기준이 명확하지 않아 작품의 특성을 분명하게 드러내지 못하였다. 또 〈임진록〉을 20여 개의 중요 설화모티프로 재구하여 설명하였기 때문에 작품 간의 상관관계도 까지 작성한 것이 무의미하였다.[12] 더욱이 본고에서 다룰 김덕령 설화를 중요한 이야기 형으로 설정하였지만, 그 의미와 특성을 파악할 수 없었다.

임철호는 서로 관련성이나 접속력이 약한 〈임진록〉의 개별 이야기들이 용이하게 탈락하거나 첨가하여 변이가 심하다고 보았다. 그는 수집한 40여 종의 이본을 작품의 서두에 시작하는 이야기를 기준으로 분류하였다.[13] 그 결과 역사계열, 최일영계열, 관운장계열, 최일영계열(변), 이순신계열, 역사계열(변), 기타계열 등 7계열로 분류하였다. 이중에 역사계열, 최일영계열, 관운장계열을 중심으로 내용 분석이 집중되었다.

〈임진록〉의 세 계열에 나타난 김덕령 설화도 차이를 보여준다. 김덕령의 설화는 역사계열에서 역사계열(변)까지 역사적 사실을 바탕으로 하여 허구화 되며, 최일영계열과 이순신계열 그리고 최일영계열(변이)에서는 김덕령이 도술로 청정의 진을 물리치고 나중에 원사한 것으로 되었다. 그리고 관운장계열에서는 김덕령이 이여송의 천거로 능력을 발휘하여 큰 공을 이루지만 끝내 죽게 된다. 임철호의 분류는 김덕령 설화의

---

12) 이동근은 임진록을 46개의 설화형으로 분류하고 구조분석을 통해 의미를 파악하고 있다. 이때 설화형이란 용어는 작자·창작의식에 의해 서술된 대목으로 설화와 구분된다고 보았다(〈임난전쟁문학연구〉, 서울대 석사학위논문, 1983, pp.164~186).

13) 임철호, 앞의 책, p.10. 그 이유는 임진록 이본들이 심한 변이를 보인다고 할지라도 작품의 첫머리부터 크게 변이되는 경우가 드물기 때문이라고 한다. 한편 임철호가 이용한 자료는 46종의 이본이다. 그 이후에 학계에 보고 된 자료로 사재동본 2종, 박순호본 4종 등이 추가되어 〈임진록〉은 50종이 넘는다.

특성을 파악하는데 용이하게 되어 있다.

한편 조동일은 5종의 이본과 <한양가>를 분석하면서 두 작품 군으로 분류하였다. 두 작품군은 최일영계열, 최일영계열(변이), 이순신계열의 내용과 같은 구성을 보인 것과 관운장계열의 작품구조를 보인 것이다. 이중에 후자를 중심으로 사실에서 소설로의 전이 과정과 의미를 찾아보았다.14)

이상에서 <임진록>에 나타난 김덕령 전승의 유형 양상은 크게 세 가지로 나타난다. 이를 임철호의 분류 기준으로 살펴보면 다음과 같다.

첫째는 김덕령 전승이 역사적 사실을 기초로 <임진록> 일부에 등장하는 역사계열 속하는 유형이다. 6권 6책의 <임진록>에는 문헌이나 역사적 사실의 기록이지만 과장되어 새로운 의미를 드러내고 있다. 이보다 더 과장된 것이 국립도서관 한문본 <임진록>이다. 이처럼 김덕령이 기병한 역사적 사실을 중시하여 그 활동지역을 배경으로 전승되는 삽화이다.

둘째는 상신(喪身)의 몸인 김덕령이 전쟁에 참가하였다가 간신들의 모함으로 억울하게 죽었다는 이야기 유형이다. 김덕령은 어머니의 명령으로 전쟁에 참가하지 못하고 청정의 진에 몰래 들어가 스스로 물러가게 하였으나, 뒤에 청정과 공모하였다고 간신들의 모함을 당하는 삽화이다. 이 유형은 최일영계열, 최일영계열 변이, 이순신계열, 그리고 역사계열 변이나 기타계열 일부 등 <임진록>에 광범위하게 분포되어 있다.

셋째는 김덕령이 <임진록>의 중심인물(주인공)로 등장하는 계열이다. 이 유형은 관운장계열의 작품군과 기타 계열의 조동일본이 이에 속한다. 이 유형의 작품 군에서 김덕령은 <임진록>의 주인공으로 민족적인 탁월한 능력을 발휘하였음에 불구하고, 끝내 지배집단의 질시로 죽도록 구성되어 있다.

---

14) 조동일, 앞의 논문 참조

2) <임진록>에 나타난 김덕령 전승의 양상과 의미

이상에서 <임진록>는 김덕령에게 충(忠)과 효(孝)를 풍자적(諷刺的)으로 양립시켜 부조리했던 왕조의 봉건사회가 그를 용납지 않아 희생된 인물의 모델케이스로 등장시킨 역사소설이다.[15] 이런 <임진록>에서 김덕령에 대해 어떻게 서술되어 있으며, 그 의미와 특징은 무엇인지, 위에서 제시한 각각의 세 유형을 검토하여 보자.

(1) 역사계열 : 사실을 바탕으로 한 영웅적 형상화

이에 속하는 것은 역사계열의 작품들이다. 이 계열의 초기 형태인 단실거사(丹室居士)의 <임진록>는 일상적 역사서를 기록하듯이 서술하고 있다. 이 단실거사의 <임진록>에는 김덕령이 이몽학의 역모에 관련되어 죽은 사실과 어릴 때의 용력 등 문헌 설화와 기록들을 종합화하였다.[16]

그런데 후기 역사계열의 작품에서는 단실거사의 <임진록>보다 치밀한 구조로 이루어져 구체적 사건인 김덕령의 이야기를 허구화시키고 있다. 그리하여 이 유형의 작품들은 김덕령의 옥사라는 사실 기록을 차용하면서도 그의 영웅성을 부각시키는 방향으로 전환되어 있다.[17] 그럼에도 불구하고 국립도서관 한문본 <임진록>은 당대의 모순된 사회의 일면을 보여주지 못하고 김덕령의 탁월한 능력만 드러내고 말았다.

---

15) 소재영, "임진록군의 형성과 민중의식의 변모"『국어국문학』61집 (국어국문학회, 1973) p.546.
16) 이곳에 실린 내용은 문헌설화와 내용과 같다. 내용을 보면, 권4에 김덕령의 용력과 기병부분, 권5에 이몽학의 난에 관련 부분, 김덕령의 시조 작품 소개, 김덕령 사후에 호남지방의 의병 태도와 왜군들이 좋아함, 그리고 진주 전망자의 제문을 소개하고 있다.
17) 임철호, 전게서, p.65. '역사계열의 작품에서는 김덕령의 옥사라는 역사적 사실을 긍정적으로 수용하는 입장에서 약간 변이되었을 뿐이라 상당한 한계성을 노출시킨다'고 한다. 한편 조동일은 앞의 논문에서 이 유형의 작품을 소설 이전 단계로 보고 있다.

1. 광주 유생 김덕령은 재인군 삼백 명과 마상입군을 거느렸는데, 대개 재인군은 오색무늬 옷을 입고 호서와 호남을 활보하였다. 만약 도중에 적병을 만나게 되면 창칼을 쥐고 평지를 날듯이 뛰었다. 마상입군은 혹 말 위에 죽 늘어서거나 혹은 말안장에 횡으로 누웠는데(화려한 기병전술을 선보였는데), 왜병이 그 복색과 재주를 보고는 놀라서 서로 일러 말하기를, "이들은 신병이니 감히 맞서 싸울 수 없다." 하고는 만나기만 하면 반드시 뒤도 안 보고 달아났다.

(光州儒生金德齡 領才人軍三百 馬上立軍 蓋才人軍 着五色斑衣 往來湖西南 若遇賊兵 手持槍劒 平地騰躍 馬上立軍 則或列立馬上 或橫臥馬鞍 倭兵見其服色 才技相謂曰 此則神兵也 不可與戰 逢必遁逃 : 국도한문본, p.40)

2. 의병장 홍계남과 익호장군 김덕령은 함께 삼가(경상도 의령의 지명)를 지켰다. 일일은 조신(조섭)이 죽이러 왔다는 말을 듣고, 급히 군병을 독려하여 산 위에다 홍백기를 꽂고 견고하게 지키게 하였다. 민초(의병)들에게 창검을 쥐게 하고, 진지 앞에는 오색무늬 옷을 갖추어 입은 재인군을 두고, 진지 뒤에는 공중을 날듯이 뛰는 마상입군을 두었다. 말 위에서 거꾸로 넘어지듯 서는 신이한 형상(전술)을 보임으로써 적병이 기이한 모습을 보고 두려워하여 성벽을 굳건히 하고 나오지 않았다. 이에 계남과 덕령이 각기 창검을 쥐고 적진 앞에 이르러 엄숙한 목소리로 크게 꾸짖어 말했다. "무례한 적한(적 무리배)들은 천시를 알지 못하여 망령되게도 우리 땅을 침범하고 인민을 죽이고 사로잡으니, 맹세컨대 나는 너희 놈들과 더불어 같은 하늘 아래에 서 있지 않겠노라. 금일 내로 곧 죽여 없앨 것이요. 오로지 자웅을 다퉈 결판 낼 것이니라. 이미 네 놈들의 군대가 화친의 약속을 버리고 병력을 증강하였으니 이 또한 참지 못할 일이요. 내 본래부터 짐작하였던 것과 같음이라. 그리하여 이제 너희 놈들이 나와 힘과 재주를 다투고자 하니, 금일 너희 놈들과 맞서 자웅을 다퉈 결판내고자 하노라." 적이 대답하기를, "원컨대 먼저 재주를 다투겠노라." 이에 조총군 이백 명을 가려 진 앞에 열 지어 세움으로써 전쟁을 독려하였다. 드디어 덕령이 마상입군을 가려 선봉으로 삼고 재인군은 후군으로 삼아 계남과 더불어 검을 쥐고 뒤에 있었다. 적병이 일시에 총을 쏘니 마상입군은 철

환이 날아오자, 말안장 뒤편에 숨었다가, 일시에 다시 일어나 말을 다그쳐 죽기로 (적병에) 이르러 창과 몽둥이로써 무수하게 내려쳤다. 계남과 덕령이 (적진에) 직접 들어가 울부짖으며 함성을 지르며 (적을) 죽이니, 잠깐 사이에 적군의 태반이 죽었다. 적군은 크게 두려워하여 서로 의논하여 말하기를, "이는 신병이니 가히 대적할 수 없으니, 밤을 이용하여 달아나는 것만 같지 못하다."고 하였다.

(義兵將洪戒男翼虎將軍金德齡 共守三嘉 聞調信殺來 急督軍兵 堅紅白旗于山上 以草人持槍劍 結陣前 令才人軍具五色斑衣 結陣於後 馬上立軍飛踊空中 倒立馬上 以示神異之狀 賊竊怪之堅壁不出 戒男德齡各持槍劍 直詣賊陣前 齊聲大叱曰 無禮敵漢 不識天時 妄侵土地 殺掠人民 吾與爾賊誓不共立 今日內卽戮 而但與汝決雌雄 旣與汝軍 巳有和親之議約 爾加兵亦所不忍 故如爲甚酌矣 然汝欲鬪力乎鬪才乎 今日與汝決雌雄 賊答曰 願先鬪才 仍選鳥銃軍二百名 列立陣前以督戰 德齡遂抄馬上立軍爲先鋒 才人軍爲後軍 與戒男持劍在後 賊兵一時放銃 馬上立軍 鐵丸而到 裹于馬鞍 一時復起 馳馬殺到 以槍椎亂擊 戒男德齡直入嘶殺 俄忽之間 賊兵太半死矣 賊大懼相議曰 此神兵不可敵 莫如乘夜逃亡矣 : 국도한문본, pp.52~53)

이 한문본 <임진록>에는 김덕령이 두 번 등장하고 있다. 앞의 인용문은 기병한 김덕령이 재인(才人)을 중심으로 한 마상입군(馬上立軍)의 뛰어난 재주를 보여주어 대적한 왜군들을 물리쳤다는 내용이다. 그리고 뒤의 인용문은 홍계남과 덕령이 합심하여 재인군과 마상입군을 거느리고 왜적을 패퇴시켰다는 내용이다. 이는 김덕령이 작은 공도 세우지 못하였다는 역사적 사실과 전혀 다른 기술이다.[18] 다만 김덕령이 의병을 일으킨 것과 용맹이 뛰어나다는 사실만 일치할 뿐이다.

김덕령과 실제적으로 관련이 없는데도 위와 같이 결구된 것은 김덕령의 문헌기록에 나타난 그의 용력과 관련된 것 같다. <임진록>에 이런

---

18) 韋旭昇, 『抗倭演義(壬辰錄) 硏究』 (아세아문화사, 1990). 여기서는 김덕령이 몇 차례의 공을 세웠다고 기술하고 있다.

김덕령의 전승이 결구된 배경을 구체적으로 살펴보자.

첫째, 김덕령이 의병을 일으켰다는 것이다. 김덕령은 임난 초기에 형 덕홍과 함께 고경명의 의병에 가담하여 전주까지 갔다가 형의 권유로 집에 돌아와 어머니를 모셨다. 그리고 형이 금산 전투에서 전사한 후에 세상에 뜻을 두지 않고 어머니만을 효성으로 받들다가, 다음 해 8월 모친이 별세하여 상중죄인이 되었다. 이때 의병들은 전투에서 궤멸하고 명군(明軍)은 협상이란 미명하에 관망하는 추세였다. 이런 상황에서 매부 김응회의 기병권유와 뛰어난 용력의 소문으로 담양부사 이경린과 장성 현감 이귀의 잇따른 천거, 전라관찰사 이정암의 기복종군 요구를 더 이상 거절할 수 없어 11월에 기병하였다.

상중죄인으로 기복종군을 하였음에도 명나라의 전투중지 령으로 왜적과 싸우지 못하고, 군율을 바로잡기 위하여 당시 재상인 윤근수의 종자를 체포하여 죽인 것이 살인죄로 몰려 체포되었다가 방면되었다. 뒤에 이몽학의 반란에 연루되었다는 모함을 받고 체포되어 고문을 받다가 결국 옥사하였다.[19] 김덕령이 의병을 일으킨 것은 사실이지만 왜병을 격퇴하였다는 사실은 전하지 않고 있다. 그런데도 위 인용문에서 김덕령이 왜적을 물리친 것으로 서술된 것은 그의 뛰어난 능력에 기인한다.

둘째, 뛰어난 능력을 가지고 있다. 문헌설화에 나타난 김덕령의 탁월한 능력은 눈의 화광이 십 리를 비춰었고, 지붕에 옆으로 누워 처마 안으로 떨어져 다락에 들어갔으며, 둔갑을 하였고, 겨드랑이에 날개가 있어 수백 길의 담장을 뛰어 넘었다는 등등 이다. 김덕령의 용력은 해원 이후에 더욱 과장되고 허구화되었을 것이다. 자신의 능력을 발휘해 볼 기회도 없이 억울하게 죽은 김덕령에게 가능성의 공간을 획득하도록 설정하였다.[20] 이는 김덕령의 죽음을 비극적인 것으로 변이시키려는 인식

---

19) 강현모, "<비극적 장수설화의 연구>" (한양대 박사학위논문, 1994. 6), pp.48~51.
20) 김덕령의 용력은 살아있을 때도 대단한 평가를 받았다. 즉 전주에 분조한 광해군은 김

태도에 기인한다 하겠다.

김덕령의 용력은 소문이 퍼져 왜적이 두려워하는 대상이었다. 왜적들은 김덕령이 가는 곳이면 피하거나, 왜장 청정이 김덕령의 화상을 그려 보고 정말로 뛰어난 영웅이라며 작은 진을 합하여 큰 진으로 만들었다고 한다. 위 인용문은 이런 설화들을 구체적 사건과 연결시켜 김덕령의 용력을 보여주는 동시에 왜에 대한 대응의지를 나타내고 있다. 또 역사적 사실에서 김덕령은 거제도 탈환작전을 제외하고 왜적과 제대로 싸워 보지 못하였지만, 재인군의 마상입군으로 왜병과 대결하여 승리한 것으로 결구하였다. 이런 결구는 김덕령이 탁월한 능력의 소유자로 영웅화의 가능성을 보여주고 있다.

셋째, 김덕령의 용력은 말과 관련된 것이 많다. 김덕령이 지휘하는 부대의 특성도 말과 관련되어 있다. 전투 장면에 말이 등장한 것은 김덕령의 용력 중에 말과 관련된 삽화가 많은 데서 비롯된 것이다. 문헌설화에 보면 김덕령은 말 타는 솜씨가 대단하였다. 김덕령은 단간 방에서도 말을 타고 들어갔다 휘돌려 나왔고, 진주목장에서 날뛰는 말을 잡아타고 길들였으며, 그의 뛰어난 말은 하루 천 리를 달리거나, 적진을 무인지경처럼 들어갔다 나왔다고 한다. 이런 삽화를 볼 때 김덕령은 훌륭한 말을 가졌고, 말을 잘 조련하고 다루었던 인물로 보인다.

위에서 마상입군은 신이한 재주를 가지고 있다. 오색으로 된 옷을 입고 말 위에서 열을 짓거나 말안장에 옆으로 눕기도 하고, 왜군들이 조총을 쏘아도 피하였다. 이런 모습을 보고 놀란 왜군들이 그들을 신병(神兵)이라 말하며 도망하거나 몰살당한다. 이런 마상입군의 재인들이 부리는 묘기는 김덕령의 용력들과 유사하다. 다시 말해 재인군이나 마상입군의 묘기는 김덕령의 말 다루는 신이한 솜씨에서 유래된 것이라 하겠다.

덕령의 용력을 시험해 보고 익호장군을 제수하였다.

역사계열의 임진록에 나타난 김덕령 전승은 아직 문헌설화와 같이 임진록의 한 삽화로서 등장하고 있다. 그렇지만 김덕령이 이끄는 재인군에 대한 서사적 결구를 통하여 김덕령의 신이한 용력을 드러내고 있다. 이처럼 김덕령에 관한 서술은 역사적 사실인 의병과 용력에 기인하지만, 허구화를 통한 영웅으로 형상화를 시도하고 있다고 하겠다.

(2) 최일영계열 : 충효의 갈등을 통한 민중적 영웅

본 항에서는 최일영계열을 중심으로 검토하게 될 것이다. 이 최일영계열 <임진록>에서는 충(忠)과 효(孝)를 풍자적(諷刺的)으로 양립시켜 김덕령을 부조리했던 왕조의 봉건사회에서 용납되지 않아 희생된 인물의 모델케이스로 영웅화시키고 있다. <임진록>에 나타난 그 과정과 의미를 살펴보기로 하겠다.

이 계열의 작품들은 김덕령이 신이한 능력을 가졌지만, 부친상으로 충효의 갈등을 드러내며 원사하게 되는 삽화를 포함한 유형의 <임진록>이다. 즉 최일영계열의 작품들은 신이한 능력을 가진 김덕령이 상신(喪身)으로 출전하려 하지만 어머니가 극구 말렸다. 그래서 김덕령은 구경을 한다고 어머니와 약속하고서 몰래 출전한다. 김덕령은 신이한 도술을 보여 청정을 물리친 뒤, 모함을 받고 조정에 잡혀와 억울하게 죽음을 당하였다는 이야기가 포함된다.

이런 내용의 <임진록>으로는 최일영계열이 대표적이지만 이순신계열, 최일영계열 변이, 기타 계열에 속하는 작품들이 있다.[21] 이 유형의 일반적 특징은 앞에 충효의 갈등과 도술현시 부분이 있고, 이로 인하여 뒤에 원사하게 된다. 이에 해당하는 <임진록>의 김덕령 삽화를 단락소로 나누어 제시하면 다음과 같다.[22]

---

21) 임철호, 전게서, pp.6~36. 조동일은 전게논문에서 <임진록>을 A와 B유형의 소설로 나누고, 최일영계열과 같이 서술한 <임진록>을 A유형이라 하였다.

ㄱ. 김덕령은 강원도 평강 출신으로 탁월한 능력을 지녔다.

ㄴ. 부친상을 당하여 모친을 섬기며 초야에 묻혀 있을 때 왜적이 쳐들어 왔다.

ㄷ. 김덕령은 어머니에게 출전 허락을 요청하였지만 거절당하였다.

ㄹ. 재차 요구도 거절당하고, 구경을 하거나 어머니 몰래 청정(가등청정)의 진중에 들어가 도술로 청정을 물리쳤다.

  A. 김덕령은 구경이나 하겠다고 약속하고 높은 봉에 올라갔다.

  B. 청정의 진중을 바라보니 청정이 조선의 미인들을 데리고 놀고 있었다.

  C. 김덕령은 분기가 일어나 축지법과 도술로 청정의 진에 들어갔다.

  D. 청정은 김덕령을 보고 수문장을 크게 책하며 총을 쏘라고 하였다.

  E. 김덕령은 청정을 질책한 후, 다음날 오시에 재주를 보인다며 사라졌다.

  F. 청정은 군사들의 머리에 백지를 붙인 다음, 김덕령이 나타나면 총과 활을 쏘라고 명령하였다.

  G. 김덕령은 광풍을 일으키고, 군사들의 머리에 붙였던 백지를 거둬쥐었다.

  H. 김덕령은 청정이 놀라고 감탄하고 있을 때 나타나, '부친의 상복을 입었기 때문에 도술만 보이니 물러가라'고 질책한다.

  I. 청정은 놀라 진을 물려 평안도 조섭(소서행장)의 진에 합쳤다.

ㅁ. 김덕령은 나라를 돕지 않고 청정의 진에 내통하였다고 관리의 모함을 받아 잡혀가게 되었다.

ㅂ. 잡혀갈 때, 철원 땅에서 금부도사에게 친한 벗과 만나고 가기를 청하였으나 거절당하자, 함거를 부수고 벗과 만나 이별을 하였다.

ㅅ. 임금이 문책할 때, 김덕령은 '부친의 상으로 정식으로 출전하지 못하여, 왜적이 스스로 물러가게 청정의 진에 들어가 도술을 보였다'

---

22) 예문의 삽화 단락은 두 개의 정문연본을 합하여 나열하였다. 앞의 삽화는 정문연 73장본(12항X17자내외)인 을축본이고, 뒤의 삽화는 정문연 140장본(12항X17자 내외)의 갑인본이다. 최일영계열 <임진록>의 이본에는 대체로 앞부분과 뒤부분으로 나누어서 구성되어 있다. 일부 이본에는 앞부분이나 뒤 부분 중에 하나가 빠져 있기도 하다. 이에 대해서는 소재영이나 임철호의 전게서를 참조하면 알 수 있다.

고 하였다.
ㅇ. 임금은 노하여 김덕령을 죽이려고 하나 죽일 수가 없었다.
ㅈ. 김덕령이 '만고충신효자 김덕령'이라 현판을 써 주면 죽겠디고 하
　　자, 선조는 이를 허락하였다.
ㅊ. 김덕령은 다리에 붙은 비늘을 떼고 사형 당하였다.
ㅋ. 선조는 김덕령의 행위를 보고 충신이라고 하였다.

위의 단락에서 ㄱ~ㄹ과 A~I까지와 ㅁ~ㅋ까지는 독립적으로 떨어져 서술되어 있다. 앞부분은 김덕령이 어머니에게 전쟁 참가의 허락을 요청하였으나 거절당하고 몰래 청정의 진에 들어가 도술을 현시하는 충효의 갈등 부분이다. 이는 다시 충효 갈등(ㄱ~ㄷ)과 도술현시(ㄹA~I) 부분으로 나누어진다. 후반부는 도술현시의 결과로 김덕령이 억울하게 원사하는 부분이다.

이들 부분 간에는 서로 긴밀한 관계를 형성하고 있다. 앞의 충효 갈등 부분은 김덕령이 청정의 진에 들어가 도술을 보임으로 심화되고, 뒤의 원사 부분은 충효 갈등의 결과이다. 김덕령에 관한 이야기인데도 불구하고 충효의 갈등·심화 부분과 원사 부분이 떨어져 구성한 것은 양자 간의 시공간적 의미를 함축하는 표현이라 하겠다. 즉 충효의 갈등·심화 부분에서 김덕령의 능력과 행위가 소문 또는 왜군들의 탐색이나 심리전에 의해 조정에 알려질 수 있는 시공간의 개념을 인식하고, 이런 인식을 설명하기 위해 분리하여 서술한 것이다.

ㄱ) 발단-충효의 갈등과 의미

ㄱ부분에서 김덕령의 이름과 출신지가 다양하게 나타난다.[23] 특히 지

---

23) 김덕령의 이름으로는 김덕양·김덕령·김득양·김득용·김덕영·김덕용 등으로 나타
　　난다. 그리고 출신지로는 평안도 삭주, 평안도 숙천, 평안도 용강, 함경도 곡산, 강원도
　　이천, 강원도 평강, 강원도 평산, 경상도 고령 등으로 나타난다.

명이 다양한 것은 그의 활동 가능성과 관련된 상징적 의미가 있다. 임진왜란 때 김덕령을 추천하였던 인물이 이여송이라고 인식하는 점, 그리고 왜구가 한양을 점령하였다면 점령당하지 않은 지역이어야 한다는 인식에서 비롯된 것이다.

김덕령은 용력과 재주가 뛰어났지만, 불행한 시운에 부친상까지 당하여 시골에 묻혀 살고 있었다.[24) 부친상으로 칩거하며 어머니에게 효성을 설정한 것은 당시의 윤리적 상황으로 보면 당연하다. 그리고 <임진록>에서는 뛰어난 능력을 가진 김덕령의 칩거를 시운의 불행이나 시절이 태평하기 때문이라 서술하고 있다. 그렇지만 김덕령이 부친상을 당하기 전에도 칩거하도록 설정한 것은 그가 한미한 가문의 출신이기 때문에 조정에 천거되지 못하였음을 상징하고 있다. 이는 훌륭한 인물을 활용하지 못하는 당시 조정의 무능과 무사안일을 풍자한 것이다.

김덕령은 기복종군을 하였다가 반란에 연루되어 옥사하였다. 이를 인식하는 향유계층들은 ㄴ단락에서 김덕령이 죽게 된 이유로 충효의 갈등이 드러나도록 결구하였다. 역사적으로 김덕령은 임진왜란이 일어나자 형과 함께 의병활동을 하다가 형의 권유로 집에 돌아와 어머니를 모셨다. 형이 전사하고 난 뒤에 어머니가 돌아가서 상중죄인이 되었다. 김덕령은 매부 김응회(金應會) 등이 기병하라는 수차례 권유를 물리쳤지만, 어머니의 복상을 지내고 기복종군 하였다. 그런 김덕령이 죽을 때 어머니의 삼년상을 치루지 못한 불효에 대한 죄의식을 드러내고 있다. 이점에서 김덕령이 기병의 요구에 응하지 않는 동안에 충과 효의 갈등을 느꼈던 것으로 파악할 수 있다.[25)

---

24) 용력 부분은 앞의 신이한 도술로 청정을 물리친 부분만 아니라, 뒤에 원사부분의 앞 단락에도 나타난다.

25) 다른 측면에서 보면 김덕령은 전쟁에 참가할 때에 갈등을 느끼지 않았다. 왜냐하면 홀어머니를 모셨지만 외아들이 아니었기 때문이다. "志存章句 業非弓馬 母旣臨年 兄又戰死 乍隨行伍旅 卽辭歸 上念國恥 幾撫中夜之劒 下慎兄讐 每墜沾食之淚 私禍未悔 母分見背情 事

<임진록>에서는 김덕령이 아버지의 상을 당하자, 이를 핑계로 어머니가 출전하지 못하도록 결구하였다. 따라서 민중들은 어머니의 말을 듣고 복상을 하는 것과 국가의 위태함을 구하는 것에 김덕령이 대립·갈등하도록 설정하고 있다. 이처럼 김덕령이 기복종군 한 것을 효와 충의 갈등으로 설정한 것은 그가 죽게 된 이유를 합리적으로 설명하기 위한 장치이다.

ㄷ단락에서 김덕령은 한양 도성이 함락 당하고 임금이 의주로 몽진하였다는 이야기를 듣고 어머니에게 출전의 허락을 요청하였다. 하지만 어머니는 효를 들어 거절한다. 여기에서 김덕령은 국가적 위기를 극복해야 하는 충을 중시한 반면, 어머니는 내면적(근본적)인 효를 강조하고 있다. 이 대립은 김덕령 개인의 충·효의 갈등으로 처리되었지만, 전쟁이란 극한 상황에 처한 유교적 조선사회에서 충효가 대립할 때에 처신해야 할 모델을 제시한 것으로 보인다.

구비설화에서도 이와 비슷한 양상을 결구시키고 있지만, 정반대의 수용의미를 지니고 있다. 구비설화에서는 김덕령이 효를 버리고 충을 위해 나섰기 때문에 죽은 것으로 설정하였지만, <임진록>에서는 어머니가 덕령에게 효를 강조하며 전쟁에 참여하지 못하게 하였고, 충을 저버린 결과 죽도록 설정되어 있다.26)

<임진록>에서 김덕령은 위태한 국가와 도탄에 빠진 백성을 구하여 충과 공을 이루고 이름을 빛내겠다고 한다. 유가에서는 이름을 빛내는 입신양명(立身揚名)이 효의 한 방법이다. 김덕령은 어머니에게 충을 이용하여 효를 이루겠다며 출전의 허락을 요구한다.27) 그런데 어머니는 부

粗畢 身可許死"라는 기병 격문에서도 복상을 계속하는 효행보다 출전하여 충을 하고 형의 원수 갚는 것을 큰 이상으로 생각하였다.

26) 이본에 따라 충을 또는 효를 강조하기도 하여 각기의 수용의미가 다르다. 수용의미의 파악은 각 이본의 구체적인 서사문맥을 검토할 때 판명될 수 있다. 사재동 2본은 효보다 충을 강조하고 있다.

친의 상중이며, 재주가 없다는 것, 그리고 독자인 김덕령이 전사하였을 때 조상의 향화를 전할 수 없다는 것 등을 내세워 거절한다. 김덕령이 주장하는 효와 어머니가 요구하는 효에는 개념의 차이가 있다. 김덕령이 주장하는 효는 겉으로 드러나는 데 비하여, 어머니가 주장하는 효는 내면적이고 원론적이며 근본적이다.

그런데 <임진록>의 일부 이본의 서술자는 어머니가 주장한 효의 이면에 위험한 전쟁터로 아들을 보내지 않으려는 모정에서 나온 거짓된 효로 서술하고 있다. 그리고 어머니의 기만적이고 거짓된 효의 주장에 대하여 충분하게 대응의지를 보이지 못한 김덕령을 부정적 인물로 드러내고 있다.28)

르부분에서 김덕령은 어머니의 말을 거역하지 못하고 집안에 있다가, 왜적이 가까이 왔다는 말을 듣고 어머니에게 재차 간청하지만 거절당한다. 그래서 어머니에게 왜적을 구경하고 오겠다 말하고는 산상(山上)에 올라가서 왜 진영을 구경하였다. 김덕령은 탁월한 능력과 의기심을 가지고 있다. 그런 김덕령이 산정에서 왜군을 구경하고 오겠다는 것은 전쟁에 참여할 가능성을 보여주게 된다. 김덕령은 왜장들이 조선의 미녀들과 놀아나고 있다거나, 조선 백성들의 여인을 강탈하였으며, 그저 분기를 이기지 못하여 청정의 진에 들어가서 도술을 현시하게 된다. 그 결과 김덕령은 어머니의 허락도 없이 전쟁에 몰래 참가하게 되었다.

---

27) 임철호, 전게서, pp.117~118. 김덕령의 충성은 남성적·국가적 차원의 효이고 어머니가 요구하는 효는 가정적·여성적 차원의 효라며, 이들 양자의 관계에서 해석하고 있다. <임진록>에서 어머니가 요구하는 효는 전쟁을 도피할 방법임으로 진정한 관념의 올바른 효라 할 수 없다. 이는 효를 핑계로 위급한 상황을 모면하려는 지배계층의 이탈자에 대한 풍자라고(닉당의 드러ㄱ 모친끠 엿ㅈ오되 쟝부 셰상의 쳐ㅎ야 이런 난셰을 당ㅎ와 ㄴ르리 위틱ㅎ암을 보고 엇다 안연ㅎ올잇ㄱ 복원 모친은 분부ㅎ시와 부친 상복을 버셔 영위에 두고 비슈를 드러 왜적을 소멸ㅎ고 시졀을 틱평케 ㅎ 후에 일흠을 그린각의 올녀 쳔츄 유젼홀ㄱ ㅎ옵ㄴ이다(서울대본 14면)) 하였다.

28) 이본에 따라 어머니의 말을 따르지 않은 것을 비판하기도 하고, 어떤 것은 어머니의 말을 따른 것을 비판하기도 한다.

김덕령이 전쟁에 참여하는 것은 비극적 주인공이 될 가능성을 예시하고 있다. 김덕령은 어머니의 의도를 정확하게 파악하지 못하고 전쟁에 참가하고 만다.[29] 어머니가 김덕령을 전쟁에 내보내지 않은 것은 위에 언급한 것과 같이 거짓 효로 자식을 전쟁에 보내지 않기 위한 술책인 경우도 있다. 하지만 다른 일면은 세상에 이름이 나지 않도록 하기 위한 방편이었다. 만약 김덕령이 어머니의 말을 진실로 들었다면, 최일영계열 <임진록>에서 뒤의 원사 부분이 나타나지 않았을 것이다. 김덕령은 어머니의 말을 거역하여 이름이 날리게 되었고, 간신들의 모함을 받게 되었다.

역사적으로 김덕령의 기병은 스스로의 요인에 의한 것이 아니라 권유와 관리들의 천거라는 외적 요인에 의해서 이루어졌다. 김덕령은 군신 일체를 내세워 효보다 충을 우위에 설정하는 윤리관에 기초하여 가용지재(可用之才)로 발탁되었지만,[30] 공도 이루지 못하고 반역의 죄로 죽을 때 기복종군 하였던 불효에 대한 죄의식을 지녔다. 작품에서는 김덕령이 기복종군에 대해 죄의식과 함께 기병을 하였다는 역사적 사실을 어머니의 말을 거역한 것으로 서술되어 있다.

이 유형의 <임진록>에서 어머니의 말을 듣고 효를 선택하도록 한 서술은 윤리의식의 변모를 보여주고 있다.[31] 사실 김덕령이 충효의 갈등으로 기복종군을 늦게 한 것을 풍자하는 측면이 있다. 왜냐하면 김덕령이 기병을 하였을 때 주변 상황이 능력을 과시할 수 없게 변해 있었다. 그 이전에 김덕령이 기병하였다면 공도 세우고, 억울한 반역의 누명으

---

29) 김덕령이 전쟁에 참여한 것이 문제를 제기하고 있다. 기회주의적 발상에서 참여한 것으로 인식하고 있다. 다시 말해 김덕령이 정식으로 기병한 것도 아니고, 그렇다고 철저하게 효를 위해 칩거한 것도 아닌 그의 행위를 비판한다고 하겠다.

30) 임철호, 전게서, pp.115~116. 117~118.

31) 임철호, 전게서, p.118. 이는 김덕령이 역사적 사실에서 효를 버리고 충을 택함으로 제기하였던 불효에 대한 죄의식을 해소하려는 의미가 있다고 보았다.

로 죽지도 않았을 것이다. 또한 효란 미명으로 국가적 위기에서 도피하려는 행위를 풍자하는 일면도 있다. 즉 국가의 위기 상황에서 효와 충은 각기 별개의 독립적이고 대립적인 것이 아니라, 하나로 합일 가능한 개념임을 보여주고 있다고 하겠다.

ㄴ) 전개 – 도술현시와 충효 갈등의 양상

위 ㄹ단락은 김덕령이 어머니에게 구경하고 오겠다며 허락을 받고, 어머니 몰래 청정의 진중에 들어가서 도술로 청정을 패퇴시킨 이야기이다. 김덕령이 능력을 발휘하여 청정이 스스로 물러가게 하였지만, 이로 인하여 원사하게 되는 뒤 부분과 연결된다. 김덕령이 보여주는 도술능력의 과정은 ㄹ단락의 A에서 I까지이다. 이 도술현시 부분은 역사적 사실의 행위에서 찾아볼 수 없는 허구적 구성이다.

이 부분은 김덕령이 어머니에게 허락을 받고 동설령의 높은 봉에 올라가 구경하는 것부터 시작한다. 김덕령은 구경을 갔다가 왜적의 행태를 보고 분기가 생겨서 어머니의 간곡한 부탁을 잊고 청정의 진에 들어간다.

이로 인하여 김덕령은 어머니가 명분으로 내세운 효의 도리를 위반하였다. 어머니는 표면적일지라도 효의 명분으로 상중죄인인 김덕령이 현실에 참여하지 못하게 하였다. 김덕령은 어머니의 말을 거역하고 청정의 진에 들어감으로 이런 표면적 효조차 파괴하였다. 그렇다고 국가를 위한 대의명분을 과감하게 수행하지도 못하는 이중적 성격을 가지고 있다. 김덕령이 청정의 진중에 들어갔다는 <임진록>의 서술은 역사적 사실에서 김덕령이 기복종군을 하여 공을 이루지도 못하고 효를 파괴하였으며, 반역의 죄에 연루되어 충을 성취하지 못하고 죽었다는 점이 고려된 것이다. 그래서 <임진록>에서 김덕령은 효를 따를 약속을 하고 이행하지 못하였고, 청정의 진에 들어가 국가적 울분을 토로하지만 완전한 충의 길도 되지 못하였다.

도술현시 부분에는 김덕령의 다양한 능력이 제시된다. 김덕령은 왜 진영의 수문장이 전혀 알아채지 못하게 청정의 진에 들어갔으며, 사라질 때도 간 곳을 알 수 없고, 심지어 약속한 시간에 정확하게 나타나며, 총과 화살을 맞고도 조금도 상하지 않았다거나, 총과 활을 쏠 때 없어졌다가 청정 앞에 나타나 자신을 소개하고 다시 나타날 것을 약속한다. 다음날 왜병들의 머리에 붙인 백지를 아무도 알지 못하게 거두어 들였다.

김덕령의 능력을 문헌설화에서 살펴보면, 왜군에게 두 마리의 호랑이를 잡아 팔았다거나, 청정이 화공을 시켜 그린 김덕령의 화상을 보고 두려워 물러갔다는 것, 김덕령이 온다면 왜군들이 물러났다는 설화 등을 찾을 수 있다.[32] 김덕령의 능력은 임진왜란 때에 가장 두려운 대상이었던 청정도 대적할 수 없는 신이한 도술이라 하겠다.

왜장 청정도 대적할 수 없는 김덕령은 상중죄인이란 한계 때문에 신이한 도술로 왜적이 스스로 물러가도록 하는 수밖에 없다. 일부 이본에서 김덕령은 자기의 도술을 보고도 청정이 물러가지 않자, 마지막에 허신을 만들고 부적을 붙여 왜 진영에 들여보내서 왜 장졸들의 눈에 서로가 김덕령으로 보이게 하여 쏴 죽이게 하였다. 여기에서도 한계가 있기는 마찬가지이다.[33] 이런 한계는 김덕령을 영웅화하는데, 그가 억울하게

---

32) 임철호, 전게서, pp.120~124. 이 유형의 삽화가 생긴 것을 내적 요인과 외적 요인으로 나누어 살펴보았다. 내적 요인으로는 김덕령의 의병 활동에 대한 해원 의미가 신원되면서 그의 영웅화 양상을 가속화 시켰다고 보았다. 그리고 외적 요인으로는 김덕령에 관한 문헌설화에 나타난 상황과 명나라 沈惟敬의 역사적 사건이 김덕령에게 전이된 것으로 보았다. 특히 심유경의 이야기는 <임진록>에 나타난 김덕령의 서술과 일치됨을 문헌을 통해서 설명하고 있다.

33) 김덕령의 도술현시는 연속성을 가지지 못한 일회성이다. 즉 상중죄인인 동시에 어머니와 약속으로 연속적으로 들어낼 수가 없다. 이 도술현시는 김덕령의 영웅화를 통한 비극적 인물로서 드러내기인 동시에, 그가 원사할 수밖에 없음을 보여주기 위한 설화적 장치이다. 특히 김덕령의 원사를 과장하여 그 능력을 제대로 활용하지 못한 집권층의 무능을 풍자하였다고 하겠다.

죽었다는 역사적 사실을 인식한 서술자의 인식태도에 기인한다.

김덕령을 영웅화하는 숨은 의도는 그가 억울하게 원사하였다는 점이다. 작가는 뛰어난 능력의 김덕령을 왜적이 침략한 임진왜란에 반역자로 낙인 찍혀 억울하게 죽은 비극적 인물로 인식하였다. 이런 비극적 인물의 삶은 민중들의 삶과 유사하다. 김덕령과 같은 인물의 영웅화를 통해 비극적인 민중적 삶에 대한 해원의 차원뿐만 아니라, 그런 인물을 제대로 발견하지도 활용하지도 못한 집권 위정자들을 비난하는데 목적이 있다.

김덕령에게 충효 갈등의 수단으로 도술현시를 구성한 의도는 민중적 영웅의 출현에 있다. 실제로 김덕령에게 결부된 충효의 갈등은 사대부들이 해야 할 일이다. 그렇지만 갈등을 결정하지 못하고 주저하는 것은 민중적 삶의 단면이다. 김덕령은 어머니와 약속한 효를 중시하였다면 전쟁에 무관심하고 시묘살이를 충실해야 하였다. 그런데 그의 귀는 사회로 열려 있었다. 김덕령은 상중죄인으로 진정한 효도도 못하고, 어머니의 말로 상징되는 사회적 윤리의 한계도 극복하지 못하였다. 그리하여 효와 충 사이를 방황하게 되고, 그 결과 억울한 죽음을 당하게 된다.

민중들은 김덕령을 영웅화시켜 자신들의 노력한 대가를 인정하지 않는 지배계급의 이기주의적 태도를 비판하고 있다. 김덕령이 탁월한 도술현시로 왜적이 스스로 물러가게 하였지만, 조정의 집권자들은 음모가 있다며, 능력을 인정하지 않았다. 김덕령의 억울한 죽음은 민중들이 임진왜란 기간에 국가를 위해 노력한 대가를 받지 못한 측면을 상징적으로 나타내기도 한다. 따라서 김덕령의 죽음은 그의 영웅성을 부각하면 할수록 더욱 비극적으로 형상화 되고, 신이한 능력의 가능성의 폭이 넓으면 넓을수록 조정과 집권층에 대한 비판 강도가 높아진다.[34]

---

34) 원사한 김덕령에 대한 능력의 확대 가능성은 실력 있는 자의 활용만이 외족의 침입을 막을 수 있다는 의식을 보여주고 있다. 한편 사재동 2본에는 김덕령이 죽게 될 때, 40

ㄷ) 결과-만고효자충신 김덕령의 원사

ㅁ에서 ㅋ까지는 김덕령의 원사 부분으로 충효의 갈등과 도술현시 부분의 결과이다. 김덕령은 적진에 들어가 도술현시 능력을 발휘하여 청정이 퇴진하도록 만들었으나, 집에 돌아오며 자신의 이름이 날리지 못함을 한탄하였다.35) 어머니는 김덕령이 집에 돌아와 구경하고 온 것을 아뢰자, 삼 일 동안 돌아오지 않았음을 탓하면서 집안에만 있으라고 말한다.36) 어머니의 행동은 효행의 관념 이전에 아들을 위험한 전쟁에 참가하지 못하게 하는데 목적이 있었다.

그런데 ㅁ단락에서 병조참판 윤옥37)은 김덕령이 청정의 진에 출입한 것을 내통하였다고 모함하였다. 이는 역사적으로 김덕령이 이몽학의 난에 연루되었다고 이시언과 김경서에게 받았던 모함과 비슷하다.38) 모함이 역사에서는 반란자와 내통한 것으로 되어 있는데, <임진록>에서는 왜적과 내통한 것으로 되어 있다. 공통점은 김덕령의 탁월한 능력 때문이란 점이다.

<임진록>에서 모함한 관리들은 탁월한 능력을 가진 김덕령이 의주까지 피란한 조정을 돕지 않고, 오히려 청정의 진에 출입하여 청정과 공모하였다는 것이다. 이는 불충의 반역죄가 된다. 김덕령은 집에 돌아와 있다가 어명을 전하는 금부도사에게 잡혀가게 되자, 출전을 허락하지 않은 어머니를 원망한다. 여기에서 어머니가 주장한 효는 효의 근본원리

년 후에 북쪽의 외적의 침입을 예견하며 쓰일 수 있기를 원하였으나 거절당하였다는 점에서 확인된다.

35) 김덕령은 청정에게 도술을 현시하면서 자신의 출신을 이야기하였다. 이것은 그의 이름이 알려지게 하는 방법이다. 이런 측면에서 보면 김덕령은 자신의 이름이 공식적으로 드러내지 못하였음을 한탄한 것이다.

36) 일부 이본에서 전쟁에 참가한 김덕령을 비판하고 있다. 국가의 허락 없이 전쟁에 참가함이 국법을 어긴 것이라며 후환을 예측하기도 한다.

37) 참소하는 인물의 이름으로 백남, 김수업, 김수당 등 다양하게 나타난다.

38) 강현모, 박사학위논문, p.51.

가 아닌 자식의 안일만을 위한 것이라고 비판되고 있다.[39] 이는 충이 효
보다 우위임을 나타내는 의식의 반영이다.

 김덕령이 체포당한 것은 충효의 갈등을 극복하지 못하였기 때문이다.
김덕령은 어머니의 말을 듣고 효를 하면서도, 충이란 미명 하에 잠재된
출세 지상주의적 입신양명의 길을 선택하려는 갈등을 겪게 되었다. 즉
김덕령은 어머니의 명으로 기병하지도, 어머니의 말을 철저하게 따르지
도 못하였다.

 어머니와 김덕령 둘 사이의 타협이 구경이다. 양자의 타협점이 왜적
과 멀리 떨어져 구경하는 것인데, 구경을 간 김덕령은 왜장들의 행위를
보고 분기를 참지 못하여 청정의 진에 들어갔다. 이때 김덕령은 조정의
출전 허락을 정식으로 받지도 못하고, 또 어머니와 약속한 효라는 윤리
적 한계를 극복하지도 못하였다. 또 전투가 아닌 도술로 청정이 물러가
게 하여 타인들의 오해를 받게 되었다. 즉 모함자들은 김덕령이 내통하
였기 때문에 왜적이 스스로 물러갔다고 생각하였다.[40]

 김덕령은 역사적으로 3년 상이 아닌 기년 상을 치루고 상중죄인으로
기병하였다. 이는 효와 충의 타협이다. <임진록>의 서술자나 구비문학
담당자들은 이런 타협을 인정하지 못하고 그가 형과 함께 의병 활동을
계속하였거나, 3년 상을 치루고 나왔어야 한다고 생각하였다. 그래서 이
들은 김덕령이 원사하게 된 원인으로 효도 충도 제대로 할 수 없었던

---

39) 이본에서 어머니는 김덕령이 명을 어기고 청정 진의 출입을 원망하고 있다. 이를 '효
 를 버리고 충을 택한 것에 대한 원망이라'는 주장은 그 일면의 고찰이라 하겠다. 이는
 김덕령과 같이 효의 본분을 망각하고 대외명분과 출세지향적인 충만을 강조하는 세태
 를 풍자하고 있다.
40) 이본에서 김덕령은 신이한 도술을 부려 왜적들이 서로 총과 활을 쏘아 태반을 죽이고
 물러나게 했어도 모함을 받아 원사하고 있다. 이 점에서 <임진록>의 김덕령 전승은
 근본적인 충과 효의 갈등 차원에서 접근되어야 한다. 김덕령이 원사하게 된 근본적 동
 기는 그가 충보다 앞서는 효의 근본원리를 망각하고 대외적 입신양명을 추구하였기
 때문이라 하겠다.

기복종군에서 찾아낼 수밖에 없었다.

충과 효의 갈등에서 체포된 김덕령은 철원 땅에 이르러 친구를 만나겠다며 탁월한 능력을 보여주고 있다.[41) 김덕령이 절친한 친구와의 만남을 금부도사에게 청하였다. 하지만 금부도사는 어명만을 집행하는 임무에 급급한 나머지 남의 사정을 아랑곳 하지 않는 아량이 없고, 또 김덕령이 신이한 능력의 소유자임을 파악하지 못하는 무능력한 인물이다. 이런 모습은 오직 자신의 이익을 위해 남에게 아량을 베풀지 못하는 집권 위정자들의 모습이다. 김덕령은 이런 금부도사에게 "아무리 으명인들 사정이 업스리오"라는 호통과 동시에 함거를 부수고 능력을 보여준다.

김덕령이 보여준 여러 능력 중에 나무 끝으로 돌아다니며 나무를 작벌하는 능력은 새의 날개를 가진 상징적 인물임을 암시한다.[42) 이는 능력이 부족해서 김덕령이 잡혀가는 것이 아님을 보여주고 있다. 그럼에도 불구하고 임금의 부당한 명령에 항거하지 못하고 잡혀가는 것은 시대적 한계를 나타낸다.

김덕령이 만난 사람이 친구로 되어 있지만 그 성격이 모호하다.[43) 친구의 성격은 세상에 때를 만나지 못하면 세상에 나가지 말라 한 점과 왜

---

41) 김덕령이 친구와의 만남에는 능동적인 경우와 수동적인 경우가 있다. 위 예화에서는 김덕령이 친구의 부름을 받고 행동하는 수동적이나, 다른 이본에는 철원 땅을 지나갈 때 능동적으로 친구를 만나겠다고 한다. 한편 친구와 만나 보여준 능력은 이본에 따라 몸을 묶은 철삭 끊기, 함거 부수기, 칼을 빼어 소나무 끝을 날아다니며 작벌하기, 친구와 마지막이라며 공중에서 신이한 능력 보여주기 등이 있다.

42) 날아다닌다는 것은 날개 있다는 것이고, 그 의미는 천상과 지상을 연결할 수 있는 자, 지상을 지배할 수 있는 자 등 의미를 가지게 된다.

43) 임철호, 전게서, p.131. 친구의 성격을 출전의 만류라는 측면에서 어머니의 성격과 작품 속에서 행동하는 김덕령과 다른 성격의 김덕령으로 보았다. 즉 김덕령은 충효의 갈등에서 충을 위하여 일어났지만, 한편 상중죄인으로 어머니를 봉양하고 효를 충실하게 지키려는 마음의 김덕령을 친구로 등장시켰다고 보았다.
한편 소재영 1본에는 김덕령의 스승으로 나타난다. 스승은 김덕령이 잡혀가는 환을 당하였기 때문에 함께 왜적을 소멸하려는 것이 무산되었다며 슬퍼하고 있다. 그리고 김덕령은 김덕냥이란 이름으로 스승이 불분명한 도가적 인물로 설정되어 있다(李圭景, 『五洲衍文長箋散稿』 권39 <道敎仙書道經辨證說> 참조).

적의 진중에 출입을 나무란 점을 볼 때 어머니와 같은 성격을 지니지만 김덕령에게 일어날 일을 예견한 점, 소인배의 조정이기 때문에 해를 볼 것이라 한 것, 40년 후에 북으로 큰 난이 일어날 것을 예견한 일, 타국에 간다고 한 점, 이별하면 사후에나 만날 수 있다고 한 것 등을 보면 시대적 상황에 비판의식을 지닌 이인적 면모를 지닌 존재로 보인다.

친구의 등장이 갖는 의미는 김덕령의 이인적 면모를 부각시키기 위한 것만이 아니라, 그의 원사를 더욱 비극적 모습으로 보여주기 위해서이다.[44] 친구의 이인적 면모는 김덕령에게 전환되고 있다. 그리하여 친구와 대등한 탁월한 능력을 과시한 김덕령을 등용하여 이용하지 못하고 죽인 위정자들의 무능을 폭로하고 있다.[45] 다른 하나의 의미는 김덕령이 상중죄인으로 행해야 할 효라는 도덕적 규범을 저버리고 이름을 날릴 수 있는 대의명분인 충에 매달리는 행위를 비판하고 있다. 작가는 김덕령이 효를 다하지 못하고 기복종군으로 전쟁에 뛰어들어 불효·불충에 사로잡힌 그의 내면적 죄의식을 그의 친구로 등장시켰다 하겠다. 이처럼 친구를 통해 김덕령이 원사한 이유를 불행한 시운과 집권 위정자들의 무능 때문이라고 비판하면서, 그 이면에 김덕령의 조급성과 무모성을 비난하고 있다.

김덕령은 친구의 말을 듣고 천명에 순응하고자 함거에 오른다. 순순

---

44) 임철호, 전게서, p.131. 이 삽화는 최일영계열과 최일영계열변이에서 부분적으로 나타나고 이순신 계열에도 나타난다며, 최일영계열의 초기 이본에는 들어 있지 않다가 후대에 삽입된 것으로 보고 있다. 그런데 역사계열인 경판에도 이야기가 삽입되었음을 볼 때 논리적 비약인 것 같다. 이는 김덕령의 능력을 보여주어 신이성을 강조하기 위해 첨가된 삽화로 보인다.

45) 친구가 40년 후의 국가 대난을 예견한 것은 김덕령이 나라의 동량으로 쓰일 인물이거나, 김덕령을 죽인 결과 환란을 막지 못할 상황이 될 것을 보여주고 있다. 한편 사재동본에서 김덕령은 임금에게 40년 후에 북쪽의 침입을 예시하며 이때 자신을 쓰든지, "만고충신 김덕령"이란 현판을 걸어주고 죽이든지 양자택일을 요구한다. 이런 김덕령을 죽인 결과 청나라가 침입한 병자호란 때 삼전도의 치욕을 당하였다며 위정자들을 비난하고 있다.

히 함거에 탔다는 것은 역사적으로 김덕령의 2차 체포 시와 상황이 비슷하다. <임진록>에는 천명을 따르기 위한 것인 반면에 구비설화에는 죄 없음을 나타나기 위하여 체포된다.[46] 이런 점은 김덕령을 영웅화 하는데 옥사하였다는 역사적 사실을 인식한데 기인한다. 즉 김덕령이 죽을 줄 뻔히 알면서도 한양에 잡혀가는 것은 시대적 윤리관을 극복하지 못한 작가의 한계이다.

김덕령은 한양에 잡혀왔지만 억울하여 헛되이 죽을 수가 없었다. 이런 김덕령의 심정을 나타나는 것이 ㅅ에서 ㅋ단락이다.

ㅅ단락에서 김덕령은 무죄를 주장한다. 선조와 위정자들은 김덕령이 무죄를 주장하는 이면의 의미를 인식하지 못하는 무능한 인물들이다. 역사적으로도 김덕령은 이몽학의 난에 연루되어 서울로 압송되어 와 무죄를 주장하였다. 김덕령이 무죄를 주장하자, 선조는 살인죄만으로도 죽일 수 있다며 가혹한 형벌을 가한다. 김덕령은 6차의 가혹한 고문에도 허위 자백을 하지 않고 무죄를 주장하다가 옥사하고 말았다. 이를 서술자는 왕명을 거역하였다고 인식한 것 같다. 김덕령의 사형 거부에는 봉건군주 제의 사회구조라는 한계가 설정되어 있다. <임진록>의 작가는 이런 역사적 사실을 토대로 하여 그 나름대로 구성하고 있다.

김덕령은 임진왜란에 출전하지 않고 청정의 진에 들어간 이유에 대해 위정자들과 시각을 달리하였다. 김덕령은 부친상을 당하였고, 국가의 부름이 없어 임진왜란에 참가하지 못하였다[47]고 한다. 김덕령은 상중죄인의 몸으로 국가를 위하여 노력하는 최선의 방법으로 북상하는 왜장 청정에게 도술을 보여 스스로 물러가게 하는 것이라 생각하였다. 그래서

---

46) 일부 구비설화나 문헌설화에서도 김덕령이 죄 없음에도 불구하고 어명이나 천명에 따르기 위하여 잡혀가기도 한다.

47) 임진왜란 때에는 조정의 허가 없이도 기병이 가능하였다. 김덕령은 임진왜란 전에 있었던 개인적 기병이 허락되지 않은 사실을 들어 자신을 정당화하고 있다.

청정의 진중에 들어갔다. 김덕령의 이런 말을 듣고 선조는 그 진위를 가리지 않고, 분기를 참지 못하여 극형을 내린다.

　김덕령은 조선사회의 윤리의식에서 임금의 명령에 따라 죽어야 한다. 그렇지만 김덕령은 죄 없이 죽을 수가 없어 임금이 내린 극형을 거부한다. <임진록>에서는 선조가 내린 사형 명령을 집행할 때, 칼이 부러지고 큰메로 치는데도 김덕령을 조금도 상하게 하지 못하였다고 한다.[48] 선조는 김덕령이 신이한 능력으로 사형을 거부하여 죽일 수가 없자 김덕령에게 불충이라고 하였다.[49] 역사적으로 김덕령은 선조가 불충의 논리로 꾸짖어도 받아들이지 않고 무죄를 주장하다 옥사하였다. 서술자는 이런 사실을 민중적 영웅으로 형상화할 수 있는 여건으로 생각하였다. 그렇지만 김덕령이 죽은 역사적 사실까지 변모시킬 수 없었던 서술자는 그가 끝까지 주장한 무죄가 헛되지 않도록 '만고충신효자 김덕령'이란 현판을 요구하는 것으로 서술하였다.

　ス에서 선조는 김덕령의 요구를 들어준다. 선조나 위정자들은 '만고효자충신 김덕령'이란 현판을 써주고 김덕령을 죽이려는 자신들의 모순을 인식하지 못한다. 김덕령이 '만고충신효자'라면 나라에서 보존하고 선양해야 할 존재이며, 그런 인물을 죽이는 것은 잘못이다. 그런데 선조는 자신의 체면을 유지하기 위하여 이율배반적인 행위를 하여 오히려 비하되고, 김덕령은 죽어 충신·효자가 되었다.

　그런데 위정자들은 구비설화에서 죽은 김덕령의 명예를 훼손시키려고 노력하는데 비하여, <임진록>에서 그러한 모습을 보이지 않았다. 오

---

48) 임철호, 전게서, p.133. 역사 현장에서 왕명을 거역하지 못하고 옥사한 김덕령의 억울한 죽음에 대한 도전이고 보상이라 하였다. 그런데 이는 김덕령이 고문을 견디는 과정의 상징적 서술로 봄이 타당하다. 한편 최삼룡 교수는 그 거부 방법 중에 '큰메로 친다'는 유형의 도술을 차력으로 보기도 하였다(전게논문, p.22).
49) 서울대본, p.58. "네ㄱ 무죄하기로 늬 말을 업수이 여겨 요괴로은 도슐을 부려 거역하니 불층지죄을 엇디 면흐리요"

히려 차단락에서 선조는 김덕령이 스스로 죽는 모습을 보고 자신의 잘못을 인정한다. 이는 구비설화처럼 임금을 풍자의 대상으로 설정하지 못하는 양반계층으로 보이는 작가의 한계이다. 즉 선조가 행위의 모순을 발견하지도 못하고 뉘우치지도 못하는 동안은 풍자 비판의 대상으로 전락하지만, 잘못을 깨닫고 시정을 한다면 풍자의 대상에서 반전되어 새로운 인물로 전환된다.

선조가 잘못을 인정한 것은 인식의 변화가 아니라 김덕령의 신이한 능력에서 비롯된다. 김덕령은 요구한 '만고충신효자 김덕령'이란 현판을 임금이 써주자 자신을 죽이는 방법을 알려준다. 만약 김덕령이 약속을 저버리고 비늘의 신이한 능력을 계속 유지하면 죽일 수 없었을 것이다.[50] 그런데도 선조는 김덕령이 신이한 능력을 지녔음에 불구하고 약속을 이행하자 행위의 모순성을 발견하고 후회한다.[51] 그래서 선조는 김덕령의 시신을 고향에 돌려보내거나 그 후손을 찾아 벼슬을 내린다. 그리하여 김덕령은 현판과 같이 만고효자충신이 되었다.

이상 충효의 갈등과 그 결과 원사하였다는 서술에서 김덕령을 민중적 영웅의 모습으로 보여주고 있다. 즉 김덕령은 확고한 의지를 갖지 못하고 효와 충의 갈등에서 맴돌아야 하였다. 그가 외면적이고 출세지향적인 충에 치중하여 청정의 진중에 출전하는 것도 민중적 모습의 하나라고 하겠다. 원사부분은 그를 더욱 민중적 영웅으로 드러내고 있다. 즉 김덕령의 이야기를 통해 지배계층의 요구에도 굴하지 않고 민중들의 삶과 향유의식을 드러내어 집권층에 도전하도록 설정하였다. 그 결과 위정자들은 체면을 유지하려다가 오히려 풍자의 대상으로 전락되고, 김덕

---

50) 김덕령이 옥사한 역사적 사실을 염두에 두면 죽을 수밖에 없다. 그런데 역사적 사실의 한계를 극복하지 않고서 신이한 능력을 보일 수 없다. 한편 비늘의 신이성은 강현모, 박사학위논문, pp.72~73 참조.

51) 임철호, 전게서, p.133. 후에 조정에서 김덕령의 원사를 해원해 주고 벼슬을 추증하여 주는 것을 잘못의 시인으로 보고 있다.

령은 대결에서 죽음을 당하지만 영원한 영웅으로 존재하게 된다.

(3) 관운장 계열 : 무한한 능력과 한계를 드러내는 민족적 영웅

본 항에서는 관운장 계열을 중심으로 검토하게 될 것이다. 관운장 계열의 작품은 다른 계열의 김응서 이야기가 대체로 김덕령의 이야기로 전이되어 있다. 그리하여 김덕령은 명실상부한 <임진록>의 주인공으로 그의 능력을 충분히 발휘하면서 민족적 영웅으로 형상화 된다.[52] 그런데 작품에 나타난 김덕령의 탁월한 능력은 사실과 관련이 없는 허구화로 이루어져 있다.

이 유형에서는 김덕령을 민중적 차원을 넘어 민족적 차원의 영웅으로 드러내고 있다. 김덕령은 자신을 천거하여 등용시킨 이여송보다 뛰어난 능력의 소유자로 등장한다. 싸움할 때 김덕령은 뒤에서 활동하는 이여송에 비하여 전면에 나서며, 이여송조차 행하지 못하는 탁월한 능력을 드러내며 우월한 존재로 부각되어 있다.[53]

이 유형에 나타난 김덕령 전승의 역사적 사실과의 연관 및 서사적 의미를 구체적으로 살펴보자.

관운장 계열 <임진록>에서는 김덕령이 이여송의 천거로 평양 기생 화월(계월향)과 함께 왜장 조섭을 죽여 능력을 보여주는 것에서 시작된다. 이 삽화는 김덕령의 입사 모티프 성격을 띠고 있다. 입사식을 통과한 김덕령은 이여송에게 본격적으로 조선의 구원장 역할을 하게 하고, 선봉장이 되어 왜적과의 싸움에서 탁월한 능력을 보여준다.

특히 왜장이 '김덕령을 내놓으면 물러가겠다'고 하자 이여송이 이를

---

52) 임철호, 전게서, pp.220~222.
53) 김덕령은 왜적과의 전투에서 탁월한 능력으로 승리하지만 한계를 가지고 있다. 조섭을 죽일 때 전적으로 화월의 도움이 필요하였고, 전쟁을 능동적으로 대처하여 수행하지 못하였다. 심지어 조선의 산맥을 찾아 끊고 다니는 이여송의 말에 따라 행동하는 이율배반적인 인물로 되어 있다.

거절하였다. 그러자 김덕령은 왜진에 들어가 왜적을 무수하게 죽여 큰 공을 세웠다. 이후 여러 차례 왜적을 물리치며 민족적 영웅으로 형상화되어 있다. 여기에서 김덕령은 이여송의 천거로 탁월한 능력을 발휘할 수 있었지만, 조선의 인물들에게 질투의 대상이 되었다.

관운장 계열 유형에 등장하는 김덕령 전승의 삽화를 나열하면 다음과 같다.

    1. 기생 화월과 함께 왜장 조서비(조섭) 죽이기
    2. 김덕령 왜적 물리치기
      ㄱ) 술책으로 왜적 물리치기
      ㄴ) 왜장 한북 죽이기
      ㄷ) 포로가 되었다가 왜장 북지 죽이기
      ㄹ) 구름에 유진한 평수길 파하기
    3. 김덕령의 한계와 특성 드러내기
      ㄱ) 왜군의 재침에 전사하기
      ㄴ) 이여송의 단맥하는 반민족적 행위 돕기
      ㄷ) 김덕령의 성격과 영웅성 드러내기

위의 김덕령 능력 중에서 중심 삽화는 이여송의 천거로 <기생 화월과 함께 왜장 조섭 죽이기>이다. 1은 분량이나 서사적 의미에서 중요하다. 김덕령의 영웅적 능력을 확인하는 입사 모티프 성격을 띤다. 이 입사식은 기생 화월을 도움으로 통과하여 그 능력이 세상에 알려지게 된다.

입사식을 통과한 김덕령이 탁월한 능력을 보여주는 것은 2이다. 2의 행위는 김덕령을 1단락의 결과에 따라 탁월한 능력을 지닌 민족적 영웅으로 부각시키고 있다. 즉 김덕령의 능력을 부각시키기 위해 4개의 삽화를 반복법으로 나열하였다.

그런데 민족적 영웅으로서 한계를 보여주는 것이 3이다. 민족적 영웅의 한계를, 아니 반민족적 성격을 보여주고 있다. 민족적 영웅이었던 김덕령은 이여송의 말을 따라 행동하는 반민족 인물로 나타나 있다. 김덕령은 자신의 능력을 다하지 못하고 비극적 최후를 보여주고 있다. 그리고 ㄷ)은 이여송 회군, 이순신 아장 되기, 군사 보충으로 김덕령을 요구하기, 이여송과 이별 장면 등의 삽화에서 김덕령의 성격이나 특성을 파악할 수 있다.

이곳에 나타난 김덕령의 성격이나 영웅성이 무엇인지 살펴보자.

ㄱ) 기생 화월과 함께 왜장 조섭 죽이기

이 삽화는 김덕령이 평양기생 화월과 공모하여 왜장 조섭을 죽였다는 내용으로, 그 삽화를 단락으로 나누면 다음과 같다.[54]

ㄱ. 이여송이 천기를 보고 조선 장수 김덕령을 천거하였다.

ㄴ. 김덕령은 복상 중이지만 다음날 진중에 들어가 이여송의 부탁으로 평양기생 화월의 집을 찾아간다.

ㄷ. 화월 모가 반갑게 맞아주자, 화월이 나오기를 숨어서 기다린다.

ㄹ. 왜병의 호위를 받은 화월은 '김덕령을 모른다며 술과 안주를 준비하면 내일 온다'고 돌아갔다. 분개한 김덕령은 화월을 죽인다고 다짐한다.

ㅁ. 다음날 왜병에게 술을 먹여 잠들게 한 화월은 김덕령과 재회한다.

ㅂ. 김덕령은 의심하여 끌어안기만 하자, 화월이 자기의 도움 없이 성공할 수 없다며 온 연유를 말하게 한다.

ㅅ. 화월이 조서비(조섭)의 용력, 죽일 방법과 계획을 세우자 김덕령은 그대로 따라 조섭을 죽인다.

---

54) 이 삽화는 원래 김응서의 이야기라 한다. 역사적 기록과 다른 계열의 <임진록>에도, 심지어 관운장 계열인 정명기 한문본에도 김응서의 행위로 나타난다. 김응서 삽화가 김덕령에게 전이된 이유는 소재영의 "임진록군의 형성과 민중의식의 변모"(『국어국문학』 61집, 국어국문학회, 1973, p.546) 참조

ㅇ. 김덕령은 화월이 '목을 잘라 가라' 해 목을 잘라 그녀 모친에게 준다.

ㅈ. 화월모는 목이나 달라며, 천한 기생이지만 충·효·열로 죽었기 때
문에 노류장화로 보지 말라고 부탁한다.

ㅊ. 김덕령은 이여송에게 조섭의 머리를 바친다.

이 삽화는 구비설화의 내용과 유사하다. 이 삽화는 <임진록>에서 구
비설화화 되었는지, 아니면 구비설화가 <임진록>에 수용되었는지 알
수 없다. 다만 이 삽화가 <임진록>에서 어떤 의미로 수용되었는지를 살
펴보고자 한다.

김덕령을 천거하는 사람은 조선의 위정자가 아니라 명나라 구원장 이
여송이다. 이것은 첫째 조선 위정자들의 당파성과 무능성의 풍자이고,
둘째 김덕령이 구원장 이여송도 당할 수 없는 능력자라는 두 가지의 숨
은 의미가 있다. 이는 구비설화의 의미와 비슷한 것으로 김덕령이 이여
송을 능가하는 장수임을 보여주고 있다.[55]

ㄴ단락에서 김덕령을 맞아들인 이여송은 왜장 조섭의 능력과 그를 죽
여야 전쟁을 빨리 끝낸다며 잡으라고 청한다. 이여송이 김덕령에게 간
청하도록 한 결구와 임금의 명을 받은 김덕령이 복상 중인데도 충효의
갈등을 드러내지 않은 것은 민족적 영웅으로 설정되었기 때문이다.[56]
즉 김덕령에게 충효 갈등을 제거하여, 국가의 대사에서 탁월한 능력을
발휘하도록 한 서술적 결구의 시도이다.

김덕령은 이여송의 천거를 받았을 때 조선의 정식 통로를 거치지 않

---

55) 임철호, 앞의 책, p.223. 이여송으로 김덕령을 천거한 결구는 중국에 대한 우월의식만
드러낸 것이 아니라, 조선의 일을 조선 사람이 해결할 수밖에 없다는 민족적 자존심을
나타낸다. 즉 작가는 김덕령을 민족적 영웅으로 등장시켜 민족의 일을 스스로 해결할
수 있음을 보여주어 중국의 멸시에서 벗어나려고 하였다.

56) 김덕령은 정신문화연구원본처럼 임금의 명을 받고 충·효의 갈등을 보이지만, 대부분
의 작품에서 민족적 영웅으로 형상화하기 위해 구비설화와 달리 충·효의 갈등 문제
가 제거되어 있다.

고, 어명을 받자 곧바로 이여송의 진중으로 들어간다. 이는 김덕령을 사대모화 적이고 자기 현시욕이 강한 인물로 결구하여 그로 상징되는 집권층의 세태를 풍자하고 있다. 왜냐하면 <왜장 조섭 죽이기> 삽화에서 김덕령은 천한 화월보다 무력한 존재로 전락한다. 여기에서 민족적 영웅은 민족을 바탕으로 해야지, 외세에 의존할 때 좌절당할 것임을 암시하고 있다.

<임진록>은 구비전설에서 김덕령의 능력만을 드러내려는 것과 달리, 민족적 대단합을 중시하면서 민중들의 능력을 부각시키는 역할을 하게 된다. 그래서 김덕령은 이여송이나 왜장 조섭을 능가하는 인물이지만, 민중(민족)적 기반의 상징인 화월과 조선의 제장이나 백관의 도움 없이는 능력의 한계를 드러내고 만다. 김덕령의 탁월한 능력과 한계를 구체적으로 보여주는 것이 왜장 조섭을 살해하는 장면이다.

<임진록>에서 김덕령이 기생 화월의 도움을 받는 부분은 구비전설과 같으나, 기생 화월이나 화월 어머니의 역할이 강조되어 있다.[57) 따라서 <임진록>에는 김덕령이 기생 화월이나 화월 어머니와의 대립 양상을 보여주면서 이들에게 패배하게 만든다. ㄷ과 ㄹ단락에서 김덕령은 기생 화월 어머니의 행위나 능력을 인식하지 못하고 있다. 심지어 화월의 어머니는 김덕령이 큰일을 하고 왔음을 알고, '딸의 머리를 달라'고 한다. 그러면서 '딸이 천한 기생이지만 임금과 자신과 김덕령을 위하여 죽은 충효열을 겸비한 여자이기 때문에 노류장화로 보지 말라'고 당부하며[58) 이인적 면모를 보인다.

---

57) 임철호, 앞의 책, p.225. 여성인 기생 화월과 남성인 김덕령의 대립으로 보고 남성 위주의 조선사회의 모순을 신랄하게 비판하였다고 한다.

58) 임철호, 앞의 책, p.226. 논자는 충효열이 조선 봉건사회에서 여성들이 추구하는 지고의 윤리의식이라며, 이를 주장하는 화월 어머니의 의식은 신분상승에 대한 강한 욕망이 있다고 한다. 이 삽화에는 신분상층의 욕구보다 인간의 자아성취를 역설하고 있다. 미천한 신분의 인물도 나름대로 국가를 위하여 충효열에 동참하는 모습을 보여주고 있다.

<임진록>에는 기생 화월과 재회 과정의 대립에서 김덕령이 일방적인 패배를 자초하여 화월보다 못한 인물로 나타난다. 구비설화에서도 비슷한 양상을 보여주지만, <임진록>에서는 전체적으로 기생 화월의 역할이 더욱 강조되어 있다. 특히 ㅅ과 ㅇ단락에서는 김덕령을 구비설화에서보다 더 기생 화월의 지시에 따르는 무능한 인물로 나타난다.

김덕령은 찾아온 연유를 알고 있는 화월에게 의심하여 이유를 설명하지 않는다.59) 그리고 화월이 조섭의 용력과 죽일 방책을 말하며 계획을 세울 때에 아무런 계책도 없다. 그는 ㅅ단락처럼 오직 화월이 시키는 대로 행동하는 인물이 된다. 김덕령은 조섭의 목을 쳐 죽이지만, 조섭의 거처에 들어가는 방법, 조섭이 거처하는 방 찾기, 그의 목을 치는 방법, 목을 치고 난 후에 처리 방법 등에서 화월의 도움 없이는 처리하지 못한다. 그리고 ㅇ단락에서 김덕령은 화월의 의도를 이해하지 못하고 사사로운 정에 얽혀 결단성이 부족한 열등한 인물이 된다.

ㄴ) 김덕령의 왜적 물리치기

조섭의 목을 베어온 후에 이여송의 선봉장이 되어 행한 왜적 물리치기는 김덕령의 탁월한 능력을 드러내기 위해 반복법을 사용한 4개 삽화군으로 결구되어 있다. 이의 삽화로는 술책으로 왜적 물리치기, 왜장 한 북 죽이기, 포로가 되었다가 왜장 북지 죽이기, 구름에 유진한 평수길 파하기 등이다. 삽화들의 연속적인 결구는 탁월한 능력과 용력을 지닌 김덕령을 왜구들이 두려워하는 민족적 영웅으로의 가능성을 보여주고 있다. 여기에서 김덕령은 왜장 조섭을 능가하는 인물일 뿐만 아니라 이여송과 기타 다른 왜장들보다 뛰어난 인물임을 보여주고 있다.

---

59) 김덕령이 화월과 만났을 때 구비설화에는 본연의 임무를 망각하고 육체적으로 즐기려 하였고, <임진록>에서는 조섭의 첩이라 의심하여 즐기려는 척한다. 이 차이는 구비전설이 흥미성을 강조하는데, <임진록>이 김덕령으로 상징되는 타인을 신뢰하지 못하는 집권층의 마음자세를 보여주고 있다.

① 술책으로 왜적 물리치기

이여송은 김덕령이 기생 화월과 공모하여 조섭의 목을 베어 바치자, 극찬하며 그를 선봉장으로 삼고 본격적으로 구원장 역할을 수행한다. 이 삽화에서는 조선의 위정자와 장수들을 비판하며 김덕령의 탁월한 능력을 보여주고 있는데,[60] 단락으로 제시하면 다음과 같다.

1. 김덕령이 조서비(조섭)의 목을 베어 바치자, 이여송은 극찬하며 선봉장을 삼아 왜군에 도전한다.
2. 왜장이 진중에 나와 김덕령에게 조섭의 명을 받고도 상중에 있어 죽이지 않았다며, 은혜도 모른다고 질책한다.
3. 자객을 보낸 이여송의 간사한 흉계를 질책하며, 만약 김덕령을 내어주면 원수를 갚고 물러가고, 그렇지 않으면 끝까지 싸우겠다고 한다.
4. 조선 장수들이 김덕령을 내주자고 하자, 이여송이 질책을 하며 거절한다.
5. 김덕령이 출전하여 술책으로 왜장을 베어 죽이고, 왜병들을 엄살하니 남은 왜적이 수길에게 도망한다.

1단락에서 김덕령이 조섭의 목을 베어 이여송에게 바치자, 조선의 제장들이 시기한다. 이에 반하여 이여송은 김덕령의 능력을 인정하고, 심지어 그의 능력을 확인하는 작업도 서슴지 않는다.[61] 김덕령의 공을 조선의 제장들이 시기하고 이여송이 보장하도록 설정하는 것은 중국의 명

---

60) 임철호, 전게서, p.227. 이 삽화는 민족영웅으로서 김덕령의 탁월한 능력을 긍정적으로 부각시키는 동시에, 김덕령·이여송의 간교한 승리를 비판하며 이를 통해 위정자들을 신랄하게 비판하고 있다고 한다.
61) 권영철본, pp.24 하단~25 상단. "조선 졔중군졸니 미덥지 아니 너겨 가로더 금덕령으 지조로 엇지 조셔비으 머리을 비혀리요 가히 미덥지 아니ᄒ여이드 여숑이 가로더 엇지 그려ᄒ 말을 ᄒ난요 이지 덕영을 본니고 너가 화을 들고 강변의 셔" 바리보니 ᄒ 빅곤이 공즁의 나라서 희을 향ᄒ거날 조셔비 혼빅인가 ᄒ여 그 시을 쏜니 그 시가 마ᄌ 짱의 쩌려지거날 니생각 ᄒ니 결단코 조셔비을 비힌줄을 아라신이 그 머리을 보라 예스 장군니 안니로드 반드시 조셔비 머리을 비혀거날 엇지 남의 공을 비방ᄒ난야"

장이 알아주는 장수이라 강조하고 있다. 이는 중국의 명장도 알아주는 김덕령을 억울하게 죽인 조선 위정자들의 무능과 탐욕을 신랄하게 풍자·비판하고 있다. 이런 의식은 4단락과 최후의 죽음 장면에서 반복적으로 나타난다.

김덕령은 자신의 탁월성과 이여송의 지혜로 조섭을 죽여 승리를 이루지만, 정당하지 못한 비열한 방식이었음을 2와 3단락에서 보여주고 있다. 이여송은 조선의 왕기가 있는 것을 보고 압록강을 건너 대동강에 진을 치고서 왜적에게 격서를 보내어 전투하게 된다. 왜적은 조섭을 죽인 원수를 갚기 위하여 대군을 이끌고 대진하며, 한 장수가 나와 김덕령과 이여송을 질책한다. 먼저 김덕령을 질책하는데, 이는 중국의 명장 이여송보다 조선의 김덕령이 더 우위임을 보여주고 있다.

조섭은 천기를 보고 이여송보다 김덕령에게 죽을지 모른다며 미리 죽이라고 하였다는 점이다.[62] 이런 결구는 김덕령의 탁월성과 능력을 드러내기 위한 수단이다. 조섭의 명령을 받은 왜장이 김덕령을 죽이지 못한 이유는 상신의 몸인데다 풍채와 청춘이 아까워 목에 칼을 댔다가 은환으로 된 머리의 동곳만 가져오고 살려주었다고 한다.[63] 한편 이여송에게도 한문투의 문장으로 질책을 하고 있다.[64]

---

62) 정문연본, p.46. "쏘한 득령을 불느왈 느을 싱각ᄒ니 양호유한이라 우리 장슈 조셔비 말슴이 청병장 이여송은 츄호도 염여 읍시낭 너으 신명이 김득령 손이 잇시니 득령을 미리 읍시기만 갓지 못ᄒ다"

63) 권영철본, p.25 하단. "너 중슈 영을 밧드러 거월 초오일의 너희 집의 가이 소연 슝신이 ᄇ야흐로 집미 집피 드러거날 칼을 쎄여 네 목의 쩌빈 디힌이 너의 풍치와 청츈의 악가와 츠마 버혀지 못ᄒ고 메 머리의 은환을이 닛거날 쩌여ᄃ가 우리 중군계 드리고 엿ᄌ오디 금덕영을 즙ᄇ오ᄃ가 즁노이셔 일코 동곳만 가져왓나이ᄃ ᄒ니 우리 중군니 니말 고지 즛지 안니 ᄒ고 고히 너겨 이심을 ᄒ든니 이지 엇지 비일망둑 ᄒ리요 ᄒ고 은환을 뉘피 드러보이면 이로디 이거시 너의 동곳치 안니이야"

64) 권영철본, p.25 하단. "쏘 위여 가로디 디명 중슈 이여송아 너난 쏘흔 니말을 드러라 옛 글의 ᄒ여시디 영투지언정 불투력이요 쏘흔 군ᄉ난 불곤인어 읷이라 하여신니 불칙ᄒ 쇠을 너여 ᄌ직을 보니여 우리 중슈 비혀 신이"
정문연본, p.45. "한 외장니 빅말을 타고 진젼이 나와 디질왈 여송은 니말을 드러보와

4단락에서 왜장은 부정적 인물인 김덕령이 처단되어야 한다고 주장한다. 이때 왜장은 이여송이 긍정하는 김덕령과 조선의 8년 전쟁과의 교환을 제시한다.[65] 여기에서 김덕령은 왜적에게 은혜도 모르는 배은망덕한 인물이지만, 이여송에게 왜구를 몰아내는 일보다 더 중요한 인물로 설정되어 있다. 한편 김덕령에 관해 조선의 입장은 두 가지로 나누어진다. 위정자들에게는 자신의 기득권을 가로챈 사람이기 때문에 없어져야 할 인물이고, 민중들에게는 이여송이나 조섭을 능가하는 민족적 영웅의 인물로 되어 있다.

김덕령은 조선의 제장들로부터 인정받지 못하고 배척된다는데 문제가 있다.[66] 이여송의 질책은 훌륭한 인물을 등용하지 않는 조선 위정자들의 소아병적인 자아와 당파적 이익만 추구하는 모습을 풍자하고 있다. 이여송의 말은 서술자의 의식 속에 내재한 사회적 모순을 보여주고, 김덕령을 통해 국가적 이익이 무엇인가를 충분히 검토하지도 않고 왜장들의 말을 따르려는 무사안일 한 태도를 비판하고 있다.[67]

조선의 위정자들을 신랄하게 비판하는 단락이 5단락이다. 김덕령은 제장들의 시기를 벗어나게 하는 이여송에게 "지장으 말삼이 당년혼지라 본디 초애 상신으로 구차이 지니다가 난시을 단흐야 전장나오기난 국가

라 장부 시상이 나미 디치로 사와생젼흐미 쩌 "시 스람의 직분이을 간스한 홈긔로 자긱을 보니여 남으 디장을 살힉흐니 녹" 흔 일홈을 웃지 면흐리요"

65) 정문연본, 임철호, 전게서, p.228 참조

66) 권영철본, pp.25 하단~26 상단. "조선지중이 가로더 중군은 엇지 흔 스람 우계 스정을 두어 조선을 망키흐시난잇가 덕영을 밧비 왜 진중의 보니여 왜졸으 마음을 풀계 흐오면 왜졸이 슈이 도라오련이드"

67) 이는 김덕령을 내어주면 돌아가겠다는 일본의 재침에서 엿볼 수 있다. 김덕령이 전쟁에서 전사하자, 다시 금일성과 곽장군을 내어달라고 한다. 이여송은 왜적들이 하나의 요구가 성취하면 새로운 요구를 할 것을 파악하고 있었다. 민중들은 이여송을 통해 김덕령이 조선의 전쟁을 승리로 이끌 장수라며, 이런 장수를 왜적에게 준다면 왜구들의 또다른 수탈을 요구할 것이라고 말하고 있다. 또 임진왜란 때 훌륭한 많은 인물들을 신분이나 가계 때문에 등용하지 않아서 피해를 많이 본 것을 풍자하고 비판하는 것이라 하겠다.

을 위ᄒ야 스직을 안보ᄒ미 소장이 원이그날 웃지 신명을 위ᄒ야 근심을 국가이 미치릿가 쇼장이 지조 비록 용열ᄒ오나 한칼노 젹장을 스로 잡아 므리을 장군 휘ᄒ이 바치리라"[68] 하며 상신의 몸으로 국가를 위하여 출전하였기 때문에 자신의 신명을 돌보지 않고 싸울 것을 주장한다. 그리고 원한에 사무친 왜적의 공격에 술책으로 왜장을 죽이고 왜병을 엄살한다.[69]

② 왜장 한북과 북지 죽이기

두 삽화와 구름에 유진한 평수길 파하기는 위 삽화 5단락의 의미를 부각시키는데 목적이 있다. 이들 삽화는 술책으로 왜적 물리치기에서 나타난 조선 장수의 시기가 부당한 것임을 비판하고 있다. 다른 의미가 있는 구름에 유진한 평수길 파하기는 뒤에서 다루기로 하고, 두 삽화만을 언급하기로 하겠다.

왜장 한북 죽이기는 이여송이 임금과 바둑을 두면서 싸움을 예견하는 장면이 있다. 이것은 이여송의 능력을 높이고 있는 듯하지만, 사실 김덕령의 탁월한 능력을 드러내고 있다. 처음 바둑에서 이여송이 패하는 것

---

68) 정문연본, pp.48~49.

69) 권영철본, p.26 상단~하단. "덕영이 갑옷실 바ᄃ 입고 필모 돈괴로 왜진즁의 둘여드려 크게 위여 가로디 나난 조션즁슈 금덕영이로다 너히 등은 날을 죽기고져 ᄒ거든 뜻디로 ᄒ라 ᄒ고 왜진 압퍼셔 말을 머누류고 이신이 왜졸니 이로디 만일 덕영이면 각가이 드려오라 ᄒ거날 덕영이 말을 모라 왜진즁의 드려간니 왜졸니" 로디 그러나 네가 졍영 덕영인가 미덥지 안ᄒᄃ 네 투구을 벼셔라 덕영이 투구을 벼셔 얼골 뵈힌디 왜진즁의셔 화약 바람이 "려ᄂ며 졍쇠갓튼 쳘환니 나는ᄃ시 드려오거날 덕영이 머리을 긔우려 쳘환을 피ᄒ고 말쎄 나려쪄 죽은ᄃ시 업쩌진니 왜졸이 모ᄃ 질계여 츔치면 이로디 이졔야 우리 즁슈으 원수로 갑파쏘다 ᄒ고 공즁의 나라와 덕영으 머리을 비혀려 ᄒ거날 덕영이 몸을 소스아 열질니나 쮜여 올아 칼을 드려친니 왜즁 모란으 머리 검강을 좃츠 친니 왜즁 머리 쌍쩌려 지거날 칼긋터 쮜여 들고 나는ᄃ시 본진에 드려간니…… 이졔 난 폐볌을 즈ᄇ신니 그 남문거신 퇵긔라 엇지 근심ᄒ리요 ᄒ고 왜진즁의 드려가 좌츙우돌 ᄒ여 왜진즁졸이 머리 츄풍낙엽 갓더라 덕영니 왜졸을 함복쎄 ᄒ니라"
왜장과 왜졸들을 엄살하여 대 승리를 거둠으로 김덕령은 왜적에게 조섭을 죽인 원수가 아니라 두려움의 대상으로 변한다.

은 조선·명나라 군사가 왜군에게 고역을 당하는 장면이다. 이 고역은 선봉장인 김덕령이 군사들 모두와 함께 왜적과 싸웠기 때문이다. 그런데 김덕령은 필마단기로 적장 한북을 적진으로 쫓아 들어가 목을 베고 적들을 무찌르게 되어 고역을 해결한다.[70]

왜장 북지 죽이기 삽화[71]에서도 마찬가지이다. 한북을 죽인 김덕령은 이여송의 명령을 듣고 전라도로 가다가 백마강에 이르렀는데, 대군을 이끌고 강을 건널 수가 없어 백마강가에 유진한다. 김덕령은 단신으로 강을 건너 왜진을 엿보다가 왜적에게 사로잡혀, 철삭으로 포박을 당하여 잡혀갔다. 왜장이 조섭의 원수를 갚는다며 죽이겠다고 하자, 김덕령은 분을 이기지 못한 힘으로 끊어진 철삭을 들고 왜적을 물리친다.[72]

김덕령은 도망하던 북지가 합장재배하며 살려달라고 하는 데도, 김덕령은 경상도에 왜적이 있어 살려줄 수 없다며 목을 베어 본진으로 돌아온다. 김덕령의 탁월한 능력을 강조하다가 왜적에게 무자비하고 아량도 없는 인물로 나타난다.[73]

한편, 김덕령은 하층민의 고충을 이해하는 인물로 조선 군사들에게 사랑을 받지만, 지배계층이나 위정자들에게 그들의 기득권을 강탈한 인물로 질투의 대상이 된다. 지배계층이나 위정자들은 자신들의 이익을 위하여 국가의 위태함도 돌보지 않고 훌륭한 인물을 방치하거나 시기하

---

70) 권영철본, p.28 하단. "금일 쏘홈은 곳 평원당이려 왜졸이 쌍을 파 궁걸 두고 드라난니 조선군마가 "지 못하여 실족ᄒ여 절각ᄒ난 마리 티반니나 되난지라 군스 뙤홀가 염여 ᄒ엿든니 소중이 분ᄒ여 군스을 바리고 필마돈계로 슈님을 쫏츠가온니 훈복으 무리 오리졍의 못가 압푸로 업드지거날 칼노 친니 훈복으 머리 당의 쓰드려지거날 가지고 완난이ᄃ"
71) 권영철본, pp.28 하단~29 하단.
72) 이 삽화는 문헌설화의 김덕령 원사부분에서 나타난 것과 비슷하다. 문헌설화에서는 위정자들에게 대한 직접적인 현시이고, <임진록>에서는 왜적을 통한 능력의 현시란 차이가 있다.
73) 김덕령이 왜장 북지를 죽이는 장면은 왜적을 살려주어서 안 된다는 강박관념의 표출이라 할 수 있다.

고 질투하여 원사를 시키는 부당한 행위로 비판당한다.

③ 구름에 유진한 평수길 피하기

이 삽화는 김덕령의 탁월성을 드러내어 위정자들을 비판할 뿐만 아니라, 조선과 명나라의 합심이 얼마나 중요한가를 나타내고 있다.

1. 조령관에 웅거하던 평수길은 이여송이 온다는 말을 듣고 도망하여 청송 안산에 진을 쳤지만 또 쫓아왔다.
2. 이여송은 평수길이 까치가 되어 진을 엿보자, 창검으로 까치를 치라고 하였다. 그래서 평수길이 이여송을 천하의 명장이라고 하였다.
3. 다시 평수길이 둔갑하여 구름 위에 진을 치고 이여송의 진을 공격하여 오자, 창검을 빼어 공중을 향하여 지켰다.
4. 김덕령이 이여송에게 연유를 묻자, 구름 속에 평수길이 억만 대군을 이끌고 오기 때문이라고 하였다.
5. 김덕령은 평수길이 있는 하늘로 올라가서 왜병과 평수길을 죽이다.
6. 왜병이 퇴진하다(수전을 대비하다).

1단락에서 평수길은 이여송을 피하여 조령관을 버리고 청송으로 도망한다. 조령은 나는 새도 쉬었다 가는 험한 곳이다. 평수길이 싸워보지 않고 이런 천연요새를 쉽게 내어주는 것은 임진왜란 초기에 신립이 조령을 포기하고 탄금대에 배수진을 친 사건을 역으로 이용한 것 같다. 조령을 내어준 장수를 패배한다. 평수길이 도술을 부리고 둔갑을 하는 능력이라도 조령의 험한 지형을 쉽게 내어주었기 때문에 패배하게 된다.

평수길은 청송 안산까지 이여송이 쫓아오자, 그의 진을 엿보기 위하여 까치로 둔갑한다. 이여송은 까치가 진에 날아다니자, 그 까치가 평수길의 둔갑인 줄 알고 장졸에게 창검으로 쫓게 한다. 평수길은 이여송에게 발각됨으로 그보다 못한 인물로 설정된다. 그래서 1차의 평수길과 이여송의 대결은 이여송의 우위로 끝난다.

3단락의 2차 대결은 이여송보다 평수길이 우위를 차지한다. 그리고 김덕령은 이여송보다 열등한 위치이다. 김덕령은 이여송이 하늘을 향하여 진을 친 이유도 모른다. 평수길이 1차의 대결에서 쫓겨나지만, 보다 차원 높은 둔갑으로 이여송의 능력을 능가하게 된다. 이때 이여송은 평수길의 둔갑을 알고 있으나 처리할 능력이 없어 평수길보다 열등하고, 김덕령은 평수길의 둔갑 자체를 알지도 못하기 때문에 이여송보다 열등하다. 이 세 사람 사이에 우열 관계는 평수길 > 이여송 > 김덕령의 순이다.

4단락에서는 평수길보다 열등한 이여송과 김덕령의 합심이 중요함을 나타낸다. 평수길의 진이 어디에 있는지 모르는 뛰어난 능력을 가진 김덕령과 그 위치와 내력을 알지만 능력이 없는 이여송의 합심은 평수길을 능가하게 된다. 이런 결구는 명나라의 구원병이 나왔지만, 임진왜란의 해결이 조선인에 의해서 이루어지기를 바라거나 이루어질 수밖에 없음을 보여주고 있다. 4단락에서 김덕령이 이여송에게 묻는 과정은 조선이 명나라에 도움을 청하는 과정을 나타난다. 즉 명나라 단독으로 승리를 이끌지라도 3단락과 같은 사건이 발생하게 되어, 조선인의 힘으로 해결할 수밖에 없다는 민족적 자존심을 나타내고 있다.

김덕령과 이여송의 협력으로 만든 새로운 힘은 평수길을 능가하는데, 그 결과가 5단락이다. 4단락에서 이여송의 도움을 받은 김덕령은 셋 중에서 힘의 우위를 차지하게 된다. 김덕령이 평수길의 위치를 알고 구름 위에 올라가 그를 살해하여 힘의 우위는 김덕령 > 이여송 > 평수길로 반전된다. 이로 인하여 김덕령은 이여송과 평수길을 능가하는 민족적 영웅으로 부각된다. 김덕령의 부각은 명과 이여송에 대한 민족적 우월의식을 나타낼 뿐만 아니라, 뛰어난 인물을 활용하지 못한 위정자들에 대한 비판도 담고 있다.

ㄷ) 김덕령의 한계와 특성 드러내기

① 왜군의 재침에 전사하기

조선은 김덕령의 뛰어난 업적으로 왜군들이 퇴병하여 평정되었다. 이여송도 본국으로 돌아가고 김덕령이 동래부사가 된다.

1. 조석관은 황해도로 침입해서 서울을 포위하고, '김덕령을 결박하여 내어주면 원수를 갚고 물러가겠다'고 한다.
2. 백관들이 김덕령을 왜진에 보내자고 하자, 임금이 '어찌 사지에 보내리오' 한다.
3. 김덕령은 동래에서 올라와 도성을 둘러싼 왜적을 보고 분하여 왜장을 질책하며 명천금으로 대적한다. 왜적들은 부형의 원수를 갚겠다고 달려든다.
4. 김덕령은 두 눈에 철환을 맞고 말 아래 떨어져 죽는다.
5. 김덕령의 머리를 벤 왜장들은 다시 금일성·곽재우를 요구한다.

위 삽화는 김덕령의 최후담이다. 왜란 기간에 이여송이나 왜장 조섭·평수길을 능가한 김덕령은 변방의 동래부사가 되어 재침에 대비한다. 이때 퇴병한 왜적들은 부형을 잃은 원한을 갚고자 대군을 일으켜 다시 조선을 침략하였다.

총대장 조석관은 조섭의 동생으로 침략하기 전에 조선의 사정을 정탐하여 동래부사로 김덕령이, 거제부사로 금학봉이 있음을 알고서 서해로 돌아 황해도에 상륙한다.[74] 조석관의 왜군이 황해도로 상륙하였다는 점은 임진왜란을 겪고도 정신 차리지 못한 위정자들을 풍자하고 있다. 임시방편으로 왜적에 가까운 동래와 거제 등의 방비만 치중하고 다른 곳은 방비가 허술하였다는 것이나, 거제부사 금학봉의 전서를 받고도 왜적을 상륙시켰다는 것은 조선의 위정자들의 무사안일과 무능함을 나타

---

74) 청나라 군사가 임경업 장군이 지키는 의주를 피하여 돌아왔다는 것과 비슷하다.

낸 것이다.

1단락에서 왜적들은 서울을 포위하고 김덕령을 결박하여 보내라고 한다. 김덕령이 조섭의 목을 베어 이여송에게 바친 직후와 똑같은 상황이 벌어졌다. 조선의 장수나 백관들은 생각해 보지도 않고 '왜장의 요구를 들어주자'고 한다. 이 상황에서 이여송은 김덕령을 적극적으로 보호하며 조선의 여러 장수들을 나무라고 책하지만, 선조는 "사지에 보내리오" 하며 확고하게 보호하지 못한다. 두 답변의 차이는 김덕령의 민족적 영웅으로 특성과 한계, 민족적 영웅을 구하지 못한 위정자들의 나약함을 보여주고 있다. 외족인 이여송조차 김덕령의 영웅성을 높이 평가하는데, 선조를 위시한 조선의 제장과 백관들은 김덕령의 영웅성을 시기한다.

김덕령의 생사는 2단락에서 결정되었다. 왜냐하면 김덕령은 자신의 능력을 인정해 주는 이여송 앞에서 능력을 발휘할 수 있지만, 인정해 주지 못하는 선조 앞에서 능력을 발휘할 수가 없다. 3단락에서 김덕령은 도성을 둘러싼 왜적에게 영웅성을 발휘하고자 대적할 때, 피상적인 조건이 똑같으나 내면적 보상의 차원에서 큰 차이가 있다. 싸움에서 왜적들은 부형의 원수를 갚기 위하여 김덕령을 꼭 죽여야 한다는 필수 요건이 있다. 부형의 원수는 자신의 생사보다 더 중요하다는 조선조 윤리의식 때문에 왜적들은 김덕령의 명천금을 두려워하면서도 사생을 무릅쓰고 달려들었다고 한다.

김덕령과 왜적의 대결은 충과 효제의 대결로 압축된다. 효제와 충의 대결에서는 내면적이고 근본적인 효제가 우선한다. 그렇기 때문에 김덕령은 효제를 위하여 대결하는 왜적에게 열세일 수밖에 없다.

4단락에서 김덕령은 열세인데다 정당한 평가도 받지 못하고, 또 자신의 안위만을 생각하는 백관들의 질시를 받아 패배하고 만다. 이런 결과는 김덕령이 충을 위하여 기복종군 하였다가 억울하게 죽은 역사적 사실을 인식한 작가의 한계라 하겠다.

김덕령이 죽게 된 근본적 이유는 효를 버리고 충에 나선 일이다. <임진록>의 작가는 탁월한 능력을 발휘한 김덕령에게, 왜적을 평정하는 최후에 충·효제의 갈등으로 결구시켰다. <임진록>의 다른 유형들이 충·효의 갈등을 내면적인 갈등으로 처리한데 비하여, 본 유형은 충·효제의 갈등 양상을 김덕령과 왜적이란 등장인물을 설정하여 표출하고 있다.

5단락에서는 김덕령을 도와주지 않은 조선 백관들의 패배를 보여준다. 조선의 백관들은 왜구들이 침입을 김덕령만 내어주면 쉽게 해결될 것으로 보았다. 그런데 왜구들은 김덕령이 죽자 새로 금일성과 곽 장군을 요구하는 것이다. 이 요구의 설정은 왜구들의 신의 없음을 드러내는 동시에, 무사안일과 사려가 없는 조선 백관들의 무능을 폭로하려는 의도가 있다. 이들은 왜적의 요구를 해결하지 못하고, 곽 장군의 꿈에 나타난 관운장의 지시와 음조로 승리하도록 설정한다. 이런 점에서 조선의 제장이나 백관 등 위정자들은 전쟁 기간에 시기와 질투만 일삼고, 임진왜란의 평정을 위하여 도움이 되지 못한 존재임을 나타낸다.

② **단맥하는 이여송의 반민족적 행위 돕기**

이 삽화[75]는 이여송이 임란을 평정한 뒤, 조선의 산천이 수려하여 인

---

75) 권영철본에는 이여송이 속리산에서 단맥하다 속리산 산신에게 목 잘려 죽는다. 정문연본은 소년이 이여송을 질책한 뒤에 '돌아가라'며 없어지자, 어쩔 줄 모를 때 빨래하는 할머니에게 다시 질책을 당하고 돌아나온다. 고대한문본은 봉욕을 당한 김덕령의 말을 듣고 이여송이 소년을 쫓아가는 데에서 끝을 맺고 있다. 본고는 정문연본과 고대한문본을 중심으로 고찰하겠다.
한편 임철호 교수는 이여송의 단맥삽화의 형성 요인을 두 가지로 보았다. 하나는 주변 강대국으로부터 굴욕과 피해에 능동적으로 대처하지 못하였던 현재의 민족적 열등의식을 민족적 우월의식으로 극복하고 합리화 하려는 과정에서 형성한 민간에 전승되는 단맥삽화의 영향으로 보았다. 다른 하나는 임란을 통해 이여송으로 대표되는 명군에 대한 민족적 적대감정의 표출이다. 명군에 대한 기대는 초기에 대단하였으나, 산천을 단맥하는 피해가 7년간의 병화보다 심하였다와 같이, 뒤에 그들의 횡포로 민족적 참혹상을 말할 수 없자, 이 삽화를 통해 명에 대한 반감에서 싹튼 적개심과 민족적 자아각성을 보여준다고 한다(전게서, pp.235~244).

물이 많이 난다며 산천의 혈맥을 끊으러 다니거나, 조선 왕위를 탈취하려는 흑심을 품고 있다가 봉욕을 당하는 내용이다. 이여송이 단맥하는 의도는 대국의 위험뿐만 아니라 이여송의 개인적 욕망을 채우기 위하여 행한다.[76) 이여송을 능가하는 민족적 영웅으로 서술되었던 김덕령은 이여송이 산맥을 끊으며 전국을 다닐 때 그의 하수인 역할을 하고 있다.

이여송의 단맥삽화에서 김덕령의 역할을 살펴보자. 권영철본은 김덕령이 죽었기 때문에 이여송이 단맥할 때, 황해도 매병 삼전과 곽 장군에게 도움을 청하고 있어 김덕령 전승과 관계가 없다. 그리고 고대한문본에서 김덕령은 이여송이 단맥하고 조선의 왕위를 탈취하려는 의도에 동조하다가 소년에게 능욕을 당한다. 그리고 정문연본은 이여송이 산천의 수려함을 시기하지만 단맥하였다는 삽화가 나오지 않고, 그가 흑심을 품고 향연을 베푸는 것으로 되어 있다.

이여송과 대결하는 것은 지나가는 소년이다. 소년은 산신령이거나 이인적 면모를 지닌 존재로 이여송의 음모를 파악하고 있는 인물이다. 그런데 이여송과 소년의 대결은 이여송의 규격성에 기인한다. 소년은 태평연을 구경하고자 말을 타고 지나간다. 이때 이여송은 말에서 내려야 할 군법을 시행하지 않았다며 소년을 처벌하려고 한다. 더욱이 이여송은 왕이 태평연의 취지를 말하면서 말렸는데도 듣지 않고, 김덕령에게 소년을 베어오게 하였다.

김덕령은 민족적 영웅으로 활동하는 것과 달리 <임진록>의 단맥삽화에서 이여송의 명령에 따르는 심복으로 비하된 이율배반적 인물이다. 즉 김덕령은 이여송의 명을 받고 아무 생각도 없이 따르는 앞잡이의 존재로 전락하고 있다. 김덕령은 이여송의 명령을 듣고 소년과의 대결에

---

76) 고대한문본, p.380.
　　임철호 교수는 이야기 전개상 논리가 분명하지 않을 뿐더러, 이여송의 단맥 이유보다 단맥 자체만을 강조하는 과정에서 나타난 무의도적 결과라고 보았다(전게서, p.241).

서 일방적으로 패배하고 만다. 김덕령이 부정적으로 그려진 것은 민족적 정기를 고수하는 자의 승리를 통해 민족적 우월의식을 드러내기 위한 방법이다. 그렇기 때문에 소년의 능력을 신이하게 부각시키는 방법으로 결구되어 있다. 따라서 민족적 영웅이던 김덕령은 소년에게 일방적으로 패배할 수밖에 없다.

소년에게 패배하는 김덕령은 소년과 이여송이 대결하도록 하는 도구에 불과하다. 김덕령이 소년에게 패배하지 않는다면, 소년과 이여송의 대결이 있을 수 없다. 그렇기 때문에 김덕령의 패배는 일상적이고 일시적이며 심각한 타격을 주지 않는다. 이에 반하여 이여송의 패배는 심각한 양상으로 나타난다. 즉 소년에게 패배한 이여송은 죽음을 당하거나, 살아남기조차 어려운 상황에 직면하게 된다.[77]

③ 김덕령의 성격과 영웅성 드러내기

이런 의미를 담고 있는 것들은 한 삽화의 파편 속에서 김덕령의 성격이나 영웅성을 파악할 수 있는 내용이 들어 있다.

김덕령의 성격은 탁월한 능력을 보여 많은 전공을 세웠는데도, 수군에서 이순신의 아장이 되었다. 이순신의 아장이 된 김덕령은 이여송에게 불만을 나타낸다.[78] 이와 같은 김덕령의 성격은 당시 위정자들의 일반적 속성과 비슷하게 표현되어 있다. 왜냐하면 김덕령도 이여송에게 천거되어 조섭을 죽이고 하루아침에 선봉장이 되었다. 이로 말미암아 조선의 제장들이 그를 시기하고 질투하게 되었다. 그런데 이와 같이 김덕령은 수군에 대한 능력도 없으면서 자신의 공적으로만 대우받고자 한다. 이것은 김덕령을 질투와 시기심이 많은 인물로 묘사하기 위한 것보

---

77) 이여송과 소년의 대결은 김덕령과 관련된 전승에서 벗어난 단계로 언급하지 않겠다.
78) 김덕령은 불만을 나타내지만, 이내 이순신의 실력을 보고 인정하는 점에서 다른 위정자들과 성격의 차이를 보이고 있다.

다, 김덕령을 통해 이미 고질화된 신분적 질서를 고집하는 위정자들의 고정관념을 풍자한 것이다.

한편 임금의 상을 보고 이여송이 왕의 기상이 아니라며 군사를 이끌고 돌아가려고 하였다. 이때 임금이 삼각산에 올라가 항아리 속에서 울었다. 이 우는 소리를 듣고 이여송이 "무슨 소리냐"고 김덕령에게 물었을 때, 김덕령은 민족적 영웅의 모습이 보이지 않았다.

김덕령의 영웅성을 나타내는 대표적 삽화는 이여송이 귀국할 때, 전쟁에서 군사의 절반이나 잃었다며 보충해 달라는 삽화이다.[79] 이여송의 요구를 선조는 군사를 조발하여 보충해 준다. 그런데 이여송이 많은 군사 대신에 김덕령 한 명으로 보충해 달라고 하자, 선조는 "아모리 장군의 공이 즁흐나 김덕영은 보너지 못흐리로다" 하고 거절한다. 선조의 거절은 중국에 대한 민족적 의지를 보이기보다 김덕령의 영웅성을 부각하는 데 목적이 있다. 즉 김덕령은 명나라 군사 25만 명이나 조선 군사 20만 명보다 뛰어난 탁월한 존재로 나타난다.

이밖에도 김덕령의 탁월한 영웅성이 여러 곳에 나타난다. 이여송은 임금에게 거절당하고 귀국할 때, 전송 나온 김덕령에게 중국에 가면 그 재주가 빛날 것이라며 함께 가자고 한다. 또 이여송이 세운 승전비에 김덕령의 이름이 두 번째로 기술되며, 초패왕도 당적하지 못할 조섭을 죽었다는 왜왕의 말, 김덕령을 삼국시절에도 없는 장수 등이라 하였다. 이처럼 <임진록>의 서술에서 탁월한 능력을 가진 것으로 서술된 김덕령

---

79) 이 삽화는 권영철본(p.33 상단)과 조동일본(p.43 앞·뒤쪽)에 있다. 이여송은 권영철본에서 군사 3만, 조동일본에서 군사 50만을 거느리고 나왔다. 선조는 조동일본에서 20만을, 권영철본에서 3만의 군사를 보충해 준다고 제의한다. 이여송은 그 대신 김덕령으로 보충하여 달라고 하지만 선조가 거절하자, 조동일본은 은자 10만냥을 대신 주고, 권영철본은 다른 설명 없이 끝맺고 있다. 여기에서는 김덕령의 영웅성을 강조하는 측면에서 조동일본으로 검토하겠다. 이와 비슷한 역사적 사실은 이여송이 평양성을 공격할 때 전사한 군사를 보충해 달라는 사건이 『선조실록』 26년 1월조(권 21, p.608)에 기록되어 있다(임철호, 전게서, p.234 참조).

은 역사적으로 모반죄에 연루되어 억울하게 죽었다.

억울하게 죽은 김덕령에게 이런 삽화를 결구한 것은 위정자들을 비판하려는 데 있다. 이여송 같은 외국의 장수도 김덕령의 능력을 인정하고 활용하려고 노력하는데, 조선의 위정자들은 자기보다 능력이 있는 자를 시기와 질투로 용납하지 못하고 있다. 이는 소인배 기질을 가진 위정자들을 신랄하게 비판하고, 선조에게 바랐던 소망을 드러내고 있다. 심지어 선조에게 김덕령과 이순신을 위하여 삼각산에 별궁을 지어 위하도록 하였다. 이는 선조에게 임금이 된 사람으로 탁월한 능력의 소유자인 김덕령과 같은 인물을 등용하여 이용하기 바라는 소원을 나타낸 것이라 하겠다.

2. <전>에 그려진 양상과 의미

전(傳)은 사실에 따라서 사람의 일생을 서술하는 한문학의 한 갈래로서 오랜 내력과 뚜렷한 위치를 차지하고 기본 특징을 바꾸지 않은 채 계속 새로운 작품을 보태다가, 한문학이 밀려나자 국문 전기로 이어졌다.[80] 한문 산문인 전[81]에 대한 연구가 활발히 이루어져 왔다.

이런 전은 천태산인이 고려시대의 가전을 가전체 소설로 부른 이후에 소설과 연결되는 과도기적 장르로 보거나 소설로 취급하여 왔다. 그런데 전은 조선 후기까지 계속된 하나의 문학 장르인데, 그런 전 문학에 김덕령이란 역사적 인물을 입전한 작품이 있다.

본 절에서는 김덕령을 입전하여 그의 일생에 따라 서술한 전의 작품

---

80) 조동일, "조선 후기 소설사의 전개" 『古典小說 研究의 方向』 (새문사, 1985) p.144.
81) 李東根, 『朝鮮後期 「傳」 文學研究』 (태학사, 1991) pp.231~235. 전의 서사문학적 조건은 첫째, 사실지향의 서사체이고, 둘째, 전의 형식적 요건을 갖추고, 셋째, 교훈성과 흥미성을 갖되 감동적 수준이어야 하며, 넷째, 전의 주제는 보편성과 개별성을 가져야 한다는 것이다.

에 나타난 김덕령 전승의 특성과 의미를 살펴보고자 한다. 김덕령을 입전한 전 작품으로는 이계(耳溪) 홍량호(洪良浩)가 『해동명장전(海東名將傳)』에, 그리고 서하(西河) 이민서(李敏敍)가 『김충장공유사(金忠壯公遺事)』에 기록한 것이 있고, 최근에 이가원이 『이조명인열전(李朝名人列傳)』에 한글로 기록한 것이 있다. 이들 중에서 이가원의 작품은 단편으로 설화 문학적 성격을 지니고 있어 참조자료로 이용하고, 앞의 한문으로 기록된 두 전 작품을 비교 검토하여 그 의미와 특성을 살펴보기로 하겠다.

1) 전의 일반적 특성과 허구화

우선 전의 일반론적 특성을 살펴보자.

"전(傳)은 전(轉)이다. 경(經)의 내용을 전수(傳受)하여 후세에 전수(轉授)하였으니 이른바 성인 저작의 우익(羽翼)이 되고 사적(史籍)의 선구가 된 것이다."[82] 이로 보면 전은 난해하고 어려운 경전의 뜻을 해석(解釋)하여, 즉 시말(始末)의 맥락을 탐구하여 후세 사람들에게 전수(轉授)하려는데 목적이 있다. 그렇기 때문에 전의 발생은 사서에 해당하는 육예(六藝)와 때를 같이 한다[83]는 것이다. 전이 처음 발생하였을 때, 전의 작법은 사실에 충실할 것을 강조하였다.[84] 즉 성인이 지은 경(經)은 사실에 근거를 두고 합리적인 궁극의 뜻을 지녔지만 그 뜻이 난해하였다. 그래서 그 뜻을 시말로 맥락을 해석하여 전수하는 좌구명(左丘明)의 『춘추좌전(春秋左

---

82) 유협 저, 崔信浩 역, 『文心雕龍』 (현암사, 1975) p.65.

83) 章學誠, 『文史通義』「內篇」 5 <傳記條> (台北, 華世出版社) p.155 : 傳記之書 其流已久 蓋與 六藝先後離出.

84) 金均泰, "'傳'의 장르적 考察―고려이전의 자료를 중심으로" 『雨田辛鎬烈先生 古稀紀念論 叢』 (창작과 비평사, 1983) pp.190~191. 조선조 양반사대부가 소설을 배격하면서도 전 을 저술하였다. 이는 전과 소설을 동일한 개념으로 인식하지 않았다는 것이 된다. 조 선조 유학자들은 전과 소설의 내용이 비슷하다고 할지라도 그의 개념, 작법 태도 및 문체 등에서 다른 장르로 이해하였다 하겠다. 이에 대한 언급으로는 金容德의 『韓國傳 記文學論』 (민족문화사, 1987, pp.66~67) 참조.

傳)』이래, 전 양식은 성경현전(聖經賢傳)으로 사실적인 기록이었다. 이런 전들은 사실에 근거하는 역사 기술의 한 형식이었지만, 인물을 중심으로 한 최초의 전인[85] 사마천의 『사기』「열전」에서 허위와 왜곡을 드러내고 있다.[86] 이는 전이 본래 상고의 역사 기록에 대한 주관적인 생각이나 추측이 객관적 사실과 어우러진 부연이기 때문이기도 하지만, 과거의 사실이 희미해지고 찬자(撰者) 능력의 한계 때문에 허위와 왜곡을 범할 수밖에 없었다. 또한 전은 사실을 바탕으로 하되 거기에 인물의 성격이나 인간상을 부각시키기 위해 약간의 상상력을 허용하고 있다.[87] 전은 이처럼 기술에 있어서 사실에 충실할 것이 강요되지만, 다른 형식에 비해 사실 기록에 비교적 자유롭다고 할 수 있다.[88]

전과 가장 유사한 진술 방식이 기(記)이다. 전과 기는 제목이 없는 실제 작품에서 구별하기가 힘들다. 전과 기의 구분을 보면 다음과 같다.

옛 사람의 글은 정체(定體)가 없어 경(經)과 사(史)가 구분되지 않았다. 춘추(春秋) 3사람의 전(傳)(춘추좌전·춘추공양전·춘추곡양전)은 들은 바를 기록하였으되 경(經)에 의거하여 의를 일으켰으니 기(記)라 해야 옳고, 주관경(周官經 : 周禮)과 예경(禮經 : 儀禮)에 실린 기는 각기 설을 전하였으되 경을 설명하여 행해지도록 하였으니 전이라 해야 옳다. 그 후 분파가 나뉘어 근대에 이르러서 인물을 기록한 글을 전이라 하고, 사적에 대하여 서술한 글을 기라 하였다.[89]

---

85) 徐師僧, 『文體明辨序說』 <傳條> (台北, 長安出版社) p.153. 自漢司馬遷史記創爲, 列傳以記一人之始終.
86) 김균태, 앞의 논문, p.196.
87) 역사 서술이 소설과 같은 허구적이어서 안 된다는 비난도 있지만(李相信, <역사와 문학과의 관계> 『文學과 歷史』, 민음사, 1982. 4), 車河淳(<歷史와 文學> 『인문연구논집』, 서강대학교, 1981)은 사실을 존중하는 역사에서조차 이해와 지식 전달을 위해서 허구성이 필수불가결한 요소라고 한다. 왜냐하면 역사는 허구가 개입된다 하더라도 역사의 사실을 통해 진실을 지향하는 점이 변할 수 없기 때문이다.
88) 김균태, 앞의 논문, pp.196~197.
89) 章學誠, 『文史通義』「內編」 5 <傳記條> (台北 ; 華世出版社) p.155. 古人文無定體 經史亦無

위와 같이 전과 기는 후대에 각기 의미가 분리된 듯하다.[90] 즉 인물의 생애를 기록한 글을 전이라 하고 사건의 전말을 서술한 글을 기라 하였다. 또 전은 전수의 뜻이, 기는 해석의 뜻이 강조되고 있다. 그런데 문헌에는 인물의 시말을 서술해도 기사적인 성격을 완전히 배제할 수 없기 때문에 기라고도 전이라고도 하고, 이들 둘을 합한 전기라고도 하였다.[91] 더욱이 새로운 인간상을 부각시키려는 의미로 확산되면서 초기 전과 구별하기 위해 전기란 말이 쓰여 졌다고 생각된다.

전의 일반적 형식은 도입부·전개부·종결부 세 단계로 되어 있다.[92] 즉 도입부는 열전처럼 집전(集傳)된 경우에 전체를 포괄하는 서문격의 도입부가 있고 각기의 전에는 생략되는 경우가 많다. 그리고 전개부는 입전 인물의 가계와 인정기술(人定記述)을 시작한다. 입전인물의 성명·출생·족보·성격을 제시한 뒤에 인물의 탄생 과정이 없이 바로 인물의 행적을 구체적으로 서술하게 된다. 전은 경험적 충동에 의한 사실의 진실을 기술하여 서술자의 의식을 우의(寓意)로 나타내지만, 서술자의 의식이 두드러지면서 상상적 충동에 의한 허구의 진실까지 끌어들인다. 따라서 본격적 서사체로서의 전은 인물의 행적을 나타내기 위하여 장면적

分科 春秋三家之傳 各記所聞 依經起義 雖謂之記可也 經禮二載之記 各傳其說 附經而行 雖謂之傳可也 其後支分派別 至於近代 始以錄人物者區爲之傳 敍事蹟者區爲之記

90) 『사고전서제요』 「사부(史部)」 <전기류>에서는 "1인의 시말을 서(敍)한 것을 전이라 하고, 1사의 시말을 서한 것을 기"라고 하였다(위의 책, 155~156 참조).
91) 김용덕, 전게서, p.15.
92) 김균태, 앞의 논문, pp.203~205. 기존의 학계에 보고된 전의 분류방식을 보면 다음과 같다.
   1) 김용덕 : 취의부 (自序)—행적부 (本贊)—評結部(論贊)
      김태준 : 도입부—전개부—논찬부
   2) 김광순 : 도입부—전개부—논평부
      안병설 : 서두부—행적부—평결부
      조수학 : 서두—본문—(결말)
   3) 이동근 : 도입부—서두부—전개부—결말부—논찬부
   4) 주명희 : 가계, 출생담—행적—沒—妻子孫錄—평결
      조종업 : 선계—주인공 행적(생몰)—특수업적—처자손록—저작동기—총평

서술 부분이나 삽화들이 필연적 관계에서 전개되어야 한다. 마지막으로 종결부는 씌어진 기사에 대해 서술자가 직접 개입하여 그들의 주관을 드러내는 평(논)이나 찬이다. 이 평(논)과 찬은 인간상에 초점을 맞추어 의론을 전개하여 교훈을 제시하고, 서술자가 입전한 의의를 분명히 밝히는 부분이다.

전은 사실을 바탕으로 하되 인물의 성격이나 인간상의 부각에 더 중점을 두어 작가의 상상력을 허용하여 허구적 구성을 이루고 있다.93) 그렇기 때문에 장르양식이 변모하여, 초기의 사실적 기록이 후대에 내려오면서 허구화 되어 소설적 양상을 띠기도 하였다. 즉 조선후기에 전이라고 표방하는 소설이 나타난 현상은 이행기가 시작되었다는 정표로서 주목해야 마땅하고, 전의 변질을 의미하거나 소설이 서사 문학이 아닌 것으로 시작되었다는 증거로 삼을 수 없다94)는 것이다. 즉 소설·전·설화 등 서로 교섭과 영향을 미치어 발전 양상을 띠게 되었다.95) 이와 같은 서로의 영향 교섭관계로 전에 대한 문학성을 탐구할 때에 양식적 검토가 중심을 이루어 왔다.

그 결과 전의 장르양식에 대한 주장이 다양하다. 이를 보면, 전기(biography)이다,96) 역사와 문학의 중간영역인 전기문학적 양식이다,97) 전기(傳記)적 요소와 전기(傳奇)적 요소를 공유한다,98) 설화문학이거나 설화에서

---

93) 김용덕, 전게서, pp.124~125. 전이 변개를 시도는 하는 이유로 1. 인간성의 부각을 위한 경우, 2. 상황의 제시나 성격의 묘사를 위해서, 3. 소설의 흥미를 위해 허구화 하는 경우라고 한다.

94) 조동일, 앞의 논문, pp.144~145.

95) 沈晶燮, "三國史記 烈傳의 文學的 考察"『문학과 지성』35호 (문학과 지성사, 1979). 전의 문학사적 위치를 설화 또는 이야기—전—소설의 발전 단계로 인식하고 장르의 일직선적 발전 단계를 제시하였다.

96) 鄭昌範, "傳記의 文學性을 위한 試論"『현대문학』239호 (현대문학사, 1974. 11).

97) 金明昊, "神仙傳에 대하여"『韓國 판소리·古典文學研究』(아시아문화사, 1983).

98) 崔信浩, "傳記傳奇小說"『聖心語文論集』5집 (성심대학 국어국문학과, 1981).
　　權五星, "삼국사기 열전의 문학적 연구" (영남대 석사학위논문, 1981).

파생된 문학이다,[99] 단형서사체의 하위 장르이다,[100] 설화전기이다,[101] 소설로 발전해가는 과정에 있던 양식이다,[102] 소설이다,[103] 서사문학이다,[104] 서사문학이 아니라 타 장르의 문학이다,[105] 소설이 아니고 전이다[106] 등 다양한 장르 양식을 제시하고 있다.

이렇게 볼 때, 전의 장르를 이해한다는 것이 쉽지 않다. 그렇지만 일련의 연구에서는 전에 나타나는 기존의 설화적 요소나 소설적 요소를 구명하는 방법을 지양하고, 독자적 양식적 특징을 지닌 문학임을 인정하려는 주장이 확산되어 전을 하나의 허구적 문학 장르로서 인식하며 연구하고 있다.

2) 문집 속의 <전>과 <해동명장전>의 특성과 의미

전이 독자적인 문학 장르라는 관점에서 이곳에서는 김덕령을 입전한 홍량호와 이민서의 전[107]을 비교하여 공통점과 차이점을 살펴, 김덕령

---

99) 申基亨, "假傳體文學論攷"上 『국어국문학』 15집 (국어국문학회, 1956).
100) 李在銑 『韓國短篇小說硏究』 (일조각, 1975).
101) 朴斗抱, "三國史記 列傳의 說話性" 『논문집』 1집 (청구공전, 1964).
102) 趙泰英, "「傳」 樣式의 發展樣相에 관한 硏究" (서울대 석사학위논문, 1983).
    蘇在英, 『古小說通論』 (이우출판사, 1983).
103) 李家源, 『李朝漢文小說選』 (민중서관, 1960).
    李京雨, "文集所載 「傳」 樣式의 變貌樣相"『韓國 판소리 · 古典文學硏究』 (아시아문화사, 1983).
104) 高敬植, "高麗時代의 傳硏究" (단국대 박사학위논문, 1981).
105) 趙東一, 전게논문과 "假傳體의 장르 規定"(『藏庵池憲英先生 華甲紀念論叢』, 동간행위원회, 1971), 『한국소설의 이론』 (지식산업사, 1977), 『한국문학통사』 2권 (지식산업사, 1983) 등의 일련의 작업에서 엿볼 수 있다.
106) 成昊慶, "假傳體 文學의 性格考察" 『경남대 논문집』 9집 (경남대, 1982).
    金均泰, 앞의 논문.
    朱明姬, "「傳」의 樣式的 特徵과 小說로의 受容樣相" (서울대 박사학위논문, 1985).
    이 외에도 일련의 연구들은 전을 하나의 독자적 문학 장르로 인식하고 연구하려는 경향이 있다.
107) 홍량호가 입전한 전은 『해동명장전』에 열전체로 사람의 이름만 적혀 있음으로 <김덕령>전이라 칭하고, 이민서가 입전한 전은 『김충장공유사』라는 문집에 <전> 이라 하

을 입전한 전 양식의 구조적 특징과 지향하는 의미를 검토하고자 한다. 이를 위해 먼저 전의 작가인 두 사람에 대해 알아보기로 하자.

먼저 김덕령<전>을 입전한 이민서(李敏敍 : 1625(인조11)~1688(숙종14))는 조선 숙종 때의 문관으로 자는 이중(彛仲), 호는 서하(西河), 그리고 시호는 문간(文簡)이다. 전주가 본관인 이경여(李敬輿)의 아들로 태어났다. 그는 효종 3년(1652)에 문과에 급제하여 벼슬이 승지, 대제학, 대사간, 이조·예조·호조판서를 두루 거쳤다. 그는 청렴하여 다섯 차례나 전관(銓官)을 맡았어도 어떠한 청탁도 듣지 않았으므로 그 집의 문간에 출입하는 잡객(雜客)이 없었다고 한다. 또 문장이 아담하여 우암(尤庵) 송시열(宋時烈)의 극찬을 받았다고 한다.

서하가 김덕령<전>을 입전하게 된 것은 현종 연간에 전국적으로 가뭄과 기근으로 질병이 만연하였다. 전국적인 한발로 인하여 미신원자를 신원해 주는 과정에서 이경석(李景奭), 심지원(沈之源), 원두표(元斗杓), 정유성(鄭維城), 정태화(鄭太和) 등의 건의가 있었다. 즉 전라도 지방의 기근과 질병이 창궐하는 원인이 억울하게 죽은 김덕령의 원한에 의한 것이라고 상소하여 해원시켜 줄 것을 건의하였다. 이에 현종은 김덕령을 해원시켜 주고, 뒤 김덕령을 추직 하기에 이른다. 그 이후 나라에서는 『김충장공유사』를 간행하면서 작가에게 입전할 것을 명하였다.

서하가 김덕령<전>을 입전할 당시인 17, 8세기에 전의 시대적 특성을 살펴보면, 양난의 역사 변동 요인을 경험했던 문인들은 전을 자아의 현실의식을 표현하는 문학 양식으로 수용하게 되었다. 단순히 역사기록이라는 전기문학으로서의 전이 아니었다. 첫째, 입전의 대상자는 능력이 있는 자가 세계 속에 용납되지 못한 일사들이었다. 둘째, 역사적 배경 상황으로 충신·열녀·절부 그리고 효부·효자의 전들이 다량 출현하게

였으므로 김덕령<전>이라고 칭하겠다. 그리고 두 전을 함께 지칭할 때는 <김덕령전>이라 하겠다.

되었다. 특히, 도덕적 순교를 했던 인물들의 전이 다량 출현하는 것은 전란으로 인한 유교적 도덕관념이 흐려졌던 이 시기에 세교와 관련이 있을 것이다.[108]

한편 <해동명장전>의 저자 홍량호(洪良浩 ; 1724~1802)는 조선의 영조 및 정조 때의 학자로, 자는 한사(漢師), 호는 이계(耳溪)이고 시호는 문헌(文獻)이다. 본관이 풍산인 중성(重聖)의 손자로 어려서부터 두뇌가 명석하고 학문을 좋아하였다. 홍량호의 자서전을 살펴보면, 그는 1747년(영조 23년)에는 진사가 되었고, 29세인 1752년(영조 28년)에 정시(庭試) 문과에 급제하여 한림이 된 이래 사서·통정·월성윤·홍주목사 등이 되었다. 정조가 즉위한 후에 홍국영(洪國榮)과 사이가 좋지 않아 경흥부사(慶興府使)로 쫓겨났으나, 홍국영이 실각하자 정조의 부름을 받아 한성부우윤(漢城府右尹)에 보직되었으며, 보감찬집당상(寶鑑纂輯堂上)이 되어 「영조실록」, 「국조보감」, 「갱장록」 및 「동문휘고」를 편찬하였다. 그는 진참사절로 연경에 가서 문장과 박학으로 문명을 두루 떨쳤으며, 온갖 학에 능통하였으며 서예에도 일가를 이루었다. 영조는 언제나 그의 박학을 칭찬하며 의문이 나는 것이 있으면 꼭 물었다. 후에 판중추부사 겸 이조판서에 이르렀다.

이계는 박학함과 문재, 그리고 넓은 활동영역으로 사적을 두루 견문하여 입전할 만한 인물의 소재를 얻어 많은 전을 지었다. 이계가 입전한 인물의 신분을 보면 사인·무인·의사 그리고 자신을 입전하고 있다. 전의 내용은 순국·순효·명의·인술·독학력행 등 다양하다. 특히 공자의 말을 인용하여 국가의 원대한 계획을 도모하려면 '문치에 종사하는 사람이 있으면, 반드시 무예로 방비하는 사람도 있어야 한다(有文事者必有武備).'[109]며 임병양란의 패배를 다시 되풀이 하지 않기 위하여 상무정신을 가져야 한다[110]는 뜻에서 46편의 해동 명장들을 집전한 <해동명

---

108) 金均泰, 『李鈺의 文學理論과 作品世界의 硏究』(창학사, 1986) p.154.
109) 洪良浩저, 李鐘學역, 『韓國名將傳』(『박영문고』 30, 1974) p.6.

장전>을 편찬하였다.

이계가 <김덕령>전을 입전하였던 18세기 후반의 전의 일반적 특징은 인간 존엄성을 긍정적으로 수용하는 인간 평등주의에 근거한 것이 많다. 첫째, 비범한 능력을 가진 일사들이라고 할 수 없는 시정인들이 입전되었다. 둘째, 입전 대상자의 신분이 하층민이 많다는 것이다. 전들은 세태를 반영하는 부도덕한 인간을 등장시키기도 하고, 예교가 상실된 현실 속에서 '실사구야(禮失求野)'의 정신을 구현하는 경우도 있다.111)

이와 같이 서하와 이계가 살았던 시대적인 전 양상의 차이에도 불구하고 김덕령이란 인물을 입전하였다. 그렇지만 두 전에는 각기의 시대적, 작가의 세계관의 차이에서 김덕령에 대한 서술에 대해 차이를 보이고 있다. 이를 구체적으로 살펴보면서 전의 특성과 의미를 살펴보기로 하자.

김덕령을 입전한 전 자료를 서술구성의 순서로 나열하여 살펴보자.

---

110) 洪良浩저, 李鐘學역, 상게서, p.11.
"문치에만 힘쓰고 무력에는 힘을 기울이지 않아 나라의 힘이 점점 쇠퇴하고 나약해져서 그 힘을 떨치지 못한 까닭이며, 또 전란을 겪다가도 평정만 되면 아무 일도 없던 것처럼 편안한 마음으로 지내니 어찌 슬프고 원통한 일이 아니겠는가?
나는 이것을 두렵게 생각하여, 우리나라의 명장들을 모아서 위로는 신라, 고구려로부터 아래로는 이씨 조선에 이르기까지 열전을 마련하였는데, 이는 곧 옛날의 일들을 당겨 보아 지금을 경계하여 보려는 것이다.
이는 대체로 나라 안의 지배 및 지식 계급에 있는 사람들로 하여금 누구나 문과 무는 본래 두 가지 이치가 아니고, 안위와 주의와 서로 서로의 경중에 따름을 알려 하는 것이다."
111) 김균태, 위의 책, p.155.

홍양호 〈김덕령〉 전의 순서	이민서의 〈전〉의 순서
○. 인정기술	○. 인정기술
○. 김덕령의 출신신분과 용력 　1. 신체적 조건과 용력 (화광, 간방, 다락방, 장검 휘두르기, 둔갑, 이귀의 천거 말) 　2. 성격과 출신 집안	○. 김덕령의 출신신분과 용력 　1. 유업가계와 덕령의 특성 　2. 신체조건과 용력(개잡아먹기, 장검 휘두르기, 철추, 단간방, 다락방, 대숲호랑이) 　3. 조운에 비하여 작시(강호귀의)
○. 기병과정 　3. 임진왜란 시 집안과 국가 사정 　4. 기병요구 　5. 기병과정 　6. 익호장군 제수 　7. 용력(철추, 진주목장) 　8. 군호로 충용 제수	○. 기병과정 　4. 임진왜란 시 국가상황(자세함) 　5. 기병요구 　6. 형조좌랑 제수(김응회 소개) 　7. 기병 　8. 초승군, 익호장군, 충용군 제수
○. 출전 　9. 남원에서 최담령을 별장 삼음 10. 왜적이 석저 장군이라 칭(고중) 11. 진격로 발표 12. 의병 일으킨 이유(격문) 13. 절도를 받고, 곽재우에 편지 14. 화상 그려보기 15. 소진을 합하여 대진 만들기 16. 의병 혁파 충용군에 복속 17. 싸우고자 하나 조정에서 불허 18. 진주유진	○. 출전 　9. 담양 출발 영남에(격문)을 보냄 10. 남원에서 최담령을 별장 삼음 11. 왜적이 석저 장군이라(두려움) 12. 화상 그려보기 13. 소진을 합하여 대진 만들기 14. 절도를 받고, 곽재우에 편지 15. 의병 혁파 충용군에 복속 16. 싸우고자 하나 조정에서 불허 17. 진주 유진
○. 최후의 죽음 19. 시기하는 자 있음 20. 동생 덕보와 대화 21. 거제도 탈환작전 실패 22. 제1차 체포 23. 제2차 체포 　1) 역적 관련 상황 　2) 체포에 관한 대신회의	○. 최후의 죽음 18. 시기하는 자 있음 19. 제1차 체포 20. 제2차 체포 　1) 역적과 관련 상황 　2) 김덕령을 죽이려 함 　3) 대신회의(기술) 　4) 체포되기까지 상황(기술)

3) 체포과정	5) 공초 모반 부정(충효 갈등)
4) 철삭 끊기	6) 김응남, 정탁, 유성룡 행위
5) 공초 모반 부정(충효갈등)	7) 최후의 죽음
6) 김응남, 정탁, 유성룡 행위	8) 체포과정
7) 최후의 죽음(사실적)	9) 철삭 끊기
○. 죽은 뒤의 평가	○. 죽은 뒤의 평가
24. 문학성	21. 검 만들기
25. 죽음에 대한 평가	22. 용력(진주목장, 말의 예지)
1) 국내-호령 의병 없음	23. 당쟁상황과 김덕령
2) 왜적	24. 죽음의 평가
3) 가족	1) 장군 보신(곽재우, 이순신)
26. 윤근수의 평	2) 호남의병 일어나지 않음
27. 진주 전망자 축문	3) 왜군의 동정
28. 검 만들기	25. 해원과 가족상황
29. 해원	26. 논찬

　　김덕령이란 같은 인물을 입전하였기 때문에 서사단락을 비교할 때, 위와 같이 대체로 비슷하다. 그런데 각 서사단락에 들어 있는 단락소의 의미를 파악할 때, 서술의 미세한 차이는 작가의 입전 의도와 밀접한 관계를 드러내고 있다고 하겠다. 우선 두 전 작품에 나타난 상이점을 검토하여 보자.

　　먼저 인정기술 부분을 보면, <김덕령>전은 출신지만 밝히는 간략한 기술인데 비하여, 김덕령<전>은 자와 출신지, 부조(父祖)의 이름까지 밝히고 있다. 두 전의 입전 목적이 김덕령의 탁월한 영웅성을 부각시키는 데 있지만, 전자는 개인적 상무정신을 고취하고자 하는 의식에서 출발하여 열전체를 취하였고, 후자는 왕명에 의한 찬술이기 때문에 보다 정통적인 전 양식을 지키고 있는 것 같다.

　　김덕령의 출신신분과 용력은 김덕령이 성장하기 전의 상황, 즉 김덕령의 집안 형편, 성격, 능력을 드러내고 있다. 그런데 이에 대한 기술을 보면, <김덕령>전은 왜소한 신체적 조건에도 불구하고 탁월한 능력을 지니고 있지만, 그의 성격 때문에 드러내지 않았다고 말하고 있다. 그리고 김덕령<전>은 한미한 가문에 태어났고 왜소한 체격이지만 탁월한 능력을 보여주었음을 말하고 있다. 이들 전은 김덕령이 탁월한 능력의 소유자임을 드러내는 데 일치한다. 그렇지만 전자는 김덕령의 탁월한 능력보다 그의 성격을 드러내는 데 있고, 후자는 탁월성을 직접적 서술로 드러내는데 그 목적이 있는 것 같다. 이때 전자의 의미는 김덕령이 성격에 기절이 있고 신중할 뿐만 아니라, 단정하고 우아하며 겸손하고 드러내지 않아서 탁월한 능력을 남들이 알지 못하였다는 것이 된다. 즉 김덕령의 탁월한 능력은 용과 호랑이를 옆에 끼고 다니며 제갈량과 같은 지혜와 관운장과 같은 뛰어난 용력 임에도 불구하고 다른 사람이 알아주지 못한 것은 성격에 기인한다고 보았다. 반면에 후자는 유업의 집안에서 자라서 많은 책을 읽고 성격상 드러내지 않아 사람들이 탁월한 능력을 몰랐지만, 일찍부터 강개한 마음과 큰 뜻을 가지고 있었다. 즉 김덕령이 강개한 마음과 큰 뜻을 가지고 있다는 자신의 심정을 조자룡에 비유하여 읊은 시를 지었다는 점에서 뚜렷하게 드러내고 있다 하겠다.

기병과정을 보자. 임진왜란 때의 사정을 기술하는 데, 기병한 형 덕홍이 금산에서 전사한 사실, 세상에 뜻이 없었다는 사실, 어머니상을 지냈다는 사실 등 <김덕령>전은 김덕령의 집안 사정을 자세하게 기록하고 국가적 상황은 간략하게 기술하고 있다. 이런 서술은 문헌의 기록에 충실하고 있음을 보여준다. 반면에 김덕령<전>은 선조의 몽진과 명군의 도움으로 삼경을 회복한 점, 그리고 영남일대로 퇴진하였던 왜군의 재침으로 관군과 의병이 괴멸당하고 명나라 군사가 관망하는 사실을 보여주어 국가적 상황을 중시하고 있다. 이런 상황에서 김덕령은 어머니의 상을 당하여 집안에 머물러 있는 것으로 설정되어 있다. 이처럼 국가와 집안의 사정을 동시에 서술한 것은 탁월하고 훌륭한 인재들의 현실 참여가 필요함을 보여주고 있다. 김덕령의 기병에서 전자는 세상에 뜻이 없었으나 나라의 상황이 급박하여 기병하게 된 상황을 보여주고, 후자는 김덕령이 국가적 위기를 맞아 지니고 있던 큰 뜻을 발휘하고 싶었지만, 어머니 상으로 인하여 기병할 수 없는 상황임을 나타내고 있다.

기병의 요구 과정을 보면, <김덕령>전에는 문헌기록에 없는 세자까지 기병을 요구하는 것으로 되어 있다. 이에 비하여 김덕령<전>에서는 기병을 요구하고 기병하기 전에 조정에서 형조좌랑을 제수하는 것으로 되어 있다. 이들 서술은 당시 상황에서 김덕령이 절실하게 필요한 인물임을 나타내고 있다. 즉 조정에서는 김덕령에 대한 풍문만 듣고도 형조좌랑이란 높은 벼슬을 제수하거나 세자까지 나서서 기병을 요구할 정도로 뛰어난 인물임을 보여주고 있다. 그리고 전자에서는 김덕령의 매부 김응회가 김덕령의 천거를 위해 등장하는데, 후자에서는 김응회의 의기를 드러내고 있다. 한편 <김덕령>전에서는 김덕령의 용력을 성장기에 모두 처리하지 않고, 군사적 성격을 지닌 '진주목장 말 다루기'나 '백 근짜리 철추를 양쪽에 차고 다니기'를 기병 요구인 이곳에 분산시켜 나열하고 있다. 이는 김덕령이 뛰어난 장군임을 드러내기 위한 장치이다. 동시에 보다 사실적이고 합리적으로 서술 구성하려는 <김덕령>전의 작가의식을 엿볼 수 있다.

출전과정을 살펴보자. 출전과정은 김덕령이 기병하여 왜병을 무찌르겠다는 굳은 신념을 나타낸 부분이다. 그렇기 때문에 이 부분은 각기의 전 사이에 같은 소재를 사용하면서도 구성방식에서 많은 차이를 보이고 있다. 전체적 사건의 맥락은 기병한 김덕령이 왜병을 무찌르기 위해 영남지방으로 이동하는 것이다. 그 과정의 서술에 차이가 있다. 김덕령<전>은 김덕령이 기병한 담양에서 출발하여 진주에 주둔할 때까지를 서술하고 있고, <김덕령>전은 영남으로 가다가 남원의 최담령을 별장으로 삼는 대목에서 진주 주둔까지를 나타내고 있다. 그리고 그 사이의 왜적에 대한 상황과 김덕령에 대한 기술의 구성 방식이나 서술에 차이를 보인다.

구성방식은 <김덕령>전이 김덕령<전>보다 더 사실적이고 합리적이다. 즉 전자는 김덕령이 영남으로 진격하는 장면과 그에 따른 왜적의 동향, 도원수 권율에게 절도를 받고서 곽재우에게 편지를 쓰고 그 다음으로 왜적들이 방어적 행위를 취하는 것 등 논리적 전개를 시도하고 있다. 이에 반하여 김덕령<전>은 기병하여 진격하는 장면과 왜군들의 이에 대한 반응 상태를 제시한 다음에야 권율에게 절도를 받고 곽재우에게 편지를 보내는 것으로 되어있다.

서술의 차이에 있어서 <김덕령>전은 사실의 기록이란 관점을 존중하면서 그의 영웅성을 드러내도록 서술하고 있고, 김덕령<전>은 그의 탁월한 능력을 드러내기 위한 수단으로 기병과정을 서술하고 있다. 그렇기 때문에 <김덕령>전이 김덕령<전>보다 서술의 양이 더 많다. 예로 청정은 김덕령의 화상 그려보기에서 그의 화상을 보고 진실로 장군이라 하고서 경주성 침탈을 포기하였다고 하거나, 제도의 의병 혁파에서도 각 지방의 의병을 혁파한 이유와 그에 따른 이름난 장수들을 거명하여 김덕령의 영웅성을 부각시키려 하고 있다. 그 결과로 당시에 우리나라 관군이 몰락하고 중국 구원병이 관망하며 왜와의 화친을 주장하는 상태에서, 집단화된 김덕령 의병군은 사기가 올라 왜군의 격퇴할 싸움을 요구하였다. 그런데 조정이 불허함으로 김덕령은 탁월한 능력을 발휘하지도 못하고, 최후의 죽음에서 비극적 주인공이 되고 말았음을 설명하고 있다.

이와 같이 같은 자료를 이용하여 김덕령을 입전한 두 전이 구성방식과 서술적 차이를 나타내는 것은 각 작가의 세계관 차이와 저작의도에 그 원인이 있을 것 같다. <김덕령>전의 작가는 우리나라의 명장들을 입전하면서 상무정신을 고양시키려는데 목적이 있었다. 홍량호는 김덕령이 부모의 상을 당하여서도 기년상만 마치고 왜란기간이란 국가적 재난을 타개하기 위하여 능동적으로 대처한 자세를 높이 인정하였던 것 같다. 그러면서도 탁월한 능력과 역량을 발휘할 수 있는 김덕령의 결구가 사실을 기록하는 전 양식의 특성 때문에 옥사하였던 역사적 사실에서 억울하게 죽은 것으로 서술되어 있다고 하겠다. 반면에 김덕령<전>은 왕명에 의하여 지어진 작품이기 때문에 정통적인 전 양식을 수용하면서, 그의 영웅성을 부각시켜 드러내기 위한 이중적인 양식적 장치가 필요하였다. 그런데 김덕령<전>은 김덕령의 영웅성을 드러내기 위한 작가의 의도를 강하게 부각시키려 하였기 때문에 오히려 간략한 진술과 함께 단선적 서술 구성으로 인하여 흥미성의 감소와 김덕령의 드러내기를 실패하고 말았다.

다음은 최후의 죽음 장면을 보자. 김덕령이 기병하였을 때 능력이 뛰어나다는 소문이 너무 높아 시기하는 자들이 많았다. 시기하는 자들은 김덕령이 왜군과의 교전을 청할 때 허락하지 않았고, 김덕령이 진주에 유진한 뒤로는 더욱 시기하였다. 최후의 죽음 부분은 김덕령이 진주에 유진하여 시기하는 자가 있음을 감지한 뒤에서부터 이몽학의 난에 연루되어 옥사하는 부분까지이다. 이 부분의 구성에 있어 <김덕령>전이 김덕령<전>보다 사실적이고 합리적으로 구성되어 있다. 또 전자는 김덕령이 실패하였던 거제도 작전을 삽입한 데 비해 후자는 생략하였다. 그리고 2차 체포에서 김덕령이 체포되는 과정과 철삭 끊기 장면이 죽음보다 앞서 서술되어야 함에도 불구하고 죽은 다음에 서술하고 있다.112) 그렇지만 김덕령<전>은 김덕령에게 불리하거나 국가적 상황에 대해서는 간략하게 기술하고, 김덕령의 영웅성을 부각시키는 측면은 크게 강화시

---

112) 이 부분은 죽은 다음에 김덕령의 결백과 신이함을 드러내기 위한 죽은 뒤 추모 형식의 서술로 볼 수 있다. 그렇지만 전후의 문맥으로 검토할 때, 죽은 뒤의 평가이기보다 서술구성상의 잘못으로 보인다.

키고 있다. 이를 자세하게 살펴보자.

김덕령이 진주에 유진하였을 때 조선의 백관들이 시기하는 부분의 서술은 대체로 비슷하다. 그런데 <김덕령>전에서는 김덕령이 시기하는 자들이 있음을 알고 조바심을 동생 덕보와 대화를 도입하여 드러내고 있다. 그리고 동생 덕보와 대화 도입에서 김덕령은 능력을 드러낼 수 있는 거제도 탈환작전에 능동적이었을 가능성을 보여주고 있다.[113] 이 거제도 탈환작전은 김덕령<전>에 없는 부분이다. 김덕령<전>에서 이 부분을 제시하지 않은 이유는 김덕령의 영웅성에 흠을 준다거나, 당시 위정자들의 무모성과 획일성, 그리고 사려 없음을 드러내야 하기 때문에 생략한 것 같다. 그래서 김덕령<전>에서는 거제도 탈환작전을 제시하지 않고 바로 1차 체포 사건을 제시하고 있다.

제1차 체포에서도 <김덕령>전은 윤근수라는 구체적 인물을 들고 있을 뿐만 아니라, 김덕령이 잔혹하게 살해한다고 잡아들였으나 지방민들의 상소와 정탁(鄭琢)이 힘써 구한 것으로 되어 있다. 이에 반하여 김덕령<전>은 범죄자를 무고하게 살해하였다고 잡혀왔으나 대신이 구하여 석방되었으며, 또한 임금이 말을 하사하고 환진하라는 명을 받았다고 서술하고 있다. 이런 차이는 김덕령에 대한 작가 나름대로의 기대하는 의식 수준을 나타내고 있다고 하겠다.

또 2차 체포는 김덕령의 최후에서 가장 중요한 부분으로 그의 죽음이 억울한 것으로 평가되어 있다. 김덕령의 죽음 과정은 <김덕령>전이 더욱 자세하게 서술하고 있다. 즉 김덕령<전>에서는 김덕령이 이몽학의 난에 연루되어 죽음에 이르는 동안 시기하는 김경서와 이시언의 부분만 자세하게 서술하고 있을 뿐, 다른 부분은 <김덕령>전보다 간략하게 서

---

113) 대화부분에서 거제도 탈환작전에 자신의 능력을 시험할 수 있는 가능성을 제시하고 있는 데 반하여, 바로 뒤에 곽재우와 대화에서 어찌할 수 없는 상황이라고 하여 상반적인 서술양상을 보여주고 있다.

술하고 있다. 김덕령<전>의 이런 서술방식은 김덕령의 비극성을 강조하려면 당시 최고의 집권자인 왕을 비판하여야 하는 모순을 방지하기 위한 방책인 것 같다. 즉 왕명에 의해 저술한 김덕령<전>이 왕을 비판한다는 모순을 극복하고자, 실제적 사건들을 간략하게 서술할 수밖에 없었던 것이다. 이에 비하여 <김덕령>전은 동국의 명장들을 입전한 것이기에 입전된 자의 특성을 드러내도록 서술되어야 하였다. 그렇기 때문에 국가적 환란에 능동적으로 대처하다가 가능성을 다 발휘하지 못하고 죽은 김덕령의 비극적 한을 드러내고자 노력하였다. 그래서 당시 최고의 위치에 있으면서도 그를 비극적으로 죽게 만든 유성룡 행위에 대해 자세하게 비판하며 서술할 수 있었던 것이다.

다음으로 죽은 후의 평가 부분을 살펴보자. <김덕령>전은 그에 대한 추모형식으로 구성되어 그에 대한 평가를 종합적으로 나열하고 있다. 즉 그의 문학성, 죽음에 대한 평가, 윤근수가 평가한 김덕령의 인간성, 그리고 검 만들기 사건 등으로 서술하고 끝에 해원하는 것으로 구성하여 놓고 있다. 이에 비하여 김덕령<전>은 검 만들기를 맨 앞에 놓음으로 비극적 운명이 천명임을 보여주고 있다. 그렇지만 다시 진주목장의 일화와 그 말이 예지가 있음을 보여주어 김덕령의 비극적 영웅성과 결백함을 보여주고 있다. 그리고 김덕령의 죽음이 개인적 시기도 받았지만, 조선 사회에 팽배하였던 당쟁 때문이었음을 보여주고 있다. 이는 김덕령의 죽음이 사회적 모순에서 비롯된 것임을 암시하고 있다. 그리고 죽음의 평가와 해원을 설정하고, 끝으로 논찬을 제시하고 있다. 김덕령<전>은 정통적인 전 양식을 구비하여 김덕령의 사실을 드러내 보여주고 있으나 논찬 부분에서 김덕령의 인간성 부분을 강조하고 있다.

이상에서 두 전의 관계를 보면, 이민서의 전은 왕명에 의해서 지어졌고 홍량호의 전은 <해동명장전>에 수록된 것이다. 그 결과 이민서의 전은 사실에 충실할 뿐만 아니라 위정자를 비판하는 대목을 더욱 간략하게 서술하고, 김덕령의 영웅성을 부각할 수 있는 부분만 강조하고 있다. 이에 비하여 이계의 전에는 문헌설화를 많이 수용하여 작자의 나름대로 김덕령의 영웅성을 부각시키는 쪽으로 구성하고 있다. 그렇기 때문에 홍량호의 전에는 집권위정자들을 비판하고 풍자하는 부분이라 할지라도 문헌설화에 충실하게 따르고 있다. 전체적으로 볼 때 홍량호의 전이 길게 서술되어 있고, 합리적으로 구성되어 있다.

3. 국문 <김덕령전>의 서사구조와 의미

1) 시대적 배경

<김덕령전>은 장도빈(張道斌)이 일제 강점기인 1926(大正 15년)년에 창작하여 덕흥서림에서 발간한 신작구소설 형태의 작품이다.[114] 작품의 내용은 역사적 기록물이나 문헌설화를 바탕으로 하되, 김덕령의 탁월한 영웅성을 드러내는 방향으로 구성되어 있다. 즉 김덕령의 문헌전승이 지닌 민족적 우월을 보여주며 일제의 강점이란 민족적 울분을 토로하는 작자의 의도를 찾아볼 수 있다.

장도빈이 <김덕령전>이란 소설을 쓰게 된 동기는 살았던 상황에 기인하다. 작가가 살았던 시기는 일제의 강점기였다. 즉 1876년 일제에 의해 강제로 강화도(병자)수호조약을 맺은 이래 외세의 침탈로 조선은 민족적 자존심이 심하게 구겨졌다. 서세동점 하는 시기에 민족적 자존심을 지키기 위해 척왜양이(斥倭攘夷) 등의 구호를 내걸고 위정척사파나 동학이란 이념 아래에 투쟁을 전개하였지만, 정부에 의한 청·일의 외세

---

114) <김덕령전> 서울대 도서관에 소장되어 있는데, 원제목은 <忠勇將軍 金德領傳>이란 제목과 바로 밑에 다시 한글로 반복하여 쓰여 있다. 같은 판본이 인천대학 민족문화 연구소에서 간행한 『구활자본 고소설전집』 권19 (동서문화원, 1984)에 수록되어 있다.

개입으로 좌절되었다. 이후에 조선은 외세의 세력 쟁탈 장으로 변모하였다. 그리하여 청일, 러일 전쟁에서 승리한 일본은 1905년 통감부를 두고 조선 외교권을 박탈하고 통치하였다. 그리고 1910년 조선은 강제로 국권을 빼앗겨 식민지로 전락하고 말았다.

1910년대는 침략주의에 대항한 민족주의 의식이 팽배하던 시기이다. 즉 1905년 제2차 한일협약 이후 항일운동은 각계각층에서 각양각색의 형태로 전개되었다. 일제에 국권을 빼앗긴 조선의 지식인들은 민족적 자존심과 우월의식을 앙양할 필요가 있다.[115)]

그래서 문헌 기록이나 고전소설에서 뛰어난 업적을 이룬 명장들을 작품화한 영웅전기[116)] 또는 역사·전기류가 등장하였다.[117)] 영웅전기 또는 역사·전기류는 임진록·박씨전·임경업전 등이 임병양란을 소재로 민족사적 인물의 영웅적 활동을 극대화하여 왜·청에 대한 적개심을 부추겨 민족적 자존심과 우월의식을 고양하고자 하였던 점을 답습하고 있다. 즉 일제의 강점으로 민족적 위기에 처하여 현실극복에 대한 자신감을 심어주고, 민족의 자부심과 긍지를 고취시키고 각성시키기에 적합한 양식이 필요하였다.

이를 해결하기 위해 역사적으로 유명한 인물들을 민족적 영웅으로 부각시키는 영웅 전기물이 쏟아지는데, 이른바 역사·전기류이다. 그리고 우리 민족현실의 역사적·정치적 환경과 유사성을 지닌 각국의 전사나 민족영웅들의 구국 투쟁사를 주체적으로 해석하여 수용하려 하였다. 이런 태도는 안으로 봉건적 사회제도를 개혁하여 새로운 근대민주사회를

---

115) 신채호, <伊太利建國三傑傳>『丹齋申采浩全集』(중) (형설출판사, 1979) p.183. "愛國者가 無한 國은 雖强이나 必弱하며 雖盛이나 必衰하며 雖興이나 必亡하며 雖生이나 必死하고, 愛國者가 有한 國은 雖弱이나 必强하면 雖衰나 必盛하면 雖亡이나 必興하면 雖死나 必生하나니, 至哉라 愛國者며 聖哉라 愛國者여"
116) 김용덕, 『한국전기문학론』 (민족문화사, 1987) p.98. 신채호나 박은식의 전기를 영웅전기, 그리고 1920년 나타난 영웅에 관해 서술한 문학을 영웅전기소설이라고 지칭하였다.
117) 홍성암, 『한국의 역사소설』 (민족문화사, 1989) pp.12~13, 27~31.

건설하고, 밖으로는 외세의 침략을 물리쳐 자주 독립 국가를 이룩하려
는 의도에서 비롯된 것이었다. 즉 이 시대 의지는 강렬한 민족의식과 반
일 저항의식을 요청하게 되었고, 이에 부응할 새로운 역사의식을 필요
로 하였다.118) 이때의 역사·전기류는 절실한 시대적 민족적 요구에 의
하여 역사상의 실존인물을 입전함으로써 구국 항쟁의식을 고취시키고
애국자가 나오기를 간구하는 작의가 표면화 되었다.119)

그런데 개화기의 전(傳)에 나타나는 영웅은 고전소설에서 흔히 볼 수
있었던 영웅의 모습과는 성격이 다른 것이다. 왜냐하면 개화기의 문학
은 전통적 양식과 서구의식이 교체되는 시대이므로, 전에 있어서 전통
적 문예양식의 하나인 전기체가 발전적 양상을 띠면서 외국 전기의 영
향으로 새로운 전기체를 개척하게 되기 때문이다. 개화기의 전기에서는
전과 소설을 동화시키고 융화시켜, 전이 갖는 한 인물의 해석과 전수의
기능에다 소설의 흥미성을 끌어들여 교훈성을 강화할 수 있게 되었
다.120) 다시 말해 개화기 문학은 외세에 대응하여 민족의 자주정신과 자
존심을 확립하면서도 구시대를 청산해야 하는 시대적 과제를 안고 있다.
그러므로 이 시대의 문학은 심미성보다는 사회적 성격이 우세하였다.121)
그리하여 개화기의 역사·전기류는 독자가 이미 알고 있는 구체적인 인
간의 삶을 통해 삶의 규범성을 제시하므로 오히려 순전히 허구적 소설
보다도 독자에게 강한 호소력을 지닐 수 있었다.122)

---

118) 홍일식, 『개화기의 문학사상연구』 (열화당, 1982) p.145.
119) Avrom Fleishman, The English Historical Novel (John Hopkins Press, Poltimdre &
　　London, 1971) p.4에서 과거와 현재의 이중 장치를 이룬 역사적 상상력의 활동은 공
　　간과 시간을 초월하여 상징적인 동질성으로 맥락이 이루어져 있다는 의식이 토대로
　　있어야 한다고 보았다.
120) 김용덕, 전게서, pp.87~89.
121) 김영수, "신소설의 변신과 미망" 『월간문학』 1986년 4월호, p.287.
122) 이윤석, 『임경업전 연구』 (정음사, 1985) p.131.

<김덕령전>의 작가 장도빈은 신채호, 박은식, 장지연보다 좀 늦게 전의 저술에 뛰어 들었는데, 이들의 영향으로 애국계몽 운동에 참여하여 기우는 국가를 수호하고 민족정기를 일깨우고자 역사 연구와 많은 영웅의 전을 집필하였다. 장도빈이 지은 전기 작품의 특징은 소설의 통속성을 배제하고 사실에 충실하면서 민족의식을 고취시키려는 전통적인 전기의 정신을 이어 받고 있다.

> 이제 이순신전을 지으며 본서는 이순신장군의 역사를 가장 실사 그대로 서술한 것이니 이 졸필이 이순신장군의 위대한 면목을 완전히 나타내지는 못하나 본서를 보면 이순신장군의 실상을 대대 알 수 있다.[123]

위와 같이 장도빈은 민족적 영웅을 작품으로 구성하면서 심미성보다 그 영웅의 실상을 보여주고자 하는데 목적이 있다. 여기에서 장도빈은 신채호나 박은식과 같이 역사주체로서 영웅의 출현을 간절히 갈망하고 있다. 즉 장도빈의 주장은 외세침략의 위협에 당면해 있는 우리 민족의 각성을 촉구한다는 실질적 의미를 담고 있다고 하겠다.[124] 그의 「조선십대위인전」은 이러한 의도에서 출간된다.

이후에도 1937년에 이르기까지 <을지문덕전>, <동명왕전>, <개소문전>, <발해태조전>, <강감찬전>, <이순신전>, <조선명부전>, <원효전>, <대원군과 명성황후>, <서산대사와 사명당>, <남이장군실기>, <조선태조전>, <온달공주전>, <문명왕후전>, <최영전>, <김덕령전>을 고려관·덕흥서림·동양서원·박문서관 등에서 단행본으로 간행하였다. 그리고 장도빈은 삼국시대부터 조선조까지의 명부(名婦) 10인에 대한 전기인 『조선명부전(朝鮮名婦傳)』을 지었다. 여기에 입전된 인물로는

---

123) 장도빈, <이순신장군전>『대한위인전』(중) (아세아문화사, 1981) p.282.
124) 권영민, "신채호의 소설개혁론과 그 한계"『한국 현대소설사연구』(민음사, 1984) p.243.

여걸 소서노, 양처 알영, 현모 만명, 여정치가 선덕여왕, 애국부인 지소, 신녀 설씨, 열녀 도미부인, 효녀 지은, 여류시인 허난설헌, 여화백 신사임당 등이 수록되어 있다.125)

또 일제 시대에 간행했던 위인들의 전기를 모아 1947년 서울 국사원에서 『대한위인전』을 한 책 9권으로 간행하기도 하였다. 여기에는 한국 역사상 위인인 8인의 사상과 업적을 각기 1권씩, 즉 <광개토대왕전>, <을지문덕장군전>, <발해태사전>, <원효대사전>, <고려태조전>, <강감찬장군전>, <세종대왕전>, <이순신장군전> 등 8편의 전기가 실려 있고, 9권에 <한국의 사상사와 사상가>라는 논문을 수록하였다.126)

<김덕령전>도 개화기란 역사적 상황과 민족의식을 고취하려는 의도에서 나왔다. 특히 일제의 강점을 당한 상황에서 임진왜란 기간에 왜에게 두려움의 대상이었던 김덕령을 민족적 영웅으로 형상화하여 민족적 주체성과 국난극복의 의지를 고취시켜 반일감정을 부각시키려고 하였다. 이런 의식은 역사를 움직이는 것이라고 보는 신채호가 <을지문덕> 서문에서 과거의 영웅을 적어 미래의 새로운 영웅의 출현을 바란다127)는 말에서 분명하게 드러내고 있다. 장도빈이 <김덕령전>을 지은 것도 역사적 진실과 김덕령의 영웅적 역량을 강조하여 민족적 자긍심과 쇠퇴하여 가는 민족정기를 고취하고 시대적 난관을 극복하기 위한 노력이었다.

이런 점에서 장도빈의 국문전기소설인 <김덕령전>은 작가가 작품의 구성의도를 나타내기 위하여 문헌설화의 자료를 어떻게 취사선택하였으며 서사구조와 의미가 무엇인가를 살펴보고자 한다.

---

125) 張道斌, 『朝鮮名婦傳』 (고려관, 1925).
126) 趙珖, <大韓偉人傳 解題> 『大韓偉人傳』(상) (아세아문화사, 1981) pp.2~3.
127) 신채호, <을지문덕> 『신채호 전집』 (형성출판사, 1977) 서문 참조

2) 서사구조의 특징과 의미

(1) 서사구조의 특징

우선 작품이 구성된 서술단계를 살펴보기로 하자. 장도빈의 <김덕령전>은 전기소설로 재래의 전기 구성 양식에서 크게 벗어나 있다.[128] 즉 <김덕령전>은 문학성보다 논문형식의 건조한 문체를 사용하였으며, 김덕령의 출전, 김덕령의 기병, 김덕령의 출전, 김덕령의 횡사 등 크게 4단계의 장으로 나누어 장회체 소설처럼 구성하고 있다.

이 4단계의 구성을 볼 때, 김덕령의 출세는 성장기의 삽화를, 김덕령의 기병과 김덕령의 출전은 활동기의 삽화를, 그리고 김덕령의 횡사는 김덕령의 죽음에 관한 삽화를 서술하고 있다. 이 중에서 김덕령의 용력을 드러내는 기병과 출전이 작가의 의도를 나타내는 중심이 되고 있다.

  ○. 김덕령의 출세
　　1. 김덕령의 용력
　　2. 성장기의 무사적 측면
　　　　　　　지혜적 측면
　　3. 출신내력
　　4. 일본의 침입(정발, 송상현, 리일, 신립)
　　5. 구원병 청하기
　　6. 김덕령의 가계 및 의병 내력
  ○. 김덕령의 기병
　　1. 기병권유
　　2. 기병과 능력 시험(광해군, 선조)
　　3. 기병할 때의 상황(진주성 함락과 논개)
　　4. 김덕령에 대한 기대
  ○. 김덕령의 출전

---

128) 김용덕, 전게서, p.101.

　　1. 출전 계획
　　2. 권율 장군의 행적
　　3. 곽재우의 행적
　　4. 김덕령 영남에 오다(왜장 대비)
　　5. 의병 혁파 김덕령에게 복속(시기와 질투)
　　6. 거제도 탈환작전
　　7. 탈환 작전 실패 평가
　ㅇ. 김덕령의 횡사
　　1. 제1차 체포
　　2. 제2차 체포 과정(이몽학의 난에 연루됨)
　　　ㄱ. 김덕령 잡아오기
　　　ㄴ. 성윤문이 체포하기
　　　ㄷ. 서울로 압송(지방민 상소)
　　3. 심문 과정
　　　ㄱ. 선조의 심문
　　　ㄴ. 어전회의 (김응남, 정탁, 유성룡, 선조)
　　　ㄷ. 선조의 재심문(죽을 죄의 이유)
　　4. 김덕령의 최후
　　5. 김덕령의 죽음의 평가와 가계의 상황
　　6. 김덕령의 해원

　위 <김덕령전>은 개화기 전 작품의 일반적 특징처럼 분량이 짧고, 구성이 미숙하다. 반면에 율문체에서 산문체로 바뀌었으며, 띄어쓰기가 되어 있지 않았던 줄글이 호흡단위로 띄어쓰기 되어 있다.[129] 또 작품의 도입부의 서술방식은 고전소설의 형식인 "화설 + (시간 + 장소)에서 + (주인공의 특성) 있으며, 성은 X요, 명은 Y이다"를 그대로 차용하고 있다.
　위의 서술단계를 보면, 탄생담은 없고 성장담에서부터 최후담까지 결

---

129) 김용덕, 전게서, pp,102~105.

구되어 있다. 소설에서는 탁월한 능력이 있어 의병을 일으킨 김덕령을 당대 지배층의 무능과 무사안일로 억울하게 횡사시켰는데, 이것이 오늘날 일본에 강점당한 원인이라 역설하고 있다. 다시 말해 지금 임진왜란과 같은 외세의 침입으로 국권이 유린당하여 분열된 상황에서 벗어나기 위해서는 민족적으로 혼연일체가 되도록 자존심을 부각시켜 주체성을 회복해야 한다는 것이다. 이런 작의를 드러내기 위하여 어떠한 서사구조의 특징이 있는지 살펴보기로 하자.

첫째, 작가는 위와 같은 의도를 확연하게 드러내기 위해서 작품의 서술 단계의 반복법을 구조로 사용하였다. 반복적 결구는 김덕령의 영웅성을 부각시켜 작가가 의도하였던 민족적 정기의 함양과 주체성 회복을 확보할 수 있다. 이처럼 전기소설 <김덕령전>이 반복구조를 이룬 것은 설화나 문헌기록을 제재로 취사선택하여 재구하였기 때문이다.130) 이야기 삽화의 반복적 결구는 김덕령의 영웅성을 사실로 받아들일 수 있도록 할 뿐만 아니라, 독자에게 작품 내용의 흥미성을 유발시켜 작가의 의도를 쉽게 전달할 수 있는 방법이었다.

작가는 맨 앞에서 김덕령의 용력을 설명하면서 여러 가지를 반복적으로 나열하고 있다. 김덕령의 용력은 문헌설화에서 소재를 취하여 나열하고 있는데, 단순한 나열이 아니라 그의 성장과정을 통해 작가의 의도를 반영하도록 결구하고 있다. 또한 왜장의 침입에 대한 방어 과정에서도 정발·송상현·리일·신립 등을 등장시켜 시대적 불행을 보여주고 있다. 또 김덕령이 출전계획을 발표한 후 관군으로 권율을, 의병으로 곽재우를 등장시켜 김덕령 출전의 의의를 강조하고 있다. 즉 김덕령의 출전으로 권율·곽재우와 함께 조선에서 왜구를 무찌를 수 있는 계기였음

---

130) 전기소설 <김덕령전>는 작품의 제재들은 문헌설화들이 주로 수용되었다. 작품에는 구비설화나 임진록의 삽화의 자료가 보이지 않는다. 작품에서 반복구조를 이룬 것은 문헌설화의 자료가 단편적이기 때문에 여러 개를 반복적으로 나열할 수밖에 없다.

을 보여주고 있다. 그런데 이 계기가 위정자들의 분열로 무산되었음을 김덕령의 횡사부분에서 언급하고 있다. 그리고 김덕령의 횡사부분에서 신문 과정도 반복적으로 결구함으로써 김덕령의 억울함과 선조를 위시한 위정자들의 시기와 질투심을 드러내어, 이런 분열된 상황이 탁월한 능력의 영웅 김덕령을 횡사시키고, 국가가 오늘날과 같은 일제의 침략을 받게 되었음을 나타내고 있다.

이상 전기소설 <김덕령전>에서 반복구조를 통하여 작가는 김덕령의 영웅성을 부각시키는 동시에, 그의 횡사를 통해 분열되지 않고 국민 모두가 혼연일체하여 주체성의 확립과 자존심의 회복을 강조하고 있다.

둘째, 전기소설 <김덕령전>은 불완전한 순환구조의 성격을 지닌다. 이 작품은 김덕령의 일생을 따라 서술하는 순차적 단계를 이루고 있지만, 완전한 순환구조를 이루지 못하고 있다. 특히 횡사부분은 앞부분과 인과적 논리 관계로 설명되지 못하고 있다. 문헌설화나 구비설화, 그리고 임진록 등 김덕령의 서사전승에서는 그가 횡사할 수밖에 없는 이유로 탄생·성장 과정 등에 설정된 금기의 파괴나 충효의 갈등에 기인하고 있다. 그런데 <김덕령전>에는 김덕령이 단순하게 이몽학의 반란에 연루되어 최후를 맞이하도록 구성하고 있다. 작가는 김덕령이 이몽학의 난에 관련되지 않았음을 인정하고 있지만, 작품에서 인과적으로 설명하지 못하고 있다.

김덕령의 죽음은 원사인 데도 억울한 죽음이란 사실을 간명하게 심어주지 못하고 있다. 그 결과 김덕령의 죽음이 새로운 영웅출현의 기대로 이어지지 못하고 말았다. 이것은 문헌설화나 구비설화의 담당자들이 바라는 새로운 영웅출현 기대의식을 작가가 김덕령의 영웅성만을 강조하다가 평면적으로 구성하는 결구에서 생긴 오류이다. 즉 작가는 김덕령의 이야기를 통해 새로운 영웅출현을 기대하고 있지만, 작품의 서사구조에는 김덕령이 현세적 영웅으로 존재할 뿐, 민중·민족적 영웅 또는 비극적 영웅으로 민중들의 심성에 살아남지 못하고 말았다.

이것은 작품의 구조가 불완전한 순환구조를 이루어 작품의 부분 간에서 인과적 논리성이 부족하기 때문이다. <김덕령전> 앞부분에서 김덕령의 성장 과정을 통하여 탁월한 용력이 형성되고, 그 결과로 기병과정에 훌륭한 장사와 많은 의병이 모인 것으로 구성하여 인과성을 맺어 놓았다. 또 그의 성장 시기에 탁월한 능력을 갖추었기 때문에 기병하기에 앞서 천거의 대상이 되었다. 그리고 김덕령이 모친상을 당하였을 때 집에 있는 것은 효를 다하기 위해서가 아니라 좋은 기회를 엿보기 위해서였다. 당시 조선의 해군은 이순신이란 명장이 있어 일본 해군을 연패시키고 있는데, 조선의 육군은 연패 당하였다. 그러던 중에 명나라의 구원병과 재정비한 조선의 관군과 민병은 평양성을 탈환하였다. 그런데 명나라의 구원병은 벽파진에서 왜구에게 대패한 이후에 싸우지 않고 세월만 보내고, 조선의 관군과 민병들도 곳곳에서 패하였다. 이때 김덕령은 가용인재를 전국에서 구하고 있는 조정의 취지에 능동적으로 참가하여 기병하였다. 그리하여 전기소설 <김덕령전>에는 국가를 위한 충과 어머니의 복상에 관한 효의 갈등이 설정되어 있지 않는다.[131] 그래서 김덕령은 최후의 죽음에서도 어떤 갈등을 보여주지 않고, 다만 이몽학의 난에 연루되어 죽게 되어 있다. 이때 김덕령이 자기의 죄가 없음만을 주장하였으나, 선조와 시기하는 자들은 그를 잔인한 방법으로 죽인다는 평면적 기술이다. 즉 <김덕령전>은 성장과 활동담에서의 연관성이 성장·활동담과 최후담에서 보이지 않고 있다.

셋째, 작품의 마무리 부분이 열림구조로 되지 못하고 폐쇄구조로 되

---

131) 김덕령에게 충효의 갈등이 없는 것은 일제의 침략기라는 시대적 상황과 밀접한 관련을 가진다고 보겠다. 왜냐하면 국가를 잃은 상태에서는 효도를 할 수 없는 불능의 상태이다. 그래서 작가는 국가의 주권회복을 위한 시대적 상황에서 충효의 갈등을 설정할 필요성이 없다고 인식하였던 것이다.

어 있다. 작가는 마지막 부분에서 김덕령의 죽음을 평면적으로 하면서 억울한 죽음을 해원시켜 주는 것을 서술하므로 폐쇄구조를 취하고 있다. 그리하여 작품은 민중에게 새로운 영웅출현의 기대심리를 가능하게 하는 열림구조를 이루지 못하여 김덕령을 통한 새로운 민족적·민중적 삶을 제기하지 못하였다. 즉 작품의 마무리 부분인 김덕령의 횡사가 민중들에게 새로운 삶의 지향적 기대의식을 제공하지 못하고 있다.

구비설화나 문헌설화의 담당층들은 이야기꾼들의 한계를 설정하지만, 김덕령의 죽음에서 끊임없이 삶을 지탱해 갈 수 있는 요소를 제공하고 있다. 반면 전기소설 <김덕령전>에서는 김덕령의 죽음에 새로운 삶의 의지를 보여주지 못하고 위정자들의 폭거를 보여주고 있을 뿐이다. 그리고 작가가 그의 죽음에 원한을 맺혀주지 못하고 해원시켜 줌으로써, 그의 작품에는 영웅성이 인정하지만 민중들의 심성에 살아남게 하지 못하였다. 이는 작가가 작품의 결말구조를 폐쇄구조로 결구하였기 때문이다. 작가는 당대의 현실극복을 위한 민족의 주체성 회복과 자존심을 고취시키기 위하여 김덕령을 민족적 영웅으로만 강조하다가 설화적 이면에 진술되고 있는 민중적 영웅으로의 기대 의식을 인식하지 못하고 간과하여 버렸다.[132]

이처럼 전기소설 <김덕령전>에서 작품구조의 특징은 김덕령의 영웅성을 강조하기 위한 반복법, 김덕령의 일대기를 중심으로 순차적으로 구성하고 있지만, 불완전한 순환구조와 마무리 부분을 폐쇄구조로 결구하여 놓고 있다. 즉 폐쇄구조로 결구하여 민중들에게 삶의 영속적인 지향의지를 제공하지 못하고 있다.

---

132) 작가가 설화적 진술의 이면을 인식하지 못한 것이 아니라, 그 시대적 상황에서 민족적 자존심의 극복과 주체성 확립이 너무도 시급하기에 이 설화적 진술의 이면에 있는 의식을 간과하였다고 할 것이다.

(2) 서사구조의 의미와 작가 의식

본 항에서는 <김덕령전>을 성장담·활동담·최후담으로 나누고, 다시 그의 하위 단락을 나누어 단락에 내포하고 있는 중심 단락소의 의미를 화소분석적 방법으로 살펴보면서, 그 속에 내재하고 있는 작가의식을 검토하고자 한다.

ㄱ) 성장담

'김덕령의 출세' 장은 성장기에 속한다. 이 전기소설에서 성장기 맨 앞부분의 서술은 전의 기술양식을 그대로 답습하여 김덕령의 가계와 내력의 기록부터 시작하고 있다. 그리고 성격과 용력을 서술하고 있는데, 객관적 상관물로 기술한 문헌설화의 내용을 빌어서 작가의 주관적 의도가 담긴 서술체로 이야기를 전개하고 있다. 그렇기 때문에 내용이 구체적이지 못하고 추상적이면서도 작가의 작의가 너무도 많이 개입한 논설문적인 건조한 문체를 보이고 있다.

한편 성장기에서 김덕령은 세상일에 적극적인 모습을 보여주고 있다.[133] 김덕령이 세상을 구제하려는 의도에서 수양에 힘썼다고 구체적으로 든 예들은 탁월한 용력이나 도술적 면모를 지닌 것들이다. 그리고 청년이 되었을 때 말 잘 타기, 활 잘 쏘기, 칼 잘 쓰기, 병법을 잘 알기 등 주로 무사적 측면의 수양을 보여주고 있다. 이는 문헌설화에서 보여주는 무사적 측면과 비슷하지만, 그에 대한 접근 방식이 다르다.

문헌에는 김덕령이 무업의 길보다 유업을 중시한 선비 지망생이라 어려서 그의 탁월한 능력을 부모도 알지 못할 정도라 하거나, 단정한 풍채를 가진 인물이기 때문에 30살이 되도록 인근에 아는 사람이 없을 정도로 알려지지 않았다고 한다. 이후 문헌이나 구비설화에서는 김덕령이 무

---

133) 문헌설화에서는 김덕령이 큰 뜻이 있다고 암시적으로 보여주지만, <김덕령전>에서는 추상적이지만 직접적인 서술로 나타내고 있다.

업을 처음부터 계속 배우는 경우도 있다. 그렇지만 김덕령은 훌륭한 선생 밑에서 공부를 하다가 자만심에 빠져 주어진 금기를 파괴하고 버림을 받아 최후에 패배를 암시받고 있다. 이에 반하여 전기소설 <김덕령전>에서는 김덕령이 문무겸전하였으나, 처음부터 전장에 나가 큰 공을 세우려고 무업에 치중한 인물로 설정되어 있다.134) 이는 시대적 상황에서 일제와 투쟁하고 국가 재건에 매진할 특출한 능력을 가진 영웅의 출현을 바라는 작가의 의도에서 이루어진 것이다.

더욱이 특출한 김덕령은 무업으로 큰 공을 이룰 기회가 오기만을 기다리고 있다. 그리하여 김덕령이 전쟁에 임하여 지은 시조를 소년시대의 포부로 설정하게 되었다.135) 이 결구는 김덕령의 영웅성을 표면적으로 부각시켰지만, 김덕령 전승이 지닌 비극적 영웅성의 의미를 감소시키는 역할을 하고 있다. 즉 <김덕령전>에서 김덕령이 한미한 가문이기 때문에 유업보다 무업을 중시하였다면, 그는 출세 지향주의 속성을 지닌 인물에서 벗어날 수 없다. 다시 말해 문헌설화와 같이 김덕령이 유업을 중시하였으나 시대적 상황 때문에 무장이 되었다고 할 때, 보다 그의 비극성과 영웅성을 부각시킬 수 있다고 본다. 그리고 <김덕령전>에서는 탁월한 능력을 지닌 김덕령이 단지 가문이 한미하다는 이유 때문에 등용되지 못하였다는 것이다. 여기에서 출세지향 의지가 강한 김덕령은 한미한 가문 출신이란 현실적 장애요소조차 극복하지 못하는 인물로 전

---

134) <김덕령전> (덕흥서림, 1915) p.3. 그런데 "나는본래 글줄이나늙고 군대일은 몰으던사람이나"(p.14)라고 문헌기록을 그대로 수용하고 있어 이율배반적 성격을 보여주고 있다. 한편 문헌에는 김덕령이 무장으로 나선 것을 자의가 아니라 시대적 상황 때문이라 한다. 이에 반하여 <김덕령전>에서 자의로 무장에 나섰다고 하는 것은 작가가 시대적 상황이 긴박함을 강조하기 위한 의도로 여겨진다.

135) <김덕령전> p.3. "글을 읍조리는것이 영웅의 일은아니니 군악소리를 드르며 전장에 나아가리라 // 다른날 공을일우고 도라온후에야 강호에가셔 물고기를낙글뿐이라"를 소년 시절부터의 심사로 구성하여 놓고 있다. 이 시를 문헌기록에는 전쟁에 참가할 때에 지은 것으로 되어 있다.

락하고 만다.

왜구의 침입은 국가적으로 불행한 사태였지만 김덕령에게 좋은 기회였다. 왜병의 침입은 선조의 무능으로 동서붕당의 당파싸움이 극심하여 질서가 문란해진 조선을 무질서·무정부 상태로 빠뜨렸다. 이런 위정자들의 무능과 분열에도 불구하고 정발·송상현 같은 인물들은 외세의 침탈을 온몸으로 방어하였다. 특히 작가가 정발의 삽화를 끌어들은 것은 외세의 침탈을 당하였을 때 효·충의 갈등이 전혀 문제되지 않는다는 의식을 보여주고 있다. 즉 정발이 어머니에게 효를 다하지 못함을 말하였을 때, "그모친이 정발의등을 어루만지면갈오되 어셔가거라 네가 나라의충신이되면 내가 무슨 한이 잇겟나냐하더라"[136]라는 말에서 파악할 수 있다.

여기에서 작가는 효보다 충을 우위에 놓고 있다. 이는 김덕령의 모친이 충보다 효를 우위에 둔 임진록이나 문헌·구비 설화와는 정반대의 사고라 하겠다. 또 이 삽화에서 정발의 첩 애향의 죽음과 정발의 하인 룡월의 죽음을 서술한 것은 열이나 주인에 대한 충성을 드러내기 위한 것이 아니라, 외세의 침입에 대해 모든 계층이 분발하는 모습을 보여주기 위한 것으로 여겨진다. 이는 임진왜란과 같은 일본의 침탈로 국가적 주권과 민족적 주체성이 상실 당한 현실적 상황에서 남녀노소 상하귀천 할 것 없이 현실극복을 위하여 동참하도록 촉구하는 의도가 있다고 하겠다.

정발·송상현·신립·리일 같은 장수들이 왜구를 막았지만, 실패하여 임금은 의주로 몽진하고 한양과 평양이 차례로 함락 당하고 만다. 이때 명나라의 구원병과 각지에서 의병이 일어나 왜구들과 싸웠다. 이처럼 국가적 위기 상황에서 온 국민이 민족적 단합을 통해 외세의 침탈에 대항하였던 모습을 보여주고 있다. 그런 상황에서 김덕령의 3형제도 국가

---

136) 〈김덕령전〉 p.5.

의 위기를 구하고자 하였다. 그래서 먼저 기병한 형 덕홍이 고경명의 참모장으로 금산 전투에서 전사하고 말았다. 그리고 덕령이 늙은 어머니를 모시다가 상중죄인이 되었음을 문헌의 기록보다 소략하고 추상적으로 서술하고 있다. 그리고 작가는 김덕령이 어머니를 장사 지내고 출전할 기회를 기다리면서 준비하였다고 서술하고 있다. 이는 김덕령에게 상중죄인의 의식보다 오르지 국가적 위기를 극복하려는 의도만 있음을 보여주고 있다. 이처럼 작가는 김덕령을 통하여 국가의 위기를 구하는 일이 어떤 일보다 우위임을 나타내고 있다.

이상 '김덕령의 출세' 부분에는 김덕령의 탁월한 능력을 드러낸 동시에 국가적 위기 상황에서 충효의 갈등을 문제 제기조차 거부하고, 효보다 충의 우위를 설정하고 있다. 이렇게 작가가 충을 우위로 설정한 것은 작가가 살았던 시대적 상황과 관련된 것으로 보인다.

ㄴ) 활동담

활동담은 '김덕령의 기병'과 '김덕령의 출전'이란 장이 해당된다. '김덕령의 기병'은 김덕령이 의병을 일으켜 활동하기 위한 준비 단계이고, 뒤의 '김덕령의 출전'은 관군으로 권율을, 민병으로 곽재우를 들어 민족적 영웅들이 왜군과 싸우는 과정이다. 특히 후자는 김덕령을 권율이나 곽재우보다 능가하는 인물로 묘사하기 위한 서술적 장치로 보인다.

김덕령의 기병과정을 보면, 문헌설화의 내용과 같다. 매부인 김응회의 권유, 담양부사 이경린과 장성현감 이귀의 천거로 전라감사 권율과 세자의 기병 요구에 의해서 기병한 것으로 되어 있다. 그리고 기병하는 과정에서 최담령이 처음부터 함께 기병한 것으로 되어 있으며, 세자가 김덕령의 용맹을 보고 익호장군을 하사하였다고 한다. 여기에서 문헌기록의 이정암이 권율로 바뀐 것과 세자의 요구가 첨가된 이외에 별 차이가 없다. 그런데 김덕령의 기병과정은 문헌기록보다도 더 추상적이고 간략하게 서술되어 있다. 김덕령에 대한 추상적 서술은 그의 신이한 영웅성을 부각시키는 방법이다. 즉 구체적으로 서술하면 세세한 의미를 인과적으로 구성하여야 하는데, 추상적으로 서술하여 인과적 논리성보다 일상적인 보편성에서 인식하도록 하여 김덕령의 영웅성을 측정할 수 없도록 하였다.

김덕령의 기병과정 뒤에는 시대적 상황을 서술하고 있다. 명나라 군사와 조선군사는 평양성과 한양성을 탈환하였으며, 명나라의 심유경이 일본과 화친하기 위하여 왕래하면서 왜장들이 경상도 쪽으로 철수하여 기회만을 노리고 있었다. 왜장들이 기회를 노린 대표적 싸움이 진주성 싸움이다. 원래 진주성은 처음에 진주목사 김시민이 수만의 왜구를 물리쳐 무사하게 견디었다. 그런데 경상도로 물러난 왜구들은 전날의 원한을 설욕하고, 호남으로 진출할 교두보를 확보하기 위하여 대군을 이끌고 일전을 촉발하였다. 그리하여 황진·김천일·허경회의 군사들과 모든 진주성 백성이 9일 동안이나 싸웠으나 대패하여 성이 함락 당하였다. 이는 부산진첨사 정발의 사건과 같은 맥락에서 <김덕령전>에 수용하여 전 국민의 합심을 촉구하고 있다. 심지어 논개라는 기생은 일본장수 모곡촌륙조를 끌어안고 남강 물에 빠져 죽기까지 하였다. 이처럼 진주성이 함락되지 않기 위하여 모든 군사와 시민들이 합심하였음에도 불구하고 지키지 못하였다. 다시 말해 민족과 국가를 위해서 모든 사람들이 합심하여도 진주성이 함락되는 좌절을 겪었는데, 작가가 살고 있는 현실 상황에서 민족적 자존심과 주체성 확립을 위해서는 모든 백성이 혼연일체가 되어 합심하는 방법밖에 없음을 보여주고 있다.

천하명장 김덕령의 기병은 진주성의 함락이란 민족적 좌절의 상태에 놓인 온 민족에게 기대의 대상이었다. 천하명장인 김덕령이 5천명의 대군을 이끌고 전장에 참여하자 모든 백성들은 승전할 기대에 부풀어 올랐다. '김덕령의 출전'의 장에서 김덕령은 온 민족의 기대에 부응하기 위하여 의병의 진격로를 발표하고 출전하게 된 이유를 밝히고 있다. 그리고 관군인 권율의 행적과 민병인 곽재우의 행적을 열거한 뒤에, 김덕령이 영남에 왔을 때 왜군들의 행동을 서술하고 있다. 이 구성은 권율, 곽재우, 김덕령과 같은 민족적 영웅 셋이 영남에 모이게 되어 왜란을 평정할 수 있음을 보여주려는 작가의 의도로 보인다. 즉 세 사람은 이 땅에서 외세를 완전하게 축출시켰던 인물들로 설정하고 있다.

권율이나 곽재우의 행적 삽화는 외세의 침입에 대한 민족적 울분을 마음껏 토로한 이야기이다.[137] 권율은 행주산성에서 수만 명의 왜적을 물리쳐 한양성을 탈환하는데 큰 역할을 하였다. 또 민병인 곽재우는 날렵한 작전으로 '홍의장군'이란 칭호를 받으며, 왜군이 낙동강 이서로 진출하지 못하게 막았다. <김덕령전>에 김덕령을 이런 민족적 영웅인 권율과 곽재우와 함께 서술한 것은 탁월한 영웅성을 부각시키려는 의도도 있지만, 그보다 일제 강점기란 현실적으로 당하는 민족적 울분을 토로하는 것이라 하겠다.

김덕령이 영남에 오자 왜 진영에서는 큰 동요가 일어난다. 경주를 침범하던 가등청정은 김덕령을 두려워하여 여러 장수들을 모아놓고 회의를 열어 김덕령과 싸우면 패할 것이니 싸움을 거두는 것이 상책이라고 결론을 내린다. 그리고 가등청정은 화공을 시켜 그려온 김덕령의 화상을 보고 "과연 텬하명장이라 덕령과싸오면 반드시패할진즉"[138] 하면서 걱정한다. 그래서 경주성을 치러갔던 군사까지 거두어들이고, 울산 근처에 세 개의 큰 진을 만들어 진만 지키다가 돌아가려고 한다. 이와 같은 왜적의 동요는 김덕령의 능력이 권율이나 곽재우를 능가함을 보여준다. 그리고 김덕령은 왜병들이 조선에서 활동하지 못하도록 하는 힘을 가진

---

137) 김용덕, 전게서, p.101. <김덕령전>에서 부수적인 권율이나 곽재우의 행적을 과다하게 구성한 것은 <전> 구성 방식의 미숙이라 하겠다.

138) <김덕령전> p.22.

민족적 영웅으로 형상화되어 있다.

김덕령이 영남에 온 이후에 왜병들이 진만 지키고 침탈이 없어지자 전국 각지의 의병을 혁파하여 김덕령의 충용군에 복속시키는데, 이것도 문헌기록을 차용한 것이다. 김덕령은 전국의 의병이 자기 밑으로 복속되자, 이 기회를 타서 일본군을 평정하여 큰 뜻을 이루고자 진을 전진시켰다. 한편으로 일본군에 격서를 보내어 전쟁을 재촉하였다. 조정에서는 왜와 화친의 핑계로 출전을 허락하지 않았다. 김덕령은 진주로 돌아와 둔전을 설치하고 병기를 장만하는 등 전쟁 준비를 하면서 출전의 허락을 요청하였다. 그런데 이때 조정에는 김덕령의 성공을 시기하여 성공하지 못하도록 출전을 방해하는 자가 있었다. 국가의 위난을 극복하고자 기병하였던 김덕령은 방해자들로 인하여 능력을 발휘할 수 없게 된다.

김덕령은 일이 뜻대로 되지 않자 밤낮으로 술을 마셨는데, 이것이 마음의 병이 되었다. 당 시대는 왜구와 화친 협상이 이루어지지도, 그렇다고 출전이 허락되지도 않았다. 더욱이 김덕령은 왜구와의 화친에서 함정에 빠질 것을 염려하고 있었다. 이때 동생 덕보는 조정에서 화친을 반대하는 윤두수가 도체찰사로 내려온다며 그와 상의하라고 형 덕령을 위로하였다. 그 결과가 거제도 탈환작전이다.

거제도 탈환작전을 계획한 윤근수의 성격이 문헌설화와 차이를 보이고 있다. <김덕령전>에서 윤근수는 문헌설화에서와 같이 거제도 탈환작전을 계획하였지만, 김덕령이 바라던 것을 해결하여 주는 사람으로 결구되어 있다.139) 즉 전기소설에서 윤근수는 곽재우가 언급한 바와 같이 김덕령의 장기인 육전이 아닌 수전을 계획한 것에 문제가 있지만, 김덕령에게 그의 역량을 발휘할 수 있는 기회의 제공자로서 역할을 하고 있다. 그런데 김덕령은 윤근수가 요구하는 역할을 제대로 수행하지 못

---

139) <김덕령전> p.25. 뒤에 곽재우가 등장하여 김덕령에게 묻는 장면에서 좀 차이가 있다(pp.25~27).

하였다. 윤근수의 계획을 수행하는 날 선거이(宣居怡)는 김덕령의 용력을 시험하는 날이라고 하지만, 그의 용력을 시험하는 방법의 선택이 잘못되었다. 즉 거제도의 왜군들은 김덕령의 군호인 충용기와 익호기를 보고 아예 대적할 엄두를 내지 못하였다. 조선군이 아무리 공격을 하여도 나오지 않는 왜적과 대결할 수가 없자, 여러 장수들은 군사를 거느리고 후퇴하여 김덕령도 후퇴할 수밖에 없었다.

문헌설화에서 김덕령은 거제도 탈환작전의 실패로 명성이 떨어졌는데도 불구하고, <김덕령전>에서는 거제도의 탈환작전을 김덕령의 영웅성을 부각하는 차원에서 활용하고 있다. 즉 왜적이 무서워 대적하지 못하는 대상이 김덕령이란 사실에 초점이 맞추어져 있다. 작가는 김덕령의 활동담에서 '왜적들은 김덕령이 있으면 싸우지도 않고 쥐구멍이라도 찾아 숨으려 하며, 김덕령이 온다하면 혼이 빠져 달아나기도 하고, 돌 한 개를 던지지도, 한 걸음도 나오지 못하여 싸우지 않고도 승리하는 명장이라'고 높이 평가하고 있다.[140]

ㄷ) 최후담 — 김덕령의 횡사

'김덕령의 횡사'의 장은 김덕령이 1차 체포 사건에 이어 이몽학의 난에 연루되어 옥사하는 부분이다. <김덕령전>에서 최후담의 전반부는 문헌의 내용을 취하여 서술하고, 후반부는 위정자들의 잔인성을 폭로하면서 비극적 상황을 묘사하려는 허구화로 이루어져 있다.

거제도 탈환작전이 실패로 끝나자 김덕령의 탁월한 능력을 시기하는 자들은 사방에서 무고하였다. 그런 중에 윤근수는 김덕령이 부하 한 명을 무고하게 살해하였다는 혐의로 옥에 잡아 가두는 일이 발생하였는데, 이것이 1차 체포 사건이다. 역사적 사실을 보면 김덕령이 탈영한 사람의 부모를 잡아들이자, 그 가족들이 시찰하는 윤근수에게 구해줄 것을 요

---

140) <김덕령전> p.28.

구하였다.[141] 그리고 김덕령은 윤근수의 요구로 풀어주었다가, 그가 돌아가자 다시 잡아들여 장타시켰다. 김덕령은 이로 인하여 윤근수의 미움을 받아 잡혀가게 되었다. 그런데 정탁과 김응남이 무죄를 변명하여 선조가 방면해 주었다. 작가는 이런 1차 체포 사건의 내막을 구체적으로 언급하지 않고 개략적으로 서술하고 있다. 이는 작가가 1차 체포 사건이 김덕령의 영웅성 부각에 아무런 도움도, 또 김덕령의 최후와 직접적으로 관련되지도 않는다고 생각하였기 때문이다.

김덕령은 얼마 후에 충청도 홍산 지역에서 일어난 이몽학의 반란에 연루되어 다시 체포된다. 이몽학 잔당들의 문초에서 김덕령, 고언백, 곽재우, 최담령, 홍계남이 함께 모반하였다는 것이 나왔다. 조정에서 김덕령을 잡아들이기 위한 논의는 그의 탁월한 능력과 비극성을 드러내고 있다.

김덕령의 체포 과정도 문헌설화의 내용과 대동소이 하지만 간략하게 서술되어 있다. 조정에서는 김덕령이 이몽학의 난에 연루되었다는 소리에 그를 잡아오기 위한 방법을 논의하였다. 이 체포 과정은 선조를 위시한 위정자들의 과민반응에 비하여, 김덕령의 인간성과 탁월한 영웅성을 높이 드러내고 있다. 이는 김덕령이 진주목사 성윤문의 청에 단기로 달려가서 잡히는 과정에서 잘 나타내고 있다. 다만 문헌설화에서는 김덕령이 잡힐 것을 미리 알고 갔지만, <김덕령전>에서는 그 사실을 확인할 수가 없다. 그런데 김덕령이 떳떳하게 잡혀갈 수 있었던 것은 자기 스스로 무죄라고 생각하였기 때문이다. 심지어 그가 잡혀가자 지방민들이 무죄를 주장하는 상소를 올렸지만, 위정자들은 표면적 현상에 매달려 처리하고 말았다.

심문 과정을 보면, 선조가 김덕령을 심문하는 1차 과정은 좀 부연하여 서술되어 있다. 그런데 공초에서 선조의 물음에 김덕령이 무죄를 논

---

141) 탈영한 사람의 신분이 좀 차이가 있다. 윤근수의 노비이거나 서민으로 되어 있다. 이때 후자에 관한 기록일수록 김덕령의 신의 없음을 부각시키는 의도로 보인다.

리 정연하게 대답함으로써, 선조가 1차적으로 패배한다. 즉 선조는 직접 공초를 한 후에 스스로 판단하지 못하고 대신회의를 열어 죄의 있고 없음을 확인하고자 하였다. 여기서 선조는 확고한 신념을 가지지 못한 통치자로서 비판되고 있다.

작가가 대신회의를 장황하게 구성하여 서술한 의도는 국론 분열로 천하명장을 잃고 말았음을 보여주어, 현실극복을 위해 온 국민이 합심할 것을 주장하기 위한 장치이다. 대신회의에서 정탁과 김응남은 김덕령을 구명하고자 노력한다. 이때 김덕령이 공을 이루지 못한 것은 조정에서 출전을 금지한 때문이란 것, 김덕령을 죽이면 왜군에게 호재가 되리란 것, 용맹과 지혜, 즉 재주가 있으니 죽이면 안 된다는 것, 효성과 의심할 점이 없다는 것 등[142]의 이유로 구하고자 하였다. 작가는 정탁과 김응남의 주장을 빌어서 위정자들의 질투와 시기를 풍자하고 있다. 그런데도 불구하고 임금은 수석대신인 유성룡의 말을 듣고 놓아줄 수 없다고 결정한다.

그래서 선조는 김덕령을 2차로 심문한다. 김덕령이 죄가 없다고 하는데도 선조는 있다고 막무가내였다. 김덕령은 선조에게 더 이상 기대할 수 없자 자신의 죄를 고백한다.[143] 김덕령이 자백한 죄는 그의 죄가 아니라 나라를 통치하는 선조의 죄이다. 선조는 김덕령을 통하여 나온 자신의 죄를 인식하지 못하고, 반역의 죄에 대하여 말하지 않으면 죽이겠다고 한다.[144] 더욱이 김덕령의 눈빛과 말소리가 두려워 엄하게 심문하라고 하였다. 이에 김덕령은 선조가 결국 자신을 죽일 것을 알고서 최담

---

142) <김덕령전> pp.34~36.
143) <김덕령전> pp.37~38. "신이죄가 잇슴니다 이런악한세상에 무슨일을하겟다고 나온 것이 신의죄오 군사를니러킨지 삼년에 적군을처물니지못한것이 신이죄오 나라에 소인의무리가 만하잇거날 그를 맑히지못함이 신의죄로소이다."
144) 이를 문헌설화에서는 김덕령이 반역의 죄를 자백하지 않자, 살인죄만으로도 죽일 수 있다고 하였다.

령·곽재우 등 동료들을 죽이지 말도록 부탁하고 있다.

김덕령의 최후는 문헌설화나 구비설화에 비하여 수용의미가 떨어진다. 김덕령은 역사적으로 6차의 심문으로 뼈가 부러져 옥사하고 만다. <김덕령전>에서는 김덕령의 최후를 6차의 심문 과정을 "감옥에서 독그로 덕령의 살점을 찍어내어 뼈만남거늘 쇠톱으로 덕령의뼈를켜서 뼈가 모다부스러진지라 덕령이 종내 불복하고 죽으니라"145)라고 과장하여 서술하고 있다. 그렇지만 끝에는 사실적 서술로 마치고 있다. 앞서 서사구조의 특징에서 언급하였지만, 최후의 서술은 김덕령을 민중들의 심상에 영원하게 살아남게 하는 구비설화나 문헌설화의 결구방법을 찾아내지 못하였다. 다만 김덕령의 죽음에 대해 백성들과 왜구들의 심정을 통하여 비극성을 부각시키려 하였지만, 바로 뒤에 전라감사 이광덕의 요청으로 해원시켜 주어 비극성을 감소시키고 말았다. 그 결과 김덕령은 현실적인 영웅의 모습을 보여주지만, 새로운 영웅출현의 기대심리에 부응할 계기를 제공하지 못하고 말았다.

이상에서 장도빈이 지은 전기소설 <김덕령전>은 문학성이 희박한 일면을 지니며, 형식도 재래의 전기형식에서 크게 벗어나 장으로 세분하였고, 문체도 건조체의 논문 형식을 띠고 있다. 이와 같이 <김덕령전>은 작가가 김덕령이란 인물을 통해 일제 강점기라는 현실을 극복하기 위해 민족적 영웅의 출현과 혼연일체가 된 온 국민의 합심을 고취시키려는 목적이 강하다. 그런데 <김덕령전>은 종결을 폐쇄구조로 결구하여 김덕령을 현세적인 탁월한 영웅으로 보여주었을 뿐 민중적·민족적으로 영속적이고도 새로운 삶의 지향점을 제시하기에 역부족하게 구성한 점이 아쉽다.

---

145) <김덕령전> pp.38~39.

4. 김덕령 전승의 현대적 수용양상과 의미

역사소설이란 역사문학의 한 형태로서 지난날의 역사적 시대를 배경으로 특별한 역사적 인물이나 사건을 재현 또는 재창조하는 소설을 말한다.[146] 이런 역사소설은 역사적 사건이나 인물을 소재로 한 단순한 기록이나 재현이 아니고 그 나름대로의 목적의식을 가지고 예술로 형상화된 문학양식이다.[147] 즉 역사소설은 과거에 대한 향수가 아니라 민족의 성격을 창조하고 한 걸음 더 나아가 현실 개조의 추진력이 되는 민중의 식까지 불러일으켜야 한다[148]는 것이다.

역사소설은 역사와 문학이 결합되어 있다. 이런 역사소설은 역사적 소재를 얻어서 예술적으로 승화시켜 독자들과의 공감대를 형성해야 한다. 이런 점에서 역사소설은 역사적 사실에 충실해야 하는 반면에, 굳어진 과거의 사실을 독자들에게 공감대를 형성하도록 소설적으로 재구하여야 한다. 때문에 역사적 측면에서 정확하고 객관적 사실에 대해 충실하게 나타내야 하고, 문학적 측면으로 단순한 역사적 사건의 기록이나 사건의 해설서가 아니라 미를 추구하기 위한 허구성이 가미되어야 한다.[149] 따라서 역사소설은 역사적 인물이나 사건의 사실성에 충실하면

---

146) 이재선, 『한국현대소설사』 (홍성사, 1982).
147) 근대소설에서 역사소설의 형성된 배경을 보면 다음과 같다. 첫째 일제라는 시대적 상황에서 민족의식의 고취, 둘째 민족사에 대한 자각 의식의 요인으로 전통문화에 대한 재인식과 부흥운동으로 역사의식 재고, 셋째 사회사적으로 반카프적 요인의 민족적 이념의 주장 강화, 넷째 독자들의 복고취향적 요인으로 현실적 비운의 상황을 과거의 사실을 통해 독자적 아픔을 해소, 다섯째 작가들의 생계 수단으로 용이하였기 때문이다.
148) 김윤식, "역사소설의 방법론적 전개"『현대문학』100호 (1963년 4월) p.395.
149) 역사소설에는 역사와 문학이 결합되었기 때문에 고증의 문제가 대두된다. 역사소설의 작가는 첫째, 역사소설에 대한 사명감의 자각이 필요하고, 둘째, 역사학자에 대해 의식해야 하고, 셋째 일반독자들의 취향을 무시할 수가 없다. 즉 역사소설의 작가는 일반독자들이 문학적으로 허구화 된 작품 속의 사건이나 인물 풍속을 당대의 사실로 받아들이려는 경향이 있기 때문에 충실한 고증으로 독자들에게 친근감과 공감을 시킬 수 있다.

서도 그것을 문학적으로 형상화해야 하는 허구가 결합된 양면성을 포용한 문학적 양식이다.

우리나라의 역사소설은 신문학기에 근대소설의 성숙과 발전에 일익을 담당하였음을 부인할 수 없다. 또한 역사소설은 역사를 통한 시대상의 파악과 역사의식의 형상화라는 차원에서 기존의 전기문학적 요소를 전혀 배제할 수가 없다. 그런데 이런 역사소설은 초창기에 대부분 신문에 연재하는 형태로 발표되면서 대중적 독자층의 의식을 고려하고, 역사물을 통해 당대의 사회현실을 풍자하는 성격을 띠거나 독자들의 복고적 취향에 영합하려는 태도를 취하기도 하였다. 이런 초기의 역사소설은 역사적 사실의 재현을 통해 객관적 정신을 고양시키는 데 있으며, 역사적 시대와 당대의 삶에 대해 총체적으로 접근하려는 속성을 지니고 있다.

1) 역사소설과 박종화의 <임진왜란>

(1) 역사소설과 김덕령이 전승

현대소설에서 임진왜란을 배경으로 한 소설은 그리 많지가 않았다. 임진왜란을 배경으로 한 소설로는 박종화의 <임진왜란>, <금삼의 피>와 김성한의 <임진왜란>, 권태익의 <임진왜란> 등이 있다.[150] 위의 임진왜란을 배경으로 한 작품 중에서 김덕령의 전승을 수용한 작품으로는 권태익의 <임진왜란>과 박종화의 <임진왜란>이 있다.

1947년 해방 직후에 쓴 단행본인 권태익의 <임진왜란>[151]은 임진왜란을 배경으로 한 초기의 작품으로 나름대로 작품적 의의를 가지고 있

---

150) 이밖에도 김덕령에 대한 언급은 인물사를 중심으로 한 책에 많이 등장한다. 을유문화사의 『李朝名人列傳』(『李家源全集』 권8, 1965), 일요신문사의 『역사의 고향(상)』 (1978), 일신각의 『간추린 인물사』(『한국인물오천년』, 1978), 신구문화사의 『한국인의 인간상』, 노벨문화사의 『임진왜란 이인·기인·괴담』(『한국풍류야담전집』 권3, 1969) 등이 있는데, 이들은 소설적 구성이 이루지 못하여 언급하지 않았다.

151) 광문사, 1949(단기4282).

다. 그런데 이 작품은 기존의 임진왜란에 관한 문헌설화를 집대성하여 놓은 듯이 작품을 구성하고 있는 삽화 간에 구조적 연결성이나 의미가 단편적 편린으로 유지하고 있다. 더욱이 본고에서 살펴보려는 김덕령의 전승은 그의 기병과정만을 서술하고 있다.

이 작품에서 김덕령은 중국이 조선 문제를 간섭하지 않겠다고 철수하는 상황에서 기병을 하여 의병의 장수가 된다. 이런 김덕령은 모상(母喪)을 당하였을 때였지만, 매부인 김응회가 기병을 권유하였으나 왕명이 없다고 거절하였다.152) 그리하여 장성 현감인 이귀(李貴)의 천거로 기병을 하게 되었다고 한다.

이에 앞서 김덕령이 유가 집안의 사람으로 용력이 뛰어난 사람임을 문헌설화를 차용하여 설명하고 있다. 즉 김덕령은 대나무 숲 속의 큰 호랑이를 잡았다고 한다. 이런 능력의 가진 김덕령이 기병을 하여 세자에게 용력의 시험을 받고서 초승사로 권율의 휘하에 소속되었다고 하였다.

이처럼 권태익의 <임진왜란>은 문헌설화의 내용과 다를 바 없으며, 또한 문헌설화의 내용을 더욱 간단하게 처리하고 있다.153)

이에 반하여 박종화의 <임진왜란>154)에서는 김덕령의 전승 부분에 관해 120여 페이지에 해당하는 많은 분량을 할애하고 있다. 박종화는 총 7권으로 된 장편소설인 <임진왜란>에서 김덕령의 전승에 관해 여섯 권

---

152) 당시의 유교적 덕목으로 볼 때, 왕명이 있던 없던 간에 매부인 김응회의 권유를 물리쳐야 하였다. 그런데 왕명이 없다고 평계를 댄 것은 그가 服喪 중에 의병을 일으키려는 의도를 가지고 있다고 하겠다. 따라서 그는 효보다 충이 우선한다 여기고 있으나, 마지막에 복상 중에 의병을 일으킨 것이 죄라고 하였던 점으로 보아 아마도 갈등을 느끼었던 것으로 보인다.

153) 권태익은 책의 서문에서 "1. 倭人과의 宿敵關係를 한 번 더 記憶해 보려는 것, 2. 李朝 黨爭이 비져낸 모든 結果를 한번 덕 殷鑑하자는 淺見을 갖이고 微力하나마 正史와 野史, 地誌와 文獻을 參考하여 겨우 輪廓만 그리어 놓았을 뿐이고 이것을 潤色하는데는 自然히 其人이 있을 것을 기다릴 뿐이다"고 밝히고 있듯이 자료를 모아 엮는데 중점을 두었다 하겠다.

154) 을유문화사, 1958(단기4291).

째인 사명당 편에 수용하고 있다.155)

　박종화가 이 작품이 창작한 것은 1957년대이다. 때문에 임진록에 대한 연구도 활발하지 못하였고, 김덕령에 대한 구비설화의 조사도 활발하게 일어나기 전이었다. 따라서 박종화가 이 작품을 쓰면서 차용한 자료도 문헌설화에 들어있는 몇 가지 위주의 자료를 취하여 작가 나름대로의 허구화를 이루고 있다.156)

(2) 박종화와 <임진왜란>에 나타난 전승의 수용양상

　<임진왜란>의 작가 박종화는 백조의 동인으로 초기에 시와 비평을 하였으나 뒤에 소설 장르에 주력하였다. 그리고 소설도 대부분 역사소설의 형식을 취하였다. 월탄 박종화는 소설을 쓰면서 민족의 언어와 역사에 대하여 각별한 애정을 가지고 있던 사람이다.157) 그는 풍부한 사료의 섭렵과 실증적 해독 작업을 통하여 이광수 이후의 문학전통을 계승하여 섬세한 디테일 묘사를 이루었으며, 문학사나 정신사적 측면에서 한 시대의 의식을 반영한 작품으로 가치를 부여할 수 있다.

---

155) 1992년도 작성하였던 초고를 새로 고쳐 논문으로 만들었다. 그런데 초고에 보았던 참고문헌을 기록하여 놓지 않아서 차이가 난다. 이번에 을유문화사의 <임진왜란>에는 총 6부로 구성되어 있으며, '김덕령 전승'에 관련된 부분은 6부에 있는 12장 <千秋恨(2)>에 속한 '김덕령' 항목 전체와 '파종' 항목의 앞부분에 수록되어 있다.

156) 역사소설을 다루는 창작 방법과 태도로, 하나는 정사적 사실(문헌기록이나 문헌설화를 포함)에서 취재하여 과거를 재현하는 것이고, 또 하나는 특정사실만을 취재하여 허구화를 하는 것이다. 월탄 박종화는 전자의 태도를 뚜렷이 보인 작가라고 하지만, 김덕령 전승의 경우는 특정사실만을 취재하여 허구화 한 것으로 보인다.

157) 박종화가 역사에 대한 관심을 나타내는 입장을 일목요연하게 토로하는 대목을 보면, "나는 내 작품을 쓰는 데 있어 왜 역사에서만 취재를 해서 쓰는지 나 자신한테 물어보아도 어른 대답할 수가 없다. … 산을 바라보면 저절로 역사의 줄거리가 생각난다. 물을 대하면 역사의 인물이 흘러간다. 이 사건으로 한 번 작품을 써보았으면 하는 감명을 받는다. 유혹을 받는다. 이렇게 해서 몇십 년을 써 내려왔다. 내가 이 세상에서 물을 마시고 살 듯, 나는 한국의 역사적 인물을 생각하고, 한국의 역사적 지리를 찾아보고, 한국의 역사적 풍물을 생각하면서 살아간다. 한국은 나의 고국이기 때문이다." 라고 하고 있다("역사와 문학" 『현대문학』 126호, 1965년 6월호, p.202).

이런 박종화의 작품으로는 <목 매이는 여자>,[158] <금삼의 피>, <대춘부>, <다정불심>, <전야>, <여명> 등이 광복 이전의 작품이 있다. 그는 광복 이후에도 계속하여 역사소설을 지었는데, <민족>, <홍경래>, <임진왜란>, <삼국풍류>, <여인천하>, <자고 가는 저 구름아>, <월탄 삼국지>, <세종대왕> 등 매우 많은 작품을 지었다.

박종화가 역사소설을 짓게 된 이유는 민족주의적 이념의 구현에 있다. 그렇기 때문에 그의 역사소설은 과거에 잊혀진 언어와 풍속을 재현하려고 유의하고, 풍자와 유머 등의 요소를 다양하게 수용하여 작가의 의도를 일관성 있게 형상화를 하는데 뛰어난 기량을 보여주고 있다.[159] 또한 꾸준한 역사소설의 창작으로 한국적 역사소설의 특성을 정착시키려는 노력에 대해 새로운 평가가 시도되어야 할 것이다.

여기서는 그가 1957년에 지은 <임진왜란>이란 작품 속에 들어있는 김덕령의 전승에 관해서만 언급하겠다. 우선 <임진왜란> 속에 있는 김덕령 전승의 개요를 살펴보면 다음과 같다.

   O. 기병과정
     1. 당대의 극심한 기근 사회상
     2. 김덕령과 최담령의 만남(시대 한탄)
     3. 명나라 군사들의 오만함을 질책
     4. 김덕령은 포박을 당하여 명나라 총병 유정에 잡혀 감
     5. 민란의 빈번한 발생과 최담령의 기병 요구
     6. 기병의 약속과 김덕령의 특성
     7. 김덕령의 탁월한 능력(철퇴, 지붕, 단간 방, 겨드랑이 날개, 대숲
       속의 호랑이 잡기, 장성현감인 친구 이귀의 칭찬, 가계 상황)

---

158) 이 작품은 우리나라의 최초의 역사소설로 거론되기도 한다(조연현, 『현대문학사』, 성문각, 1969, p.397). 박종화는 이 작품 이후에도 계속하여 역사소설을 창작하였다는 점에서 중요한 의의가 있는 작품이라 하겠다.
159) 홍성암, 『한국역사소설연구』 (민족문화사, 1989) pp.156~157.

8. 김덕령의 기병으로 익호장군 제수와 명나라 군사 철수
9. 충용장군 제수와 최담령 부장 취임

ㅇ. 김덕령의 능력 시험
10. 윤근수의 청으로 세자가 김덕령을 부름
11. 파발마보다 먼저 전주에 도착하여 활, 쌍철퇴 시험
12. 창, 칼 시험 그리고 담양에 단숨에 돌아옴
13. 진격로 발표와 진주에 도착
14. 진주 전망자 위로 제문 작성, 제도 의병 혁파하여 충용군에 복속

ㅇ. 거제도 탈환작전
15. 보고식 상견례(이순신, 곽재우, 김덕령, 권율)
16. 좌정하고 상견례(김덕령이 중심)
17. 거제도 탈환작전 실행
18. 수군 작전 후에 이순신 상륙 작전 요구
19. 김덕령과 곽재우의 대화(문헌과 좀 차이)
20. 김덕령이 상륙 작전에서 탁월한 능력 과시
21. 화친 위반이란 중국측에 대한 이순신의 답서

ㅇ. 제1차 체포사건
22. 토비작전과 김덕령의 군기관리 철저(윤근수의 종 장쇠 아범 해후)
23. 장쇠의 군문 이탈
24. 장쇠의 군문 이탈로 대신 장쇠 아범 잡아들임
25. 장쇠 어멈이 윤근수에게 부탁
26. 윤근수가 김덕령에게 서신으로 부탁
27. 김덕령이 듣지 않음, 윤근수는 장쇠를 구종별배로 둠
28. 윤근수가 직접 방문하여 부탁함
29. 사신으로 장쇠의 동정을 염탐
30. 김덕령이 윤근수에게 장쇠를 달라고 함. 장쇠 아범을 때려 옥사
    시킴

　31. 윤근수가 상소하여 김덕령을 잡아들임
　32. 김덕령이 서울로 압송되어 친국 당함
　33. 정탁의 구원으로 방면과 임금이 말을 하사

ㅇ. 제2차 체포 사건
　34. 이몽학의 반란과 민심 동요
　35. 반란 토벌과 한현의 공초
　36. 이몽학에 관련된 김덕령의 행위
　37. 잡아들이기 어전회의(윤근수, 유성룡(서성 역), 서성(군사요청)
　38. 서울로 압송되기(시를 읊음)
　39. 친국(매질)
　40. 친국(단근질, 죄는 기복종군, 어전회의에서 대사헌 대사간 반대,
　　　윤근수는 찬성, 유성룡 침묵(당파싸움 회피))
　41. 친국(동료들의 무죄 주장)
　42. 철삭 끊기(취시가, 윤근수의 사감으로 옥사시킴)
　43. 김덕령의 사후160)

　위 작품 <임진왜란>에 나타난 김덕령의 전승은 크게 <기병과정>,
<능력시험>, <거제도 탈환작전>, <제1차 체포사건>, <제2차 체포사
건> 등 5단계로 나눌 수 있다.

　여기에서 <기병과정>에서는 김덕령이 기병을 할 수밖에 없는 상황을
보여주고, <능력시험>은 기병을 하여 전주에 분조(分朝)하여 있던 세자
에게 능력을 보여주는 단계이다. 그리고 <거제도 탈환작전>에서는 거
제도에 있는 왜적을 물리치기 위하여 권율·이순신·김덕령·곽재우가
모여서 회합과 실행을 하는 과정을 그려져 있고, <제1차 체포사건>은

---

160) 이 부분(43)은 '김덕령'이란 항목에 있지 않고 '파종'이라 항목의 앞부분에 설정되어
　　있다. 이 부분도 문헌설화에 나타난 내용을 정리한 것으로 김덕령이 죽은 이후의 국
　　내외 입장에 대해 서술하여 놓았다(pp.128~129).

거제도 탈환작전 이후에 군율(軍律)이 엄격한 김덕령이 도체찰사로 내려와 있는 윤근수의 청을 거절하고, 아들이 군율을 어겼다는 이유로 윤근수의 노비를 때려죽인 사건으로 체포되는 것이다. 마지막 <제2차 체포사건>은 윤근수의 미움을 받은 김덕령이 이몽학의 반란사건에 연루되어 서울로 압송되어서 친국을 당하다가 옥사하였다는 것이다.

이처럼 박종화의 <임진왜란>에 나타난 김덕령의 전승부분은 김덕령의 일생과 연관하여 비교할 때, 그 전체적 측면에서 문헌설화의 기록과 큰 차이가 없다. 이는 앞에서 언급하였듯이 월탄 박종화가 구비설화 자료보다는 문헌자료들을 주 소재로 사용하여 작품을 구성한 것이라 하겠다.

2) <임진왜란> 나타난 전승의 양상과 의미

박종화의 <임진왜란>에 수용된 사건은 대체로 문헌설화나 역사적 기록[161]을 중심으로 결구되어 있으나, 부분 간의 연결이나 각 사건의 묘사부분에서는 상당한 허구화되어 있다. 작품의 구성 부분을 구체적으로 검토하여 보자.

(1) 기병과정

우선 <기병과정>은 문헌설화에서 김덕령이 복상(服喪) 중에 그의 매부 김응회의 의병권유와 담양부사 이경린, 장성현감 이귀의 천거와 전라감사 이정암의 기복종군의 요구로 기년 만에 이루어졌다.

소설 <임진왜란>에서는 기복종군을 하였다는 사실은 일치하고 있으나, 그 과정에서 사건의 차이를 보이고 있다. 작품에서 기병을 하게 된 원인은 남원에 사는 친구 최담령을 만났을 때 중국인들의 횡포를 듣고

---

161) 여기에서 문헌기록이나 역사적 기록에 대해서는 강현모의 박사학위논문이나 김덕령에 관한 기존의 연구에서 언급한 것을 중심으로 고찰한 것이다.

민족적 자존심과 왜에 대한 적개심에서 비롯된다.162) 김덕령은 최담령의 권유와 스스로 의지에 따라 기병을 하게 된다. 여기에서 복상 중인 김덕령이 남원으로 최담령을 찾아가서 만나게 한 것은 민족적 자존심에서 비롯된 그의 기병임을 부각시키고자 한 의도로 보인다.

여기에는 모순이 있다. 상중인 김덕령이 근신해야 하는데 남원까지 찾아간 것으로 결구하고 있다. 당시의 윤리적 측면에서 보면, 반대로 최담령이 광주에 찾아오도록 결구를 하는 것이 더욱 타당하다고 본다. 상인(喪人)인 김덕령이 남원까지 찾아간 이유에 대해 구체적으로 보이지 않고 있지만, 상중(喪中)에 밖으로 나돌아 다닌다는 것은 그의 뇌리 속에 효보다 충을 우선하고 있다는 의식이 작용한다고 하겠다. 따라서 김덕령이 남원으로 간 것은 최담령과 의기투합할 수 있는지 알아보기 위한 것이라고 생각할 수밖에 없다.

소설에서는 기병을 약속하고 광주에 돌아온 김덕령에 대해 그의 탁월한 능력의 특성들과 가계 상황을 서술하고 있는데, 대체로 문헌설화와 거의 일치하고 있다.163) 다만 장성현감 이귀가 김덕령의 친구로 나타난 것이 차이가 있다.

기병을 하는 장면을 보면, 김덕령과 최담령은 담양(광주)과 남원에서 각각 기병을 하였다. 그리고 광주에서 기병한 김덕령이 익호장군을 제수 받고 도원사인 권율에게 군기식을 하였다고 앞에 서술하고 있는 것은 작가의 착각에서 비롯된 모순인 것과 같다. 왜냐하면 뒤의 능력시험에서 김덕령이 권 원수를 처음 만나는 것처럼 결구를 하고 있다. 이것은 기병을 강조하다가 보니까 군기식까지 한 것으로 과장된 허구화를 이루

---

162) 이와 함께 당시에 기근을 이용하여 송유진 등 반란을 일으킨 토비들이 창궐하여 민생은 도탄에 빠져 있었다. 전쟁을 빨리 끝내고 민생을 구하기 위해 기병을 하게 된다 (pp.19~21).
163) <임진왜란> pp.23~26.

었다고 하겠다.

또 익호장군과 충용장군의 제수 문제에서 역사적으로 세자가 능력시험 뒤에 익호장군을 제수하고, 다음해 조정에서 충용장군을 제수하였다. 그런데도 소설에서는 김덕령에게 능력시험 이전에 제수한 것으로 되어 있다.[164] 그리고 김덕령이 기복종군을 하여 경상도로 군대를 이동하는 도중 남원에 잠시 주둔하고 있다가 최담령을 만났는데도, 소설에서는 처음부터 만났다[165]고 되어 있다. 뿐만 아니라 최담령이 기병과정에서 합류하여 권율의 허락을 받고 총부장으로 삼았다고 되어 있으나 허구이다.

(2) 능력시험

소설의 <능력시험> 과정에서는 세자의 분조(分朝)에 따랐던 윤두수가 명하여 김덕령이 능력을 시험하는 것으로 되어 있으나[166] 문헌설화에 보이지 않는다. 이처럼 소설에서 분조하였을 때 세자를 따랐던 사람으로 윤근수의 형인 윤두수를 지칭한 것은, 윤근수에 의해 주도되었던 거제도 탈환작전이나 제1차 체포사건 그리고 최후의 죽음에 관련된 연관성에서 등장시킨 허구적 구성으로 보인다.

한편 그의 능력은 문헌설화보다 훨씬 과장되고 허구화되어 있다. 한 예로 파발마 삽화는 어느 문헌기록에도 보이지 않는 허구화이다. 이는 문헌설화에 보이는 김덕령이 능력시험을 끝나고 곧바로 광주에 돌아갔다는 삽화를 변형시켜 허구화한 것으로 보인다. 소설에서는 김덕령의 능력 시험 부분을 상당한 분량으로 확대하면서 과장시키고 있다.[167] 뿐

---

164) <임진왜란> pp.29~30.

165) 문헌설화와 달리 김덕령과 최담령은 오랜 친구로 등장하며, 오히려 최담령의 권유로 김덕령이 기병한 것으로 되어 있다.

166) 세자가 김덕령의 명성을 듣고 보고자 하여 도체찰사인 윤두수에게 말하자, 윤두수가 도원수와 전라감사에 명하여 이루어지게 되었다(p.33).

167) 이 부분은 <임진왜란> pp.32~41에 해당한 분량으로, 상당히 많이 할애하여 기술하고 있다.

만 아니라 문헌설화가 추상적으로 그의 능력을 나타내고 있는데 비하여 소설에서는 구체적으로 묘사하고 있다. 즉 능력시험의 과정에서 구체적으로 활·쌍 철퇴·창·칼 등을 사용하는 시험을 보이고 광주로 돌아오는 것으로 되어 있다.

이처럼 소설에서는 김덕령의 능력을 과장하고 허구화를 시켜 그의 탁월한 능력을 강조하고 있다. 이에 비하여 그의 의병활동은 간략하게 서술하고 있다. 그의 의병활동은 겨우 진격로의 발표와 진중에 도착하여 전망자에 대한 위로하는 정도, 그리고 전국의 의병을 혁파하여 충용군에 복속시켰다는 문헌설화의 내용을 답습하는데 그치고 있다.

(3) 거제도 탈환작전

소설의 <거제도 탈환작전> 부분은 이순신의 건의에 의해서 육지군과 해상군의 합동작전을 수행하는 것이다. 이 거제도 탈환작전 부분은 문헌 기록을 바탕으로 구성하고 있지만, 역시 미세한 서술에서는 허구적으로 사건을 서술하고 있다. 거제도 탈환작전을 위한 회합이 역사적으로 있었는지 모르지만, 문헌설화나 기록에는 윤근수의 계책에 의해 이루어진 것으로 기술되어 있다.

소설에서는 탈환작전의 진행 과정과 그 진행을 담당하는 장군들에 대한 일거수일투족을 낱낱이 기술하며 김덕령의 영웅성을 강조하려고 하였다. 그런데 문헌설화에서는 권율과 함께 김덕령·곽재우 등이 작전에 참가한 것으로 되어 있으나, 소설에는 권율은 보이지 않고[168] 이순신이 지휘하여 김덕령·곽재우·선거이 등이 참여한 것으로 되어 있다. 또 소설에서는 거제도 탈환작전을 위해 이순신과 김덕령의 대면하는 장면에서, 김덕령이 억울하게 죽었다는 역사적 사실 때문에 이순신이 김덕

---

168) 거제도 탈환작전에 직접 참여하지 않고, 도원수로 왜적을 물리치는 총괄적 작전을 수행하였다. 이 작전의 실질적 지휘권은 이순신이 맡은 것으로 되어 있다.

령을 처음 보는 순간에 그의 미래가 불행할 것을 예고하는 평가를 내리고 있다.

한편 거제도의 탈환작전의 진행과정에서 1차의 공격은 실패하었나. 그리고 이순신이 독령(獨令)한 2차 공격에서 김덕령은 이순신의 지휘 아래 그의 육전부대가 상륙하도록 명을 받았다. 이날 저녁에 곽재우가 김덕령의 뜻을 묻는 장면이 나오는데 문헌설화와는 다르다. 문헌설화에서는 김덕령이 자신의 의지와 전혀 관련이 없이 거제도 탈환작전에 참여하는 것으로 되어 있는데 비하여, 소설에서는 김덕령이 거제도 탈환작전을 당연히 해야 할 작전이라 말하였다. 뿐만 아니라 탈환작전에 능동적으로 대처한 것으로 설정되어 있으며,169) 일부 상륙작전에서도 상당히 성공한 것으로 결구되어 있다. 이는 문헌설화에서 김덕령이 거제도에 상륙하여 왜적에게 탁월한 능력을 보여주었지만, 왜적들이 성루에서 나오지 않아서 작전을 실패하고 돌아온 것과는 상당한 차이를 보이고 있다. 더욱이 현대소설에서는 김덕령의 능력을 더욱 허구화시켜 과감한 상륙작전으로 토굴 속에 숨어 저항하는 왜군을 무찌르고 거의 성공하게 되었다.170) 이때 명나라와 왜군의 강화조약 차 왜 진영에 있던 담종인 부하의 명령으로 이 작전은 중단하게 되었다는 것이다.

이에 대해 소설 작가는 김덕령이 행한 거제도에 상륙작전의 행위에 문제가 있는 것으로 결구를 시키고 있다.171) 하지만 그보다 거제도 탈환작전의 실패를 조선군의 무리한 공격에서 그 원인을 찾지 않고, 자주성을 잃고 중국에 의해서 의사를 결정해야 하는 민족의 비분강개를 설정하여 서술하고 있다.

---

169) <임진왜란> pp.60~62.

170) <임진왜란> p.62.

171) <임진왜란> pp.58~59. 김덕령이 기병과정에서 실천성 없이 과장된 표현을 한 것에 대한 곽재우의 질책에서 엿볼 수 있다.

(4) 제1차 체포사건

김덕령은 거제도 탈환작전에서 탁월한 능력을 발휘하여 그의 능력이 더욱 널리 퍼지게 된다. 이런 점에서 그의 비극적 종말이 시작되는 점은 문헌설화나 소설이 비슷하다. 다만 문헌설화에서는 김덕령이 거제도 탈환작전의 실패한 뒤에 그를 시기하는 자 때문에 죽음에 이른 것으로 기술되고 있다. 반면에 소설에서는 김덕령의 강직성 때문에 죽음에 이른 것으로 결구되어 있다.

김덕령의 강직성은 앞의 <거제도 탈환작전> 부분에 나타난 이순신이 예견한 상황이 제1차 체포사건에서 여실히 드러내고 있다. 제1차 체포사건을 문헌설화에는 간략하게 기술되어 있는데, 이 소설에서는 김덕령이 죽게 된 결정적 원인이 되고 있다. 다시 말해 김덕령은 윤근수의 종의 아들인 장쇠가 군문(軍門)을 이탈하였던 사건으로, 그 장쇠의 아비를 죽여서 윤근수와 갈등을 초래하게 된다.[172] 이것은 김덕령이 이몽학의 역모사건과 관련된 2차 체포사건으로 이어져 결국 죽음에 이르게 되는 것이다.[173]

제1차 체포사건은 김덕령이 국내의 토비를 섬멸하면서 이름을 날리고 있을 때에 있어났다. 김덕령은 패기 있는 젊은 장수이기 때문에, 군율을 너무 엄격하게 적용하여 조금이라고 어기면 강한 처벌을 내렸다. 이런 상황에서 윤근수의 종의 아들인 장쇠가 기근을 해결하기 위하여 김덕령의 의병에 지원하였다. 윤근수가 도체찰사로 내려온 것을 기화로 장쇠가 군문을 이탈하게 되었다.

---

172) <임진왜란> pp.68~95. 이처럼 이 부분을 확장시킨 것은 전쟁을 쉽게 끝낼 인물을 제거하는 사리사욕에 눈이 먼 지배계층의 부정적 측면을 강조하고자 하는 의도를 엿볼 수 있다.

173) 문헌설화에서는 윤근수가 자신의 계책으로 이루어진 거제도 탈환작전이 실패하자 김덕령을 미워하기 시작하여, 장쇠 사건이 김덕령을 죽이게 되는 결정적 역할을 하였다고 한다.

윤근수는 자신의 종이었던 사람의 아들인 장쇠의 군문 이탈을 바라는 바가 아니지만, 애걸복걸하는 집종들의 요구를 거절할 수 없었다. 그래서 김덕령의 당파를 고려하여 김덕령에게 청을 하였다. 그렇지만 고지식하고 당파에 관심이 없었던 김덕령은 거절하였다. 윤근수는 자신의 청탁을 거절하는 김덕령에 대한 괘씸한 생각과 미움이 싹텄다. 심지어 자신의 구종별배로 뇌두었던 장쇠를 돌려 달라고 하여 주지 않자, 그 장쇠의 아버지를 타살하였다.

이에 화가 난 윤근수는 김덕령을 당장 때려죽이고 싶었지만, 할 수 없어 서울로 올라가자마자 '김덕령이 살인하기를 좋아 한다'고 임금에게 고해 받쳤다. 이때 윤근수의 편에 속하는 관리들은 김덕령을 죽이도록 상소를 한다. 임금은 어찌할 수 없어 왜적과 대치하고 있는 김덕령을 잡아 친국을 하였지만, 윤근수의 일파는 미리 형안을 준비하여온 김덕령에 의해 속셈이 좌절당하고 만다. 더욱이 우의정 정탁의 간곡한 부탁으로 김덕령은 구출되어 군문에 복귀하게 되었다[174]고 역사적 사실을 수용하고 있다.

이처럼 김덕령의 <제1차 체포사건> 부분에서 큰 줄거리는 문헌설화의 내용과 일치하고 있다. 그러면서도 그 세부적 내용은 보다 허구적으로 구성하고 있으면서 합리적이고 논리적으로 결구하고 있다. 즉 문헌자료에서 김덕령이 옥에 갇힌 것을 거제도 탈환작전의 실패로 윤두수의 미움을 받은 데다, 그의 종을 구타하여 죽인 죄 때문에 되었다고 추상적으로 기술하고 있는데 비하여, 소설에서는 김덕령이 윤근수의 종인 장쇠의 아비를 죽이게 되는 구체적 과정을 제시하고 있다. 그 결과 윤근수의 미움으로 제1차 체포사건이 일어나게 되었다. 이는 김덕령의 고결성을 드러내고자 하였다.

---

174) <임진왜란> pp.98~101.

(5) 제2차 체포사건

김덕령은 윤근수에게 미움을 받아 제1차 체포되었다가 무죄방면이 되었다. 그 후에 얼마 되지 않아 충청도 홍산에서 일어난 이몽학의 반란에 연루되어 체포되는 것이 제2차 체포사건이다. <제2차 체포사건> 부분에서도 사실과 다른 과장된 허구화의 부분이 많이 나타나고 있다. 이 부분의 기술방식은 김덕령의 문헌설화를 토대로 구성하고 있지만, 작가의 상상력과 구성 의도를 드러내기 위해 허구화하는 과정에서 일어난 변이라 하겠다.

이를 좀 더 자세하게 보자.

소설에서는 충청도 홍산에서 일어난 이몽학의 반란이 그 이전까지 반란보다 규모가 클 뿐만 아니라 민중들의 호응도 대단하였다고 한다.[175] 이는 이 반란에 대한 문헌기록의 이면에 많이 나타난 의미를 소설화한 것으로 보인다. 이몽학의 반란이 크게 번지자 권율은 왜적과 대치하고 있는 김덕령에게 이몽학을 토벌하라는 명령을 내렸다. 그런데 관군들은 김덕령이 도착하기 전에, 그의 이름을 팔아 반란군 이몽학의 일당을 파하고 진압하였다.

그런데 이몽학의 부장인 한현을 심문하는 과정에서 이덕형, 김덕령, 곽재우, 홍계남을 다 끌어들였다는 공초를 얻게 된다. 이런 공초를 얻은 권율이 국가에 이를 보고하여 김덕령을 위시한 이들을 잡혀가게 된다는 점은 문헌설화와 일치한다. 이 부분에서 탁월한 능력을 가진 김덕령을 체포하는 것을 두려워하여 잡아들이는데 논란이 크게 일어났다고 한다. 이때 문헌설화에는 권율의 계책으로 김덕령이 옥중에 스스로 갇혀 있도록 하였다고 나타나는데 비하여, 소설에서는 김덕령이 이 사실을 알고, 임금이 자신의 무죄를 증명하여 줄 것으로 알고 스스로 죄인을 자처하

---

175) <임진왜란> pp.102~104.

여 감옥에 갇혔다고 하였다.176)

　김덕령을 잡아들이기 위한 어전회의에 등장하는 인물의 성격이 문헌의 경우와 많이 차이를 보이고 있다. 김덕령의 적극적 적대자로 윤두수가 등장하는 점은 같으나, 유성룡은 서성의 역할을 하고 있다. 그리고 서성은 유성룡의 성격을 띠고 있지만, 잡으러간다는 점은 문헌과 같이 서성의 역할을 하고 있다.

　소설에서는 잡혀가는 김덕령이 <군중작>177)이라는 한시를 함거에서 창작한 것으로 서술하여 김덕령이 무죄임을 드러내도록 하고 있다. 이처럼 시를 지어 부르도록 한 것은 작가가 그의 무죄를 민중들의 입을 통하여 말해지도록 설정한 의도라고 하겠다.

　한편 김덕령의 탁월한 능력을 드러내기 위해서, 친국청(親鞫聽)에서 그를 두 팔과 두 다리를 쇠사슬로 칭칭 감고, 그 뒤에 항쇄(項鎖) 족쇄(足鎖) 자물쇠 걸어 목과 다리에 칼을 씌웠으며, 이것도 부족하여 들보만한 나무를 등에 없고 동아줄로 전신을 묶은 뒤에 수백 명의 군사들로 호위하였다고 구체적으로 서술하고 있다. 그리고 친국의 과정도 추상적으로 서술하고 있는 문헌에 비하여 소설에서는 매질·담금질·쇠꼬챙이 등의 구체적으로 서술되어 있다.

　이처럼 모진 친국을 하지만, 김덕령이 이에 조금도 굽히지 않고 무죄를 주장하였다는 것은 문헌의 기록과 같다. 또 김덕령이 스스로의 죄로 기복종군을 하여 불효와 불충의 죄만 있음을 주장한 점도 문헌과 일치한다.

　임금은 김덕령이 자신의 무죄를 주장하자 친국을 멈추고 어전회의 열

---

176) <임진왜란> pp.112~113.
177) <임진왜란> p.114. 絃歌不是英雄事/ 劍舞要須玉帳遊/ 他日先兵歸去後/ 江湖漁釣更何求(줄 골라 거문고 타니/ 분명코 영웅의 일 아니로세./ 칼을 빼어 춤을 추며/ 대장이 되어 놀음직 하이,/ 일후에 군사를 파하여 돌아가는 날/ 어즈버 강호에 고기를 낚으리.)

어 김덕령의 죄를 논하였다. 이때 윤근수를 지지하는 서인 일파는 '김덕령을 빨리 죽이라'고 하였고, 문헌에서 죽일 것을 주장하였던 유성룡은 '사정을 보아 가면 하자'고 한다. 그리고 문헌설화에 등장하지 않는 윤두수는 동생 윤근수를 편들어 사정을 두지 말고 친국할 것을 주장하였다[178]고 한다. 그래서 결국 김덕령은 친국을 계속 받아서 죽음에 이르게 된다.

적의 공초에서 나온 모든 사람들이 무죄로 풀려났는데, 김덕령만이 윤근수의 미움을 받아 그 일파의 적극적 주장과 모함으로 계속 친국을 당하였다. 김덕령은 20여 일간 친국을 당하면서 자신의 무죄는 물론 다른 동지들의 무죄를 주장하였다. 김덕령은 최후로 자신의 무죄를 입증하기 위하여, 문헌에 있는 자기 몸에 감겨 있는 쇠사슬을 모두 끊어버린 사건을 맨 뒤에 서술하고 있다. 그리고 자신의 무죄를 주장하며 <취시가>[179]를 부른 다음에 다시 오랏줄을 받고서 더욱 극심한 형벌을 받았지만, 끝까지 공초가 일정하였다고 한다. 마지막에 유두수의 요구를 유성룡이 묵인하여 김덕령은 옥사하고 말았다며, 기막히고 구슬픈 일이라며 서술을 끝내고 있다.

작가가 그의 탁월한 철삭 끊기 사건을 삽입한 것은 김덕령이 능력이 없어 잡혀있는 것이 아니라 무죄를 증명하기 위해 잡혀 있음을 강조하기 위한 설정이다. 그런 그가 자신의 무죄를 입증하는 노래까지 불렀음에도 불구하고 당시의 위정자들이 자신의 목적을 위하여, 또는 사감으로 국가의 인재를 죽인 것에 비판하고 있다고 하겠다.

---

178) <임진왜란> pp.122~123.

179) <임진왜란> pp.125~126. 醉時歌此曲, 無人聞. 我不要醉花月, 我不要樹功勳, 樹功勳也是浮雲, 醉花月也是浮雲, 醉時歌, 無人知我心, 只願長劍奉明君.(술이 취해 노래를 부르니/ 알아듣는 사람이 없네./ 내 마음 꽃에도 취하지 않으려네. 달에도 취하지 않으려네./ 부귀영화가 싫으니 공도 훈도 안세우리./ 공훈이란 뜬 구름짱,/ 꽃과 달에 취하는 것도 뜬 구름일세,/ 노래 부르는 내 마음,/ 알 사람 없네,/ 다만 긴 칼 차고/ 밝은 임금 받들기 내 소원일로세.)

이상에서 김덕령의 전승을 수용한 현대소설 작품으로는 권태익과 박종화의 <임진왜란>이 있다. 이중 전자는 김덕령의 기병과정만을 중심으로 기술되어 있었고, 후자가 김덕령의 일생에 관한 전승을 나름대로 재구성하여 장편소설의 한 부분으로 구성되어 있었다.

박종화의 <임진왜란>에는 5단계로 나누어져 있다. <기병과정>은 민족적 자존심에서 비롯된 의거로 보았으며, <능력시험>은 문헌기록보다도 더 과장된 허구화를 통해 영웅성을 부각시키고 있다. 그런데 <거제도 탈환작전>에서는 이런 영웅성을 유감없이 부각시킬 수 있었는데, 중국에 의해 좌절되었다며 다른 나라의 힘에 의지할 수밖에 없는 민족의 비분강개를 드러내고 있다. <제1차 체포사건>은 이런 민족적 울분 속에서 가진 자들의 횡포로 민족적 영웅이 좌절되어 가는 모습을 보여주고 있다. <제2차 체포사건>은 김덕령의 최후의 모습을 통하여 비극적 장수의 한계를 보여주고 있다고 하겠다.

제 4 장

김덕령 서사문학의 교육적 의의

1. 김덕령 전승의 서사구조적 특징

1) 김덕령 전승의 서사구조

김덕령은 임진왜란 초기에 형 덕홍을 따라 의병활동을 하다가 늙은 어머니를 봉양하기 위하여 귀가하였다. 그리고 형이 금산전투에서 전사하였고, 곧 어머니가 돌아가 복상을 하게 되었다. 뒤에 이귀와 이경린의 천거와 이정암의 기병 요구로 3년상이 아닌 기년상 만을 지내고 임진왜란에 참가하였으나, 시기하는 자가 많아서 공을 세우지 못하였다. 그러다가 충청도 홍산에서 일어난 이몽학의 반란에 연루되어 역적의 누명을 쓰고 옥사하게 되었다.

민중들은 이런 비극적 생애를 마친 김덕령을 영웅으로 재구하고 있다. 즉 김덕령 전승은 그가 원하였던 유학자로의 꿈이 임진왜란이란 사건으로 깨어지고, 장군 또는 무사적 측면만이 강조되어 있다. 그런데 김덕령은 역적의 누명을 쓰고 죽었기 때문에 신원될 때까지 그에 대해 말하기가 매우 조심스러웠다. 민중들은 그의 부정적 측면만을 강조하여 표현하거나, 영웅성을 내면화시켜 지배자인 위정자들의 시각에 드러나지 않도록 해야 하였다.

민중들은 현종 2년에 김덕령이 신원되면서 사회적 여건이 변화하여 그의 생애를 재구하는데 부정해야할 제약요소가 없어졌다. 그렇지만 민중들에게는 김덕령이 비극적으로 죽었다는 너무도 생생한 역사적 사실 때문에 영웅화 하는데 한계를 가지고 있다. 민중들은 자신의 능력을 발휘하지도, 어떤 일을 성취하지도 못한 인물을 설화화할 때, 생애의 곳곳에 그 인물이 좌절할 수밖에 없는 결핍요소를 제공하여 결구하고 있다.[1] 즉 주인공의 한계를 보여주는 결핍요소를 그의 탄생이나 성장과정에 결구하여 최후에 비극적 생애가 되도록 한다. 이런 과정의 서사구조가 작품에 내재한 영웅담을 비극적 영웅담이라고 하고자 한다.[2] 김덕령 서사 전승에서도 그를 탁월하고 신이한 능력을 지닌 영웅으로 설화화 하지만, 최후에 비극적으로 죽게 하고 있다. 본 절에서는 영웅적 면모를 보이면서도 종말이 비극적인 김덕령 전승을 중심으로 비극적 영웅담의 서사구조를 탐색하고자 한다. 즉 서사진행 과정을 통해 전승의 주인공이 비극적으로 죽을 수밖에 없는 결핍요소의 제시 양상을 살펴 비극적 영웅담의 서사구조와 그 특성을 알아보고자 한다.

여기에서 비극적 영웅담이란 영웅적 면모를 보인 서사전승에서 주인공이 자아를 성취하고자 현실 세계와의 투쟁을 하지만 실패한 이야기를 가리킨다. 단 비극적 영웅담이란 범주에서 아기장사를 대표로 하는 좌절한 영웅담은 제외하고자 한다. 비극적 영웅담이란 넓은 의미 속에는 좌절한 영웅담도 포함할 수 있다. 왜냐하면 좌절한 영웅담의 영웅도 자아성취를 위하여 세계와의 투쟁에서 패배하였을 때 좌절감을 느끼거나

---

1) 강현모, "이몽학 설화의 연구"『한국한논집』 13집 (한양대 한국학연구소, 1988. 12).
2) 강현모, 전게논문. 이를 실패한 영웅담이라고 하였다. 그런데 비극적 영웅담에는 실패할 수도 실패당 할 수도 있기 때문에 서구적 용어이기는 하지만 비극적이란 용어를 차용하였다.

좌절하기도 한다. 그리하여 기존의 학계에서는 좌절한 영웅이란 용어를 민중들의 영웅상으로 지칭하며, 아기장사 전설을 대표적 양상으로 설명하여 왔다. 그런데 아기장사 전설이 아기장사의 영웅성을 드러내 보여 주고는 있지만, 자아성취를 위한 세계와의 투쟁을 시도하기도 전에 죽음을 당한다.[3] 이에 비하여 이몽학과 정여립이나 개화기의 전봉준, 그리고 위에서 살펴본 김덕령과 같은 인물들은 자아성취를 위해 세계와의 처절한 투쟁을 하고 있다. 이런 점에서 자아성취를 위해 세계와의 투쟁을 시도하여 실패한 인물을 영웅적 면모로 설화화 하여 구비나 문헌 전승되거나 소설화로 정착된 서사구조물을 비극적 영웅담이라 설정하겠다. 그리고 기존 학계에서 사용한 좌절한 영웅담은 아기장사 전설을 대표로 하는 자아성취를 위해 세계와의 투쟁을 시도조차 해보지 못한 영웅들의 서사구조물로 보고 용어의 차이를 구분하여 사용하겠다.

이런 관점에서 비극적 영웅담의 서사구조를 파악하고자 한다. 김덕령의 전승은 그의 탁월하고 신이한 능력을 가진 영웅성이 부각된 양상으로 나타나 있다. 김덕령은 그런 영웅성에도 불구하고 세계와의 투쟁에서 패배하여 비극적 종말을 맞이하는 영웅의 모습을 보이고 있다. 이처럼 김덕령이 비극적 영웅담의 주인공이 될 수밖에 없는 원인과 서사의 진행과정을 살펴 비극적 영웅 서사구조의 특성을 살펴보겠다. 이를 위해서는 문헌설화·구비설화·임진록·전·국문전기·현대소설에 나타난 전승적 특성을 중심으로 검토할 수밖에 없다. 이중에서 임진록·전·국문전기·현대소설은 이미 갖추어진 서사구조를 임의로 변경할 수 없기 때문에 구조적 의미를 검토하는 보조 자료로 사용될 것이고, 주로 문헌설화와 구비설화를 중심으로 비극적 영웅담의 서사구조를 파악할 것이다. 그런데 이들 문헌설화나 구비설화에서는 단편적인 삽화들이 단

---

3) 아기장사가 땅속에 들어가 콩과 팥으로 군사를 만들어 관군과 싸우는 장면이 있어 세계와의 투쟁이라 할 수도 있다.

독으로 혹은 몇 개가 합하여 전승되고 있다. 그렇기 때문에 김덕령의 일생으로 재구하여 놓고 검토한 앞의 장을 토대로 시도할 수밖에 없다.[4]

(1) 탄생담

김덕령의 탄생담은 임진록·전·국문전기·현대소설에 나타나지 않는다. 다만 문헌전승에는 태몽과 관련되어 있고, 구비전승에는 현실적으로 가능하고 보편타당한 사실로 받아들여지는 풍수지리설을 끌어들여 이야기를 시작한다.

태몽 탄생담에는 어머니가 김덕령을 임신할 때나 임신 중에 호랑이가 현몽하고, 해산할 때 호랑이가 대문 앞에서 지켰다고 한다. 용맹스러운 호랑이를 태어날 김덕령에게 결구시킨 것은 그가 호랑이와 같은 기질과 성격을 가진 훌륭한 인물이기를 바라는 민중들의 기대심리를 보여준 것이다.

풍수지리설 탄생담은 자체가 신이하지만, 누구에게나 일어날 수 있는 민족의 보편적인 감정으로 전이된 이야기이다. 이 탄생담은 김덕령 부친이 살고 있는 무등산의 주변 산천에 결구되어 있어 평이하지만, 산천의 정기가 그 지방을 대표하는 힘의 원천이란 점에서 신이성이 내재하고 있다. 특히 중국의 지관이 무등산에서 잡은 천하명당의 묘자리라고 한 점을 통해 신이성이 부각되어 있다.

그런데 탄생과정의 신이성은 겉으로 나타나지 않고 내재되어 있다. 민중들은 신이성을 탄생담에 내재시켜 그의 부모나 타인이 인식하지 못하게 하여 영웅이 성장할 수 있게 한다. 이유는 한미한 가문에서 유아기에

---

4) 이런 시도는 설화의 각 삽화는 단독으로 구비전승이나 문헌전승 되고 있지만, 그 각자의 의미는 김덕령의 일생의 어느 시점 관련을 맺었을 때, 가장 정확한 전승의미를 가질 것이다. 또한 각 편의 삽화들은 전체와의 유기적인 의미성을 가지고 향유된다고 보아야 한다.

영웅성이 부모나 타인에게 발견된다면 제거될 수 있기 때문이다.5)

풍수지리 탄생담에서 김덕령의 신이성은 그의 부친이 확신하지 못한 막연한 기대에서 출발하고, 또 묘자리의 하관 방법을 잘못하여 결핍요소를 보이고 있다. 그리고 화중들은 탄생 과정이 신이하다고 구술하지도 않는다. 그리고 부친의 잘못으로 묘지의 발복이 누나가 먼저이고 김덕령이 다음에 탄생하였다는 점에서 신이성의 감소나 결핍을 암시한다. 그 결과 신이성이 잠재한 김덕령이지만 성장기에 오뉘씨름이나 힘내기 삽화를 통해 누나보다 생래적으로 열등할 수밖에 없음을 상징적인 표현으로 나타내고 있다.

한편 태몽 탄생담에서는 해산할 때에 호랑이가 집 앞을 지키고 있었다는 것으로 신이성이 표출된다.6) 그런데 호랑이는 김덕령이 해산한 후 3일을 있다 가야 하는데도, 해산 즉시 후원의 죽림을 따라 산속으로 돌아갔다고 한다. 이는 민중들이 태어난 김덕령에게 호랑이로 상징되는 영웅 기대심리를 포기한 것으로 보인다. 즉 그가 실패할 수밖에 없는 비극적 인물임을 복선화한 것이다. 여기서도 김덕령의 신이한 영웅성의 감소를 나타낸다고 생각된다.

김덕령의 탄생담에서는 신이함을 잠재화 · 내재화 시킨 일면도 있지만, 이보다 표면화 된 신이함을 감소시키는 쪽으로 결구시켰음을 보이고 있다. 이런 김덕령의 탄생담은 아기장사나 이몽학의 경우와 차이를 보이고 있다. 즉 아기장사 전설에서는 주인공 아기장사가 태어나자마자 방안에서 날아다니는 신이함을 보여주고, 부모에게 발각되어 제거 당하고 말았다. 유아기의 아기장사는 신이함을 가지고 있지만 부모에게 대

---

5) 김덕령의 경우는 미천한 양반 출신이기 때문에 부모에게 발견되는 것은 오히려 성장을 시킬 수 있는 계기가 될 수 있었다.
6) 김덕령의 전승에는 문헌과 구비전승에서 차이를 보이고 있다. 문헌전승에는 김덕령의 신이함을 강화하는 쪽으로 전개되고, 구비전승에서는 신이함을 내재하는 쪽으로 보이고 있다.

항하기에 역부족이다. 아기장사는 신이한 영웅성을 가졌지만 부모와의 대립 갈등에서 우위를 확보하지도, 그 영웅성을 키우지도 못하고 좌절하는 민중의 한계를 보여주는 영웅이다.

반면에 이몽학 전승은 탄생담에서 신이함을 상징적으로 내재화시켜 부모나 타인이 그 신이함을 인식하지 못하도록 하였다. 이몽학 전승에서 유아기에 신이성이 드러나지 않음으로 부모와의 대립·갈등 양상이 나타나지 않는다. 유아기에 잠재되어 있는 이몽학의 신이한 영웅성이 성장하여, 활동기에 자아성취를 위한 어떤 일을 시도할 기회를 획득하게 된다. 이런 점에서 김덕령의 탄생담은 아기장사보다 이몽학 설화의 탄생담에 더욱 가깝게 서술되어 있다.

(2) 성장담

문헌전승에 보면 김덕령은 용모가 준수하고 기질이 안정되어 신이한 능력을 지니고 있었다. 하지만 그가 능력을 별로 드러내지 않았기 때문에 부모조차 알지 못하였다고 한다. 그런데 식량 얻어오기와 땔나무 해오기, 높은 누각의 처마에서 새알 꺼내기라는 능력을 보여주어 사람들의 눈에 띄게 되었다. 이때 김덕령은 가르쳐 주던 증조부 사촌공(沙村公)에게서 용력에 일삼지 말라는 엄한 교훈을 받는다. 이 훈계를 받고 학업에 전심하며 용력을 숨기고 있다가 위급한 친구를 구해주고, 먼 거리의 고기를 잡아다가 부모에게 공양을 하였다. 증조부의 엄명을 어긴 능력 과시는 잠재적 금기의 파괴로 볼 수 있다. 성장기에 잠재적 금기를 파괴하며 신이한 능력을 보인 김덕령은 버림을 당하지 않고, 오히려 20세에 성우계(成牛溪)를 새로운 선생으로 맞이하여 유업에 충실하게 된다.

이는 김덕령의 출신 가계가 한미하지만 평민 출신이 아니란 점에 있다. 능력을 사용 가능한 신분층이기 때문에 신이성이 문제가 아니라 금기의 파괴가 문제로 제기된다. 그래서 김덕령의 성장기에 관한 문헌전승에는 3~4개의 탁월한 능력이 결합하여 신이함을 부각시키고 있다. 이로써 김덕령을 민중적으로 영웅화 시키지만, 경솔한 금기의 파괴로 신이한 능력을 지닌 김덕령이 쓰이지 못하고 비극적 운명을 맞이한 점을 강조하기 위한 설화적 장치이다.

그 예로 씨름삽화에서 김덕령은 유자로서 직분을 지키려 하지만, 금기를 파괴한 결과 남에게 용력이 알려졌기 때문에 씨름을 하지 않을 수가 없었다. 씨름삽화에서 김덕령의 또 다른 신이한 용력을 드러냄으로 다른 사람들을 두렵게 만들고 이름이 날리게 되었다. 이때 얻은 명성은 뒤에 사람들의 천거 대상이 되어 기복종군하게 된 원인을 설명할 수 있도록 맞추어진 결구로 보인다. 뿐만 아니라 씨름삽화에서는 사람들과의 인화성이나 융통성을 가지지 못한 김덕령을 나타내고 있다.

김덕령의 구비전승에는 그가 비극적 주인공이 될 수밖에 없는 이유를 적나라하게 드러낸다. 김덕령의 성장기에 지닌 신이성은 이몽학과 마찬가지로 천부적인 능력만 아니고 성실한 노력과 연습의 결과이다. 그가 무등산을 매일 여러 바퀴 돌고 와 아침식사를 하였다거나, 훌륭한 말을 얻기 위하여 노력하였다는 전승이 예이다.

성장담에서 가장 주목되는 것은 <장군수 훔쳐 먹기> 삽화이다. 이 삽화에서 김덕령은 신이하고 탁월한 능력을 유감없이 발휘하게 된다. 즉 선생이 마시는 장군수를 몰래 훔쳐 먹는 능력, 신이성이 발각되어 버림을 당하는 기아모티프의 현상을 보여주면서 최후에 실패하게 된 원인을 제시하고 있다. 이는 구비전승이 문헌전승에 비하여 김덕령을 더 민중적인 모습으로 변모시키고 있음을 알 수 있는 대목이다. 이 삽화에서 김덕령의 신이성은 후천적인 면도 있으나 선천적인 면이 강한 것이기에 주목된다. 이때 신이성은 김덕령의 영웅성을 부각시켜 주기 위한 측면과 남에게 보이지 말아야 한다는 금기요소가 내재한 측면이 있다. 신이함을 보이지 말아야 하는 금기요소의 파괴로 성실하게 수련하는 그의 영웅성이 무산되고 만다. 그리고 선생에게 버림을 당함으로서 지혜적 측면의 성장이 좌절되고 무사적 측면만이 성장하는 기형적 성장을 이루게 되었다.[7]

김덕령의 힘내기형 삽화는 활동담에 속하는 이몽학의 경우와 달리 성장기에 속한다. 힘내기 삽화는 씨름삽화·오뉘힘내기삽화·치마대삽화가 차례대로 놓이면서 인과적으로 연결되는 특성을 보이고 있다. 즉 앞의 삽화는 뒤의 삽화의 원인이 되고, 그 원인으로 인하여 뒤의 삽화에서는 김덕령의 성장에 도움을 줄 누나와 용마를 죽이게 된다. 그 결과 김덕령은 결핍요소를 보충해 줄 요소가 제거되어 최후에 패배하고 만다. 여기에서 누나의 죽음은 김덕령에게 제공할 지혜, 세상을 보는 안목, 침착함 등 인격적 측면을 보충할 기회의 제거를 의미하고, 용마의 죽음은 그의 신이함을 더 높게·넓게·멀리 전달하는 활동반경을 확대할 요소의 제거를 의미한다. 이 결과는 씨름삽화나 <장군수 훔쳐 먹기> 삽화에서 능력을 드러내지 말라는 잠재된 금기의 파괴에 기인한다. 상실한 요소들은 김덕령에게 활동담에서 결핍요소로 작용하고 동시에 최후에 비극적 영웅이 될 수밖에 없는 요인을 제공하게 된다.

이런 김덕령의 성장담에서 주어진 금기요소의 파괴로 신이함이 발각 당하는 과정에는 비극적 영웅이 될 몇 가지 중요한 단서를 제시하고 있다.

첫째, 신이성이 부모가 아닌 타인(선생)에게 발각되기에 비극적인 최후를 마치게 된다.[8] 만약 가족에게 발견되었다면 김덕령의 신이성은 성장이 촉진되었을 것이다. 김덕령의 부친은 김덕령을 얻기 위하여 중국지

---

7) 문헌전승에 보면, 김덕령이 시기하는 자가 있어 공을 세우지 못하고 화가 미칠 것을 예감하고 동생 덕보에게 "만약 너에게 나의 용기가 있고, 나에게 너의 지혜가 있다면 이에 이르니오(其弟德普曰 汝有我勇 我有汝智則 豈至於此乎)."
8) 씨름삽화에서 김덕령의 신이한 영웅성을 발견하고 있는 자는 누나이다. 그런데 누나는 자신의 탁월한 능력을 믿고, 김덕령의 능력을 드러내지 말라는 암시된 금기를 제시하기만 한다. 이런 누나의 성격은 좀 다른 각도에서 고찰할 필요가 있다.

관의 어떠한 제안도 거절하고 닭의 울음소리가 난 명당을 지켰다. 그런 부친이 신이성을 발견하였다면 성장시켰을 것이다. 이 점은 아기장사 전설에서 보여주는 민중의식의 한계를 극복하고 새로운 세계를 열려는 한층 성숙된 의식의 발전을 보여준다. 그런데 타인인 선생에게 발견된 김덕령의 신이성은 제거되지 않고 선생에게서 습득하던 지혜적 측면의 성장이 제거된다. 이는 이몽학 전승과 아기장사 전승과도 차이가 있다. 이몽학 전승에서 신이함을 발견한 타인인 선생은 신이성의 잘못된 과시로 오는 피해를 고려하여 이몽학과 관계를 단절하고 회피한다. 이렇기 때문에 이몽학과 대립·갈등 양상에서 갈등이 조성되지 않도록 대립을 피하고 만다. 반면에 아기장사 전설에서 부모는 아기장사가 성장하여 영웅성을 과시하게 되면 직접적인 피해 당사자가 되기 때문에, 아기의 신이함을 미리 제거하려는 대립갈등을 보이고 있다.

김덕령 전승에서도 신이성의 발견자는 선생으로 타인이다. 선생은 탁월한 능력의 김덕령에게 더 가르칠 것이 없음을 알면서도 붙들려고 하였다. 또 선생은 신이함을 보인 김덕령을 버리는 기아모티프 현상을 보이면서도 그에게 금기를 제공하는 것이 이몽학의 경우와 다르다. 이몽학 전승의 경우에 선생은 그의 신이함을 발견하자 몰래 숨거나 다른 훌륭한 선생을 찾아가라며 쫓아버려 관계를 청산한다. 김덕령의 경우에는 <장군수 훔처 먹기>란 결정적인 신이함을 보임으로써 선생이 그를 붙들고 있어야 할 이유가 없어졌다. 그러면서도 시기를 맞추어 장군수를 먹여 보내려고 하는 점은 성숙된 민중의식의 소산이라고 하겠다. 김덕령의 신이성은 선생의 기대를 저버리고 미리 행하게 된데 문제가 있다. 미숙아 상태에서 장군수를 마신 탓에 오만하고 무례하며 포악한 소영웅주의 성격을 가진다. 그런데 선생은 김덕령에게 새로운 금기를 제시하며 끝까지 가르치지 못함을 애석해 한다. 이는 김덕령이 역적의 누명을 쓰고 죽기는 하였지만, 신원된 현실적 상황이 고려되어야 한다.

둘째, 신이성이 발견된 시기가 성장기이다. 성장기에 기아현상이 일어나는 점은 군담소설의 양상과 유사한 면이 있다. 그렇지만 군담소설의 주인공들이 유배지나 격리 장소에서 새로운 선생을 만나 배우고 도움을 받는 것과 반대로, 비극적 영웅담의 주인공들은 버림을 당하여 자아성취를 실패하고 만다. 김덕령의 신이성은 성장기이기 때문에 발견자와 힘의 우위를 구분할 수 없다. 이점은 이몽학 전승에서 신이성이 발견된 시기가 이몽학과 발견한 자(선생)와 힘의 우위성을 판가름할 수 없는 것과 마찬가지이다. 즉 이몽학의 신이한 영웅성은 그를 발견한 자가 만만하게 제거시킬 수 없을 만큼 성장한 것으로 여겨진다. 그래서 타인인 발견자들은 만만하게 제거할 수 없이 성장한 이몽학에게 대립갈등을 초래하기보다 회피하고 만다. 그런데 김덕령의 경우, 그의 신이한 능력을 발견한 타인인 선생은 김덕령의 신이한 능력이 남에게 알려지지 않기를 바란다. 그래서 선생은 새로운 구체적 금기를 제시한다. 김덕령의 신이성이 알려지지 않기를 바라는 선생의 기대는 금기가 파괴될 것을 전제로 할 때, 그에게 주어진 금기가 파괴되어 무산되는 것이 당연하다. 즉 김덕령은 왜장들의 변신인 불덩어리와 싸우지 말라는 금기의 파괴로 그의 신이성을 세상에 알리고 만다.

셋째, 성장기에 발견된 신이성은 부정되는 것이 아니라 긍정적으로 인식하고 있다. 그렇기 때문에 신이함을 발견한 타인(선생)은 그를 보호하려는 입장을 취한다. 또한 신이성은 발견된 자체가 문제가 아니라, 미리 발견되어 활용할 활동기에 결핍요소로 드러나 갈등을 초래하게 된다. 이는 장군수를 미리 먹음으로 일어난 미숙아적 현상과 같다. 즉 김덕령이 신이함을 보이지 않았다면 그는 자기가 원하는 시기, 그리고 활용할 성숙한 시기를 맞이할 수 있었다. 이와 같이 성장기의 신이성이 긍정적인 까닭은 그의 가문이 미천하지만 평민이 아니기 때문이 능력의 실현 가능성이 있다는 점과 그가 역적으로 죽었다가 신원되었다는 점에서 찾을 수 있다.9) 그런데 성장담에서 주어진 금기를 파괴하여 긍정적이던 신이성도 부정적 모습으로 바뀌고 만다.

넷째, 김덕령의 성격적 결함을 보여준다. 성장담에서 보여주는 그의 조급성, 자만성, 무자비성은 능력을 드러내지 말라는 금기들의 파괴와 직접 연관을 맺고 있다.

이상에서 성장담은 김덕령이 최후에 비극적 영웅이 되는 원인을 발견할 수 있는데, 이몽학의 경우와 큰 차이가 없다. 김덕령은 신이성이 이몽학처럼 제거할 수도 성장시킬 수도 없는 상황인 성장기에 발견되고, 발견자가 가족인 아닌 타인(선생)이란 점이다. 타인인 선생을 통해 습득되어야 할 지혜적 측면의 자질이 성장하지 못하고 무사적 측면의 자질만 성장하게 된 김덕령은 신이한 영웅성이 불구적 성장을 가져오게 된다.

(3) 활동담

김덕령의 활동담은 그의 신이한 영웅성을 유감없이 발휘한다. 여기에서는 그의 신이한 용력에 결핍요소가 있는 것이 아니라 그 능력을 발휘할 시대환경의 변화와 지혜의 측면에 결핍요소를 제기하고 있다. 즉 김덕령의 자아는 세계와의 대결에서 조급성과 무자비성, 보충요소인 누나와 용마의 상실 등의 문제가 있지만, 대결에서 충분한 능력을 발휘하고 있다.

구비설화의 활동담에서는 김덕령의 신이한 능력을 발휘하는 삽화들이 대체로 왜적을 물리치는 무사적 측면의 것이다. 활동담은 김덕령의 영웅성을 부각시키는 데 목적이 있으나 한계성을 보인다. 즉 김덕령의 능력은 신이할 정도로 뛰어나지만, 능력을 마음껏 활용할 수 없는 시대적 한계가 있었다.

---

9) 김덕령에게 성장기의 신이성이 긍정적으로 평가된 것은 양반이기 때문이다. 그래서 군담소설과 유사한 양상을 보여주고 있다.

김덕령은 <왜군 물리치기>에서 왜군의 진영을 아무 거리낌 없이 넘나들면서 왜구들을 위협하여 스스로 물러나게 하는 능력이 있었다. 그리고 <왜장 조섭 죽이기>에서는 왜장 조섭을 영웅적으로 부각시키고 있는데, 이것은 김덕령의 영웅성을 부각시키기 위한 반대급부적인 방편이다. 또 <왜장 퇴치하기>는 도술이 뛰어난 청정과 평수길을 물리침으로 김덕령의 능력을 부각시키고 있다. 이처럼 민중들은 김덕령의 능력을 부각시키기 위해서 민중적 사고 패턴에 따라 신이한 능력을 반복 구연하고 있다.

김덕령의 신이한 능력은 아버지의 복상이란 활동의 한계를 가진다. 즉 <왜군 물리치기>는 아버지의 상을 당하여 어머니가 전쟁에 참여하는 것을 반대하기 때문에 비공식적 출전이다. 따라서 왜군의 진을 마음대로 드나들 수는 있지만, 살인하는 것도 신이성을 발휘할 수 있는 활동에도 제한을 받게 된다. 그래서 김덕령은 도술을 보여주어 왜군이 스스로 물러가도록 할 수밖에 없었다. 또 <왜장 조섭 죽이기>는 조섭을 죽이는 과정에서 자신의 지혜가 아닌 기생 황월의 전적인 도움을 받는다. 이때 김덕령의 용력은 기생의 도움이 있어야만 하는 허약성을 보여주고 있다. <왜장 퇴치하기>는 청정과 평수길을 일방적으로 물리칠 용력이 있으나, 완전한 승리를 이루지 못하고 남(이여송)의 도움을 받아야만 종식시킬 수 있었다.

신이한 영웅성을 가진 김덕령의 능력에 한계가 있는 것은 수학시절과 그 성장기에 설정된 금기의 파괴에 기인한다. 김덕령은 <장군수 훔쳐 먹기> 삽화에서 선생에게 쫓겨나는 기아모티프 현상을 당한다. 그때 선생이 제시한 '불덩어리로 변한 왜장을 죽이지 마라'는 금기를 파괴한 결과는 김덕령이 임진왜란이 일어날 때 아버지의 죽음이라는 결핍요소를 가지게 되었다. 만약 선생이 제시한 금기를 파괴하지 않았다면 아버지의 죽음이 없었거나, 그의 신이한 능력이 소문나지 않아 천거되지 않았을 것이다. 그렇지만 김덕령은 금기를 파괴하고 얼마 후에 임진왜란이 일어났기 때문에 천거되었으나 상중이기 때문에 영웅성을 발휘하지 못하는 한계를 보여주게 된다.

한편 문헌설화의 활동담에서도 김덕령의 능력은 무한한 가능성이 열린 동시에 결핍요소가 제시되어 있다. 서사적 구조를 이루지 못한 이들 삽화들은 단편적으로 언급되거나 여러 개의 삽화가 결합하여 나타난다. 그리고 <추노삽화>와 <산중처자 구하기> 삽화 등에서 김덕령의 탁월하고 신이한 능력은 날개 달린 천부적인 것이다. 여기에서 김덕령은 탁월한 능력에 대한 자부심과 효행심을 드러낸 반면, 이면에 조급성과 저항의지를 상실한 사람까지 죽이는 무자비성도 나타내고 있다.

활동담의 중추가 되어야 할 기병과정이나 활동은 역사적 사실보다 간략하게 기술되어 있다. 김덕령은 효를 버리고 충을 위해 기병하여 뚜렷한 공을 세우지 못하였다. 그래서 기병과정이나 의병활동이 약화되어 있다. 한편 활동담의 초기인 <장검 만들기> 삽화에는 지역민 의식의 상징물인 무등산에 청백이나 하얀 기운이 산 계곡에 가득하고 산이 울었다는 것을 상(祥)스러운 기운이며 이름을 떨칠 상징으로 보지 않고, 불길한 징조로 보고 있다. 또 명장인 정지 장군에게 제사할 때 김덕령이 주조하여 찬 장검을 떨어뜨린 것은 김덕령이 장군으로의 지휘력 상실과 불운한 한계를 지닌 인물임을 사람들에게 알리는 장치이다. 이는 김덕령이 역적의 누명으로 억울하게 죽은 역사적 사실의 한계를 인식한 담당 계층들이 그의 비극적 운명의 원인을 설명하려는 의도의 결과로 보인다.

이상 활동담에서 김덕령은 탁월한 능력에도 불구하고 활동의 한계가 설정되어 있다. 이때 김덕령의 탁월한 능력들은 대체로 무사적 측면으로 긍정적이고, 그 이면의 무자비성이나 조급성은 지혜적 측면으로 부정적 행위로 인식되고 있다. 김덕령의 무사적 측면은 성장기 이후에 성실하게 노력하고 단련시켰으며, 천부적 요건으로 날랜 장사 혹은 신이한 장사로 인정되고 높이 평가되어 있다. 구비설화에도 <왜장 조섭 죽이기>나 <왜장 평수길 파하기> 등에 나타나는 무사적 측면은 탁월한 능력을 과시하여 긍정적 평가를 받지만, 지혜적 측면은 조급성과 사리 판단의 부족, 그리고 도술을 할 줄 알지만 상대를 알아보지 못하여 부정적 평가를 받는다. 이처럼 김덕령의 지혜적 측면이 부정적으로 인식되는 것은 성장기에 금기요소의 파괴로 선생에게 버림을 당하여 내면적 자기 수련의 지혜를 습득할 기회가 거세되어 일어난 현상이다. 이후의 활동담에서 김덕령은 무사적 기질을 강력하게 성장시켜 긍정적으로 평가되고 있지만, 지혜의 측면은 습득의 기회를 상실하여 부정적으로 평가되고 있다. 이런 결구는 화중들이 탁월하고 신이한 능력에도 전쟁에 참가하여 공을 이루지 못하고 역적에 연루되어 비극적으로 죽었다는 역사적 사실을 합리적으로 설명하기 위한 설화적 장치이다.

(4) 최후담

김덕령의 최후담은 <수레 부수기> 삽화, <철삭 끊기> 삽화, <죽음을 거부하기> 삽화, <임금 앞에서의 발검 삽화> 등 문헌설화이다. 특히 임금 앞에서 발검을 하는 조급성을 드러내는 허구적인 변이를 시도하여 김덕령이 죽을 수밖에 없는 상황을 보여주고 있다. 이처럼 최후담에서도 김덕령이 탁월한 무사적 측면과 반대로 지혜적 측면의 부족을 운명론적으로 결구하여 놓고 있다.

<수레 부수기> 삽화에서 노인은 군담소설의 조력자처럼 김덕령을 도와주는 역할을 한다. 노인이 행동을 경계하고 명심하라는 부탁은 <장군수 훔쳐 먹기> 삽화에서 스승이 제시하는 금기의 의미와 같으나 방법이 다르다. 구비전설의 <장군수 훔쳐 먹기>에서 선생은 성장기의 김덕령에게 시간적 여유와 능력의 겸비를 묵시적으로 가르치다가 장군수를 훔

쳐 먹었을 때 쫓아낸다. 노인은 경거망동으로 세속의 화를 당하지 말라고 직접적으로 경계하고 있다. 노인의 말을 이해하지 못한 김덕령은 근면하게 받들겠다고 하고서 후에 기복종군을 한다. 노인은 김덕령이 서울로 압송된 것은 훈계를 저버린 스스로 택한 운명임을 강조하며, 그 운명에 순응하라고 한다. 이는 김덕령이 옥사하였던 역사적 사실을 인식하고 신이한 능력의 인물도 운명을 거역하지 못한다는 운명론적인 민중적 사고에서 이루어진 설화적 변이의 한계이다.

민중들은 김덕령이 운명적 한계를 인식하고 스스로 죽음을 택하게 한다. 그래서 죽을 명분을 효·충의 갈등에서 효를 파괴하고 충을 택한 것에서 찾았다. 김덕령은 효가 충보다 앞선 윤리적 덕목으로 인식하고, 잘못 선택한 운명으로 충도 이루지 못해 불효 죄와 불충 죄를 짓게 되었다고 생각하였다. 구비설화에서 민중들은 대의명분인 충을 효의 도리를 끝낸 뒤 행하는 규범으로 여겼다. 민중들이 '만고효자 김덕령'이 아닌 '만고충신 김덕령'이라 한 것은 김덕령이 죽은 이유가 효가 아니 충 때문이라 보았기 때문이다. 김덕령은 충의 윤리만을 강조한다면 죽음을 택하지 않았겠지만, 효의 도리를 다하지 못한 죄책감 때문에 스스로 죽음을 택한다. 문헌설화에는 담당계층이 지닌 세계인식의 한계 때문에 구비전설의 '만고충신'으로 변이 발전시키지 못하고, 다만 구비설화적 지향의식의 중간적 단계에서 멈추고 말았다.

민중들은 김덕령의 영웅성을 흠집 내지 않는 방법으로 최후의 비극적 원인을 성장기의 결핍요소에서 찾아냈다. 민중들은 원사한 김덕령의 비극적 최후를 자신들의 삶의 애환으로 환치시켜 민중적 영웅으로 신이화·형상화 하고, 그의 최후담에 '만고충신 김덕령'이란 문제를 제기하여 끈질긴 삶을 나타내고 있다.

어머니의 출전 반대는 최후의 잠재적 금기의 역할을 한다. 김덕령은 어머니가 제시한 암시된 금기를 따르지 않고 신이함을 드러냄으로 최후에 원사하게 된다. 김덕령의 신이한 능력은 당시의 위정자들에게 절대로 필요한 사항이었다. 어머니의 반대로 전쟁에 정식으로 참가할 수 없었던 김덕령은 입신양명을 위해 신이함을 드러내고 위정자들과 갈등을 초래하여 해를 입게 된다. 어머니의 금기 제시는 <수레 부수기>의 친구와 마찬가지로 위정자와 조정에 대해 부정적 관념을 가지고 능력을 발휘할 적당할 시기를 바라고 있다. 그런데 김덕령은 이 금기를 파괴함으로 원사하게 된다.

김덕령의 최후담이 비극적으로 전개되는 것은 성장담의 결핍요소 때문이다. 김덕령의 성장 과정에서 스승의 가르침을 제대로 터득하거나 선생이 제시한 금기를 성실하게 수행하고 힘내기 형에서 조력자이며 협력자인 누나와 명마를 잃어버리지 않았다면, 훌륭한 공적을 남겼을 것이다. 그런데 김덕령은 성장기에 제시된 금기를 파괴하여 신이한 도술로 왜군을 물리치는 활동담에서도 한계를 보이고 있다. 게다가 민중들은 김덕령의 최후담에 봉건적 윤리관에서 우열을 가릴 수 없는 효와 충의 갈등을 국가적 변란의 상황에 도입하고 있다. 즉 신이한 도술을 부리는 훌륭한 인물이지만, 아버지의 상을 당하여 어머니의 반대로 정식출전도, 살인도 할 수가 없어 국가적 중대사인 임진왜란을 해결하지 못하였다. 민중들은 부모상을 당한 김덕령이 어머니의 말을 거역하며 몰래 충을 위해 전쟁에 참가한 것을 불효로 여겼다. 이런 김덕령의 행동은 성장기에 설정된 금기의 파괴로 지혜적 측면의 성장이 멈추었기 때문에 자행되는 것이다.

지금까지 살펴본 서사구조를 도식화 하여 보면 다음과 같다.

서사단락 영웅적 속성	탄 생 담 (신이한 출생)	성 장 담 (신이성 발견)	활 동 담	최 후 담	영웅의 성격
무사적 측면	일상적이고 잠재 됨 (신이성의 감소화 현상)	성 장	강한 긍정	부 정 (또 다른 금기파괴)	비극적 영웅 (지혜 부족)
지혜적 측면		불성장 (금기요소 파괴)	부분 부정		

김덕령 전승의 서사구조도(비극적 영웅담의 서사구조 모형)

위는 김덕령 전승을 통해 확인할 수 있는 비극적 영웅담의 서사구조의 모형도이다.[10] 영웅의 속성은 무사적 측면과 지혜적 측면으로 나눌 수 있다. 일반적으로 성공한 영웅담이나 좌절한 영웅담은 두 측면을 뚜렷하게 나누어 설명하기 힘들고 통합된 형태로 기술되거나 구술된다.

위의 김덕령 전승에 나타난 비극적 영웅담의 특색은 다음과 같다.

첫째, 비극적 영웅담의 주인공들은 미천한 양반출신이거나 민중적 성격을 가진 가계출신이다.

둘째, 탄생담에서는 신이한 탄생이 일시적이고 잠재적인 상징화로 표현된다. 이때 김덕령의 경우처럼 미천한 양반출신인 경우는 그 신이성이 감소화의 양상으로 나타난다.

셋째, 성장담에서는 기아모티프 적 요소가 나타난다. 그런데 주인공의 신이함을 발견한 자가 타인 특히 선생이란 점에 문제가 있다. 성장기에 선생에게 신이성이 발견되어 버림을 당하는데, 무사적 측면의 기질은 계속적으로 성장되어 활동담에서도 긍정적으로 평가되나, 지혜적 측면의 자질은 성숙시키지 못하여 부정적으로 평가된다.

넷째, 활동담에서도 성장이 지속된 무사적 측면의 강화로 뛰어난 활동성을 보여주지만 한계를 가지고 있다. 즉 강한 긍정적 평가를 받는 무

---

10) 강현모, "비극적 장수설화의 연구" (한양대 박사학위논문, 1994. 6), p.164.

사적 측면과 부분 부정적 평가를 받는 지혜적 측면의 자질 사이에 부조화를 이루고 있다.

다섯째, 최후담에서 무사적 측면과 지혜적 측면의 부조화로 부정적 결말을 맺는다. 그 결과 비극적 영웅은 억울한 죽음을 당한다.

이에 반하여 성공한 영웅담의 서사구조에는 탄생담에서 신이한 탄생이 표출되어 고난에 봉착하게 되나, 성장담에서 최후담까지 전개되는 동안에 영웅의 두 속성이 긍정적으로 나타난다. 그리고 좌절한 영웅담의 서사구조에는 신이한 탄생이 표출되어 성장 자체가 부정되고 성장담이나 활동담이 서사문맥에 거의 나타나지 않으며 최후담도 부정적으로 나타난다.

2) 비극적 영웅담의 구조적 특징

위에서 살펴본 김덕령 전승을 재구하여 나타난 비극적 영웅담의 서사구조는 순환구조, 반복구조, 종결의 열림(개방)구조의 특징을 지니고 있다. 이런 구조적 특징은 민중적 삶을 확연하게 드러내고 있다. 다시 말해 민중들은 자신들의 삶이 끝없이 좌절되면서도 쓰러지지 않고, 가냘프면서도 끊어지지 않는 삶의 욕구를 쟁취하고자 그들의 영웅상이 필요하다. 그것이 바로 비극적 영웅이다. 이 비극적 영웅들의 삶은 바로 민중들의 삶 그 자체이다. 그렇기 때문에 민중들은 비극적 영웅담의 구연을 통해 자신들의 의식세계를 재 체험하고 있다. 위와 같은 비극적 영웅담의 서사구조의 특징이 민중들의 의식세계를 어떻게 보여주고 있는지 살펴보기로 하겠다.

비극적 영웅담의 서사구조적 특성은 위에서 파악한 구조에서 찾아야 한다. 비극적 영웅담의 구조적 특성은 문헌설화보다 구비설화에서 자세하게 검토할 수 있다. 왜냐하면 문헌설화는 기록 당대에 구전이나 문헌기록을 중심으로 전사한 것이다. 이때 기록자의 개성적인 세계를 드러내고 있는 각 편들 사이의 인과성을 제시하지 못하고 있다. 반면 구비전승은 입으로 전승되어 화자와 독자의 공통적 합리성과 논리성으로 이루어져 있다.[11) 또 민중들은 삶의 현장과 세계관을 드러내며 재구하였기 때문에 나름대로의 효과적인 서사구조를 이루고 있다.

(1) 순환구조

김덕령의 전승을 생애로 재구하여 검토한 위의 서사구조를 볼 때, 비극적 영웅담에서 가장 확연하게 나타난 서사구조의 특징은 순환구조이다. 즉 각 단계는 인과적이고 논리적으로 연결성을 가진다.

김덕령의 탄생담은 서사전승의 시작으로 그의 생애의 전반적 성격에 커다란 영향을 미치고 있다. 즉 탄생담은 김덕령의 성장과 최후의 모습을 예측하도록 설정되어 있다.

구비설화에 나타난 김덕령의 탄생담은 중국의 훌륭한 지관이 무등산에서 잡은 천하명당의 묘자리에서 비롯된다. 김덕령의 부친이 중국 지관이 잡은 무등산의 훌륭한 묘자리를 가로챈 것은 미천한 민중들에게 미래에 대한 커다란 희망이다. 묘자리의 발복은 훌륭한 아들을 낳아 입신양명을 시키고, 가문을 일으키게 할 수 있다. 또한 지배받고 있는 암담한 현실을 극복할 수 있는 새로운 영웅출현의 기대에서 나오는 원천의 힘으로 작용하고 있다. 김덕령 부친의 행위는 새로운 영웅출현을 기대하는 민중들에게 당연한 행위이다.

그런데 김덕령의 부친은 좋은 묘자리를 얻는데 진심의 성의와 노력을 하지 않았다. 김덕령 아버지는 묘자리에 탐욕을 느끼고 부도덕하게 가

---

11) 구비설화나 문헌설화의 합리성과 논리성은 각 삽화를 재구한 것으로, 작품화된 임진록, 한문 <전>, 국문 전기, 현대소설에서 유추할 때 가능하다고 본다. 설화의 재구를 통한 민중의식의 추구는 그들의 의식에 내재한 서사구조를 추구하는 작업이다.

로챘으나 풍수지리에 대한 무지로 조상의 무덤을 잘못 처리하여 발복이 잘못되었다. 그 결과 첫째로 누나를 낳고, 둘째로 김덕령을 낳게 되었다. 훌륭한 무덤의 발복이 여자인 것은 조선의 사회구조에서 모순이다. 신이한 탄생을 한 김덕령이 순탄하지 못할 성장임을 나타내고 있다.

성장담은 김덕령의 영웅적 성격을 결정하고 있다. 성장담에서 김덕령은 신이성과 탁월한 능력을 드러내지만, 조급성과 자만성을 드러내어 최후에 비극적이 되는 결정적 요인을 제공하고 있다.

성장담에서 민중들은 묘자리의 발복이 뒤진 김덕령이 누나보다 항상 열등할 수밖에 없다고 결구하였다. 그런 김덕령은 천부적인 능력이 자기보다 뛰어난 누나를 이기기 위해 피나는 노력을 하거나 비정상적 방법을 택한다. 김덕령의 성격은 성실성과 함께 조급성과 자만심을 지닌다. 이런 성격은 김덕령이 선생의 가르침을 기다리지 못하고 장군수를 훔쳐 먹은 <장군수 훔쳐 먹기> 삽화에서 보여준다. 또 치마대 삽화에서도 김덕령은 용마와의 내기에서 침착성을 갖지 못하고 조급성을 나타낸다.

활동담에서는 성장기에 나타난 조급성과 자만성 때문에 활동의 한계를 가지게 된다. 김덕령은 활동담에서 탁월하고 신이한 능력으로 왜구나 왜장들을 물리치지만, 정식 출전이 아니거나 남의 도움을 받고 있다. 이처럼 활동담에서 김덕령이 탁월한 능력에도 한계를 드러내는 것은 조급성으로 성장기에 주어진 잠재적 금기의 파괴에 있다.

김덕령은 성장기의 힘내기에서 승리를 하지만 지혜를 보충해 줄 누나와 활동반경을 넓혀줄 용마를 잃었다. 그리고 <장군수 훔쳐 먹기>에서 신이한 능력을 드러내지만 선생에게 버림을 당하였다. 이처럼 김덕령의 탁월하고 신이한 성장기의 능력은 활동담에서도 왜구들을 물리치는데 보여주지만, 혼자의 힘으로 완벽한 승리를 이루지 못한다. 즉 김덕령은 왜군 물리치기에서 아버지의 상을 당하여 어머니의 반대로 정식 출전도, 살인도 하지 못하였다. <왜장 조섭 죽이기>에서는 탁월하고 신이한 능력을 지닌 왜장 조섭을 죽이기 위하여 미천하다고 생각되는 기생 화월에게 전적으로 의지하고 있다. 그리고 <왜장 평수길 파하기>에서 신이한 능력을 보여 평수길을 1차로 죽이지만, 도망가는 평수길의 혼백을 이여송과 합작하여 죽인다. 활동담에서의 김덕령의 한계는 성장기의 조급성과 자만심으로 잠재적 금기를 파괴하여 지혜를 습득하지 못하였기 때문에 생긴 것이다.

민중들은 김덕령이 활동담에서 탁월한 능력이 있다 할지라도 신분적 한계 때문에 활용되지 못한 것을 나타내고 있다. 민중들은 새로운 영웅의 능력을 신이화 하고 탁월한 능력을 드러내도록 하지만, 그들의 신분적 여건과 피지배층으로 지배층의 구속과 지배를 받으면서 자아성취를 이루는데 한계성을 노출하고 만다. 그러면서도 민중들은 자신들의 영웅상에서 현실적 압박과 구속으로부터의 삶을 유지·지탱할 힘을 얻고, 압제자를 능가할 탁월성을 드러내어 미래에 대한 희망을 제시할 관념의 지속성을 가져야 하였다.

최후담에는 활동담에서 탁월한 능력에도 불구하고 어머니가 제시한 잠재적 금기의 파괴로 비극적 종말을 맞이한다. 민중들은 최후담에서 활동담에 유지하였던 김덕령의 탁월하고 신이한 능력이 세계에 대한 우위를 지키지 못하게 한다. 이를 김덕령의 탁월한 영웅성에 어머니 말(孝)을 거절하는 한계를 설정하여 세계의 우위를 극복하지 못하도록 만들었다. 탁월한 능력의 김덕령에게 비극적 최후를 설정한 것은 앞의 탄생담과 성장담의 영향으로 생긴 활동담의 한계 때문이다. 김덕령은 탄생담의 결핍을 극복하려고 성장기에 조급성을 나타내고, 성장기의 조급성은 용마와 누나를 잃고 선생에게 쫓겨나는 동시에 제시된 금기를 파괴하고 말았다. 이로 인하여 활동담에서는 탁월한 능력의 신이성을 드러내는데 한계가 생겼다. 즉 활동기에는 성장기의 결핍요소로 성장하지 못한 지혜적 측면의 부분적 부정으로 비극적 종말을 맞이하였다. 활동기의 지혜적 측면의 부분적 부정은 최후담에 결정적으로 영향을 미치도록 결구하여, 김덕령이 옥사하였던 역사적 사실을 합리적으로 설명하고 있다.

다만 김덕령의 죽음은 죽음에 그치지 않고 새로운 영웅출현의 기대로 이어지고 있다. 최후담에서는 김덕령의 죽음에 '만고충신 김덕령'이라는 현판 삽화를 도입하여 새로 도래할 영웅의 탄생을 예고하고 있다. 이때 '만고충신 김덕령'이란 현판의 의미는 민중들의 삶에서 끈질기게 요구되는 저항정신을 나타내고 있다. 민중들은 한계성을 극복하지 못한 김덕령을 죽이고 이를 합리화 하려는 위정자에게 '만고충신 김덕령'이란 현판을 요구하며 되살리고 있다. 여기에서 위정자의 무모성과 모순성을 보여주고, 위계와 술책을 드러낸다. 그리고 민중들은 민중적 영웅 김덕령에 대한 평가절하 작업을 인정하지 않고 현판을 없애려 할 때마다 김덕령이 살아온다고 하였다. 이때 김덕령이 살아왔다는 것은 민중들의 마음에 김덕령과 같은 새로운 영웅의 출현을 기대하며, 그 영웅의 존재를 통해 그들의 삶에 새로운 지표를 제공받으려는 희망이다.12)

이상에서 김덕령 전승은 탄생담→성장담→활동담→최후담이 서로 인과성과 논리성을 가진 순차적 진행인 동시에, 최후담에서 새로운 영웅출현의 기대와 관련되어 탄생담에 연결된 순환적 구조의 특징을 가지고 있다. 순환구조는 민중들의 삶 양상과 일치하는 표출방식이다. 민중들은 현실적 고통을 극복할 가능성을 제시하는 탁월한 능력을 지닌 영웅의 탄생을 기대한다. 그럼에도 현실적 사회구조는 이들의 희망을 키우는데 너무도 큰 장벽이므로 삶의 과정에 장애요소를 설정한다. 그렇지만 민중들은 비극적으로 죽음을 당하는 영웅을 통해 완전하게 좌절하는 것이 아니다. 비극적 영웅 전승을 구연하는 것은 순환적 구조를 지니고 있어 비극적으로 끝나지 않고 새로운 영웅의 출현을 기대하는 의식

---

12) 이에 대한 설명은 종결의 열림(개방)구조의 특성에서 자세하게 살펴보기로 하겠다.

을 드러내고 있기 때문이다. 이처럼 비극적 영웅담의 순환구조는 마음 속에 새로운 영웅출현의 기대가 영생하도록 하여 민중들의 현실적 고통을 감수할 수 있도록 희망을 제공하고 있다.

(2) 반복구조의 특징

김덕령 전승은 전체적으로 순환구조를 띄고 있지만, 각 단계 사이사이에 탁월한 능력과 한계가 반복적으로 제시되고 있다. 김덕령 전승에서 반복구조를 설정하게 된 이유는 두 가지 측면에서 검토할 수 있다. 첫째는 전승되는 삽화가 일생의 부분적 전승이기 때문이다. 즉 한 인물의 일생을 나타내는 부분삽화는 그 나름대로의 행과 불행, 능력과 한계를 설정하여 흥미를 유발하고 있다. 둘째는 민중들은 삶을 일회적 구조로 설명하기에 너무 복잡하고 지루하기 때문이다. 이는 민중들에게 행(복)을 일생 동안 기다리라면 너무 지루하고 지쳐 삶에 새로운 희망을 가질 수 없다. 즉 행·불행의 반복적 제시를 통해 끈질긴 삶과 생명력을 유지시킬 수 있다.

김덕령 전승에 나타난 반복구조의 양상을 살펴보자.

탄생담의 <묘자리 얻기>에서 김덕령 부친의 삶은 주막살이, 남의 집살이 등 미천하다. 이런 미천함은 불행에 해당한다. 김덕령 부친은 불행한 처지에도 남에게 도움을 주었기 때문에 행이 찾아왔다. 바로 중국 지관이 묘자리를 탐색하며 김덕령 부친이 사는 근처인 무등산에 찾아왔다. 김덕령의 부친은 그들이 잡은 묘자리를 훔쳐볼 기회를 얻어 불행이 행으로 역전된다. 여기에서 현실의 불행을 역전시킬 수 있는 것은 묘자리에서 발생할 복덕으로 탁월하고 훌륭한 능력을 가진 자손의 탄생이란 희망이다. 그런데 이 희망은 김덕령 부친의 부도덕성과 탐욕, 그리고 풍수에 대한 무지에서 비롯된 실수로 불행을 가져오게 된다. 그 실수는 중국 지관을 믿지 못한 데도 있다. 결과 천하명당은 200여 년 후에 장군을 얻게 된다거나, 민중들의 우상인 김덕령이 명당의 두 번째 복록을 받고 탄생하게 된다. 이상 탄생담의 반복구조는 김덕령 부친의 것으로, 불행 −행(희망)−불행으로 연결되고 있다.

성장담은 김덕령 전승의 순환구조적 성격에 따라 탄생담의 결과가 시작이 된다. 성장담의 시작도 탄생담의 연속이기 때문에 불행에서 시작된다. 김덕령은 불행이 묘자리의 복록에서 얻는 천부적인 것이지만, 성실하게 노력하며 극복을 시도하기도 한다. 그런데 김덕령은 천부적으로 열등한 능력을 극복하려는 조급성으로 해를 입기도 한다.

우선 <장군수 훔쳐 먹기>에서 김덕령은 둘째 복록으로 태어났지만, 훌륭한 선생을 만나 신이하고 탁월한 능력을 재량껏 부릴 수 있어 행이된다. 그런데 김덕령은 조급하게 탁월한 능력의 제시로 선생에게 쫓겨나게 된다. 쫓겨나면서 지식을 습득할 기회를 상실하게 되므로 이는 불행이다. 쫓겨날 때에 선생이 준 금기는 불행을 막아줄 수 있기 때문에 행에 해당한다. 그런데 김덕령은 그 금기를 파괴하여 불행을 자초하게 된다. 이로 보면 불행−행−불행−행−불행의 반복구조를 이루고 있다.

또 힘내기형 삽화는 더 많은 행·불행, 능력과 한계의 반복구조를 보여주고 있다. 김덕령은 누나보다 천부적으로 열등하나 외부인과의 씨름에서는 그의 탁월한 능력을 드러내어 승리한다. 그런데 이로 인하여 자만심이 불행을 자초할 것을 알고 경계심을 심어주기 위해 누나가 남복을 하고 동생 덕령과 씨름에서 이겨버린 것은 행이다. 자기를 이긴 사람이 누군지도 모르는 것은 김덕령의 한계, 즉 불행이 된다. 그리고 누나의 고백은 삶에서 새로운 대결의 희망을 준다. 누나와의 대결에서 천부적으로 열등한 김덕령이 누나의 일방적 양보로 승리하게 되지만, 일시적 승리로 누나를 잃게 되어 최후담에서 불행이 된다. 일부 삽화는 누나가 원귀가 되어 김덕령의 치마대 전설에 연결되어 불행이 되기도 한다.[13] 김덕령이 용마와의 내기에서 뛰어난 용마를 얻은 것은 행복이다.

그런데 조급성으로 용마를 내기에서 죽이고 만다. 힘내기형 삽화에서는 불행－행－불행(일시적)－행－불행(패배)－행(누나의 양보, 일시적 승리)－불행(누나의 죽음 혹은 원귀)－행(용마의 획득)－불행(누나의 원귀 때문에 용마를 죽임)으로의 반복구조를 이룬다.

성장담의 반복구조는 탄생담에서 보인 1회적 반복이 여러 차례로 확대되어 나타나는데, 불행에서 시작하여 불행으로 끝내고 있다.

활동담은 김덕령이 힘내기에서 누나와 용마를 잃고 난 뒤이거나 또는 선생이 제시한 금기를 파괴하고 집에 와 있다가, 부모상을 당한 상태에서 임진왜란이 일어난다. 부모의 상은 김덕령이 탁월한 능력을 발휘하는데 장애요소로 작용한다. 김덕령에게 부모의 상이 장애요소로 작용하는 것은 금기요소의 파괴에 있다. 이때 부모의 상은 불행이다. 불행은 김덕령이 국가의 허락 없이 전쟁에 참가하였다거나 탁월한 능력에도 국가의 재난을 돕지 않았다는 데 있다. 특히 후자는 선생이 제시한 금기의 파괴로 탁월성이 세상에 드러났기 때문이다. 김덕령의 활동담은 불행에서 시작된다.

한편 김덕령은 탁월한 능력을 발휘하는 데, 장애요소를 극복하려고 어머니를 속이는 부정직한 방법을 선택한다.[14] 그리하여 김덕령은 신이하고 탁월한 능력으로 왜군을 물리쳐 승리한다. 또 탁월한 능력을 발휘하여 왜장 조섭을 죽이거나 왜장 평수길을 물리쳐 승리한다. 이점은 행이다. 그렇지만 김덕령이 거둔 승리는 일시적이거나 부분적인 것이다. 즉 후자는 김덕령이 이여송의 도움이나 기생 황월의 도움을 받은 승리이고, 전자는 어머니 몰래 출전한 것이기 때문에 정식출전이 아니라서 위정자

---

13) 오뉘힘내기 삽화의 자체적으로 볼 때, 전체적 측면에서 불행이지만 김덕령의 일생의 순서로서는 행에서 시작하여 행으로 끝나고 있다.

14) <왜장 조섭 죽이기>와 <왜장 평수길 파하기>는 어머니를 속인다는 것이 없다. 다만 이들 삽화에도 김덕령이 상중에 행한 행위로 나타나 있다.

들의 탄압을 받게 된다. 결과적으로 김덕령은 불행하게 된다.15) 이상에서 활동담은 불행—행복(일시적이거나 부분적 승리)—불행으로 이어진다.

최후담에서는 김덕령이 국가의 허락 없이 왜군과 싸웠다고 잡혀가 옥사하게 된다. 김덕령은 탁월한 능력을 발휘해 보지도 못하고 죽게 된다. 김덕령의 죽음은 활동담에서 어머니가 제시한 '출전하지 말라'는 잠재적 금기를 어겼기 때문이 일어난 것이다. 최후담의 시작은 능력을 제대로 발휘하지도 못하고 죽게 되니 불행이다. 김덕령은 능력을 발휘하지 못하였지만, 신이하고 탁월한 능력으로 사형을 거부할 수 있었다. 그는 어떠한 외압적 수단에도 굴복하지 않고 자신의 의지를 관철시키려고 하였다. 그의 의지는 조선이 봉건적 왕권사회라는 점에서 도전하는데 한계를 가지고 있다. 김덕령은 거부의 한계를 인식하고 죽는 대신 '만고충신 김덕령'이란 현판을 요구한다. 현판의 요구는 김덕령이 영원히 죽지 않을 수 있는 유일한 방법이다. 이는 그의 능력이 무궁함을 알리는 동시에 기존의 삶을 극복하고 새로운 탄생의 가능성을 보여주고 있다. 김덕령은 위정자들이 현판을 지우려고 할 때, 그의 탁월한 능력으로 다시 소생하여 영원한 만고충신이 된다.

이상에 최후담을 보면, 국가의 허락 없이 전쟁에 참가하여 잡힌 것은 불행, 사형을 거부하는 것은 행(능력), 그 한계를 인식하는 것은 불행, 그리고 현판을 요구하는 것은 행, 죽은 것과 현판을 지으려는 것은 불행, 마지막으로 현판을 지우지 못하게 능력을 과시하는 것은 불완전한 행으로 연결된다. 즉 불행(한계)—행(능력 : 사형거부)—불행(도전의 한계)—행(능력 : 현판요구)—불행(한계 : 죽음)—불완전한 행(능력과시 : '만고충신' 현판 유지) 이루어진다.

이상에서 비극적 영웅서사담의 서사구조는 대단위의 순환구조적 특

---

15) <왜장 조섭 죽이기>와 <왜장 평수길 파하기>에는 불행이 나타나지 않는다. 다만 임진록에서 유추할 때 최후에 불행으로 연결되고 있다.

징과 함께 소단위 반복구조의 특성을 지니고 있다. 반복구조의 특징에서 각 단계는 불행에서 시작하여 불행으로 끝나고, 끝의 불행은 다음 단계의 시작이 된다. 김덕령의 전승은 행(능력)과 불행(한계) 반복구조를 통해 전체적으로 순차적인 순환구조를 지니고 있다. 그런데 이 불행·행의 반복구조는 최후담의 대단원에서 불행으로 끝나지 않고 행으로 끝남으로 영원한 영웅의 기대심리를 나타내게 된다.

(3) 결말에서 열림(개방)구조의 특성

김덕령 전승의 결말은 종결을 맺지 않고 있다. 김덕령 전승에서는 결말을 종결하지 않고 개방시킴으로 새로운 영웅출현의 기대를 확산시켜 새로운 세계에 대한 지평을 제시하고 있다. 일반 소설은 해피엔딩으로 종결구조를 폐쇄시켜 서사구조를 완결시키고 있는데, 비극적 영웅 서사담에서는 종결구조를 열림(개방)구조로 구성하여 민중들에게 희망과 용기를 준다.

김덕령 전승에서도 <전>이나 <국문 전기>와 같은 구조의 완결성을 이룬 작품에서 김덕령을 해원시켜 결말구조를 종결시키고 있다. 이런 폐쇄된 종결구조로는 김덕령 전승의 구연을 통하여 새로운 영웅출현의 기대가 제시되지 못한다. 그런데 문헌설화나 구비설화의 전승에는 김덕령에게 비극적 죽음으로 결구되어 있지만, 종결구조를 개방시킴으로써 그 죽음이 단순한 종말의 의미가 아니라 새로운 삶의 방향성을 제시하여 주고 있다. 즉 김덕령은 역적의 누명을 쓰고 죽었지만, 죽어서 만고 충신 영웅의 칭호를 얻게 된다.

예로 이몽학 전승의 경우를 보면, 이몽학은 역사적으로 자기 부하에게 목이 잘려 죽었지만, 구비전승에서 관군에게 잡혀 죽은 것으로 설정되어 있다. 그런 이몽학의 최후담에는 이몽학이 부친의 시신을 이곳저곳의 좋은 명당자리에 나누어 묻었다. 뒤에 이몽학이 패하자 그가 묘 자리의 발복으로 역적이 되었다고 여긴 관군들은 이몽학 부친의 시신이 묻힌 곳곳마다 찾아 화약으로 파괴하고 물로 수장하여 파구터를 만들었다. 민중들은 그렇게 엄중한 관군의 태도에도 불구하고 아직도 묘자리 한 곳이 남아 있다며, 그곳의 발복이 있을 것이라 믿고 있었다.

이와 같이 비극적 영웅담은 결말구조를 폐쇄시키지 않고 개방함으로써 새로운 영웅출현의 기대 심리를 충족시킬 수 있다. 이는 비극적 영웅담이 순환구조의 특성을 가진 것과도 연결될 수 있다. 그렇지만 순환구조적 성격을 가진다고 모두 결말이 열림(개방)구조가 되는 것이 아니다. 순환구조를 이루고 있는 적강소설의 경우는 천상에서 왔다가 천상에 복귀하는 순환구조를 이루고 있다. 그렇지만 적강소설의 대부분은 결말을 폐쇄시키는 부귀다남과 영화를 누리다가 죽었다고 결구하고 있다. 이런 폐쇄적 결말구조를 이룬 작품은 한 인물의 일생을 완전하게 드러내 보여줄 뿐, 그로 인한 새로운 인물의 출현을 요구하지 않고 있다.

비극적 영웅담이 열림(개방)구조로 결말구조를 취하는 것은 민중들의 삶이 현실적으로 고통과 압제의 연속이기 때문이다. 이들은 내세의 구원을 받을 종교적 힘을 요구하는 삶을 살 수도 있다. 그렇지만 종교적 구원은 내세의 삶이고, 현세에 당하는 고통과 압제에서 벗어날 수 있는 길은 훌륭한 영웅의 출현을 통해 정의가 구현되는 세계의 도래가 이루어지는 일이다. 그래서 민중들은 자신들의 삶과 비슷한 이미지를 갖고 있는 출현 인물을 영웅화 하여, 그들로 하여금 현실의 개혁과 정의 실현을 요구하게 된다. 민중들의 요구에는 현실의 장애요소가 너무도 많다. 이런 장애와 투쟁을 극복하지 못한 채 죽은 인물을 그대로 죽일 수가 없었다. 민중들은 그들을 새로운 삶의 양식을 구가할 수 있도록 민중적 영웅들로 재생하고 있다.

김덕령 전승에서 김덕령은 탁월한 능력을 지녔고, 국가의 위난을 구하기 위하여 나름대로 노력하였다. 위정자들은 그 노력을 인정하기는커녕 오히려 역적으로 몰아서 죽였다. 이런 김덕령의 삶은 민중들의 삶과 유사한 측면이 있다. 즉 민중들은 국가나 지배층이 요구하는 것을 순수하게 들어 주었지만, 그런 노력에도 불구하고 인간의 존재로 인정받지 못하였다. 이처럼 자신들 삶의 모습과 유사한 김덕령의 삶을 인식한 민중들은 김덕령을 통하여 정의가 구현되는 새로운 세계를 창조하고 한다.

그리하여 죽은 김덕령을 죽은 것으로 끝내지 않고 새롭게 살리는 방법을 모색하였다. 그것이 '만고충신 김덕령'이란 현판이다. 민중들은 신이하고 탁월한 능력의 김덕령이 살아 있음을 보여주려고 한다. 그래서 현판을 지우려는 위정자들에게 다시 살아왔다고 표출하고 있다. 즉 김덕령이 다시 살아오는 것은 자신의 존재를 부정하는 것에 대한 강렬한 저항의지이다. 그 의지는 세계와의 투쟁에서 자아의 승리를 확인하고자 하는 의도이다.

이런 내적 자아의 승리를 확인하기 위해서는 결말을 열림 구조로 해야 한다. 열림 구조로 종결함으로 자아의 존재를 부정하는 존재에게 새로운 도전이 가능하며, 또한 그를 향유하는 민중들에게 그 인물로 상징되는 새로운 영웅의 출현을 기대할 수 있게 되기 때문이다.

2. 김덕령 서사문학 장르 간의 관계

문학 장르16)는 절대불변의 실체가 아니라 역사와 더불어 생성 발전 소멸의 과정을 계속하면서 끊임없이 변모하고 있다. 장르의 변모는 일반적으로 담당층의 사회적 존재양식의 변화와 상응하는 양상을 나타내고 있다. 이런 점에서 본고에서는 김덕령 전승이 수용된 역사적 서사문

---

16) 장르론에 대한 연구사적 검토로는 김학성의 "장르론의 반성과 전망" (『도남학보』 제6집, 도남학회, 1983)이 있다. 이는 그의 『國文學의 探究』 (성대 출판부, 1987)에 재수록되어 있다.

학 장르 간의 관계를 살펴보고자 한다.

김덕령에 관한 전승 장르를 보면 구비설화,[17] 문헌설화,[18] 고소설,[19] 전,[20] 국문전기소설,[21] 현대소설[22] 등 다양하게 나타남을 앞에서 살펴보았다.[23] 그런데 장르적 양식의 특색은 형식을 통해서 나타나고, 형식은 세계관적 양상의 차이를 드러내게 된다. 세계관은 담고 있는 내용을 통해 나타나게 되고, 내용은 취사선택할 소재 삽화의 수용 양상을 통해서 보여 지게 된다. 그렇기 때문에 각 김덕령 전승에 나타나는 사용한 매체 언어, 삽화나 화소의 수용여부에 따라서 서사 장르 양식적 관계를 찾아 낼 수 있으리라고 본다.

이런 점을 유의하면서 김덕령 전승 장르 간에 나타나는 친소 관계를 살펴보기 위해서는 김덕령 전승의 표현 매체와 수용된 삽화들의 양상을 통해서 살펴보기로 하겠다.[24] 그리하여 역사적 장르간의 관계가 어떻게 나타나고 있는지 검토하여 보자.

---

17) 강현모, "비극적 장수설화의 연구" (한양대 박사학위논문, 1994. 6) pp.246~249에 자료 의 목록이 수록되어 있음.
18) 강현모, "김덕령 문헌설화에 나타난 영웅화의 모색과 시도" 『비교민속학』 14집 (비교민 속학회, 1997)에 사용된 자료들.
19) 강현모, "비극적 장수설화의 연구" pp.177~194 참조.
20) 이민서, <전> 『김충장공유사』.
   홍량호, 이종학역, 『한국명장전』 (박영문고 30, 박영사, 1974).
21) 장도빈, <김덕령전> 『구활자본 고소설전접』 권19 (동서문화원, 1984).
22) 박종화, 『임진왜란』 (을유문화사, 1958(단기 4291)).
23) 김덕령은 전승은 서사 장르에만 존재하는 것이 아니라, 가사(한양가, 안심가, 만고명장 등)와 시조 한시에도 나타나고 있다. 沈載完 편저, 『本校 歷代時調全書』 (세종문화사, 1972) p.1021, 梁周翊, 『無極集』 <又感恩曲 5-1>, 林基中 편저, 『필사본 역대가사문학전집』 권10, pp.148~152, 최제우, <안심가> 『용담유사』 (윤석산, 『용담유사연구』, 민족문화사, 1987, pp.218~219). 여기서는 서사문학 장르간 관계 양상을 살펴보게 될 것이다.
24) 장르 간의 관계를 구명하기 위해서는 화소의 분석을 통하여 면밀하게 검토할 수 있을 것이다. 그런데 김덕령 전승의 서사 양식론적 관계 양상을 파악하기 위해서는 사용 문 자의 변별이나 취사선택한 삽화의 수용 양상으로도 변별할 수 있다.

1) 장르적 변용 방식

문학의 장르는 끊임없이 변모한다. 그 장르의 생성과정을 보면, 장르적 배아의 상태인 생성 발생기, 내재적 가능성을 실현하고 발전시켜 장르로서의 전성기가 되는 발전기, 그리고 견고한 구조적 구각(舊殼)으로 발전의 가능성과 지속적 지지를 상실하면서 소멸되는 쇠퇴기가 있다.[25] 그런데 새로운 장르의 형성은 기존의 장르가 양식(Mode)화 되어 새로운 장르를 창출하게 된다.[26] 이때 양식이란 역사적 장르에서 추상화 된 영원하고 지속적인 시적 태도에 대응하는 것을 말한다.

장르 생성의 세 가지 요건은 장르 담당층, 형식적 구조, 의식(세계관)의 동질성이다. 즉 모든 역사적 장르는 자신의 독특한 외적인 형식구조를 갖고 특성화되는 것이며, 문학작품은 장르의 형식을 통해서만 소통이 가능하다. 여기서 장르가 특정의 형식적 장치를 갖춘다는 것은 그들 나름대로의 동질적 세계관을 표출하는 기능을 수행한다고 해석할 수 있다.[27] 그런데 역사적 장르는 특정의 사회적 형식과 결속되어 있기 때문에 사회적 형식의 변모에 따라 쉽사리 사멸하는 속성을 가지고 있다. 그렇기 때문에 특정한 문학적 형식을 갖게 된다. 이때 문학적 형식은 일상적 언어 소통으로부터 문학을 변별하게 하는 것이다. 즉 일상의 언어보다 더욱 정제된 것으로 다양한 관습적 유형 즉 양식, 장르, 모티프, 화제, 서술 장치, 구조의 균형, 수사, 율격 유형 등의 모든 요소를 포함한다.[28]

이와 같이 양식적 변용을 통하여 새로운 문학적 형식을 만들어 하나의 장르가 탄생하게 된다. 그렇기 때문에 장르적 구분은 유형들 사이의

---

25) Alastair Fowler, "The Life and Death of Literary Forms" New Directions in Literary Historey, Ralph Cohen ed, London : Routledge & Kegan Paul, 1974. p.92.

26) Alastair Fowler, 위의 논문, p.93.

27) Alastair Fowler, Kinds of Literature, Harvard University Press, 1982. Ralph Cohen (ed), New Directions in Literary Historey, London : Routledge & Kegan Paul, 1974.

28) Alastair Fowler, 앞의 논문, p.78.

단단한 경계선을 구축하여 개별 작품들을 일정한 범주로 분할하는 데에 있는 것이 아니라, 장르적 범주 자체 내의 질서와 분할 원리가 전체 체계와 개별 작품에서 일관성을 찾아내는 것이어야 한다. 즉 장르적 구분은 문학작품의 개성을 존중하고 기술적 각도의 철학적 원리를 제시하며, 문학 장르를 역동적이고 능동적인 실체로서 투시하여 체계화하여야 할 것이다.[29]

한편 문학사에 존재하였던 장르들은 관습적 장르이면서 동시에 역사적 장르이다. 모든 장르는 관습적 장르로서의 복합성과 역사적 장르로서의 유동성(변화성)을 규명하여야 한다. 특히 역사적 장르로의 이해함은 인접 장르와의 상호관련을 입체적으로 드러내면서 아울러 역동적 실체로 파악할 수 있어야 한다.[30]

이런 점에서 다양한 장르적 양상을 가지고 있는 김덕령의 전승을 통하여 장르간의 어떤 교섭 관계가 있는지 살펴보게 될 것이다.

2) 표현 매체의 전승 방식

한 인물에 대한 일화는 입으로 전승시킬 수도 있고, 문자로 전승시킬 수도 있다. 즉 한 인물에 관한 전승은 한 개인의 단편적인 일화들이 사람의 입을 통하여 구전되거나 양반사대부들에 의해서 문헌에 기록될 수 있다. 그리고 이런 구비설화나 야담과 일화들이 일부 호사가를 만나 전으로 입전이 될 수 있다.[31] 그런데 사람의 일생을 서술한 전은 한문학의

---

29) 金學成,『國文學의 探究』(성대출판부, 1987) pp.241~251.

30) Paul Hernadi, Beyond Genre, Cornell University Press, 1972. pp.7~11.

31) 金惠淑, "傳 書事(記事) 野談의 대비적 고찰"『韓國 판소리 古典文學硏究』(『새터 강한영 교수 고희기념논총』, 아세아문화사, 1983) pp.607~609. 야담에서 소재를 취한다 할지라도 主人公이 實存인물임이 확인되지 않거나 틀림없이 그 人物에 관한 逸話라는 확증이 없으면 傳으로 記述될 수 없다. 또 야담적 일화를 소재로 立傳하는 경우에도 그것이 假傳이나 托傳이 아니 이상 傳에 記述되는 敍事 내용의 근본적인 主늘나 立傳되는 자체는 作家의 허구적 상상력에 의하여 창조될 수 없는 것으로 보인다고 한다.

문학 장르로 오랜 내력과 위치를 점유하여 오다가, 한문학이 밀리자 국
문 전기소설로 이어졌다.

한편 이런 전과 전기는 소설과 오랫동안 공존하면서 밀접한 관련을
맺어왔다. 특히 뒤늦게 나타난 소설은 정착하는 과정에서 전이나 기가
확보한 공신력을 이용하였기 때문에 전에서 소설로 변이가 되었다고 한
다. 그리하여 전이면서 소설의 특성이나 소설이면서 전의 특성을 지닌
작품이 많이 있다. 또한 소설에도 전이라고 표방한 것, 기라고 한 것, 록
이라고 한 것도 있다. 이처럼 기존의 문학 장르에서 특이한 새로운 문학
장르가 나타나게 되었다.32)

그런데 전이라고 표방하는 소설이 나타난 현상은 전의 변질을 의미하
는 것이 아니다. 이는 전이 확보한 공신력을 소설이 이용한 것이다. 그
렇다고 할지라도 소설과 전이 서로 혼합된 것은 아니다. 소설이 확고한
위치를 점하자, 이제는 오히려 전이 소설적 수법을 이용하여 문학의 영
역에 남아 있을 수 있는 계기를 찾아내기에 이르렀다.33) 이런 장르적 변
이양상을 김덕령 전승에서 사용언어를 통하여 어떻게 나타나고 있는지
구체적으로 살펴보자.

(1) 구비설화와 문헌설화

먼저 김덕령 전승에서 문자를 가지지 못한 민중들의 입장에서 만들어
진 것이 구비설화이다. 이 구비설화는 문자를 사용하지 못하고 입으로
전승하는 음성언어를 사용하였기 때문에 변하기도 망각하기도 쉽다. 그

---

32) 조동일, "조선후기 소설사의 전개" 『한국소설의 이론』 p.140. 전만 있고 소설이 없는
시대를 중세기 문학, 전과 소설이 공존하되 소설이 열등한 위치에 있기 때문에 소설이
전이라고 표방하던 단계가 중세문학에서 근대문학으로 이행기, 전기와 소설이 공존하
되 전기는 문학으로 의의가 격하되고 소설이 우위의 위치를 굳힌 단계를 근대문학기
라고 하였다.
33) 조동일, 상게서, pp.148~149.

렇지만 이런 음성언어로 전승되는 김덕령의 구비설화는 그 나름대로 김덕령의 영웅성을 부각시키면서 끊임없이 전승되어 왔다. 이런 구비설화는 김덕령의 영웅성을 부각시키고 있는데, 그 방법으로 왜적과의 대결을 중심으로 전승시켜 오고 있다. 이런 전승의 방식은 김덕령의 탁월한 능력을 보여주어 그의 죽음이 지니고 있는 비극성을 강조하기 위한 일환으로 보인다.

반면에 양반들은 한자를 빌어서 김덕령에 관해 전승을 기록하고 있는데 이것이 문헌설화이다.34) 이런 문헌설화는 이미 구비로 전승되고 있는 내용을 문헌설화 담당자들이 주관적 사상을 개입시켜 서술하였을 가능성이 높다. 그렇기 때문에 문헌설화는 개인적 창작성이 구비설화보다 훨씬 가미되어 있다. 더욱이 문헌기록은 개인문집이나 문헌자료를 집대성한 사람이 밝혀져 있어 이들의 지향의식과 관련되어 있는데, 이들은 당시 지배계층의 사회윤리의식에 충실하였던 사람과 그렇지 않는 사람으로 확연하게 구분되어 있다. 따라서 그들이 모은 자료들도 그와 같은 취향이 나타날 수밖에 없었다.

(2) 한글매체로의 전승 양상

구비설화와 문헌설화의 전이는 새로운 장르적 양식을 수용한 담당층의 세계관에 따라 다양하게 나타나게 된다. 이들에 대해 구체적으로 살펴보자

우선 구비설화의 주 담당층은 사회의 기층을 이루는 민중들이다. 따라서 이들의 사고는 민중적 사고에서 출발하여 대상에 대한 무한한 가능성을 열어놓고 있다. 따라서 구비설화에서는 주인공이 신이하고 탁월

---

34) 여기에서는 문헌설화를 한문학에서 분류하는 장르의 구체적 하위 장르로 구분하지 않고 단지 한자로 기록된 설화라고 하여 붙였다. 따라서 그 하위 장르로 야담이나 사화, 일화 등을 포괄하는 의미에서 사용하였다.

한 능력을 세계에 보여주고 있다. 또한 민중들은 양반사대부들과 다른 차원의 역사의식을 가지고, 자신들의 입장에서 나름대로 역사적 진실을 말하고 있다.

한편 당대의 지배문자를 향유하지 못한 계층들은 이런 구비설화적 지향의식을 향유하면서 새로운 전승 형태를 발견하게 된다. 이것이 한글로 된 전승인 고소설이다. 앞에서 살펴본 바와 같이 고소설은 한문의 전 장르의 도움을 받아서 발전되어 왔다. 김덕령 전승에서 고소설로는 <임진록>이 있다. <임진록>은 처음에 기록적 성격이 강한 한자로 쓰여 진 국도본 <임진록>이 나왔다. 국도본은 임진왜란 기간에 일어난 사건을 편년체적으로 기록하여 놓아 역사로 보는 것이 더 타당할 지도 모른다. 이런 국도본은 뒤에 한글로 서술된 여러 이본 <임진록>을 만들게 되는 배경이 된다.35)

<임진록>에서 관운장 계열에 오면, 김덕령에 관한 전승은 구비설화와 같은 가능성이 열린 능력을 보여주고 있을 뿐만 아니라, 침략한 왜구에 대해 신이한 능력을 보여주며 물리치도록 결구하고 있다. 이런 <임진록>은 왜구를 징치하려는 목적으로 변이를 보이면서 민중적 사고의 바탕에서 비롯된 무한한 가능성을 보여주고 있다. 따라서 이 <임진록>은 구성하는데 선택한 전승 소재들도 왜구들을 물리치는 내용의 무한한 가능성을 보여주는 삽화들이 중심이 되고 있다.36) 이것은 관운장 계열

---

35) <임진록>은 국도본 계열의 경우 문헌 기록이나 전승의 소재를 선택하여 기술하고 있지만, 그 밖의 계열의 경우 구비설화에서 소재를 취사선택하고 있다. 이는 <임진록>의 초기계열의 유형은 문헌기록을 중시하였지만, 뒤에 갈수록 소설적 상상력과 허구화를 통해 김덕령의 신성성을 강조하는 쪽으로 변이를 한 것이다. 이런 차이는 초기계열의 작품 담당계층이 당시의 지배위정자들을 풍자하지도 못하는 세계인식의 한계를 보여주고 있지만, 후기 관운장 계열의 <임진록>에 오면서 담당계층이 위정자들을 신랄하게 풍자하는 세계인식의 변이를 가져온 것으로 보고 있다(임철호, 『<임진록> 연구』, 정음사, 1989).

36) <임진록>은 임진왜란에 쳐들어온 왜구들에 대한 복수의 성격이 강하다. 국도본 <임진록>처럼 유리한 내용의 역사적 사실을 기록할 수 있는데도 불구하고 탁월하고 신성

의 <임진록>에서 민중적 사고를 바탕으로 전승된 삽화들을 수용하여 그들 나름대로의 역사적 진실을 보여주고자 하는 의도일 것이다.

그 다음에 한글로 쓰여 진 김덕령에 관한 전승 중에 개화기 때에 장도빈이 창작한 국문 전기소설 <김덕령전>이다. 이 국문 전기소설은 한문학 장르인 전과 서양의 전기 성격을 띠면서 당시의 시대상황을 극복하려는 의지가 엿보인다. 그런데 이 국문 전기소설은 작가가 역사학자이기 때문에 역사적 사실에 준거하는 자료들을 삽화로 수용하고 있다. 따라서 표현 매체가 한글로 쓰였다고 할지라도, 작가가 문헌에 수록된 삽화들을 주로 활용하고 있다.37) 이런 점에서 국문전기 소설은 표현 매체와 달리 세계관이나 지향의식이 한자로 표현된 장르 성격을 보이고 있다고 하겠다.

이런 현상은 박종화의 역사소설 <임진왜란>에도 나타난다. 박종화는 임진왜란이란 역사소설을 쓰면서 김덕령에 관한 소재를 주로 한문 기록의 자료들에서 주로 찾았다.38) 따라서 그의 작품에서 추구하는 것은 한글이란 표현 매체와 달리 한자로 기록한 자료에서 소재를 찾아온 결과 지배계층이 지향하는 이념의 세계관을 드러내고 있다.

한 내용으로 재구성되어 있는 것은 소설의 청자나 작가가 민중적 사고를 기초로 하고 있기 때문이라 하겠다. <임진록>에 나타난 삽화들을 보면, 우선 국도본 계열은 <마상입군>, <홍계남과 함께 왜적 물리침>이 있다. 그리고 관운장 계열의 삽화로는 <기생과 왜장 조섭 죽이기>, <왜적 물리치기(술책으로 왜적 물리치기, 왜장 한복 죽이기, 왜장 북지 죽이기, 구름에 유진 평수길 파하기)>, <재침한 왜군에 전사>, <이여송 단맥 돕기>, <이여송 군사보충 요구> 등으로 구비 전승되는 민중적 취향의 삽화들이다. 그 밖의 계열들은 김덕령이 신성한 도술로 왜군을 물리치다가 원사를 하였다는 내용의 구비설화와 유사한 삽화들로 이루어져 있다.

37) 강현모, "전기소설 <김덕령전>의 서사구조와 의미", 『한남어문학』 19집 (한남어문학회, 1993. 12).

38) 전기소설이나 <임진왜란>이란 작품을 쓸 당시에 구비설화는 자료가 정리되어 있지 않았기 때문에 손쉽게 이용하기 어려웠다. 따라서 작가들은 광주지역에서 구비설화의 자료를 수집하려는 노력보다 손쉬운 문헌자료를 취사선택하였을 것으로 보인다(강현모 "김덕령 전승의 현대적 수용 양상").

이때 작가들이 일상적으로 접하고 있는 문헌자료를 수용하여 작품을 구성하였다고 생각된다. 한편으로 작가들이 작품의 내용을 사실로 인식되고 받아들여지기를 바라는 소원에서 소재를 취사선택한 것으로 보인다.[39] 또한 장도빈과 박종화가 살았던 시대는 표현 매체로 한문이 쇠퇴하고 한글을 사용하는 계층이 중요한 독자층으로 등장하면서 한글로 표현할 수밖에 없었다.[40]

(3) 한자매체로의 전승 양상

문헌설화의 담당층(작가이든 아니면 향유계층이든)은 한자를 알고 있는 식자층이다. 이들은 지배계층의 일원으로 그 당시 지배질서의 이념에 따라 기록된 역사적 사실을 충실하게 수용하려고 노력하였다. 따라서 당시의 지배계층의 윤리의식에 바탕이 된 소재의 삽화들을 자신의 문헌에 수록하였을 것이다.

이런 문헌 소재들을 취사선택한 장르적 양식으로는 한자매체를 사용한 장르인 전으로 <김충장공유사>라는 문집 속의 <전>과 <해동명장전>에 수록된 전이 있다. 전자는 왕명에 의해서 쓴 글이기 때문에 당시의 지배계층의 이념을 충실하게 반영할 수밖에 없었고, 후자는 개인의 기록이지만 국가를 위해 노력한 우리나라의 명장들에 대한 기록이기 때문에 지배계층의 이념을 충실하게 기록한 것으로 보인다. 이들 전들은 당대의 지배계층의 일상 매체인 한자로 기술하면서 수용한 삽화들도 문헌에 기록된 삽화들을 수용하고 있다. 이런 문헌에 있는 삽화들을 차용한 것으로는 앞에서 언급한 개화기에 쓰인 국문 전기소설인 <김덕령

---

39) 전기나 역사소설이란 관점에서 역사적 사실적 소재를 바탕으로 작품을 구성해야 한다는 의식이 내재하였을 것이다.

40) 당 시대는 주권이 상실한 일제 치하의 상황이기 때문에 민족적 자각의식을 깨우치기 위하여 역사적 사실을 도입하려고 노력하였다. 그리하여 민족의 자존심을 복돋아 주려는 작가의 의식의 반영이라 하겠다.

전>, 현대에 쓰인 역사소설인 <임진왜란>이 있다.

이들 장르 양식은 모두 사실을 기초하여 기록한다는 특성을 가지고 있다. 한문 전은 전의 특성상 사실을 전제로 하여 기록하는 것이고, 국문전기 소설도 역시 전의 특성을 이어받아 사실적 기록의 성격을 가지고 있다. 그리고 현대소설인 <임진왜란>도 역사소설이란 특성상 역사적 사건이나 인물을 기록한다는 측면에서 같은 성격을 나타내고 있다. 그렇기 때문에 이들은 기록적 성격을 띤 문헌설화나 문헌기록을 중심으로 자료를 취사선택하였던 것이다.

문학 양식적 특징으로는 사실을 바탕으로 이루어진 문헌 소재의 삽화들을 취사선택하였기 때문에 그 작품적 세계관도 지배계층이 인식하는 태도와 다를 것이 별로 없다. 이들 작품군들은 지배계층의 주자주의적 세계관에 입각하여 국가에 대한 충성을 부각하는 측면이 강조되고 있다. 그리고 <김덕령전>과 <임진왜란>은 대체로 성장기 이후의 소재를 선택하여 구성하고 있다.[41] 이런 자료의 선택은 김덕령의 탁월한 능력을 드러내고자 하는 동시에 비극적으로 죽은 그의 한을 보여주고자 하는 의식 때문이라 하겠다. 선택한 소재의 시기만으로 볼때 활동담의 삽화를 소재로 선택하였다는 것은 한글계통인 <임진록>과 비슷하다.

그런데 이들 간에도 약간의 차이를 나타내고 있다. 문자의 사용에 있어 한문을 사용하는 <전>과 국문을 사용하는 국문 전기소설 <김덕령전>과 현대소설 <임진왜란>으로 분리된다. 그리고 서술방식에 있어서는 <전>과 <김덕령전>이 인간의 일생을 기술한다는 점에서 비슷한 반면에, <임진왜란>은 역사소설로 어느 특정시대의 사건인 임진왜란을

---

41) 한문 <전>의 경우에는 탄생담을 제외한 모든 문헌설화들이 취사선택되었다. 그리고 국문 전기소설 <김덕령전>과 현대소설 <임진왜란>도 성장기 이후의 삽화들을 수용하며, 작품의 중간에 회상의 방식으로 성장기의 삽화를 수용하고 있어, 성장기 이후 삽화만 수용하였다고 어렵다.

배경으로 작가의 창의성을 최대로 보장하는 기술방식을 채택하고 있다. 작가의 창의성을 보장한다는 측면에서 <임진왜란>은 고대소설 <임진록>에 친연성을 가지고 있다고 하겠다.

3) 전승 삽화의 수용 양상

앞에서 관운장 계열의 <임진록>을 제외하고 각 장르의 김덕령 전승들은 대체로 문헌설화를 소재로 작품을 구성하고 있다. 각기 다른 장르에서 어떤 삽화를 어떻게 수용하고 있는지 구체적으로 살펴보도록 하자.[42)]

우선 구비와 문헌 설화들은 인간 일생으로 재구하였을 때 각 시기에 해당하는 탄생담, 성장담, 활동담, 최후담 등이 총 망라되어 전승되고 있다. 여기에서 구비설화는 각각의 삽화들이 거의 독립적 삽화로 구술되면서 서사구조를 갖추고 있다. 반면에 문헌설화는 몇 개의 삽화들이 연결되면서 독립적이기 보다 단편적인 나열인 경우가 많다. 따라서 이런 검토를 하고자 할 때 구비설화든 문헌설화이든 전체적 맥락을 파악하기 위해서는 각 성장 단계에 맞춰 삽화들을 재배열하여 재구하는 방식의 형태를 띨 수밖에 없다. 이렇게 재구하였을 때 각 삽화가 어떤 단계에 어떻게 수용되어 있는지를 살펴볼 수가 있다. 이를 통해 각 전승 장르의 작품에 수용된 삽화들을 검토하여 보고자 한다.

(1) 구비설화의 수용삽화

우선 구비설화는 민간에 널리 광포되어 있는 풍수삽화를 끌어들여 탄생담 이루고 있다. 이런 탄생담의 차용은 민중들이 정상적 방법으로 현

---

42) 각 장르의 구성 삽화는 필자가 기존 연구에서 언급하바 있어 이를 참조하여 논의를 할 것이다. 기존의 연구 목록은 참고 문헌에 제시하여 놓을 것이다.

실극복의 어려움을 인식하고, 이를 해결하려는 방식에서 비롯되었다고 하겠다.

성장기의 삽화로는 <장군수 훔쳐 먹기> 삽화와 <힘내기>형 삽화로 이루어져 있다. <장군수 훔쳐 먹기>는 탁월한 능력을 가진 김덕령이 최후에 패배할 수밖에 없는 상황이나 이유를 암시하고 있다. 이 삽화는 김덕령의 탁월한 능력과 패배할 수밖에 없는 상황을 복선화하고 있다. 그리고 <힘내기>형 삽화는 그의 탁월한 능력을 보여주면서도 결핍된 지혜를 보충해 줄 조력자인 초립동이·누나·말을 제거하게 만들어 최후에 한계를 가진 인물임을 보여준다. 이밖에 성장담으로는 그가 매우 빠른 인물이란 점과 효성이 지극한 인물로 설정한 <조대> 삽화나 <담양의 친구 데려오기>, <무등산 돌기> 등의 삽화들이 있다. 그리고 이런 삽화 뒤에 부모의 상중에 출전하도록 설정되어 있다.

활동기의 삽화들은 임진왜란 때 침입한 왜적을 물리치는 능력을 발휘하는 삽화들이 집중되어 있다. 도술로 <왜군 물리치기>나 <왜장 조섭 죽이기>, <왜장 청정 물리치기>, <왜장 평수길 파하기(논개삽화)> 등이다. 덕령은 임진왜란이 일어났을 때 복상 중이어서 전쟁에 참여할 수가 없었다. 김덕령은 멀리서 전쟁을 구경하거나 아니면 몰래 전쟁에 참여하게 되었는데, 이때 탁월한 능력으로 많은 왜장들과 왜군들을 물리친다. 이런 활동담은 김덕령이란 특정인물의 특성을 부각시키고 있다.

김덕령은 신이한 도술로 왜군을 물리쳤다. 하지만 전쟁에 참여한 행위가 정부로부터 인정을 받지 않은 개인적 행위라 하여 국가에서 문제를 삼으면서 최후담으로 이동하게 된다. 국가적 위기를 극복하려고 나선 행위를 사적이라고 처벌을 받게 된 김덕령은 어떤 처벌도 감내하였다. 그런데 김덕령은 더 이상의 희망을 가질 수 없자 기복종군이 죄라며 '만고충신 김덕령'이란 현판을 요구하고 죽기로 한다. 위정자들이 이 현판을 써 주자, 김덕령은 다리 또는 겨드랑이에 난 비늘을 떼고 죽음을 청한다.

구비설화에 수용된 삽화들은 각기 독립적인 개별삽화로 존재하면서도 각 삽화를 김덕령의 일대기로 재구하면 전체적으로 인과 관계를 성립하면서 서사구조를 이루고 있다.

(2) 관운장 계열의 <임진록>

구비설화의 삽화를 가장 많이 수용한 것이 관운장 계열의 <임진록>이다. 이 <임진록>에서는 조선에 구원병으로 온 이여송이 천기를 보고서 김덕령을 천거한다. 김덕령에 관한 관운장 계열의 삽화들은 활동담과 최후담만이 존재할 뿐이다.

관운장 계열 <임진록>에서 이여송에게 천거될 당시에 김덕령은 구비설화와 마찬가지로 어머니의 상중이지만, 효보다 국가를 위하여 충을 선택하였다. 김덕령이 전쟁에 참가한 활동담은 구비설화와 같이 탁월한 능력으로 왜적을 물리치는 삽화들로 이루어져 있다. <술책으로 왜적 물리치기>, <왜장 한북이나 북지 죽이기>, <구름에 유진한 왜장 평수길 파하기> 등이다.

최후담은 김덕령이 조선의 지배계층에 의해서 무자비하게 죽었다는 구비설화와 달리, 재침한 왜구에 의해서 잔인하게 죽음을 당한다. 이는 <임진록>이 국내의 사회상황을 제시하기 위한 것이 아니라 침략한 왜구에 대한 적개심을 드러내기 위해 쓰여진 서사물이기 때문이다. 결국 김덕령과 같은 탁월한 장수가 죽은 것도 왜구 때문이라 인식하고, 그를 실제로 죽인 것처럼 서술하고 있다.

한편 관운장 계열의 <임진록>에는 김덕령의 구비설화에 없는 삽화로 <이여송 단맥 돕기>, <이여송의 군사보충 요구> 삽화가 있다. 후자는 많은 군사보다 김덕령이 1인이 더 중요하다며 김덕령의 영웅성을 드러낸 반면에, 전자는 김덕령이 이여송의 단맥을 도왔다고 하여 그의 한계를 보여주고 있다. 이처럼 <임진록>에 수용된 삽화는 민중들 사이에 널리 알려진 삽화를 김덕령에게 결부시켜 전승시켰다는 점에서 구비설화와 같은 삽화의 수용 방식이라고 하겠다.

(3) 문헌설화의 수용삽화

문헌설화는 구비설화 함께 김덕령이 죽은 직후부터 문자매체를 사용한 계층이 나름대로 설화화 하여 전승되었다. 따라서 구비설화와 문헌설화는 어느 것이 먼저인가보다 같은 시기에 전승자의 성격에 따른 다른 전승방식으로 보고자 한다.

탄생담은 태몽을 이용한 탄생담이다. 이 태몽 탄생담은 구비설화의 풍수지리 탄생담과 같이 민간적 사유를 문자사용 계층에서 수용하여 전설화한 것으로 보인다. 태몽은 태어날 아기의 장래를 예견하게 한다. 그런데 이 태몽담은 호랑이가 김덕령이 태어나자 3일 있다가 대숲으로 도망갔다고 하는 것에서 구비설화와 달리 그의 한계를 보여주고 있다.

성장기의 삽화는 대개 탁월한 능력을 보여주는 2~3개의 간략한 삽화가 연결되어 있다. 이에 속하는 삽화로는 <식량 얻어오기>, <땔나무 해오기>, <높은 누각 매달리기>, <단간 방 속에서 말 돌리기>, <지붕에서 옆으로 누어들기>, <대나무 숲 호랑이 죽이기>, <홍수 물 건너기>, <물고기 잡아 효도하기>, <높은 담장 넘기>, <도망가는 개 잡아먹기>, <둔갑(도술)하기 의원 데려오기>, <씨름삽화> 등이다. 이 삽화들은 김덕령의 성격을 드러내 영웅적 능력을 부각시키는 역할을 하고 있다. <김충장공유사> 등 문헌에 기록된 성장기의 삽화들은, 개인적 능력만이 아니라 효자로서의 능력을 강조하는 구비설화와 유사한 측면도 있다.

활동기의 삽화들은 크게 두 가지로 나누어진다. 첫째는 임진왜란이 일어나기 전의 삽화로 <추노삽화>, <산중처자 구하기>와 임진왜란을 대비한 <장검 만들기> 삽화가 있다. 전자는 김덕령이 인정과 정의가 넘치는 능력이 있는 인물인 반면에, 후자는 능력이 있지만 한계를 가진 인물임을 보여주고 있다. 둘째는 임진왜란과 관련된 삽화들이다. 이 삽화들은 김덕령의 탁월한 능력을 부각시키는 내용이지만, 역사적 사건과 같이 간략하게 기술되어 있다.

최후담은 이몽학의 반란에 연루되어 옥고를 겪는 과정이다. 최후담 삽화로는 <제1차 체포사건>, <수레 부수기>, <철삭 끊기>, <사형 거부하기와 죽는 이유>, <죽은 뒤에 왜군들이 좋아하기>, <의병이 일어나지 않기>, <문학적 성과> 등 구비설화보다 다양하다. 이들 삽화는 김덕령이 무죄임을 강조하고 있다. 다만 김덕령이 탁월한 능력과 문학적 상상력을 가진 인물이지만, 시대를 잘못 만나 현실적 한계의 인물임을 보여주고 있다.

이상에서 문헌설화에 나타난 삽화들은 기록적 성격이 강한 내용이 중심이 되고, 국내적이고 개인적 이적을 행하는 내용으로 구성되어 있다. 이런 문헌설화는 한자매체를 활용하였던 다른 장르의 창작자들이 자료로 수용하여 새로운 장르 유형을 창출하게 만들었다.

(4) 전 장르의 수용삽화

전 장르는 표현 매체가 문헌설화와 같은 한자란 점에서 그 유사성을 발견할 수 있다. 전은 문자 표현 매체를 가진 계층이 특정인물을 사실에 부합되도록 그 나름대로의 인물 드러내기 방식의 문학 장르이다.

김덕령의 전에는 <김충장공유사>에 기록된 이민서의 전과 홍량호의 <해동명장전>에 수록된 전이 있다. 이 두 전은 작가에 따라 수용삽화를 배열한 구성방식에 약간의 차이가 있을 뿐 내용이 대동소이하고 수용삽화도 거의 비슷하다. 따라서 두 전에 수용된 삽화를 일생의 4단계로 나누어 살펴보도록 하겠다.

전에는 기병과 출전과정인 활동담과 반란에 연루되어 죽음에 이르는 최후담이 중심으로 되어 있다. 그리고 최후담에 속하는 사후에 대한 평가도 성장담과 대등한 분량을 점하고 있다. 다만 전에는 김덕령의 출생담이 구체적으로 나타나 있지 않다.

성장담은 그의 성격을 강조하면서 어린 시절의 탁월한 능력을 보여주고 있다. 성장기의 삽화들은 <화광>, <단간 방 말 돌려 나오기>, <다락방 누워들기>, <장검 휘두르기>, <둔갑>, <이귀의 천거> 등 문헌설화에 나오는 삽화들을 그대로 차용하고 있다.

활동담은 김덕령이 복상이란 가정적 사정에도 불구하고 임진왜란이란 국가적 사정 때문에 기병하는 과정이다. 기병요구는 구비설화와 전혀 다르게 태자가 요구를 하도록 기술되어 있다. 그가 기병하기 전에 세자에게 능력시범을 보이고 벼슬을 받는 것은 문헌설화와 별 차이가 없다. 전 장르는 사실을 바탕으로 쓰기 때문에 역사적 사실을 바탕으로 이루어졌다는 문헌 설화나 기록들을 차용한 것이다.

출전과정도 기병과정과 같이 역사적 사실을 바탕으로 한 문헌설화를 수용하고 있다. 출전과정에 차용된 삽화들을 보면 <진격로 발표>, <최담령을 별장으로 삼음>, <왜장이 화상 그려보기>, <석저 장군이라며 소진을 대진으로 재편>, <의병을 충용군에 복속>, <싸우고자 하나 조정에서 불허>, <진주에 유진> 등의 삽화들이다.

최후담의 거제도 탈환작전은 출전과정에 속한다. 이민서의 전에는 이 부분이 빠져 있다. 최후담은 <제1차 체포사건>, <제2차 체포사건>이 중심이 된다. 김덕령은 이몽학의 난에 연루되어 2차례 체포를 당하는데, <체포과정에서 의연함>, <체포되어 철삭 끊기>, <공초에서 모반 부정(충효 갈등)>, <최후의 죽음 선택> 삽화를 차용하고 있다. 특히 <제2차 체포사건>은 김덕령의 무고함과 탁월한 능력을 유감없이 보여주고 있다.

전의 최후담에 속하는 <죽은 뒤의 평가>에서는 김덕령이 역적으로 죽음을 거부하지만, 갖은 옥고를 견디지 못하고 죽게 된다. 김덕령이 죽자 국내에 의병이 일어나지 않았고, 왜군 동정, 그의 문학성, 그에 대한 해원에 관한 삽화를 수용하고 있다. 그리고 문헌설화의 활동담에 속하는 <검 만들기>를 이곳에 결구시켜 구성하고 있다.

이상에서 전의 삽화들은 전적으로 문헌설화의 삽화들을 차용하고 있다. 이것은 전 작가들이 문헌설화를 향유층과 같은 계층이고, 사실을 바탕으로 쓰여 지는 장르적 특성 때문으로 보인다.

(5) 전기소설 <김덕령전>의 수용삽화

국문 전기소설 <김덕령전>은 한글로 쓰여 졌다. 전기소설은 전과 기의 결합, 또는 서구 문학 장르의 영향으로 생겨난 장르이다. 그렇지만 전기소설은 인물의 일대기적 구성이란 점에서 전과 큰 차이가 없다. 다만 전기소설의 작가는 전기 작가인 동시에 역사가로 침탈한 일제에 저항의지를 보여주었다.

전기소설에 차용된 삽화들의 일대기로 나누어 살펴보자. 이 전기소설은 전과 대등하게 구성되어 있지만, 좀 다른 특징을 보여주고 있다. 다만 구성에 활용된 삽화들은 역사적 사건을 작품의 의도에 따라 전설화하여 만들어진 것도 있다. 이는 역사가였던 작가가 역사적 사건을 작품에 쉽게 차용한 것으로 보인다.

탄생담은 전과 마찬가지로 없다. 이는 전기소설 역시 사실을 바탕으로 쓴다는 점에서 문헌이나 구비 전승되는 탄생담을 수용할 수 없었던 것 같다.

성장담은 작품의 <김덕령의 출세>에 해당한다. 왜구들이 쳐들어오자 국내에서 대항하는 정발, 송상현, 리일, 신립이 중과부족으로 패배하는 과정을 보여주며, 명에 구원병을 청하게 된다. 이런 상황에 부모의 상을 당한 김덕령이 명나라 구원병의 폭력에 울분을 느껴 스스로 의병을 일으키게 된다.

활동담인 기병과정에는 기병권유와 능력시험 등 김덕령에 대한 기대를 나타내고 있다. 특히 문헌설화에서도 쉽게 볼 수 없는 <진주성 함락과 논개>는 역사적 사실을 끌어들여 김덕령이 기병할 수밖에 없었다는 상황을 제시하고 있다. 출전과정은 일정이 비슷하지만, 기병하면서 권율의 행적이나 곽재우의 행적을 제시한 뒤에 김덕령이 왜구가 있는 영남 지역으로 가게 된다. 그리고 이때 왜적들의 대비나 의병혁파, 거제도 탈환작전 등이 기술되어 있는데, 문헌설화나 전과 큰 차이가 없다.

최후담 역시 전과 비슷한 삽화를 수용하고 있다. <제1차 체포사건>, <제2차 체포사건과 심문과정>, 그리고 전의 사후평가에 해당하는 삽화들인 <죽음의 평가와 가게의 상황>, <해원> 등이 포함되어 있다. 이 전기소설에서도 중심적인 것은 <제2차 체포사건과 심문과정>이라 하겠다. 문헌설화와 인물명이나 역할이 조금씩 차이가 있지만, 그 의미는 일치하고 있다.

위의 국문 전기소설에서 전이나 문헌설화의 삽화들을 수용한 것은 사실을 바탕으로 기록한다는 전과 유사한 문학적 장르 양상의 측면에서 비롯된 것으로 보인다.

(6) 박종화 <임진왜란>의 수용삽화

박종화의 <임진왜란>은 임진왜란이란 역사적 사건을 중심 소재로 쓴 역사소설이다. <임진왜란>은 외적의 침략에 대한 민족적 울분 속에서 숭고한 승리를 쟁취하려는 욕구에서 지어진 소설이기 때문에, 이에 수용된 김덕령은 이런 욕구를 해결할 능력 있는 인물로 등장하고 있다. 따라서 <임진왜란>에 수용된 김덕령 전승은 탁월한 능력을 보여주는 활동담과 최후담이 중심으로 이루어져 있다.

<임진왜란>에는 문헌자료에 기록된 삽화들이 중심 소재로 차용되었다. 이는 역사소설이라는 측면에서 역사적 사료를 통하여 제재를 취하

는 것이 수월하였기 때문으로 보인다. 또한 작가가 작품을 쓸 당시는 구비문학에 대한 편견으로 자료를 선택하는데 어려움이 있었을 뿐만 아니라, 구비자료를 얻기가 수월하지 않았기 때문이기도 할 것이다.

<임진왜란>에 수용된 삽화들에 대해 구체적으로 살펴보자

<임진왜란>에 탄생담은 없고, 성장담은 회상의 방식으로 삽화를 수용하고 있다. 즉 <임진왜란>에는 기병과정에서 김덕령의 능력을 보여주기 위해 성장과정의 능력으로 <철퇴>, <지붕 넘기>, <말을 타고 단간 방 들어가기>, <겨드랑이에 난 날개>, <대숲의 호랑이 잡기>, 친구인 장성 현감 이귀의 <칭찬> 등 문헌자료를 수용하고 있다.

<임진왜란>에서 김덕령 전승은 기병과정인 활동담에서 시작된다. 도입부분은 역사적으로 있었을 가능성이 있지만, 문헌기록에서 구체적으로 찾아볼 수 없다. 이 도입삽화의 공간은 작가의 상상력이 당시의 역사적 상황과 결부하여 창조한 공간이다. 극심한 기근에 의한 사회상은 왜적의 침입 전쟁으로 더욱 참혹하게 서술되어 있다. 또한 최담령이 구원병 명나라 군사들의 오만방자함에 민족적 울분을 느끼고 기병을 요구하는 것도 문헌설화와 다르다. 김덕령이 전쟁에 참가하는 것도 명나라 장수의 천거로 이루어진다는 구비설화와 다르다. 그리고 <임진왜란>에는 기병한 김덕령에게 익호 장군과 충용 장군의 제수를 능력시험 앞에 배치되어 있는데, 작가가 수용한 소재 삽화를 잘못 배열한 것으로 보인다. 즉 작위를 받은 김덕령이 윤근수의 청으로 세자에게 능력시험을 보였다고 한 것도, 그가 세자 앞에서 탁월한 능력을 보이고 돌아와 정식으로 기병하였다는 문헌설화와 다르다. <임진왜란>에서는 미리 기병을 하였기 때문에 능력시험을 보인 뒤에 곧바로 진주로 진격하여 활동하였고, 각 도의 의병을 혁파하여 충용군에 복속시켰다.

거제도 탈환작전의 윤곽은 문헌과 비슷하다. 구체적인 구성과정을 보면, 문헌설화에는 거제도 탈환에 대한 개괄적 면만 설명하고 있는데,

<임진왜란>에는 작가의 세계관과 관련되어 구체화·형상화시켜 많은 변화가 있다. 즉 <임진왜란>에는 문헌설화나 전, 국문 전기소설과 달리 김덕령이 탁월한 능력으로 많은 전공을 세운 것으로 설정하고 있다.

<임진왜란>의 최후담도 문헌설화의 삽화를 수용하여 <제1차 체포사건>과 <제2차 체포사건>을 중심으로 구성하고 있지만, 작가는 소설이란 작품성을 갖도록 인과성을 구체화하여 보여주고 있다. 따라서 문헌에 단편적이고 개괄적 내용들이 <임진왜란>에서 구체적 내용으로 드러나고 있다. <임진왜란>에서는 <제1차 체포사건>을 종 아들인 장쇠를 윤근수가 내놓지 않자, 김덕령이 장쇠 아비를 타살하였다고 설정하였다. 그리고 문헌설화에서 각 편으로 독립된 <제1차 체포사건>이 <제2차 체포사건>에 연관성을 갖도록 구성하고 있다. 그렇지만 <제2차 체포사건>도 김덕령이 무죄라는 것, 탁월한 능력으로 친국을 당하면서도 굽히지 않았던 불굴의 정신을 가졌다는 내용은 문헌설화와 큰 차이가 없다. 다만 김덕령을 윤근수의 사감으로 옥사시켰다고 구체화하였고, 당시 위정자들의 역할을 조금씩 다르게 표현하고 있다.

이처럼 <임진왜란>은 작가의 사유(생각)를 최대한 보장하는 소설이다. 따라서 수용이 편리한 문헌설화나 전, 국문 전기소설에서 소재를 차용하였다고 하였더라도, 작가 나름의 세계관으로 작품세계를 구체화시키고 인과적으로 구성시켜 놓았다.

4) 서사 장르의 관계 양상

김덕령에 관한 서사문학 전승 과정은 크게 구비설화의 위주로 소재를 취사선택 한 장르적 양식과 문헌설화의 소재를 취사선택 한 장르적 양식으로 구분할 수 있다.[43] 이때 두 전승 양식에는 크게 사용한 표현 매

---

43) 여기에서 현존하는 구비설화가 다른 장르보다 먼저 생겨났다고 말할 수는 없다. 다만

체와 수용된 삽화를 통해 담당층의 세계관적 차이를 보여주면서 서로 다른 장르적 양식으로 전이 발전되어 왔다.

이런 점에서, 지금까지 발견된 김덕령에 관한 서사문학의 장르적 관계를 크게 표현 매체와 수용한 소재 삽화들의 취사선택이란 점에서 검토하였다.

우선 장르적 양식의 양쪽 극단에 구비설화와 문헌설화가 존재하는 것으로 볼 수 있다. 그리고 국도본 <임진록>을 제외한 한글로 기록된 고소설인 <임진록>은 소재를 구비설화에서 취사선택하여 구비문학 담당층과 같은 세계관을 가지고 작품을 이루고 있어 구비설화와 가장 가까운 장르적 인접성을 가지고 있다. 현대소설인 <임진왜란>은 역사소설이란 장르적 성격과 시대적 배경으로 인하여 문헌에 전승되는 소재를 취사선택하여 지배계층의 세계관을 가진 점에서 구비설화보다는 문헌설화에 가깝게 치우쳐 있다고 하겠으나, 작가의 창의성을 강조하는 점에서 한문으로 기록된 소재를 수용한 장르 중에서 가장 구비설화에 접근하고 있다.

그리고 김덕령의 다른 전승 장르들은 구비설화보다 문헌설화에 가까운 장르적 인접성을 가지고 있다. 우선 국도본 <임진록>은 문헌 기록적 삽화를 나열한 성격을 가지고 있어 문헌설화에 가장 가까운 인접성을 가지고 있다. 그 다음이 김덕령의 일대기를 기록한 성격의 한문 전과 국문 전기소설인 <김덕령전>은 장르적 성격과 작가적 성향으로 인하여 문헌에 기록된 소재들을 취사선택하여 문헌설화의 담당층과 같은 세계관을 향유한다고 하겠다. 이중에서 전 장르가 기록의 성격이 강한데 비

억울하게 죽은 김덕령에 대해 입으로 전승되면서 구비전설이 생겨났을 것이고, 이런 초기의 구비설화가 기록자의 주관이 개입되면서 문자로 기록하는 문헌설화로 정착되었을 것이다. 그런데 문헌에 기록된 초기의 구비설화는 고정불변이 되어 변하지 않는데 비하여, 현존하는 일부의 구비설화는 김덕령이 신원이 되었다는 시대의 변모에 따라 그의 탁월한 능력을 신성화하는데 제한을 받지 않고 구술한 것으로 보인다.

하여, 국문 전기소설은 국가적 재건의 이념을 강하게 표출하는 창의성을 강조하고 있다고 하겠다.

따라서 국문 전기소설인 <김덕령전>이 현대소설 <임진왜란>과 가깝다. 그리고 한문 전들이 문헌설화에 가까운 쪽으로 치우쳐 있다. 다만 그 단순한 기록적 성격의 국도본 <임진록>보다는 창의성이 강조된 것으로 보인다.

구 비 설 화	임 진 록 (관운장)		임 진 왜 란	김 덕 령 전	한 문 전	임 진 록 (국도)	문 헌 설 화

<김덕령 전승의 장르간의 관계 양상>

이상의 각각의 김덕령의 서사 문학들의 관계에 대해 도표로 그려보면 위와 같다.

이상에서 김덕령이란 한 역사적 인물에게 다양한 장르의 전승물이 있다. 즉 김덕령의 전승을 수용한 장르로는 구비설화, 문헌설화, 고소설, 가사, 시조, 한시, 전, 국문 전기소설, 현대 역사소설 등 다양하다. 이는 김덕령을 통하여 각기 나름대로의 세계관을 창출하려는 의지의 시도로 보인다. 본고에서는 서사문학의 장르양상을 검토하였다.

서사문학의 장르를 표현 매체와 수용삽화에 의해서 전승 양상을 살펴보면, 구비전승에서 임진록으로 전승되고, 문헌전승은 한문 <전>과 국문 전기소설, 심지어 현대의 역사소설의 <임진왜란>에 까지 이어져 왔다. 이렇게 다양한 장르적 양상을 보여주는 것은 장르를 통하여 지향의식을 보여주기 때문이다. 따라서 담당계층이 같으면 대개 장르적 인접성과 접근성을 보여주고 있다.

3. 서사문학에 수용된 인식태도

김덕령을 소재한 문학적 장르를 총괄하여 보았을 때, 김덕령 전승이 보여주는 이미지는 크게 세 가지로 나타나 있다. 첫째는 국가적 차원에서 김덕령 전승을 통해 일본과 중국에 대한 적개심과 우월의식이나 자존심을 나타내는 민족적 의식을 엿볼 수 있다. 둘째는 임진왜란이 일어난 당시의 사회적 차원에서 위정자들과 비극적 영웅의 출현에 대한 민중적 의식을 찾아볼 수 있다. 여기서 사회구조적 모순에서 위정자들의 무능과 독선의 폭로와 좌절한 영웅의 출현(특히 죽음문제)에 대한 민중적 측면에서의 시대의식을 검토할 수 있다. 셋째는 김덕령 개인에 대해 구현된 이미지를 찾아볼 수 있다. 즉 전승에 내재하고 있는 김덕령에 대한 평가와 영웅화 양상을 살펴보고, 이를 통하여 새로운 국난 해소를 위해 기대되는 영웅상에 대해 검토하고자 한다.

1) 민족적 차원의 대외의식

김덕령 전승을 보면 민족의식이 선명하게 드러난다. 즉 침략자인 왜적에 대해서는 적개심과 우월의식을 드러내는 동시에, 중국에 대해서는 민족적 자주의식과 자존심을 드러내고 있다. 이는 심지어 국내 위정자들에 의해서 죽은 김덕령의 죽음조차도 중국 이여송의 욕심 때문에 죽였다거나 왜적에 의해서 죽은 것으로 표출하고 있다. 이처럼 김덕령의 전승은 국내적 갈등을 외세와 대립 양상으로 처리하여 민족적 차원으로 승화시키고 있다.

(1) 침략자 왜에 대한 적개심과 우월의식

침략자 왜적에 대한 적개심과 우월의식이 김덕령 전승에 나타난 대외의식의 주류이다. 왜냐하면 김덕령의 탁월한 능력을 드러내기 위해서는 침략자인 왜를 응징하여야 하기 때문이다. 뿐만 아니라 왜적은 수없이 우리나라를 괴롭혀 왔고, 최근세에 우리나라를 강탈하였기 때문에 왜에 대한 적개심이 더욱 강화되었다고 보인다. 그렇기 때문에 왜에 대한 적개심이나 우월의식은 김덕령 전승의 모든 장르에 걸쳐 나타난다.

김덕령 전승에 나타나는 왜구는 김덕령이 만난 적인 동시에 민중들 속에 자리 잡고 있는 적이다. 즉 김덕령이 실제로 상대한 왜구일 수도 있지만, 우리나라를 끊임없이 괴롭혀 왔던 상징적 존재이기도 하다. 설화인들은 김덕령으로 하여금 우리나라를 끊임없이 괴롭혀 온 왜구들을 축출시키고 있다. 민중들은 왜구의 축출이 조선의 평화를 찾는 길이라고 인식하여 이 유형의 설화를 향유하여 왔던 것이다. 설화에서는 이유 여하를 막론하고 왜구들을 한반도에서 축출하기 위해서 미천한 민중들의 힘이 밑받침이 되어야 함을 역설하고 있는데, 이를 좀 자세하게 살펴보자.

문헌설화를 보면, 김덕령이 기복종군 하여 순창 남원을 지나면서 군사를 조련시킨 뒤에, 왜구를 이 땅에서 몰아내는데 그치지 않고 일본 본토까지 점령하겠다고 한다.[44] 그리고 김덕령은 영남으로 들어와 대치하자 왜구들에게 두려움의 대상이 되었다. 특히 전기소설에서 김덕령이 영남에 오자 경주를 침범하던 가등청정은 김덕령을 두려워하여 여러 장수들을 모아놓고 회의를 열어 김덕령과 싸우면 패할 것이니 싸움을 거두는 것이 상책이라고 결론을 내린다. 그리고 화공을 시켜 그려온 김덕령의 화상을 보고 가등청정은 "과연 텬하명장이라 덕령과 싸오면 반드시 패할진 즉" 하면서 걱정한다. 그래서 경주성을 치러갔던 군사까지 거두어들이고, 울산 근처에 세 개의 큰 진을 만들어 진만 지키다가 돌아가

---

44) 최일영계열 임진록에서는 강홍립과 김경서가 군을 이끌고 왜구를 점령하려 출발하였으나 실패한 것으로 결구되어 있다.

려고 한다. 이와 같은 왜적의 동요는 김덕령 전승을 통하여 민족적 우월성을 보여주고 있다. 즉 민중들은 왜병들이 조선에서 활동하지 못하도록 하는 힘을 가진 민족적 영웅으로 김덕령을 형상화하여 왜구에 대한 적개심과 우월성을 나타내고 있다.

이런 우월성은 거제도 탈환작전에도 나타난다. 윤수두의 계획으로 이루어진 이 작전은 실패하였지만, 민족적 우월성과 통쾌감을 가져다준다. 거제도의 왜군들은 김덕령의 군호인 충용·익호기를 보고 아예 대적할 엄두를 내지 못하였다. 즉 조선군이 성 밑에서 공격과 조롱을 하여도 감히 대적하지 못하고 숨어서 대포만 쏘았다고 한다. 심지어 전기소설에서는 '왜적들은 김덕령이 있으면 싸우지도 않고 쥐구멍이라도 찾아 숨으려 하며, 김덕령이 온다하면 혼이 빠져 달아나기도 하고, 돌 한 개를 던지지도, 한 걸음도 나오지 못하여 싸우지 않고도 승리하는 명장이라'고 높이 평가하고 있다.

민족적 우월의식은 문헌설화에서도 찾아볼 수 있다. 훌륭한 능력을 지닌 김덕령은 각각 백 근이 되는 철퇴 2개를 허리 아래 좌우에 차고 다녔고, 훌륭한 말을 가지고 있었다. 가는 곳마다 포위를 뚫고 적진에 뛰어들어 승전하기를 무인지경(無人之境)에 들어가는 듯 하여 왜적들이 얼빠져 '비장군(飛將軍)이라' 부르며, 모두 칼을 거두어 피하고 감히 남쪽 경계를 엿볼 생각을 못하였다고 한다. 또 그가 맨손으로 범 두 마리를 두들겨 잡아서 왜놈에게 자랑하며 팔았더니 왜놈들이 두려워하였다는 점에서 왜에 대한 우월성을 보여주고 있다. 그리고 왜병들은 김덕령이 죽은 것에 대해 좋아하기를 중국 금나라 사람들이 남송(南宋)의 충신인 악비(岳飛 : 岳鵬擧)가 죽었다는 소문을 듣고 좋아하였다는 것에 비유하고 있다. 왜군들이 서로 축하하며 양호(兩湖)인 충청도와 전라도가 이제 걱정 없다고 한 점에서 김덕령의 탁월성을 통하여 민족적 우월성을 드러낸 것이다.

이밖에도 <도술로 왜구 물리치기>, <왜장 조섭 죽이기>, <왜장 퇴치하기> 등 구비설화가 있고, 또 <임진록>에 수록된 같은 내용의 삽화와 <왜군 물리치기> 등에서도 그런 민족적 우월성을 엿볼 수 있다.

도술현시 부분에는 김덕령의 다양한 능력이 제시된다. 김덕령은 왜 진영의 수문장이 전혀 알아채지 못하게 청정의 진에 들어갔으며, 사라질 때도 간 곳을 알 수 없고, 심지어 약속한 시간에 정확하게 나타나며, 총과 화살을 맞고도 조금도 상하지 않았다거나, 총과 활을 쏠 때 없어졌다가 청정 앞에 나타나 자신을 소개하고 다시 나타날 것을 약속한다. 다음날 머리에 붙인 백지를 왜병들에게서 아무도 알지 못하게 거두어들인다. 그리고 <임진록>의 일부 이본에서 김덕령은 자기의 도술을 보고도 청정이 물러가지 않자, 마지막에 허신을 만들고 부적을 붙여 왜 진영에 들여보내 왜 장졸들의 눈에 서로 김덕령으로 보이게 하여 쏴 죽이게 하였다. 이처럼 김덕령의 능력을 임진왜란에서 가장 두려운 대상이었던 청정도 대적할 수 없는 존재로 신이화 하였는데, 이는 왜구에 대한 우월의식을 드러내기 위한 장치이다.

또 평수길은 1차의 대결에서 이여송에게 쫓겨나지만, 보다 차원 높은 둔갑으로 이여송의 능력을 능가하게 된다. 이때 이여송은 평수길의 둔갑을 알고 있으나 처리할 능력이 없어 평수길보다 열등하고, 김덕령은 평수길의 둔갑 자체를 알지도 못하기 때문에 이여송보다 열등하다. 이 세 사람 사이에 우열 관계는 평수길 > 이여송 > 김덕령의 순이다. 반면 이여송의 도움을 받은 김덕령은 셋 중에서 힘의 우위를 차지하게 된다. 즉 김덕령이 평수길의 위치를 알고 구름 위에 올라가 그를 살해하여 힘의 우위는 김덕령 > 이여송 > 평수길로 반전된다. 이로 인하여 김덕령은 이여송과 평수길을 능가하는 민족적 영웅으로 부각되어 평수길과 이여송에 대한 민족적 우월의식을 나타내고 있다.

한편 김덕령 전승에서는 왜구에 물리쳐야 할 대상인 적대감을 나타내고 있다. 구비설화나 <임진록>에서는 복상 중인 김덕령이 왜적을 물리치기 위하여 나선다. 조선조의 윤리로는 김덕령이 부친상을 당한 상태에서 왜적에게 피해를 입힐 수가 없다. 그런데도 김덕령은 왜적을 물리치기 위하여 나섰다가 역적으로 몰려 죽게 된다. 이처럼 역적으로 몰려 죽을지언정 왜적을 물리쳐야 한다는 것은 왜적에 대한 강렬한 적대 의식이 밑바탕에 깔려 있다고 하겠다. 심지어 전기소설에서는 정발의 삽화를 끌어들여 충효의 갈등이 아무런 문제로 대두되지 않는다. 충은 효보다 우위에 있으며, 구국하는 충을 실현하여야 효도 이룰 수 있다는 것이다. 김덕령은 <임진록>에서 제장들이 자기를 시기하여 왜에게 넘겨주자고 할때, "지장으 말삼이 당년흔지라 본더 초애 상신으로 구차이 지니다가 난시을 단흐야 젼장나오기난 국가을 위흐야 스직을 안보흐미 소장이 원이그날 웃지 신명을 위흐야 근심을 국가의 미치릿가 쇼장이 지조 비록 용열흐오나 한칼노 젹장을 스로 잡아 므리을 장군 휘흐이 바치리라" 하며 상신의 몸으로 국가를 위하여 출전하였기 때문에 자신의 신명을 돌보지 않고 싸울 것을 주장한다. 그리고 원한에 사무친 왜적의 공격을 도술로 왜장을 죽이고 왜병을 엄살한다. 이런 것은 왜구에 대한 적개심에서 비롯된 의식의 변화양상이라고 하겠다.

　왜적에 대한 적개심은 전기소설에서 정발의 첩과 하인의 대항의지, 논개의 왜장 끌어안고 강물에 투신하기, 구비설화와 <임진록>에 나타난 기생 황월과 함께 왜장 조섭 죽이기 등에서 엿볼 수 있다. 이처럼 하층민을 등장시킨 것은 지배층에 대한 하층민의 대립의지도 있지만, 왜적에 대한 강렬한 적개심을 드러내기 위한 하나의 방편이기도 하다.

　김덕령의 전승에서 왜에 대한 적개심의 발로는 성장담에서 보인다. 구비설화의 성장담을 보면, 신이한 능력을 드러내어 선생에게 쫓겨나면서 선생이 제시한 '불덩어리로 변한 왜장을 죽이지 마라'는 금기를 파괴한 데도 있다. 선생에게 쫓겨난 김덕령은 근신해야 하는데도 왜장의 변신이기 때문에 죽이고 만다. 또 문헌설화의 <수레 부수기 삽화>에서 선생이 근신하라고 하였음에도 왜적의 침입을 응징하기 위하여 나선 것도 같은 맥락이라고 보여 진다. 심지어 부친상을 당하여 살상을 할 수 없고, 거기에 어머니의 명령까지 있는 심각한 충효의 갈등에서도 왜진에 들어가 신이한 도술을 부려 왜적이 스스로 물러가게 하거나 왜적끼리 쏴 죽이게 만든다. 이는 왜장들이 조선의 미녀들과 놀아나고 있다거나, 조선 백성들의 여인을 강탈하는 노략질을 일삼기 때문이기도 하다.

또 <왜장 북지 죽이기>에서 도망하던 북지가 합장재배하며 살려달라는 데도, 김덕령은 경상도에 왜적이 있어 살려줄 수 없다며 목을 베어 본진으로 돌아온다. 김덕령은 그의 탁월한 능력을 강조하다가 왜적에게 무자비하고 아량이 없는 인물로 나타난다. 이처럼 무자비한 인간이 될 수밖에 없는 것은 왜적에 대한 극단적 적개심의 발로에 기인한다.

(2) 중국에 대한 자존의식

김덕령 전승에서 중국에 대한 자존의식은 구비설화에서 풍수탄생담과 이여송이 김덕령을 천거하여 <기생과 왜장 조섭 죽이기>, <왜장 퇴치하기> 등에 나타나고, <임진록> 중 관운장 계열의 작품에도 나타난다. 특히 중국에 대한 자존의식을 나타내는 작품들은 김덕령이 능력을 충분히 발휘하도록 허구화를 통해 민족적 영웅으로 형상화 되어 있다.

특히 관운장 계열의 <임진록>에서는 김덕령을 민중적 차원을 넘어 천거하여 등용시킨 이여송보다 뛰어난 능력의 소유자로 등장시켜 민족적 차원의 영웅으로 드러내고 있다. 김덕령은 싸움할 때 전면에 나서 뒤에서 활동하는 이여송조차 행하지 못하는 탁월한 능력을 드러내며 우월한 존재가 된다. 김덕령은 이여송의 천거로 평양 기생 화월(계월향)과 함께 왜장 조섭을 죽여 그의 능력을 보여 줌으로써 이여송에게 조선의 구원장 역할을 하게 한다. 또 김덕령은 왜장이 그를 내놓으면 물러가겠다는 것을 이여송이 거절하자, 그의 선봉장이 되어 왜 진영에 들어가 왜적을 무수하게 죽여 큰 공을 세웠다. 이후 여러 차례 왜적을 물리치며 민족적 영웅으로 형상화 되어 있다. 이처럼 김덕령의 삽화에서 중국에 대한 우월성이나 선민의식을 찾아보기로 하자.

우선 구비설화의 풍수지리 탄생담는 원래 중국과의 대립양상을 나타낸 것이 아니지만, 중국에 대한 민족적 자존심을 엿볼 수 있다. 중국에도 없는 천하명당이 조선에 있다는 것은 단맥삽화에 나타나는 민족적 선민의식과 중국에 대한 열등의식을 극복하려는 의도라 할 수 있다.

무등산에 천하 최고의 명당자리가 있다는 것은 이 지방의 선민의식을 드러낸 것이다. 세계에서 최고의 명당이라면 중국을 능가할 수 있다. 그리고 중국의 지관은 3명인데도 불구하고 남의 집 살이·여막살이·주막살이·신털미 장사를 하는 조선의 미천한 사람에게 빼앗기고 말았다. 즉 중국의 지관은 김덕령 부친이 삶아 준 달걀로 당황하고, 두 번째 준 계란으로 명당을 확인하지만 김덕령 부친에게 발각당하고 만다. 중국의 지관과 조선의 한미한 사람과의 갈등을 통해 중국 지관의 지혜와 한계성을 드러내고 있다.

또 김덕령의 부친은 도장(盜葬) 또는 석회암을 드러내는 실수를 범하지만 아버지의 묘를 이장하여 중국의 지관에게 표면적이고 불완전한 승리를 거둔다. 김덕령 부친은 중국 지관의 제의를 거절한다. 즉 중국 지관이 그 자리가 한국 사람에게 적합하지 않고 해외(중국) 사람에게 적합한 명당이니 다른 좋은 명당과 바꾸어 주겠다거나, 조선 사람에게 오히려 해가 될 수 있으니 그만 두라거나, 다른 곳에 대대로 만석지기의 터를 잡아줄 것이라 하고, 또 중국 사람이 묻으면 천자가 되고 조선 사람이 묻으면 이백 년 후에 충신 밖에 안 되니 바꾸어 주겠다고 말하지만 듣지 않았다. 심지어 김덕령 부친은 중국 지관이 해를 끼칠지도, 또 이곳의 명당이 더 좋은 곳인지도 몰라서 바꾸지 않는다. 더욱이 중국 지관이 묘지가 잘못 쓰였으니 그 바른 법을 가르쳐 준다 해도 거절한다. 중국 지관의 부탁이나 제의를 거절하고 김덕령 부친의 의도대로 묘소를 쓴 결과 첫 번째로 누나를 낳고 둘째로 김덕령을 낳았다. 이처럼 김덕령의 부친이 '불행이 닥친다고 할지라도 중국인의 말을 믿지 못 하겠다'는 것은 민족적 자존심과 선민의식의 발산이라 할 수 있다.

이여송이 조선에 구원 나오는 과정의 삽화에서도 엿볼 수 있다. 구비설화나 <임진록>에서 이여송은 황제의 명을 받고 억지로 조선에 구원 나왔기 때문에 조선에 트집을 잡아 퇴각하려고 하였다. 그런데 조선의 이인들이 미리 준비하여 놓은 까닭에 실패하고 만다. 민중들은 조선의 이인들과 이여송의 대립에서 이인들이 미래의 예견성을 보여준 일방적 승리를 통해 조선 민족의 우월성을 나타내고 있다.

민중들은 트집 잡기에 실패한 이여송에게 천기에 따라 조선의 장사를 천거하도록 시키거나, 조선 장사의 도움 없이는 임진왜란을 평정할 수 없게 결구시키고 있다. 민중들은 천기란 단어로 명장(明將) 이여송도 어찌할 수 없이 임진왜란을 종식시킬 인물로 김덕령을 뽑게 하였다. 심지어 구비설화에서는 이여송이 천기를 보고 고령의 김덕령을 찾아가도록 결구하였다. 그리고 <임진록>에서는 이여송이 김덕령을 반갑게 맞아들이며, 조섭의 능력과 조섭을 죽여야 전쟁을 빨리 끝낼 수 있다고 설명하면서 왜장 조섭을 잡으라고 청한다. 이처럼 이여송이 김덕령에게 간청하도록 결구한 것은 김덕령이 민중적 영웅의 한계를 벗어나 민족적 영웅으로 설정되었기 때문이다.

평양성을 함락시킨 뒤에 승승장구하던 명나라 장수들은 벽골제에서 왜군에게 대패하고서 제대로 싸우지 않았다. 민중들은 구원 나온 명나라 군사들이 전쟁의 평정에 최선을 다하지 않자, 민족적 영웅의 출현을 기대하였다. 그래서 어머니의 상복을 입고 전쟁에 뛰어들었으나 공을 세우지 못한 김덕령을 이여송의 상대역으로 부각시켰다. 이로써 김덕령은 이여송을 능가하는 영웅이 되고, 이여송은 자기가 천거한 김덕령보다 열등한 존재가 된다. 이처럼 민중들은 임진왜란을 해결하는데 조선 장수의 도움이 필요하고, 조선 사람이 종식시킬 수밖에 없도록 결구하여 민족적 자존심을 나타내고 있다.

조섭의 용력을 천하제일로 신이화 하여 상대적으로 김덕령의 탁월성을 강조하면서 이여송보다 뛰어난 인물임을 나타내게 된다. 한편 이여송은 김덕령이 누구도 죽일 수 없는 조섭을 죽였지만, 욕심 때문에 역적으로 몰아 죽이기도 하였다. 이처럼 김덕령은 위정자들의 잘못된 시각 때문에 죽었는데, 외부세력인 이여송의 농간에 죽었다는 것으로 변이시키고 있다. 이처럼 민중들은 김덕령의 죽음을 계층 간의 대립으로 보지 않고, 민족적 자존심의 대결의식으로 나타내기도 한다.

김덕령이 조섭의 목을 베어온 후에 이여송의 선봉장이 되는 임진록과 구비설화의 <왜구 물리치기>삽화에서는 김덕령의 탁월한 능력을 드러내고 있다. 여기에서 김덕령은 왜장 조섭을 능가하는 인물일 뿐만 아니라 이여송과 다른 왜장들보다 뛰어난 인물임을 보여주고 있다.

그런데 <왜장 퇴치하기>에서 이여송의 도움을 받아 물리치고 있다는 점이 한계이다. <왜장 퇴치하기> 삽화에서는 김덕령이 왜장을 물리치는 동기가 스스로의 판단이 아니라 이여송의 명령에 따른다. 이처럼 김덕령은 이여송의 천거로 대장이 되어 왜장 가등청정이나 평수길을 물리친다. 한편 김덕령은 왜장 청정의 목을 쳐 일방적으로 승리하지만, 완전한 것이 못되어 청정이 죽지 않고 새가 되어 날아갔다. 김덕령은 완전한 승리를 위해 날아가는 새를 잡아 죽여야 했는데, 날아가는 새를 밑에 있던 이여송이 잡았다. 김덕령에게는 일을 완벽하게 처리하는 데 남의 도움을 필요로 하는 한계가 있다.

구비설화에서 김덕령이 모사 평수길을 물리치는 과정을 보면, 첫 번째에서 일방적으로 우세하지만, 두 번째에서 평수길에게 패배하여 이여송보다 못한 인물이 된다. 두 번째의 대결에서 김덕령은 평수길의 도술로 만든 무수한 일본군(나뭇잎)을 이여송이 당할 수 없자 평안도에 가게 된다. 이여송의 명령으로 김덕령은 평수길의 나뭇잎 군사를 물리치고 평수길이 인간이 되어 도망가면서 부리는 도술도 막아낸다. 이로써 김덕령은 이여송이나 평수길을 능가하는 중국이나 일본에 대한 우월성을 보여주는 민족적 영웅으로 설화화 되어 있다.

김덕령 전승은 탁월한 개인(김덕령)의 능력으로 평수길을 이겨 전쟁을 남쪽으로 옮기는 부분적 승리를 이루지만 전쟁을 종식시킬 수가 없었다. 김덕령은 모사인 평수길과 재대결에서 승리하지 못하고 평수길의 재주에 패배하여 이여송에게 이길 도리를 배운다. 그리고 임진록에서는 이여송이 평수길의 2차 도술을 막지 못하고, 김덕령은 진을 친 것조차 알지 못하여 진을 친 이유를 묻게 한다. 첫 번째 대결에서 평수길과 이여송을 능가하였던 김덕령은 가장 능력이 모자란 인물이 된다. 즉 세 사람 사이에 우열 관계는 평수길 > 이여송 > 김덕령의 순이다.

<임진록>과 구비설화에서 이여송과 김덕령의 협력은 힘을 증가시켜 평수길을 능가하게 한다. 즉 열등한 김덕령이 이여송에게 묻거나 배우도록 설정한다. 심지어 구비설화에서 이여송은 김덕령이 실패하자 선봉장이 되어 평수길과 대결한다. 이때 김덕령도 후군이 되어 이여송과 평수길의 싸움에 끼어들어 평수길을 죽이는데 협조한다. 이처럼 이여송과 김덕령은 협력하여 왜의 모사 평수길을 죽이고 8년 풍상을 종결시키게 하였다. 이때 김덕령과 이여송의 협력은 조선과 명나라의 협력관계를 의미한다. 그러면서 만중들은 조선을 구원 나온 명나라가 힘의 우위임을 인정하고 있다. 다시 말해 민중들은 임진왜란의 해결을 조선과 명이 협력한 결과로 보고, 설화화 과정에서 명나라의 이여송을 우위에 두고 조선의 김덕령과 함께 왜장을 물리친 것으로 결구하였다.

반면에 전쟁을 방관하는 명나라 군사에게 도움을 청하는 측면도 있

다. 이를 통해 임진왜란의 해결이 구원 나온 명나라에 의해서가 아니라, 조선인에 의해서 이루어지기를 바라거나 이루어질 수밖에 없음을 보여 준다. 그리고 민중들은 임진왜란을 해결할 능력 있는 조선의 인물을 김덕령으로 생각하였다. 즉 임진왜란의 승리에는 명나라의 도움이 필요하지만, 결국 조선인의 힘으로 해결해야 한다는 민족적 자존심을 나타내게 된다.

이여송의 도움을 받은 김덕령은 셋 중에서 힘의 우위를 차지하게 된다. 즉 김덕령이 평수길의 위치를 알고 구름 위에 올라가 그를 살해하여 힘의 우위는 김덕령 > 이여송 > 평수길로 반전된다. 이로 인하여 김덕령은 이여송과 평수길을 능가하는 민족적 영웅으로 부각된다. 김덕령의 부각은 명과 이여송에 대한 민족적 우월의식을 나타냄과 동시에 뛰어난 인물을 활용하지 못한 위정자들에 대한 비판도 담고 있다.

한편 민중들은 조선이 대외적으로 자주민족 자주국가임을 주장하지만 한계가 있다. 조선의 전쟁인 임진왜란에 명의 구원을 청하였다는 역사적 사실에서 고려된 것이다. 민중들은 그렇기 때문에 천거와 명령이란 단어를 뒤섞어 사용하고 있다. 더욱이 <왜장 퇴치하기>에서는 김덕령이 왜장에게 패하여 이여송에게 묻도록 결구하고, 또 이여송이 선봉장이 되고 김덕령은 후군이 되어 임진왜란을 종식시켰다고 한다. 이것은 전쟁의 종식이 조선만의 힘이나 구원 온 명의 힘만이 아닌, 명나라에 우위를 둔 두 나라의 협력에 의해서 생긴 것임을 보여준 것이다.

이여송이 산맥을 끊으며 전국을 다닐 때, 이여송을 능가한 민족적 영웅으로 서술되었던 김덕령은 그의 하수인 역할을 하는 이율배반적 인물이다. 즉 김덕령은 이여송의 명을 생각 없이 따르는 앞잡이의 존재로 전락하고 있다. 그는 이여송의 명령을 듣고 소년과의 대결에서 일방적으로 패배하고 만다. 김덕령이 이처럼 부정적으로 그려진 것은 민족적 정기를 고수하는 자의 승리를 통해 민족적 우월의식을 드러내기 위한 방법이다. 이를 위해 소년의 능력을 신이하게 부각시키는 방법으로 결구하였다. 그래서 민족적 영웅이던 김덕령도 소년에게 일방적으로 패배할 수밖에 없다. 김덕령의 패배는 일상적이고 일시적이며 심각한 타격을 주지 않는데, 이여송의 패배는 죽음을 당하거나, 도생하기조차 어려운 상황에 직면하는 심각성을 드러내고 있다. 이는 바로 민족적 우월성과 자존심을 드러내기 위한 방편이다.

또 다른 민족적 우월성은 이여송이 귀국할 때 전쟁에서 잃은 절반이나 되는 군사를 보충해 달라는 장면에서 나타난다. 이여송이 많은 군사 대신에 김덕령 한 명을 보충해 달라고 하지만, 선조는 "아모리 장군의 공이 중하나 김덕영은 보니지 못하리로다" 하고 거절한다. 선조의 거절은 김덕령의 영웅성을 부각하는 측면도 있지만 중국에 대한 민족적 의지를 나타낸 것이기도 하다.

2) 민중적 차원의 시대의식

(1) 위정자들의 독선과 무능 폭로

김덕령 전승은 훌륭한 인물을 제대로 활용하지 못한 조선의 지배층을 풍자하고 있다. 위정자들은 임진왜란 기간에 훌륭하고 능력 있는 인물이 필요한 데도 등용하지 않았다. 오히려 필요하여 등용한 인물을 시기하고 질투하여 제거하기에 바빴다. 민중들은 이런 인물 중에서 자신의 이상세계를 구축하는 민중적 영웅성을 가진 자로 김덕령을 선택하였다. 즉 김덕령을 민중적 영웅으로 부각시키는 동시에, 그런 영웅을 알아보지 못하는 집권위정자의 독선과 무능을 풍자하고 있다.

이를 김덕령이 기생이란 미천한 신분의 도움을 받아 왜장 조섭을 죽이는 삽화에서 살펴볼 수 있다. 도움을 받은 김덕령은 왜병이 몰려오자 자신만 살고자 도움을 준 기생을 죽이는 무자비성을 보여주고 있다. 이때 김덕령을 지배층적 삶의 속성으로, 기생을 민중적 삶의 속성으로 드러낸 것은 민중적 표출방식이다. 다시 말해 기생으로 상징되는 민중들은 국가를 위하여 노력하지만, 김덕령으로 상징되는 지배층의 보답으로 현실적인 새로운 고통과 압박을 받을 뿐이다. 이렇게 표현한 것은 집권 위정자들이 자신만을 위하고, 자기를 도와준 사람조차 무자비하게 죽이는 극단적 이기주의적 사고를 풍자하고 있다.

김덕령 전승에 나타난 집권위정자들에 대한 풍자를 보면, 김덕령이 이여송의 천거로 기생의 도움을 받아 조섭의 목을 베어 바친 직후와 왜적들이 서울을 포위하고서 김덕령을 결박하여 보내라는 것에서 볼 수 있다. 김덕령이 기생의 도움까지 받으면서 이여송을 조선의 구원장 역할을 하도록 하였는데, 조선의 장수나 백관들은 생각도 해보지 않고 왜장의 요구를 들어주자고 한다. 이런 상황에서 이여송은 김덕령을 적극적으로 보호하며 조선의 여러 장수들을 나무라고 책하지만, 선조는 "어찌 사지에 보내리오"하며 확고하게 보호하지 못한다. 두 답변의 차이는 김덕령의 민족적 영웅으로서의 특성과 그 한계를 보여주는 동시에, 민족적 영웅을 구하지 못한 위정자들의 무능함을 보여주고 있다. 즉 외족인 이여송은 김덕령의 영웅성을 높이 평가하는데, 선조를 위시한 조선의 제장과 백관들은 자신의 안위만을 생각하여 김덕령의 영웅성을 시기하고 질시하고 있다.

또 <임진록>에서 조석관을 총대장으로 재침입한 왜적에 능동적으로 대처하지 못하는 측면에서도 위정자들의 무능이 나타나 있다. 전쟁이 끝나고 외적의 침입을 대비하여 임시방편으로 왜에 가까운 동래와 거제의 방비만 치중하고 다른 곳은 방비를 하지 않았다. 그리고 거제부사 금학봉이 전서로 왜군이 침입한 것을 알렸는데도 왜적을 상륙시켜 서울 도성이 포위를 당하였다. 이것은 임진왜란을 겪고도 정신 차리지 못한 위정자들의 무사안일과 무능함을 풍자하고 있다.

이에 앞서 김덕령이 신이한 도술을 부려 왜군들을 물리치자 위정자들은 김덕령을 소환하였다. 그 이유는 김덕령을 제거하기 위한 것이고, 또 김덕령에게 정식으로 전쟁에 참가하라는 조치였다. 후자의 경우, 김덕령은 아버지의 상과 어머니와의 약속 때문에 전쟁에 참가할 수 없었다. 그래서 김덕령은 비공식으로 마을에 침략한 왜적을 물리쳐 이름을 떨치고, 국가에서 위임하는 전쟁의 공식적인 참가를 거부하는 이율배반적 행위를 하게 되었다. 그 행위는 자신의 능력을 과시하여 세력을 확대시키려는 계책으로 오인되어 반란의 혐의와 연결될 수 있다.

특히 위정자들은 신이한 도술로 김덕령이 등장하자, 자신들의 위치가 위태로워질까 두려움을 느껴 제거하고자 하였다. 위정자들은 김덕령이 부모의 상을 당한 것과 관계없이 의병활동 중에 모략을 세워 소환한다. 구비설화에서는 소환하는 위정자 대표로 선조와 유성룡을 등장시키고 있다. 이때 김덕령과 유성룡의 관계는 설화처럼 직접적이고 실제적인 것이 아니라 상징적 관계이다. 역사적으로 위정자들은 자신의 안위만을 걱정하여 무죄한 김덕령의 어려운 난관을 해결하여 주지 않았다. 특히 유성룡은 김덕령을 구해줄 만한 위치에 있었는데도 구해주지 않자, 자신의 안위에만 급급한 인물로 비판하고 있다. 민중들은 이러한 구술을 통해 위정자들의 독선과 위선을 폭로하였다.

그 밖에도 위정자들은 자신의 지위를 지키기 위하여 김덕령이 능력을 발휘하지 못하도록 의병을 모집하는 데도 허가하지 않았다. 또 문헌설화·전·전기소설에서 김덕령이 기병을 하여 진주에 주둔하고 왜적과 싸움을 청하였을 때도 거절하였다. 그리고 이여송이 조선을 삼키려고 할 때 김덕령의 능력이 두려워 조선국왕 선조를 이용하였다는 것도 있고, 전쟁에서 큰 장수 다 죽이고 간신에게 모함을 당하였다고도 한다. 이런 모든 서술은 김덕령 전승을 통해 당대의 위정자들의 독선과 무능을 드러내고 있다.

한편 문헌설화의 <철삭 끊기> 삽화, 문헌설화와 임진록에 있는 <수레 부수기> 삽화에서 김덕령을 잡아가는 금부도사의 성격도 위와 같다. 도사는 자신의 능력도, 김덕령의 능력도 파악하지 못할 뿐만 아니라, 세상살이에 융통성도 발휘하지 못하는 인물이다. 이들 삽화에서 김덕령이 신이한 능력을 사용하면 체포되지 않을 탁월한 능력자임을 보여주고 있다. <철삭 끊기>나 <수레 부수기> 삽화에서 김덕령은 "만약 반역하고자 하면 어찌 이런 철삭이나 거목(수레)으로 묶음이 족히 나를 막을 수 있으리오" 하거나, "나라의 후한 은혜를 생각하여 반역할 생각이 조금도 없었다"고 한다. 이처럼 김덕령이 힘과 능력이 없어서 잡혀온 것이 아니라, 시대적 지배질서에 순응하기 위해서였다.

김덕령은 운명에 순응하여 죽기가 너무도 억울하고 부당하였다. 민중들은 김덕령이 죽음을 거부하도록 하여 죽이려는 위정자들의 명분이 잘못되었음을 드러내고 있다. 심지어 김덕령이 죽이려는 위정자들의 칼을 받으면서도 웃었다고 한다. 이처럼 김덕령이 사형을 거부할 수 있는 것은 겨드랑이에 날개가 있거나 피부에 단단한 비늘 등 신이성을 가지고 있기 때문이다. 즉 사형의 칼이 닥치면 비늘로 몸을 단단하게 보호하고, 날개로 혼을 지붕에 올라앉게 했다는 것이다. 김덕령이 끝까지 자신의 정당함을 주장하다가 죽었던 사실을 "너희들이 누가 칼 만 번을 치더라도 결코 나를 죽이지 못한다. 내 스스로 칼을 받아들인 연후에야 가능하다."로 나타냈다. 민중들은 김덕령이 고문으로 죽게 되었지만, 그의 떳떳함을 보여주기 위해 죽음을 스스로 선택하게 하였다. 이는 김덕령에게 정당성을 확보하게 하면서 지배위정자들의 독선과 무능을 여지없이 폭로하는 결정적 부분이다.

구비설화에서는 이를 보다 구체적으로 나타내고 있다. 위정자들은 김덕령을 죽이려고 온갖 수단을 동원하고도 죽일 수가 없었다. 그들은 총·칼·매·활·능지처참도 하고, 불로 지져도 김덕령이 어떠한 고난에도 불굴의 의지를 굽히지 않았으므로 오히려 자신들이 지치고 말았다. 민중들은 이몽학의 난에 관련되어 6차례의 고문에도 허위자백을 하지 않고 자신의 신념을 지킨 김덕령의 불굴의 의지와 정신적 세계를 설화화 하였다. 그 결과 김덕령을 어떠한 힘으로도 죽일 수 없는 신이한 존재로 결구하여 위정자들에 대해 맺힌 민중들의 응어리를 보여주고 있다. 민중들이 임진왜란이란 국가적 위기를 극복하려고 노력한 대가가 지배 계층의 수탈이었다. 수탈당하며 살아온 민중들은 그들의 한을 민중의 삶의 생리와 유사한 면이 있는 불굴의 의지와 끈기를 지닌 김덕령의 삶으로 환치시켜 나타낸 것이다.

김덕령은 자기를 죽이기에 급급한 위정자의 속셈을 알고 '만고충신 김덕령'이란 현판을 써 달라는 소원을 말하며 스스로 죽음을 택한다. 죽일 방법이 없었던 위정자들은 소원이 '만고충신 김덕령'인데도 불구하고 들어주고 죽인다.

위정자들은 김덕령의 소원과 죽이기 사이의 논리적 모순을 발견하지 못하고 있다. 김덕령이 만고충신이라면 국가에서 높이 칭송하고 받들어야 한다. 그런데도 죽이는 우를 범하고 말았다. 여기에서 민중들은 김덕령의 소원을 통하여 위정자들의 논리적 모순을 드러내고, 그들의 집권욕을 표출하고 있다. 위정자들은 김덕령을 죽이는 뚜렷한 죄목이나 소신를 가지지 못하였다. 그들은 김덕령에게 만고충신이란 현판을 써 주지 말던가, 아니면 죽이지 말아야 하였다. 그런데 위정자들은 당시의 지배적 윤리인 유교의 수기치심으로서의 왕척지심을 잊어버렸다. 그들이 왕척지심의 윤리를 망각한 행위는 백성들에게 강요하였던 유교적 실천 도덕이 허구임을 보여준다. 김덕령의 소원을 들어주고 죽이도록 결구한 민중의식에는 위정자(유자)들의 허구성이 폭로되어 있다.

위정자들은 김덕령을 죽인 뒤 그에 대한 평가절하 작업을 시도하였다. 여기에서 위정자들은 김덕령을 무능하고 광폭한 인물로 보여주거나,

영웅이 아닌 역적이며, 별 볼일 없는 인물로 드러내고자 하였다. 그런 행위는 '만고충신 김덕령'이란 현판을 깎거나, 지우기, 비각 부수기 등으로 상징화되어 나타난다. 위정자들은 현판을 깎거나 지우기, 부수기처럼 평가절하를 하고 싶지만, 민중들은 죽은 김덕령이 살아왔다거나 천둥이 쳤으며, 현판이 깎여지지도, 지워지지도, 태워지지도 않고 오히려 더 뚜렷하게 부각되었다며 역사적으로 일어날 수 없는 허구적 사건의 서술에서 위정자의 말을 인정하지 않았음을 보여주고 있다. 그리고 이는 김덕령의 영웅성이 민중들의 마음속에 실제로 살아온 것처럼 부각되었음을 상징하고 있다. 실제로 김덕령은 역적으로 죽은 지 60여 년 만(숙종 때)에 억울한 죽음으로 판명되어 신원되었고, 뒤에 충장공이란 시호까지 받았음을 생각한 민중들이 후에 이와 같이 설화화 하였을 가능성이 크다.

이와 같이 민중들은 새로 살아온 것과 다름없는 김덕령의 신원을 설화화 하여 민중들의 무한한 삶의 생명력을 보여주면서 이에 대항하는 위정자들의 무능성을 폭로하고 있다. 민중적 삶과 유사한 김덕령의 영웅적 생명력인 비(현판, 간판, 철판, 사대문현판), 즉 '만고충신 김덕령'이란 비를 인력으로 없애지 못하여 오늘날까지 전하는 것은 만고충신이 분명하다고 인정하기에 이른다. 이는 위정자들이 독선과 무능을 자인하고 말았음을 나타내고 있는 것이라 하겠다.

이처럼 위정자들을 비판하면서 김덕령의 탁월한 능력을 보여준 것이 그의 죽음에 관한 기술이다. 특히 죽음에 관한 기술을 보면, 문헌설화 계통에서는 역사적 사실에 충실한 상태에서 과장하는 정도이지만, 구비설화 계통의 서술에서는 상상력을 동원한 허구적 진실로 나타내고 있다. 즉 구비설화나 <임진록>에 나타난 김덕령의 원사부분은 김덕령이 신이성을 지닌 영웅의 모습을 보여주면서 그를 처벌한 위정자들의 모순과 비열성을 보여주고 있다.

(2) 비극적 영웅의 출현

김덕령 전승에는 사회적 여건 때문에 비극적 영웅이 출현하게 되는 과정을 서술하고 있다. 비극적 영웅이 출현하게 되는 이유는 사회적 구조의 모순이나 김덕령에게 내재된 개인적 성격에 기인한다. 사실 비극적 영웅출현의 원인은 부당한 세계의 횡포에 대한 투쟁 정신에서 비롯되는 점에서 두 가지 요소가 결합되어야 할 것이다. 이런 점을 감안하였을 때, 김덕령의 개인적 성격의 결함에 의한 측면은 앞의 김덕령 전승의 서사구조에서 살펴보았다. 그래서 전승에 내재한 사회적 측면에서 출현하게 되는 배경을 살펴보기로 하겠다.

김덕령이 비극적 영웅담의 주인공이 된 것은 그의 탁월한 능력을 수용할 수 없는 사회적 배경에 기인한다. <임진록>이나 구비·문헌설화 등 그에 대한 대부분의 전승에는 김덕령이 전라도 담양 지방의 한미한 가정에서 태어난 것으로 되어있다. 그렇기 때문에 김덕령은 정치적 기반을 가지지 못하였다.[45] 지방의 한미한 가계에서 태어난 김덕령의 탄생은 아기장사 전설의 아기장사와 같이 민중적 영웅으로서의 성격을 지닌다. 이처럼 김덕령은 민중적 영웅으로 자아성취를 위하여 세계와 투쟁을 해야 하지만 출생의 한계를 가지게 된다.

김덕령 전승에서 기존의 집권자들은 자신들이 구축한 세력을 탁월한 능력을 가지고 등장한 김덕령이 빼앗으려는 것으로 인식하게 된다. 이는 이여송에게 천거되어 조섭의 목을 베어 왔을 때와 왜군 재침 때의 제장이나 백관들의 질시에서 찾아볼 수 있다. 이미 구축된 사회적 질서에 새로운 능력을 가진 자가 등장하였을 때, 기득권을 가진 자들은 이를 배척하게 된다. 그런 점에서 김덕령은 지지기반이 없는 한미한 집안 출신으

---

45) 이민서의 전 작품에서는 김덕령이 당파에 관심을 가지 않았지만, 스승과 매부의 당파성으로 연결되어 죽은 것으로 되어 있고, 박종화의 소설 작품에서는 김덕령이 당파를 초월하여 자신의 의지대로 실행하는 청렴결백한 인물로 묘사되어 있다.

로 돌출된 탁월한 능력을 가지고 태어남으로 좌절할 수밖에 없었다.

이와 유사한 측면을 단적으로 보여주는 것이 <임진록>에서 수군장으로 이순신이 돌출하여 대장이 되고 공을 세운 김덕령이 아장이 되었을 때, 김덕령의 시기심이다. 김덕령이 이순신을 시기하는 것과 마찬가지로 갑자기 탁월한 능력으로 이름이 부상한 김덕령은 기성 정치권에서 시기와 질시의 대상이 되었다. 그렇기 때문에 위정자들은 김덕령에게 그의 탁월한 능력을 배가하도록 배려하기보다는 그의 능력을 드러내지 못하게 방해하여 자신들의 지위를 유지하는데 주력하게 된다. 이는 정체된 사회구조적 특성을 형성하게 되면서 새로운 인재등용을 억제하는 모순을 드러내게 된다.

이를 구체적으로 보여주는 것이 문헌설화나 전, 전기소설에 나타나는 그의 기병과정에서 보이는 양상이다. 김덕령이 기복종군하게 된 것은 임진왜란의 기간에 가용지재의 발탁으로 이루어진 것이다. 즉 그는 담양부사 이경린, 장성현감 이귀의 천거와 전라감사 이정암의 기복종군의 요구로 기병하게 되었다. 그의 기병과정에서는 별달리 시기하는 자가 없었다. 이로써 김덕령은 민중적 영웅으로써 자아성취를 이룰 수 있는 계기가 되었다. 그런 김덕령이 기병할 때에 5,000여 명이 의병으로 몰렸다는 점과 왜병이 두려워하였다는 점에서 많은 공을 세울 수 있었다. 이를 고려한 기존의 위정자들은 자신들의 직위에 대한 위협으로 여기고, 당시의 사회구조적 특성을 이용하여 대처하였다. 즉 김덕령이 탁월한 능력을 발휘하면 그에 상응하는 직책과 직위를 주어야 하므로, 기회를 주지 않기 위하여 왜와의 화친을 핑계로 싸울 기회조차 제공하지 않았던 것이다. 그래서 작품에는 김덕령이 기병 3년 동안에 허송세월만 하다가 공도 세우지 못하고 죽고 말았다고 서술하고 있다. 이는 당시의 사회적 구조가 신진인물, 즉 민중적 영웅을 포용할 수 없었던 한계를 보여주고 있다.

한편 구비설화나 <임진록>의 최일영계열 등에서는 김덕령이 부친상을 당하여 정식으로 전쟁에 참가하지 못한 측면을 고려하지 못하는 사회적 포용성의 한계를 보여주고 있다. 부친상을 당한 김덕령은 국가를 위하여 마을에 들어온 적을 물리치거나, 북상 중인 왜적에게 신이한 도술을 보여 전의를 꺾어 스스로 물러나게 하였다. 그런 탁월한 능력의 인물을 키워주어야 하는데 사회적 구조와 분위기는 이를 허용하지 않았다. 이는 조선의 관료적이고 중앙집권적 사회구조에서 비롯된다. 중앙권력층에 편입되면 입신양명을 이룰 수 있다. 입신양명과 부귀현달을 누리려면 개인의 탁월성만으로 이루어지지 않고 기존 권력층과의 결탁에 의해서 가능하다. 탁월한 능력이 있었던 김덕령은 기존의 중앙 권력층과 결탁하지 않았다. 그렇기 때문에 위정자들은 그런 김덕령을 활용하려 하지 않고 처단하고 있다. 이는 당시의 사회가 당파적 기질에 의해서 구성되었기 때문에 일어난 것으로, 이런 사회적 구조와 관련이 없는 김덕령은 좌절할 수밖에 없었던 것이다.

김덕령이 제장이나 백관들에게 시기와 질시를 받은 것은 그의 탁월성과 세상과 타협할 줄 모르는 성격에 기인한다. 김덕령은 자신의 능력을 인정하지 않는 사회와의 대립에서 강렬한 투쟁의지를 보여주고 있다. 그 대표적인 예가 문헌에 나타나는 <씨름삽화>이다. <씨름삽화>에서 김덕령이 유자적 체면을 지키려고 노력하지만 사회에서는 이를 인정하지 않는다. 그래서 임한 씨름에서 유자로서의 체면을 지키면서 그의 탁월한 능력을 보여준다. 즉 씨름삽화에서 김덕령은 지조와 용력을 드러내고, 자신의 존재를 부정하는 자에 대해 극렬한 저항을 나타낸다. 김덕령이 자신의 우월성을 드러내려 하지 않았지만, 우월성을 부정하는 힘에 대한 거부는 구비전승과 비슷하다.

이처럼 자신의 능력을 부정하는 것에 대한 강렬한 저항의지는 <수레부수기>, <철삭 끊기>, <사형거부> 등에도 보인다. <임진록>의 <수레

부수기>에서 김덕령은 사형을 당하기에 앞서 '자신이 뒤에 쓰일 일이 있으니 그때까지 기다려 주든지, 아니면 만고충신 김덕령이란 현판을 해주고 죽이든지' 하라고 선택하게 하였다. 그런데 선조를 위시한 위정자들은 미래를 예견할 수 없었기 때문에 기다리기 보다는 당장에 죽여 없애기를 원하였다. 이는 당시의 사회구조가 현실적 이익에만 눈이 어두워져 있음을 보여주고 있다. 뿐만 아니라 위정자들은 기다리는 동안 김덕령이 능력을 발휘하면 그에 대한 보상으로 자신의 사회적 지위를 지킬 수 없다고 판단하였기 때문이다. 또 다른 예로 김덕령은 자신의 능력과 인간성을 인정하지 못하는 도사에게 '어명인들 어찌 여유가 없으리오' 하면서 함거를 부수는 강렬한 저항을 보인다. <철삭 끊기>나 <사형거부>에서도 김덕령은 자신의 능력을 인정하지 못하는 위정자들에게 저항의지를 보이는데, 이런 저항의지는 비정직하고 무능하며 무사안일한 세계에 대한 도전의지를 나타내는 행동이다. 즉 김덕령이 자신의 한계를 의식하면서도 끝까지 저항정신을 드러내는 것은 비극적 의지를 가지고 있다고 하겠다.

비극적 의지는 장검 만들기에도 나타나 있다. 김덕령은 장검을 만들 때 산이 울고 청백기가 산을 덮은 것과 장검을 만들어 정지 장군 사당에 제사하다가 칼을 떨어뜨린 것을 불길한 상징으로 여겼다. 불길하다고 여기는 상황에서 피하지 않고 끝까지 자기의 의지를 관철하려는 의지가 비극적 의지에 해당한다. 이런 비극적 의지를 가진 김덕령은 세상의 모순과 타협하지 않고 부당한 횡포를 자행하는 세계에 대항하지만 비극적 종말을 맞이하게 된다. 불행한 죽음에도 불구하고 자신의 의지를 수행하려고 계속하여 세상에 대항할 것을 의심하지 않는다.

이를 극단적으로 나타낸 것이 '만고충신 김덕령'이란 현판 없애기이다. 위정자들은 자신의 잘못을 인정하기 보다는 감추기 위하여 김덕령에 대한 평가절하 운동을 하였다. 그런데 김덕령은 능력을 인정하지 않는 위정자들에게 다시 살아옴으로써 '만고충신 김덕령'이란 현판이 오늘날까지 전승된 것으로 보고 있다.

3) 개인적 차원의 영웅상

(1) 김덕령에 대한 평가와 영웅화

김덕령의 전승은 그의 탁월성을 부각시키는데 목적이 있으나 한계성을 보인다. 즉 김덕령은 신이할 정도의 탁월한 능력을 지닌 영웅으로 형상화 시키지만, 능력을 마음껏 활용할 수 없는 한계가 있었다. 그의 탁월한 능력은 신이하여 최상의 영웅성을 보여주지만, 그런 탁월한 능력에서 드러나는 무자비성으로 그 영웅성의 한계를 보여주고 있다.

탁월한 능력이 형성된 그 성격에 대해 문헌설화에 잘 나타나 있다. 김덕령은 어려서 신이한 능력을 지녔지만 밖으로 드러내지 않았다. 이는 유자적 세계관에 입각한 자기 수신의 성격을 지닌다. 그런 김덕령이 능력을 보여 증조부의 용력을 일삼지 말라는 엄명을 받고 조심하다가 또다시 14세에 물 건너기란 신이한 용력을 발휘하여 세상에 알려졌다고 한다. 이처럼 김덕령은 스승인 증조부의 엄명을 어기면서 드러낸 신이한 능력이 탁월하고 뛰어나지만 동시에 그 한계성을 보여주고 있다.

이런 성격은 구비전승의 <장군수 훔쳐 먹기>삽화에서도 찾아볼 수 있다. 김덕령은 선생을 능가하는 신이한 능력을 지니고 있으나, 세상을 보는 안목의 부족, 자신의 능력과 감정을 조절하는 정신적 수양이 부족하다. 이런 성격은 <힘내기>형 전설에도 이어져 있다. 김덕령은 자신이 최고이고, 최고가 되어야 한다는 독선적 사고로 누나와 용마를 무자비하게 살해하고 있다. 이를 박종화는 <임진왜란>에서 이순신의 안목을 통해 '똑똑은 하다마는 기가 너무 세다'로 나타내고 있다.

한편 문헌설화에는 뛰어난 능력의 단편 삽화들이 3~4개씩 결합되어 있다. 김덕령의 탁월한 능력을 연속적으로 구술하는 것은 김덕령의 신이성을 부각시키는 방편인 동시에 김덕령을 민담적 영웅으로 기인화 하고 있다. 또한 <처갓집 추노> 삽화와 <산중처자 구하기> 삽화에서도 탁월한 능력을 드러내고 있다. <처갓집 추노> 삽화에서 김덕령은 자기를 죽이려는 노비들을 수장시킬 때 여유와 탁월한 능력을 보여주고 있다. 그리고 <산중처자 구하기>에서 효용을 지닌 노비와의 대결에서 천부적 능력의 소유자로 나타내 있다. 이처럼 김덕령을 신이화·기인화의 현상은 역사의식의 결여라기보다 신이한 영웅이 필요한 시기에 김덕령과 같이 훌륭한 인물조차 쓰이지 못하고 비극적 운명을 맞게 한 현실을 본 담당층의 함축적 인식이라고 하겠다.

여기에서 그 이면에 나타나는 조급성·융통성 없음·무자비성은 그의 탁월성이 바탕을 이루지만, 그 한계를 넘어서고 있다. 즉 추노삽화에서 이미 저항의지를 상실한 남녀노소의 노비를 가리지 않고 몰살시켰다고 하거나, <산중처자 구하기>에서도 효용한 노비의 말을 따른 모든 노비를 죽인다. 또 <임진록>의 <왜장 북지 죽이기>에서도 마찬가지로 저항의지를 상실한 북지가 살려달라고 애원함에도 불구하고 죽이는 그의 무자비성을 보여주고 있다.

이 조급성·융통성 없음·무자비성은 그의 영웅적 면모에 한계를 보여주고 있다. <임진왜란>에서는 무자비성을 완고성·정직성으로 나타내어 김덕령을 죽게 만드는 요소가 된다. 만약 김덕령이 융통성을 가졌다면 그의 탁월한 능력은 세상에 널리 활용될 수 있었다. 하지만 김덕령은 기가 세다는 이순신의 말처럼 융통성을 가지 못하여 좌절할 수밖에 없었다.

한편 구비설화나 <임진록>에 보이는 <왜구 물리치기> 삽화에도 김덕령 능력의 탁월성과 그 한계를 보여주고 있다. 먼저 김덕령은 <왜군 물리치기>에서 왜군의 진영을 아무 거리낌 없이 넘나들면서 왜구들을 위협하여 스스로 물러나게 하는 능력이 있었다. 그리고 <왜장 조섭 죽이기>에서는 왜장 조섭을 영웅적으로 부각시키고 있는데, 이것도 김덕령의 영웅성을 부각시키기 위한 반대급부적인 방편이었다. 또 <왜장 퇴치하기>는 도술이 뛰어난 청정과 평수길을 물리침으로 김덕령의 능력을 부각시켰다. 민중들은 김덕령의 능력을 부각시키려고 민중적 사고패턴에 따라 반복구연하고 있다.

김덕령의 신이한 능력은 아버지의 복상 중이므로 활동의 한계를 가진다. 즉 <왜군 물리치기>에서는 출전이 어머니의 허락을 받지 않은 비공식적이어서 왜군의 진을 마음대로 드나들 수 있지만, 공을 세울 수도 살인을 할 수도 없었다. 도술을 보여주어 왜군이 스스로 물러가도록 할 수밖에 없었다. 또 <왜장 조섭 죽이기>에서는 조섭을 죽이는 과정이 자신의 지혜가 아닌 기생 황월(화월)의 전적인 도움으로 이루어진다. 이때 김덕령의 용력은 기생의 도움이 있어야만 하는 허약성을 보여주고 있다. <왜장 퇴치하기>에서는 청정과 평수길을 일방적으로 물리칠 용력이 있으나 완전한 승리를 이루지 못하고, 남(이여송)의 도움을 받아야만 종식시킬 수 있었다. 이처럼 신이한 김덕령의 능력에는 공을 세우지 못하고 비극적으로 죽은 역사적 사실을 인식하고 있는 민중들의 설화적 변이의 한계성을 나타내는 것이다.

김덕령의 영웅성을 나타내는 또 다른 삽화로는 이여송이 귀국할 때, 전쟁에서 군사의 절반이나 잃었다며 보충해 달라는 것이다. 이여송의 요구에 따라 선조는 군사를 조발하여 보충해 준다. 그런데 이여송이 '많은 군사 대신에 김덕령 한 명을 보충해 달라'고 하자, 선조는 "아모리 장군의 공이 중ᄒ나 김덕영은 보닉지 못ᄒ리로다" 하고 거절한다. 선조의 거절은 중국에 대한 민족적 의지를 보이기도 하지만 김덕령의 영웅성을 부각하는 데 목적이 있다. 즉 김덕령은 명나라 군사 25만 명이나 조선 군사 20만 명보다 뛰어난 탁월한 존재로 나타난다.

이밖에도 김덕령의 탁월한 영웅성이 여러 곳에 나타난다. 이여송은 임금에게 거절당하고 귀국할 때, 전송 나온 김덕령에게 중국에 함께 가면 그 재주가 빛날 것이라고 한다. 또 이여송이 세운 승전비에 김덕령의 이름이 두 번째로 기술되었으며, 초패왕도 당적하지 못할 조섭을 죽었다는 왜왕의 말, 김덕령을 삼국시절에도 없는 장수 등이라 한다. <임진록>에서 김덕령이 탁월한 능력의 소유자로 서술된 것은 이몽학의 모반죄에 연루되어 억울하게 죽은 역사적 사실을 보상하는 차원이다. 김덕령 전승은 한계성을 설정된 탁월한 영웅성을 보여주어 비극적 영웅의 면모를 보여주고 있다.

(2) 국난극복을 위해 기대되는 영웅상

김덕령의 전승의 구연목적은 김덕령의 탁월성, 위정자들의 무능과 모순을 풍자하고 비판하며, 중국과 일본에 대한 민족적 자존심과 우월의식을 보이주어 현실적으로 불행한 국가적 상황에 대한 극복의지를 나타내고 있다. 이런 목적의식은 장도빈이 <김덕령전>이란 국문 전기소설에서 찾아볼 수 있다. 다시 말해 김덕령 전승은 단순히 구연의 즐거움을 찾기보다 그 구연 속에 나타나는 목적, 즉 국난극복을 위한 영웅의 기대상을 보여주고 있다.

국난극복을 위한 미래에 기대되는 영웅상으로는 다음과 같은 조건을 갖추어야 함을 제시하고 있다.

첫째, 신이하고 탁월한 능력을 지녀야 한다. 김덕령 전승의 전편에 걸쳐 그의 뛰어난 능력을 나타나 있다. 즉 그의 탁월한 능력은 탄생담에서 최후담에 거쳐 나타나고 있다. 탄생담에서는 문헌설화와 구비설화에서 신이성을 보여주고 있으며, 성장담에서 잠재된 금기를 파괴하는 신이성을 드러내어 쫓겨나게 된다. 그리고 문헌설화의 <씨름삽화>, <산중처자 구하기> 삽화, 단편적 문헌 삽화, 구비설화의 <힘내기형> 삽화 등에서 그의 탁월하고 신이한 능력을 유감없이 발휘하고 있다. 그의 활동기는 그의 능력을 신이한 경지를 넘어서고 있다. 구비설화와 <임진록>에 나오는 도술을 부려 <왜군 물리치기>, <기생과 왜장 조섭 죽이기>, <왜장 물리치기>, 그리고 <임진록>에만 나오는 삽화로 <술책으로 왜군 물리치기>, <왜장 한북이나 북지 죽이기>, 국문 전기소설과 <임진왜란>에 나타난 <거제도 탈환작전>에 나타나는 능력 등이다. 마지막의 최후담에서는 스스로의 죽음을 택한 후에 약속을 지키지 못한 위정자들의 술책에 대항하여 살아나왔다고 한 것에서 엿볼 수 있다. 이런 점에서 기대되는 영웅상은 신이하고 탁월한 능력을 지니고 있어야 함을 나타내고 있다.

둘째, 성실하고 정직해야 한다. 김덕령의 성장기 삽화에 보이는 부정직성은 배척되고, 성실성은 지속적 성장을 가져온다. 김덕령은 구비설화에서 스승을 속이고 장군수를 훔쳐 먹었거나, 문헌설화에서 증조부의 엄명을 받들지 못하였다. 그 결과 그의 신이한 능력이 탄로를 나서 종국에는 좌절하고 만다. 이런 성격은 <힘내기형>에서도 나타난다. 힘내기에서 김덕령은 정직하지만 성실하지 못한 결과 누나와 용마를 잃고 말았다. 국문 전기소설에서 김덕령은 민족의 구원을 위해 기복종군 하였고, <임진록>이나 구비전승에서 이여송의 천거를 받고 선봉장이 되어 탁월한 능력을 발휘한다. 그런 김덕령이 조선의 왕이 되려는 이여송 명령을 듣고 행동할 때는 산신이 변한 초립동이한테 여지없이 패배하고 만다. 이처럼 김덕령 전승에서 미래의 영웅상으로는 현실에 집착하지 않고 성실하고 정직하게 살아가야 함을 보여주고 있다.

셋째, 포용성을 가져야 한다. 김덕령은 세상에서 자기 위주의 독단을 가지고 있다. 그렇기 때문에 <씨름삽화>에서 패배하자 죽으려고 하였다거나, 포용성을 가지지 못하였기 때문에 <오뉘힘내기 삽화>에서 누나를 받아들이지 못하고 죽였고, <치마대 삽화>에서도 용마를 잃고 말

았다. 또한 <임진왜란>에서는 윤근수의 청을 받아들이지 못하고 배척함
으로 죽음에 이르게 되었다.46) 뿐만 아니라 문헌설화의 <추노삽화>와
<산중처자 구하기>에 나타난 무자비성에서 마찬가지로 포용성 없음을
보여주고 있다. 이와 같이 김덕령 전승에서 기대되는 훌륭하고 탁월한
영웅상은 포용성이 있어야 함을 보여주고 있다.

넷째, 결단력과 진취적 기상을 가져야 한다. 구비설화와 <임진록>에
나타난 신이한 도술을 부려 <왜군 물리치기>에서는 결단성과 진취적
기상의 부족으로 죽음에 이르게 된다. 이 삽화에서 김덕령은 부모상을
당하여 효와 충의 갈등을 겪었다. 이때 김덕령의 행동은 결단성을 가지
지 못하였다. 그렇다고 부모의 말씀도 제대로 듣지 않았을 뿐만 아니라,
국가를 위한 행동도 제대로 하지 못하는 결과를 초래하고 말았다. 그래
서 김덕령이 뒤에 죽게 되었다. 반면에 김덕령은 이여송의 천거를 받고
이여송의 진영에 바로 들어가서 <왜장 조섭 죽이기>, <왜군 물리치
기>, <왜장 죽이기> 등 큰 업적을 남기고 있다. 이런 결과는 김덕령이
부모상 중이라고 할지라도 충효의 갈등을 드러내지 않고 진취적 결단성
으로 행동하였기 때문에 이룬 성과이다. 이런 점에서 미래의 영웅은 결
단성과 진취성을 가지고 있어야 한다.

다섯째, 민족의식을 가지고 민중적인 지지기반을 획득되어야 한다. 영
웅은 국가적 위기를 처하여 이를 극복하려고 노력하게 된다. 김덕령 전
승은 국가적 위기를 극복하는데 외세에 의존하면 실패하도록 결구되어
있다. 김덕령은 이여송의 천거로 탁월한 능력을 발휘하여 민족적 영웅
으로 부각되고 있다. 즉 그의 행동은 비록 이여송의 도움을 받고 있지
만, 국가적·민족적 의식을 기반으로 출발하였기 때문이다. 그런데 민족

---

46) 윤근수의 청은 포용성과 관련이 없을 수 있다. 즉 군기 문란의 막기 위한 원칙에 따라
　처벌하는 것이 마땅하지만, 그들에게 대한 아량이 있다면 <임진왜란>에서와 같은 심
　각한 갈등 양상으로 나타나지 않았을 것이다.

적 의식을 기반으로 하지 않을 때 패배하게 됨을 <이여송의 단맥삽화>에서 보여주고 있다. 이 삽화에서는 덕령이 영웅성을 발휘할 수 있는 기반이 민중적 지지에 있음을 보여주고 있다. 민중적 지지기반을 잃은 김덕령은 왜소한 소년에게조차 패배하도록 결구하고 있다. 이는 김덕령이 이여송의 천거로 천하제일의 조섭을 죽일 때 기생 황월이라 민중적 지지기반을 얻어 성공할 때와 차이를 보이고 있다. 또 일부 <임진록>에서 김덕령이 재침입한 왜구에게 비극적 최후를 마친 것도 민중적 지지기반을 형성하지 못하였기 때문이다.47) 이런 점에서 미래에 기대되는 영웅상은 민족의식을 가지고 민중적 지지기반을 가질 때 성공하게 된다.

---

47) 김덕령이 지지기반은 이여송의 천거일 뿐이기 때문에 민족의식이 있기는 하지만, 지배층의 시기와 질투를 당하고 민중적 기반도 없기 때문에 죽게 된 것으로 보인다.

제 5 장

김덕령 서사문학의 성격과 특성

　문학 작품은 수용하는 계층의 의식세계를 반영한다. 이때 작품 속에는 주인공이 현실세계와 대응을 통해 수용하는 계층의 의식적이고 주관적 체험이 용해되어 있다. 대상에 대한 이해와 평가는 개인마다 완전하게 합치되지 않을지라도 공통점을 지니게 된다. 그리고 역사적으로 특정한 시대에만 통하는 사회적·이념적 삶의 모습들이 공존하게 된다. 이런 측면에서 본고는 임진왜란이란 국가적 수난기에 살았던 김덕령이란 인물 전승을 통하여 서사문학의 전승양상과 의미 및 교육적 의의 등을 살펴보았다.

　김덕령에 관한 기록은 이몽학의 난과 관련된 반역 죄인으로 체포되어 6차의 고문으로 옥사하였기 때문에 두 가지의 양상으로 나타난다. 하나는 지배계층에 의해서 기술된 역사기록이나 문집의 문헌기록, 문헌설화에서 엿볼 수 있는 지배자적 입장의 평가이다. 다른 하나는 역사적 사실의 이면에 숨어있는 민중의 의식에 의해 걸러진 진실을 표출하려 하는 구비전승에서 엿볼 수 있는 민중적 입장의 평가이다. 전자는 김덕령의 죄를 합리화 시키는 지배층의 문헌기록화 된 역사적 사실이고, 후자는 민중들이 김덕령을 통해 현실적인 한계 상황을 극복하려는 구비전승 된 역사로 허구적 진실이다. 이와 같이 이율배반적 기술태도에서 김덕령에 대한 올바른 평가는 역사적 사실과 허구적 진실을 대비 고찰할 때 정당하게 이루어질 수 있다.

이런 점을 고려하면서 다음과 같이 장절을 나누어 검토하였다.

2장에서는 김덕령의 설화 전승을 중심으로 검토하여 영웅화의 양상과 서사구조의 형성과정을 살펴보았다. 여기서는 우선 김덕령의 생애를 검토하고, 이를 바탕으로 2절에서는 문헌설화의 양상을, 3절은 구비설화의 전승 양상을 살펴보았다.

김덕령의 생애는 그에 관한 역사적 기록을 중심으로 살펴보았다. 즉 김덕령 전승의 영웅화 양상을 파악할 때, 사실적 측면을 변모시키고 있는지 확인하기 위해서이다. 그의 생애를 확인하는 작업은 실록이나 그의 연보, 그리고 사실을 기초로 하는 역사적 기록물을 토대로 하였다. 그런데 역사적 기록물이라도 김덕령의 생애를 허구화 하였을 가능성을 전혀 배제할 수는 없다. 그렇기 때문에 현실적으로 가능한 사실을 바탕으로 그의 생애를 순차적으로 검토하였다. 이때 김덕령의 생애는 설화적 변이의 가능성을 살펴보는 데 중심을 두었다.

2절과 3절에서는 김덕령에 관한 문헌설화와 구비설화의 각 자료를 그의 생애에 맞추어 재배열한 뒤 그 의미와 특성을 살펴보았다. 2절에서는 문헌설화를 중심으로 김덕령 영웅화의 시도 과정을 살펴보았고, 3절에서는 구비설화를 통해서 김덕령에 관한 영웅화의 민중적 변모양상을 고찰하였다. 문헌·구비 설화를 검토하는 과정에서는 각기의 삽화를 탄생담, 성장담, 활동담, 최후담 등 4단계로 나누어 시대 순으로 재구하고, 삽화를 단락으로 나누어 그 삽화가 지닌 의미를 화소 분석의 방법으로 살펴보았다.

탄생담은 문헌설화의 태몽 탄생담과 구비설화의 풍수 탄생담으로 이루어져 있다. 이런 탄생담은 신이성을 잠재·내재시켜 부모나 타인들이 인식하지 못하게 하였다. 따라서 김덕령의 신이성을 발견하지 못하게 할 뿐만 아니라, 오히려 표출된 신이성을 감소시키도록 구성되어 있다.

성장담을 보면, 문헌설화에서는 유자의 성격을 보여 용력을 드러내지 않았다고 한다. 그런데 10세 이전에 용력을 보여 증조부인 사촌공의 엄명에도 불구하고 14세에 용력을 다시 보였으며, 20세에 성 우계를 새로운 스승으로 맞이하여 유업에 충실하였다. 이는 김덕령이 평민이 아니기 때문에 가능한 결구이다. 김덕령이 증조부의 엄명을 듣지 않아 이름이 알려져 활동담에서 복상 중에 종군하도록 결구되어 있다. 이를 구비설화에서는 구체적으로 나타내고 있다. <장군수 훔쳐 먹기> 삽화에서는 김덕령이 장군수를 훔쳐 먹는 신이하고 탁월한 능력을 유감없이 발휘하지만, 그의 신이한 능력이 선생에게 발각되어 버림을 당하는 기아 모티프 현상을 보여준다. 김덕령은 신이한 능력을 보여주지 말라는 잠재적 금기의 파괴로 지혜적 성장이 멈추고 무사적 측면만이 성장하게 된다. 이를 구체적으로 보여주는 것이 힘내기형 삽화이다.

활동담은 시대 환경과 지혜적 측면의 결핍요소를 제기하면서도 영웅성을 유감없이 발휘하고 있다. 김덕령은 세계와의 대결에서 충분한 능력을 발휘하고 있지만 활동의 한계가 설정되어 있다. 구비설화에서 <왜장 조섭 죽이기>나 <왜장 평수길 파하기> 등에 나타나는 무사적 측면은 탁월한 능력을 과시하여 긍정적 평가를 받고 있다. 그 이면의 무자비성, 조급성, 융통성 없음, 사리판단의 부족 등 지혜적 측면은 부정적 평가를 받는다. 이는 성장기에 금기요소의 파괴로 선생에게 버림을 당한 뒤에 무사적 기질을 성장시켰는데 비하여, 내면적 자기 수련의 지혜를 습득할 기회가 제거되어 일어난 현상이다. 이러한 현상은 김덕령이 비극적으로 죽었다는 역사적 사실을 합리적으로 설명하기 위한 설화적 장치이다.

최후담에서 민중들은 김덕령이 운명적 한계를 인식하고 스스로 죽음을 택하게 한다. 이때 죽을 명분은 효·충의 갈등에서 효를 파괴하고 충을 선택한 것에서 찾았다. 즉 구비설화에서는 민중들이 '만고효자 김덕령'이 아닌 '만고충신 김덕령'이라 하여 김덕령이 효가 아닌 충 때문에 죽었다고 보았다. 김덕령은 충의 윤리만을 강조한다면 죽음을 택하지 않았을 것이지만, 효의 도리를 다하지 못한 죄책감 때문에 스스로 죽음을 택하였다. 문헌설화에는 담당계층이 지닌 세계인식의 한계 때문에 구비설화의 '만고충신'까지 변이 발전시키지 못하고, 구비설화에 나타난 지향의식의 중간적 단계에서 멈추고 말았다. 민중들은 김덕령의 영웅성을 흠집 내지 않는 방법으로 최후의 비극적 원인을 성장기의 금기파괴에서 찾아냈다. 또한 민중들은 원사한 김덕령의 비극적 최후를 자신들의 삶으로 환치시켜 민중적 영웅으로 신이화·형상화 하고, 그의 최후담에 '만고충신 김덕령'이란 문제를 제기하여 끈질긴 삶을 나타내고 있다.

3장에서는 김덕령 전승이 서사문학에 수용된 양상을 살펴보았다. 2장에서 검토한 비극적 영웅설화인 김덕령 전승이 서사문학 장르의 변천에 따라 어떻게 수용되었는지 그 양상과 의미를 살펴보았다. 여기에서는 김덕령 이야기가 작품의 부분이나 전체를 이루고 있는 <임진록>, 한문전 작품, 국문 전기소설 <김덕령전>, 그리고 현대소설 <임진왜란>에 나타난 양상을 살펴보았다.

1절의 <임진록>에서는 기존 연구의 결과를 통하여 김덕령의 전승을 수용하는 임진록의 이본을 개괄적으로 검토하였다. <임진록>에 나타난 김덕령 전승의 유형을 크게 사실을 바탕으로 한 영웅적 형상화, 충효의 갈등을 통한 민중적 영웅화, 무한한 능력과 한계를 드러내는 민족적 영웅화로 나누어 검토하였다.

사실을 바탕으로 영웅적 형상화에서는 문헌설화와 같이 <임진록>의 한 삽화로서 등장하고 있다. 여기서는 김덕령이 의병을 일으키고 용맹이 뛰어나다는 것이 일치할 뿐, 작은 공도 세우지 못하였다는 역사적 사실과 전혀 다른 기술이다. 김덕령의 영웅성은 역사적 사실인 의병과 용력에 기인하지만, 허구화를 통해 형상화되어 있다.

충효의 갈등을 통한 민중적 영웅화에서는 구비전승의 자료를 선택하여 구성하고 있다. 이 유형은 김덕령이 상신의 몸으로 어머니 몰래 출전하여 신이한 도술로 청정을 물리치고 집에 와 있다가 조정에 잡혀 억울하게 죽음을 당하는 이야기이다. 김덕령은 확고한 의지를 갖지 못하여 효와 충의 갈등을 겪어야 하였다. 충효의 갈등 결과로 원사하였다는 서술에서 위정자들은 체면을 유지하려다가 오히려 풍자의 대상으로 전락되고, 김덕령은 대결에서 죽음을 당하지만 영원한 민중적 영웅의 모습으로 존재하게 된다.

무한한 능력과 한계를 드러내는 민족적 영웅화에는 김응서 이야기가 김덕령의 이야기로 전이된 관운장계열의 작품에 나타난다. 이 유형은 〈임진록〉의 주인공이 된 김덕령이 탁월한 능력을 충분히 발휘하는데, 사실과 관련이 없는 허구화를 통해 영웅으로 형상화 된다. 이때 김덕령은 왜장이나 자신을 천거한 이여송보다 뛰어난 능력의 소유자로 등장하여, 이여송에게 조선에서 구원장의 역할을 하게 한다. 이로써 김덕령은 민중적 차원을 넘어 민족적 차원의 영웅이 된다.

2절의 한문 전 작품에서는 전의 일반적 특성과 허구화에서 작가의식의 개입의 가능성을 타진하고, 그를 통하여 김덕령을 입전한 이민서의 김덕령〈전〉과 홍량호의 〈김덕령〉전의 양상을 비교하였다. 두 전의 관계를 보면, 이민서의 전은 왕명에 의해서 지어졌고, 18세기 홍량호의 전은 해동의 명장들은 드러내기 위해 스스로 지었다. 그 결과 이민서의 전은 사실에 충실하고 위정자를 비판하는 대목을 더욱 간략하게 서술하면서, 김덕령의 영웅성이 부각할 수 있는 부분만 강조하고 있다. 이에 비하여 홍량호의 전에는 집권위정자들을 비판하고 풍자하는 부분이라 할지라도 문헌설화를 많이 수용하여 작자 나름대로 김덕령의 영웅성을 부각시키는 쪽으로 구성되어 있다. 따라서 홍량호의 전이 이민서의 전보다 길게 서술되고 있고, 전체적으로 볼 때 보다 합리적으로 구성되어 있었다.

3절의 <김덕령전>은 1926년에 장도빈이 쓴 국문 전기소설로 일제 강점기라는 시대적 배경을 통해 민족적 자존심과 우월의식을 고양하고자 하는 창작의도를 알 수 있다. 이 작품은 임진왜란에 왜에게 두려움의 대상이었던 김덕령을 민족적 영웅으로 형상화하여 민족적 주체성과 국난 극복의 의지를 고취시켜 반일감정을 부각시키고 있다. 이 작품은 문학성보다 논문 형식의 건조한 문체를 사용하고 성장기의 삽화를 차용한 <김덕령의 출세>, 활동기의 삽화를 차용한 <김덕령의 기병>과 <김덕령의 출전>, 그리고 죽음에 관한 <김덕령의 횡사> 등 4단계의 장으로 나누어 장회체 소설처럼 구성하여 재래의 전기 구성 방식에서 벗어나 있다.

서사구조의 특징은 첫째, 작가가 김덕령의 영웅성을 부각시켜 민족적 정기의 함양과 주체성 회복을 확연하게 드러내기 위해서 작품의 서술단계에 반복법을 사용하였다. 둘째, 김덕령의 일생을 순차적 단계로 서술하고 있지만, 횡사부분을 앞부분과 인과적 논리로 설명하지 못하는 불완전한 순환구조의 성격을 지니고 있다. 셋째, 김덕령의 억울한 죽음을 해원시켜 주는 작품의 종결부분에서 평면적 폐쇄구조를 취하고 있다. 그 결과로 새로운 영웅출현의 기대심리를 불가능하게 하여 민중들에게 새로운 삶의 지향적 기대의식을 제공하지 못하였다.

4절의 현대소설에서는 역사소설의 특성을 검토하면서 박종화의 <임진왜란>의 서술구성을 살펴보았다. <임진왜란>에 나타난 김덕령 전승은 크게 <기병과정>, <능력시험>, <거제도 탈환작전>, <제1차 체포사건>, <제2차 체포사건> 등 5단계로 나누어져 있다. <기병과정>은 김덕령이 기병할 수밖에 없는 시대적 상황을 보여주고, <능력시험>은 기병하여 전주에 분조하여 있던 세자에게 능력을 보여준다. 그리고 <거제도 탈환작전>은 거제도에 있는 왜적을 물리치기 위하여 권율·이순신·김덕령·곽재우가 모여서 회합과 실행을 하는 과정을 그려져 있고, <제1차 체포사건>은 거제도 탈환작전 이후에 김덕령이 도체찰사로 내려온 윤근수의 청을 거절하고 그의 노비를 군율 어긴 아들 대신에 때려죽이고 체포된 사건이다. 마지막 <제2차 체포사건>은 윤근수의 미움을 받던 김덕령이 이몽학의 반란사건에 연루되어 서울로 압송·친국을 당하다가 옥사하였다는 것이다. 이들 단계의 수용 양상은 문헌설화나 역사기록물을 소재로 선택하여 작가 나름대로 허구적 상상력을 동원하여 구성하고 있다. 그렇기 때문에 표면적으로는 문헌설화와 같은 내용으로 되어 있으나, 서술과 의미는 구비설화의 성격을 띠고 있다고 하겠다.

4장은 김덕령 서사문학의 교육적 의의로, 3절로 나누어 살펴보았다. 1절은 2장에서 검토한 내용을 바탕으로 김덕령 전승의 영웅화를 시도한 서사구조의 모형과 특징을 살펴보았고, 2절은 3장에서 검토한 내용을 바탕으로 서사문학 장르 간의 관계를 검토하였다. 그리고 3절은 이런 김덕령 서사문학에 나타난 서사적 의미로, 현실극복의 신이한 능력을 가진 영웅에 대한 기대의식을 살펴보았다.

1절에서는 비극적 영웅담의 서사구조에 드러난 특성과 모형을 살펴보았다. 영웅의 속성은 무사적 측면과 지혜적 측면으로 나눌 수 있다. 성공한 영웅담이나 좌절한 영웅담은 두 측면을 뚜렷하게 나누어 설명하기 어려워 통합된 형태로 서술되거나 구술된다. 반면에 비극적 영웅담에서는 이 두 가지 측면에서 뚜렷하게 분리되는데, 그 특색은 다음과 같다.

첫째, 비극적 영웅의 가계는 한미한 양반출신이거나 민중적 성격을 가진 가계출신이다.

둘째, 탄생담에서는 신이한 탄생이 일시적이고 잠재적 상징화로 표현

된다.

셋째, 성장담에서는 기아모티프적 요소가 나타나는데, 주인공의 신이성을 발견한 자가 타인, 특히 선생이다.

넷째, 활동담에서도 성장이 지속된 무사적 측면의 강화로 뛰어난 활동성을 보여주지만 지혜적 측면의 한계를 가지고 있다.

다섯째, 최후담에서 무사적 측면과 지혜적 측면의 부조화로 부정적 결말을 맺는다.

김덕령은 탁월한 능력에도 불구하고 비극적 죽음을 당하고 있다. 이런 김덕령의 영웅적 성격을 파악하기 위해서 서사구조의 특성을 검토하였다. 이때 김덕령 전승을 재구하여 나타난 비극적 영웅담 구조의 특징은 순환구조, 반복구조, 종결의 열림(개방)구조의 특징을 지니고 있다.

순환구조를 보면, 김덕령 전승은 탄생담－성장담－활동담－최후담이 서로 인과성과 논리성을 가진 순차적 진행인 동시에 최후담에서 새로운 영웅출현의 기대와 관련되어 탄생담과 연결된다. 순환구조는 민중들의 삶의 양상과 일치하는 표출방식이다. 민중들은 현실적 고통을 극복해줄 탁월한 능력을 지닌 영웅의 탄생을 기대한다. 민중들은 비극적으로 죽음을 당한 영웅의 전승을 구연할 때에 비극적으로 끝나도록 좌절시키지 않고, 순환적 구조를 지니게 하여 새로운 영웅의 출현을 기대하는 의식을 드러내고 있다.

반복구조를 보면, 김덕령의 전승에는 탁월한 능력과 한계가 반복적으로 제시되고 있다. 반복구조를 설정한 이유는 두 가지 측면에서 검토하였다. 하나는 전승되는 삽화가 일생을 나타내는 부분삽화로, 각 삽화 나름대로의 행과 불행의 능력과 한계를 설정하여 흥미를 유발하고 있다. 다른 하나는 민중들에게 삶을 1회로 설명하기에 너무 복잡하고, 일생 동안 행복을 기다리려면 지루하고 지쳐 새로운 희망을 줄 수가 없기 때문이다. 따라서 반복구조의 특징은 각 단계마다 불행에서 시작하여 불행으로 끝나지만, 뒤의 불행은 다음 단계의 시작이 된다. 김덕령의 전승은 행(능력)과 불행(한계)의 반복구조를 통해 전체적으로 순차적 순환구조를 지니고 있다. 그런데 이 불행·행의 반복구조는 최후담의 대단원에서 불행으로 끝나지 않고 불완전하지만 행으로 끝남으로 영원한 영웅의 기대심리를 나타내게 된다.

열림(개방)구조는 비극적 영웅 서사담에서 끝부분을 폐쇄하지 않고 개방하여 민중들에게 영웅출현의 기대를 심어 주어 현재의 삶에 희망과 용기를 준다. 김덕령의 문헌과 구비 전승에는 비극적 죽음으로 결구되어 있지만, 종결 부분을 개방시켜 그 죽음이 단순한 종말이 아니라 새로운 삶의 방향성을 제시하여 주고 있다. 즉 세계와의 투쟁에서 내적 자아의 승리를 확인하기 위해 결말을 열림구조로 해서 만고충신의 칭호를 얻게 한다. 종결의 열림구조는 자아의 존재를 부정하는 세계에 도전하는 저항의지를 보여줌과 동시에 민중들에게 그 인물로 상징되는 새로운 영웅의 출현을 기대할 수 있게 한다.

2절의 서사양식론적 관계에서는 서사 장르에 나타난 김덕령 전승들의 양상에 대한 결론적인 항목이다. 여기서는 '형식은 내용을 결정한다'는 점에서 김덕령 전승의 장르체계와 서사내용의 상관성을 수용삽화의 소재와 사용문자에 대해 검토하였다. <임진록>의 경우는 서사내용이 대체로 구비전설의 자료를 취사선택하고 사용문자도 한글로 쓰어 있다. 전과 전기소설에서는 문헌설화의 자료를 제재로 사용하고 있지만, 전은 한문을 사용하고 전기소설은 한글을 사용한다. 그래서 전은 전통적 한문학 장르로 존재하며 문헌설화를 사실적 수법으로 수용하는데 반하여, 전기소설은 보다 작가의 의도를 드러내기 위하여 상상력을 동원하고 있다. 그리고 현대소설은 문헌설화를 소재로 선택하였지만 작가의 허구적 상상력을 동원하여 구비문학적 성격을 보여주고 있다. 이들 장르간의 관계를 볼 때 양쪽 극단에 문헌과 구비 설화가 있고, 장르적 특성에 따라 이들의 소재와 사용문자에 차이를 보이고 있다. 이를 구비전승－임진록－현대소설－전기소설－전－문헌전승으로 장르적 친소관계를 나타낼 수 있다.

3절의 김덕령 서사문학에 수용된 영웅기대의식은 대외적 차원, 사회적 차원, 개인적 차원에서 살펴보았다. 비극적 영웅인 김덕령 전승을 구연하거나 독서를 하는 것은 그 작품 속에 구현된 이미지나 흥미 요소가 있기 때문이다. 이런 점에서 김덕령 전승의 구현된 이미지가 무엇이 있는지를 살펴보았다.

첫째, 대외적 의식에서는 김덕령 전승을 통해 일본과 중국에 대한 적개심과 우월의식이나 자존심을 나타내는 민족적 의식을 엿볼 수 있었다. 침략자인 왜적에 대해서는 적개심과 우월의식을 드러내는 동시에 중국에 대해서는 민족적 자주의식과 자존심을 드러내고 있다. 심지어 국내 위정자들에 의해서 죽은 김덕령의 죽음조차도 중국 이여송의 욕심 때문에 죽였다거나 왜적에게 죽은 것으로 표출하고 있다. 즉 김덕령의 전승은 국내적 갈등을 외세와 대립양상으로 처리하여 민족적 차원으로 승화시키고 있다

둘째, 사회적 의식에서는 임진왜란이 일어난 당시의 위정자들의 행위와 영웅출현의 기대심리에 대한 민중적 의식을 찾아볼 수 있다. 민중들은 임진왜란 기간에 훌륭하고 능력 있는 인물의 등용이 필요한 데도 활용하지 못한 조선의 지배층을 풍자하고 있다. 그리고 민중들은 김덕령을 자신의 이상세계를 구축한 민중적 영웅성을 가진 자로 부각시키고 있다. 비극적 영웅은 세계의 부당한 횡포에 대한 투쟁 정신에서 비롯된다. 김덕령 전승에서는 비극적 영웅의 출현 이유로 사회 구조의 모순과 김덕령에게 내재된 개인적 성격 등 두 가지 요소가 있다. 특히 사회적 여건 때문에 비극적 영웅이 출현(특히 죽음문제)하게 되는 과정을 보여주며 민중적 입장에서의 시대의식을 나타내고 있다.

셋째는 김덕령 개인에 대한 평가를 통해 영웅화의 양상과 새로운 국난극복을 위해 기대되는 영웅상을 살펴보았다. 김덕령의 전승은 그의 탁월성을 부각시키는데 목적이 있으나 한계성을 보인다. 이런 김덕령에 대한 평가는 탁월한 능력을 지녔지만 조급성과 융통성이 없는 무자비한 인간으로 상징되어 영웅성의 한계를 보여주고 있다. 한편 이런 김덕령의 전승의 구연 목적은 김덕령의 탁월성을 드러내고, 위정자들의 무능과 모순을 풍자하고 비판하며, 중국과 일본에 대한 민족적 자존심과 우월의식을 보이고 있는 것도 현실적으로 국가의 불행을 극복하고자 하는데 있다. 국난극복을 위해 기대되는 영웅상으로는 1. 신이하고 탁월한 능력, 2. 성실하고 정직함, 3. 포용성, 4. 결단력과 진취적, 5. 민중적 지지기반의 민족의식을 가지고 있어야 한다.

이상에서 김덕령 서사문학에 대해 전반적으로 검토하였다. 그 결과 김덕령 서사문학에 대한 나름대로의 해명을 하였다는 의의가 있다. 뿐만 아니라 한 인물에 대한 다양한 서사문학적 장르를 형성하고 있는 이유에 대해서 해명할 수 있었다. 그럼에도 불구하고 영웅출현 기대심리에 대한 김덕령 서사문학에 대한 심리적 분석이나 자료의 지역적 특성에 따른 의미 양상의 변화에 대해서 앞으로의 연구를 기대하여야 할 것이다.

■ 참고문헌

1. 자 료

『김충장공유사』,『선조실록』,『선조수정실록』,『연려실기술』,『국조인물지』,『대동기문』,『정조실록』,『대동야승』,『宣祖中興志』 권2.

기타 문헌 자료집 : 갑진만록, 자해필담, 난중잡록, 상촌잡록, 국조보감, 열조통기, 쇄미록, 국조인물지, 계서잡록, 기문총화, 동야휘집, 동패낙송, 쇄어, 역대유편, 재조번방지, 청야담수, 청야만집, 파수록, 풍암집화, 학산촌담, 해동명장전, 현종실록, 혼정편록, 명신록, 기문총화, 동야집사, 선조조고사본말, 계산담수.

한국정신문화연구원 편,『한국구비문학대계』(82권).

각 군지와 향토지(전통가꾸기).

<임진록> (국도본, 고려대도서관한문본, 조동일본, 한국정신문화연구원 84장 한글본, 한국정신문화원B본, 사재동본, 권영철본, 조동일본, 이명선본).

김성한, <임진왜란>, 권태익 <임진왜란> (광문사, 1949).

박종화, <임진왜란> (을유문화사, 1958(단기 4291)).

신채호『신채호전집』(형설출판사).

심재완 편저,『교주 역대시조전서』(세종문화사, 1972).

안방준,『은봉전서』권8 <삼원기사>.

양주익,『무극집』<우감은곡 5-1>, 임기중 편저,『필사본 역대가사문학전집』권10.

이규경, <도교선서도경변증설>『국역분류 오주연문장전산고』권18집 (민족문화추진회, 1986).

이민서, <전>『김충장공유사』.

장도빈, <김덕령전>『구활자본 고소설전접』권19 (동서문화원, 1984).

______,『大韓偉人傳』(아세아문화사, 1981).

______,『朝鮮名婦傳』(고려관, 1925).

정명기,『한국야담자료집성』(계명문화사, 1987).

고려대 사범대 국어교육과,『한국어문교육』창간호 (동 학회, 1986).

청학산인,『청학집』(아세아문화사, 1987).
최제우, <안심가>『용담유사』, 윤석산,『용담유사연구』(민족문화사, 1987).
홍량호, 이종학역,『한국명장전』박영문고 30 (박영사, 1974).

2. 저 서

국사편찬위원회,『한국사』12 (탐구당, 1978).
강현모,『장수설화의 구조와 의미』(역락, 2004).
______,『한국설화의 전승양상과 소설적 변용』(역락, 2004).
김균태,『이옥의 문학이론과 작품세계의 연구』(창학사, 1986).
김기동,『이조시대소설론』(선명문화사, 1975).
김동욱,『국문학개론』(민중서관, 1962).
김용덕,『한국전기문학론』(민족문화사, 1987).
김장동,『조선조 역사소설연구』(이우출판사, 1986).
김태준,『조선소설사』(학예사, 1939).
김학성,『국문학의 탐구』(성대출판부, 1987).
서대적,『군담소설의 구조와 배경』(이대출판부, 1985).
소재영,『임병양란과 문학의식』(한국연구원, 1980).
______,『고소설통론』(이우출판사, 1983).
송백헌,『한국근대역사소설연구』(삼지원, 1985).
신기형,『한국소설발달사』(창문사, 1960).
신동일,『우리 이야기 문학의 아름다움』(한국연구원, 1981).
이가원,『이조한문소설선』(민중서관, 1960).
이동근,『조선후기「전」문학연구』(태학사, 1991).
이명선,『임진록』(국제문화관, 1948).
이윤석,『임경업전 연구』(정음사, 1985).
이재선,『한국단편소설연구』(일조각, 1975).
______,『한국현대소설사』(홍성사, 1982).
이형석,『임진전란사(上·中·下)』(임진전란사간행위원회, 1974).
임성래,『영웅소설의 유형연구』(태학사, 1990).
임철호,『임진록 연구』(정음사, 1986).
______,『설화와 민중의 역사의식』(집문당, 1989).

장덕순, 『한국설화문화연구』 (서울대출판부, 1970).

______, 『한국문학사』 (동화문화사, 1980).

정주동, 『고대소설론』 (형설출판사, 1970).

조동일, 『동학성립과 이야기』 (홍성사, 1981).

______, 『인물전설의 의미와 기능』 (영남대 민족문화연구소, 1979).

______, 『민중영웅 이야기』 (문예출판사, 1992).

______, 『한국설화 민중의식』 (정음사, 1985).

______, 『한국소설의 이론』 (지식산업사, 1977).

조연현, 『현대문학사』 (성문각, 1969).

최래옥, 『한국구비전설의 연구』 (일조각, 1981).

최영희, 『임진왜란 중의 사회동태』 (『한국연구총서』 28, 한국연구원, 1975).

한석수, 『최치원 전승의 연구』 (계명출판사, 1989).

홍성암, 『한국역사소설』 (민족문화사, 1989).

홍일식, 『개화기의 문학사상연구』 (열화당, 1982).

徐師僧, 『文體明辨序說』 <傳條> (台北, 長安出版社).

유협 저, 崔信浩역, 『文心雕龍』 (현암사, 1975).

韋旭昇, 『抗倭演義(壬辰錄)研究』 (아세아문화사, 1990).

章學誠, 『文史通義』 「內篇」 5 <傳記條> (台北, 華世出版社).

崔鉉 譯, H.마르쿠제 著, 『美的 次元(外)』 (범우사, 1982).

문상득 역, Clifford Leech 저, Tragedy, (『문학비평총서』 9, 서울대출판부, 1978).

윤정선 역, 뤽브느와 저, 『징표, 상징, 신화』 (탐구당, 1984).

이가림 역, G. Bachelaedwj『물과 꿈』 (문예출판사, 1980).

이경식 역, C.I 클릭크스버그 저, 『20세기 문학에 나타난 비극적 인간상』 (종로서적, 1983).

장선영 역, 우나모노 저, 『생의 비극적 의미』 (삼성출판사, 1978).

정진홍 역, M. 엘리아데, 『우주와 역사』 (현대사상, 1976).

황문수 역, 칼 야스퍼스 저, 『비극론 · 인간론』 (범우사, 1982).

Alastair Fowler, Kinds of Literature, Harvard University Press, 1982. Ralph Cohen (ed,), New
    Directions in Literary Historey, London : Routledge & Kegan Paul, 1974.

Paul Hernadi, Beyond Genre, Cornell University Press, 1972.

3. 논 문

강봉근, "여성 영웅소설의 출현동인"『국어문학』 26 (전북대 국어국문학회, 1986).

강창민, "고소설에 나타난 꿈의 구조와 기능에 대한 연구" (연세대 석사학위논문, 1982. 12).

강현모, "비극적 장수설화 연구" (한양대 박사학위논문, 1994. 6).

______, "이몽학 오뉘힘내기 전설고"『한양어문연구』 6집, (한양어문연구회, 1988).

______, "이몽학설화의 연구"『한국학논집』 13집 (한양대 한국학연구소, 1988. 2).

______, "김덕령의 영웅성의 형성과 그 한계"『설태 박요순선생 정년퇴임기념논총』 (동 간행위원회, 1992).

______, "김덕령의 왜구물리치기 설화 연구"『한양어문교육논집』 4·5합집 (한양어문 교육학회, 1991).

______, "관운장 계열 <임진록>에 나타난 김덕령 전승의 성격과 의미"『인문사회논 총』 9집 (용인대 인문사회과학연구소, 2003. 3).

______, "김덕령 문헌설화에 나타난 영웅화의 모색과 시도"『비교민속학』 14집 (비교 민속학회, 1997).

______, "김덕령 전승의 현대적 수용 양상"『비교민속학』 19집 (비교민속학회, 2000. 12).

______, "전기소설 <김덕령전>의 서사구조와 의미"『한남어문학』 19집 (한남대 국어 국문학회, 1993. 12).

고경식, "고려시대의 전 연구" (단국대 박사학위논문, 1981).

권영민, "신채호의 소설개혁론과 그 한계"『한국 현대소설사연구』 (민음사, 1984).

권오성, "삼국사기 열전의 문학적 연구" (영남대 석사학위논문, 1981).

김관웅, "고소설에서 보여지는 비극적요소에 대하여"『고소설사의 제문제』 (집문당, 1993).

김균태, "'전'의 장르적 고찰―고려이전의 자료를 중심으로"『우전신호열선생 고희기 념논총』 (창작과 비평사, 1983).

김기동, "국문학에 나타난 대외정신"『국어국문학』 41 (국어국문학회, 1968. 9).

김명순, "한국고소설의 비극성과 결말구조"『논문집』 21집(인문과학) (한남대 동서문 화연구소, 1991).

김명호, "신선전에 대하여"『한국 판소리·고전문학연구』 (아시아문화사, 1983).

김순휴, "임진록고"『동악어문논집』 4집 (동국대 동악어문학회, 1966. 7).

김열규, "한국문학과 그 '비극적인 것'"『한국민속과 문학연구』 (일조각, 1971).

김영수, "신소설의 변신과 미망"『월간문학』1986년 4월호.

김용범, "영웅소설에 나타난 도교사상 연구" (한양대 박사학위논문, 1989).

김윤식, "역사소설의 방법론적 전개"『현대문학』100호 (1963년 4월).

김장동, "임진록 설화고"『한국학논집』4집 (한양대 한국학연구소, 1983).

김치홍, "임진록 연구"『명지어문학』14집 (명지대 국어국문학과, 1982).

김혜숙, "전 서사(기사) 야담의 대비적 고찰"『한국 판소리·고전문학연구』『새터 강 한영교수 고희기념논총』(아세아문화사, 1983).

김희영, "군담소설의 작가의식 연구-임진록 임경업전 박씨부인전을 중심으로" (동아대 석사학위논문, 1981).

민 찬, "여성 영웅소설의 출현과 변모양상" (서울대 석사학위논문, 1986).

민긍기, "군담소설 출현동인의 재반성"『문예사상연구』1 (한국고전연구회, 1980. 12).

_____, "영웅소설의 의미체계의 연구" (연세대 박사학위논문, 1985).

박경자, "임진록에 나타난 인물연구" (고려대 교육대학원 석사학위논문, 1988).

서대석, "고전소설의 '행복한 결말'과 한국인의 의식"『관악어문연구』제3집 (서울대 국문과, 1978).

_____, "병자호란과 군담소설"『한국고전소설연구』(이우출판사, 1983).

서종문, "임진록과 한양오백년가의 관계와 의미"『한국고전소설연구』(새문사, 1983).

성호경, "가전체 문학의 성격고찰"『경남대 논문집』9집 (경남대, 1982).

소재영, "임병양난의 충격과 문학적 대응"『한국문학연구입문』(지식산업사, 1982).

_____, "임진록군의 형성과 민중의식의 변모"『국어국문학』61집 (국어국문학회, 1979).

_____, "임진록설화의 문학적 가치"『논문집(인문, 사회편)』9 (숭전대, 1979).

_____, "임진록연구"『숭전어문학』1 (숭전대 국문과, 1972.12).

_____, "임진록의 의식세계"『월암 박성의박사회갑기념논문집』(고려대 국어국문학 연구회, 1977).

신기형, "가전체문학논고"(상)『국어국문학』15집 (국어국문학회, 1956).

신동흔, "역사인물의 현실대응방식의 연구" (서울대 박사학위논문, 1993).

신태수, "임진록연구의 현황과 전망"『문학과 언어』11집 (문학과 언어연구회, 1990. 5).

_____, "임진록에 나타난 허구적 인물의 성격과 기능"『영남어문학』14집 (영남어문학회, 1987).

심정섭, "삼국사기 열전의 문학적 고찰"『문학과 지성』35호 (문학과 지성사, 1979).

유영대, "설화와 역사인식" (고려대 석사학위논문, 1981).

윤재근, "김덕령 전승연구(Ⅰ)"『어문논집』26집 (고려대 국어국문학 회, 1986).

______, "김덕령 전승연구(Ⅱ)"『경기어문학』7집 (경기대 국어국문학회, 1986).

______, "조선시대 저항적인물의 전승연구" (고려대 박사학위논문, 1988).

이경우, "문집소재「전」양식의 변모양상"『한국 판소리·古典文學硏究』(아시아문화
　　　사, 1983).

이동근 "임난전쟁문학연구" (서울대 석사학위논문, 1983).

이상신, "역사와 문학과의 관계"『문학과 역사』(민음사, 1982. 4).

이상택, "임병양난의 척외의식"『한국고전과 민족사상』(신구문화사, 1974).

이혜화, "죽음의식으로 본 한국고전소설 연구"『한성어문학』1 (한성대 국문과, 1982).

임재해, "존재론적 구조로 본 설화갈래론"『한국·일본의 설화연구』(인하대출판부,
　　　1987).

임철호, "임진록과 문헌설화의 역사의식"『한국고전소설연구』(이우출판사, 1983).

______, "임진록군 연구" (연세대 석사학위논문, 1977).

______, "김덕령설화 연구"『한국언어문학』22집 (한국언어문학회, 1983).

______, "이여송설화 연구"『국어국문학』90호 (국어국문학회, 1983).

정종화, "한국비극문학론"『세계문학』77년 봄호 (민음사, 1977).

조동일, "임진록에 나타난 김덕령"『상산 이재수박사 환력기념논문집』(1972). ＝"임
　　　진록"『완암김진세선생 회갑기념논문집』(『한국고전작품론』, 집문당, 1990).
　　　＝『민중영웅 이야기』(문예출판사, 1992).

______, "가전체의 장르 규정"『장암지헌영선생 화갑기념논총』(동간행위원회, 1971).

______, "조선 후기 소설사의 전개"『고전소설 연구의 방향』(새문사, 1985).

조태영, "「전」양식의 발전양상에 관한 연구" (서울대 석사학위논문, 1983).

주명희, "「전」의 양식적 특징과 소설로의 수용양상" (서울대 박사학위논문, 1985).

차하정, "역사와 문학"『인문연구논집』(서강대학교, 1981).

천혜숙, "전설의 신화적 성격에 관한 연구" (계명대 박사학위논문, 1987. 6).

최래옥, "수용관점에 따른 건국신화의 해석"『백산학보』27호 (백산학회, 1983. 5).

최삼룡, "<임진록>의 영웅상에 대한 고찰"『국어국문학』107집 (국어국문학회, 1992.
　　　6).

최신호, "전기·전기·소설"『성심어문논집』5집 (성심대학 국어국문학과, 1981).

최진원, "임진록"『한국고전문학전집』1권 (보성문화사, 1978).

Alastair Fowler, "The Life and Death of Literary Forms" New Directions in Literary
　　　Historey, Ralph Cohen ed, London : Routledge & Kegan Paul, 1974.

[자료 1]   <만고충신 김덕령 전설>
[자료 2]   <김덕령 오누이 힘내기>
[자료 3]   <김덕령의 효성>
[자료 4]   <김덕령을 낳은 묘자리>
[자료 5]   <김덕령의 최후>
[자료 6]   <김덕령의 왜구 퇴치와 최후>
[자료 7]   <김덕령의 최후와 시신>
[자료 8]   <김덕령의 처가집과 이웃집 머슴>
[자료 9]   대계 1-4 <진접면 설화 45>
[자료 10] 대계 1-7 <영도면 설화 64>
[자료 11] 대계 2-5 <서 면 설화 41>
[자료 12] 대계 2-5 <횡성읍 설화 18>
[자료 13] 대계 2-7 <둔내면 설화 24>
[자료 14] 대계 5-1 <송동면 설화 4>
[자료 15] 대계 5-1 <송동면 설화 38>
[자료 16] 대계 5-2 <운주면 설화 15>
[자료 17] 대계 5-2 <운주면 설화 16>
[자료 18] 대계 5-3 <부안읍 설화 35>
[자료 19] 대계 5-3 <부안읍 설화 38>
[자료 20] 대계 6-2 <엄다면 설화 11>
[자료 21] 대계 6-3 <동강면 설화 6>
[자료 22] 대계 6-8 <북하면 설화 24>
[자료 23] 대계 6-8 <황룡면 설화 9>
[자료 24] 대계 6-8 <진원면 설화 20>
[자료 25] 대계 6-9 <화순읍 설화 1>
[자료 26] 대계 6-9 <화순읍 설화 3>
[자료 27] 대계 6-9 <이서면 설화 28>
[자료 28] 대계 6-9 <이서면 설화 39>

[자료 29] 대계 6-9 <이서면 설화 40>
[자료 30] 대계 6-9 <이서면 설화 41>
[자료 31] 대계 6-9 <이서면 설화 42>
[자료 32] 대계 6-9 <이서면 설화 43>
[자료 33] 대계 6-9 <이서면 설화 44>
[자료 34] 대계 6-9 <이서면 설화 66>
[자료 35] 대계 6-9 <이서면 설화 67>
[자료 36] 대계 6-9 <이서면 설화 96>
[자료 37] 대계 6-9 <이서면 설화 100>
[자료 38] 대계 6-9 <이서면 설화 102>
[자료 39] 대계 6-9 <북 면 설화 16>
[자료 40] 대계 6-10 <능주읍 설화 40>
[자료 41] 대계 6-11 <남 면 설화 16>
[자료 42] 대계 6-11 <남 면 설화 17>
[자료 43] 대계 6-11 <동복면 설화 42>
[자료 44] 대계 6-11 <동복면 설화 48>
[자료 45] 대계 6-11 <동복면 설화 50>
[자료 46] 대계 7-2 <감포읍 설화 18>
[자료 47] 대계 7-4 <대가면 설화 10>
[자료 48] 대계 7-14 <화원면 설화 34>
[자료 49] 대계 8-5 p.231
[자료 50] 김덕령장군과 오누이 힘내기   한국어문
[자료 51] 만고충신김덕령   신동흔 1
[자료 52] 김덕령의 죽음   신동흔 2
[자료 53] 김덕령 오뉘힘내기   신동흔 3
[자료 54] 김덕령의 죽음   신동흔 4
[자료 55] 이순신과 김덕령   신동흔 5
[자료 56] 만고충신김덕령   신동흔 6
[자료 57] 인재 안쓴 조선왕조   신동흔 7
[자료 58] 김덕령의 고난   신동흔 8
[자료 59] 김덕령 전설   신동흔 9
[자료 60] 청군 벌한 김덕령   신동흔 10
[자료 61] 만고충신김덕령   신동흔 11

[자료 62]	악한 중을 징치한 김덕령	신동흔 12
[자료 63]	만고충신김덕령	신동흔 13
[자료 64]	김덕령 오뉘의 힘내기	최래옥
[자료 65]	오뉘힘내기 시합	윤재근 1
[자료 66]	오뉘힘내기 시합	윤재근 2
[자료 67]	노모의 부탁	윤재근 3
[자료 68]	형의 부모공양 권유로 귀가	윤재근 4
[자료 69]	화살보다 빠른 용마를 죽이다	윤재근 5
[자료 70]	김덕령과 칠성바위	윤재근 6
[자료 71]	말묏등 전설	윤재근 7
[자료 72]	취가정에 얽힌 이야기	윤재근 8
[자료 73]	새처럼 날아다닌 갓난이 충장공	윤재근 9
[자료 74]	호랑이를 잡어 중들을 혼내주다	윤재근 10
[자료 75]	처가집 원수 갚은 김덕령	윤재근 11
[자료 76]	욕심많은자 호미로 혼내주다	윤재근 12
[자료 77]	종손부인 꿈에 나타난 충장공	윤재근 13
[자료 78]	익호장군 일화	윤재근 14
[자료 79]	장성산적 소탕하다	윤재근 15
[자료 80]	천하의 명당자리	윤재근 16
[자료 81]	장군대좌 이야기	윤재근 17
[자료 82]	죽는 법을 가르쳐준 충장공	윤재근 18
[자료 83]	만고충신 김덕령과 정지장군	윤재근 19
[자료 84]	장수 김덕령	삼돌이와 호랑이
[자료 85]	김덕령의 태몽 이야기	군지126 *
[자료 86]	김덕령의 어머니	군지128
[자료 87]	김덕령의 의리	군지128
[자료 88]	환벽당의 참새잡기	군지129
[자료 89]	김덕령의 용기	군지131
[자료 90]	김덕령의 지혜	군지133
[자료 91]	호랑이 잡은 김덕령	군지134
[자료 92]	김덕령 오누이 경주	군지135

---

* 논문 작성 당시에 보았던 복사본 자료를 분실하여 구체적으로 어느 시·군인지 알 수 없다. 다만 광주 인근 시·군으로 추정된다.

[자료 93]　　김덕령 오누이의 씨름시합　　　　군지136

[자료 94]　　씨름판의 김덕령(1)　　　　　　　군지138

[자료 95]　　씨름판의 김덕령(2)　　　　　　　군지139

[자료 96]　　쌍바우와 김덕령 장군의 누이　　군지146

[자료 97]　　명당의 정기로 태어난 김덕령　　군지147

[자료 98]　　천하대장군　　　　　　　　　　　군지148

[자료 99]　　호랑이와 싸운 김덕령　　　　　　군지150

[자료 100]　문바위　　　　　　　　　　　　　군지151

[자료 101]　주검동　　　　　　　　　　　　　군지152

[자료 102]　치마바위　　　　　　　　　　　　군지154

[자료 103]　뜀바위　　　　　　　　　　　　　군지154

[자료 104]　김덕령 장군과 불한당　　　　　　군지156

[자료 105]　배재 충장사의 달걀전설　　　　　군지157

[자료 106]　김덕령과 일본장수 조섭(성동구 구비설화 113)

[자료 1] 만고충신 김덕령 전설

부여군 홍산면 남촌리 경로당, 1983. 2. 2. ⋯ 김재련 (남, 76)

* 홍산 노인회관에서 노인 김재련씨 외 7분을 모시고 보부상에 얽힌 얘기를 듣던 중 조사자가 지역이나 인물의 전설을 요구하자, 구술자의 일가라면서 김덕령에 관한 이야기를 들려주었다. 이것은 꽤 흥미 있는 인물 전설이었으나 현대 인물까지 연관시켜 너무 사실화한 것이 흠이라 본다. 구술자가 자기의 가문과 명예 등과 관련시켜 이야기를 많이 비약한 듯하다. 김재련 씨의 이야기가 대체로 그런 것들이긴 하지만, 어찌하든 이 이야기는 책을 통해서 알고 있던 것이라고 밝혔다. 젊었을 때에 듣기도 하였다고 한다. *

아 김덕령이라고 있는데 그 양반이 나하고 일가간입니다. 그런데 그 양반이 에, 그런게 인제 이몽학이 얘기가 나오는 겝니다. 에 김덕령이가 만고충신이 됐는데, 지금 와서는 광주 가 봤으면 아실 게요.

근데 그 양반이 여기 이몽학이 하고 관련이 있어요. 시방 상당히. 근데 이몽학이 하고 관련이 있다 해서 죽어야 쓰겠는데, 나라에서 죽일 도리가 없어. 그래선 나라의 기구로써 풀을, 말하자면 우리 홍산면 전체가 모여서 풀을 한다하면 산을 만들 수 있잖여. 그러나 나라의 기구로 풀을 무지무지하게 쌓아다 놓고서 김덕령이를 묶어서, 꼭꼭 동여 매서 그 풀 속에다가 넣어 뒀거든, 너어 두면 그 풀이 썩었으면 죽었을 것 아니여. 경우가 그런디.

무딘 여름 다 지나고 풀 다 썩어서 인자 아무도 없다시피 할 때 가본게, 눈 말똥말똥한 게 넣을재 그대로 있거든. 이상스럽다. 왜냐하면 이몽학하고 관련된 게 죽여야 쓰것는데, 나라에서 근게 이거 안 되겠다. 근게 이몽학이 보고 뭐라고 하는가 하니, 아니 김덕령이 보고,

"너 어떻게 된 게냐?"

"만고충신 김덕령이라고 써서, 영전(명정) 써서 나를 배우에다 놓고서 하면 내가 죽을 수 있는데, 내 옆의 오른팔 밑에가 털이 세 개가 있어. 그놈을 빼갖고서 하면 내 죽는데, 늘 짜서 그 속에다 넣고 요 덮어서 그럭하면 죽는다." 하니.

"아이고 그렇구나."

할 거 아니여. 안 되거든. 그러니 그 다음이 어떻게 된고 하니, 그렇게까진 귀찮거든. 만고충신이라고까지 쓰고 싶은 생각이 안나. 근께 어떻게든 죽여야 쓰겠다 해서, 큰 궤짝 이런(손으로 크기를 그리며) 늘을 짜놓고서 그 사람을 꽁꽁 묶어서 여기다 놓고선 못을 말이야, 지금 못은 휘어지고 합니다. 그러나 옛날 못이라고 하는 것은 막 손가락 같이 솥을 꿰 멘 그런 거, 그러 쇠로 콱콱 뚜드려 박는데 죽일 놈 까짓 거 뭐 배 위에다 박으면 무슨 상관이 있어요. 죽일 놈을.

박으면 못이 꺼꾸로 기어올라. 박은 데로 기어 나오네. 그래 문을 떠들고 보니 몸에 뭐 피 한 장 안 나네. 어떻게 죽일 도리가 없어. 그래서 또 묻은게,

"나 죽일라 여러 가지로 해 봤자 안 죽으니까, 꼭 나를 죽일라 하면 큰 궤를 짜서 나를 넣고 만고충신이라는 영전이나 하나 써서 덮어주면 내가 죽겠다. 그런 다음 관 속에서 그걸 빼면 된다."

근데 그 얘기를 광주서 알고, 우리 일가들이 알고 있는데, 묘를 파 보니까 351년 전에 죽은 사람이 포동포동해. 살 모습이 하나 썩은 데도 없고 보송보송해. 그래서 만고충신이라고 써서 그걸 빼내버려야 하는데, 본게 금으로 아주 글씨가 있네. 근데 이것을 깍아야 겠는데, 깎으면 이 글이 되살아 나와, 이놈의 글자가.

그래서 결국은 박정희 대통령이 8천만 원 주고, 광산 김가가 1억 내놓고 해서 광주 가면 무등산이라고 해서 지금도 가면 굉장한 공원입니다.

그래서 이몽학이 하고 관련 있다고 그랬는데, 저 국민학교(홍산국교) 뒷산에 국민학교 뒷산이 말 달리던 데여. 말 달리는데. 그런데 이몽학이가 역적이니까 홍산 사람들은 벼슬을 못 했습니다.

[자료 2] 김덕령의 오누이 힘내기

화순군 동면 우평리 노인정, 1983. 7. 26. … 이윤형(63, 남)

* 한국구비문학대계 자료를 조사하기 위하여 동면에 도착하여 조사한 것이다. 이 조사는 한양대 최래옥 교수와 한남대 김균태 교수와 학생 40여 명이 함께 참가하였

다. 이때 최래옥 교수와 일본인 2명과 함께 채록하였다. 제보자는 이 마을의 노인회 부회장으로 있는데, 조상이야기를 하다가 조사자가 김덕령 이야기를 유도하여 구술하게 된 것이다. *

[조사자 : 그럼 여기 김덕령 장군에 대한 전설은 많이 있겠지요. 무등산과 관련되어 있으니까.] 김덕령이 전설이 많이 있지요. [조사자 : 그것도 하나 해주시죠] 그래도 나도 확실히 모르는데요.

[조사자 : 확실은 관계없습니다. 김덕령 장군에 대한 책에 나온 것은 볼 수 있는데, 전설은 그렇, 전설이 중요하지요. 예를 들면 제가 특히 전설은 남매가 서로 성을 쌓았다는 얘기?] 예. 남매가 의가 좋지는 못했다. 김덕령이 아직도 그때는 미장전이니까? [조사자 : 네?] 미장전. [청중 : 장개를 안 갔다고 말이여.]

미장전인디, 그런게 그것을 몰라요. 모르는디 서로 인자 그 장사 장난을 헐라고. 그러니까 즈그 누님인 인자 동생을 살리기 위해서, 인자 그런 뛰어난 누님이 있었던가 봅디다.

누님이 있었는디 동생을 살리기 위해서 무등산 한 바퀴를 갔다가 빙 둘러서 삼을 째가지고 그 베틀 나트르기까지 방들을 해놓았다던가, 그런디 그 옷을 한 벌을 지어가지고,

[조사자 : 누가요?] 즈그 누님 말씀이, 김덕령 누님 말씀이. 누님 말씀이 그때는 옷을 지어놓고 지달려도 김덕령이가 안 와요. 그러니께 동정을 이렇게 딱 들 달고 지달리고 있어. 인자 그렇게 지달리고 있는 차에 김덕령이가 왔어요.

인자 오니까, 인자 옷을 못차 못 거시기 했다고 자기 누이를 그냥 김덕령이 거시 헌다는 말이 있어요 [조사자 : 자기 누나를 죽였다는 말입니까?] 예. [조사자 : 근디 애초에 인자 내기를 했다는 것이죠] 내기를.

[조사자 : 어떤 내기를 인자 하나 무등산을…] 한 바퀴 획 돌아오기. [조사자 : 무엇을 돌아요?] 돌아오기 허고 [조사자 : 아! 무등산을 돌기.] 베를 낚기, 베를 이놈 째가지고 인자 그냥 막 바로 입 옷 만들기이지. 그렇게 동생은 들어오기로 기다라고 있는 판이여.

[자료 3] 김덕령의 효성

화순군 동면 우평리 노인정, 1983. 7. 26. ⋯ 박순근(69, 남)
　* 한국구비문학대계 자료를 조사하기 위하여 동면에 도착하여 조사한 것이다. 이 조사는 한양대 최래옥 교수와 한남대 김균태 교수와 학생 40여 명이 함께 참가하였다. 이때 최래옥 교수와 일본인 2명과 함께 채록하였다. 제보자는 이 마을의 노인회 부회장으로 있는 이윤형 할아버지가 이야기를 마치고 조사자 이야기를 해달라고 하자 구술한 것이다. *

　[조사자 : 얘기 하나 해 주세요.] 얘기는 자꾸 붙어야 되지요. (조사자가 많은 질문을 했으나 생략.) 다만 김덕령씨 얘기라면, 김덕령씨가 자기 어머니를 봉양하기 위해서, 효자인가 싶으시다.
　굽나막신, [조사자 : 네?] 굽나막신이라고 허면 굽, 굽단 나막신을 신고 무등산에서, 여기 여 저 무엇입니까? 잣골 앞에 그 거가 그전에 쏘(연못)드라만 쏘, 잣골 앞이가. 노래쟁이가 쏘입니다.(청중이 소에 대한 설명을 하나 정확하게 알아들을 수 없음.)
　마저 거기가 쏘여. 근디 하루 아침에 굽, 굽달린 나막신을 신고 와서, 거기서 고기를 낚아가지고 가서 즉 어머니를 봉양허고, 봉양했다는 그런 소리는 혹이 있습시다.
　[조사자 : 아! 그래요?] 그 실화같은 전설이. [조사자 : 쏘가 어디 있습니까?] 그러니까 동면 백령리 박동 앞에 쏘, 가 (쏘의 위치에 대해서 청중들과 대화를 나누는 부분 생략.)
　[조사자 : 그만큼 효자였다는 것이죠?] 예. 효자이고 장사였다는 말이지. 굽, 굽나막신이라면 상당히 이렇게 높은디, 그 놈을 신고 와서 뭣이냐, 아침에 와서 잡아가지고 가서 반찬 해 드렸으니까 상당히 빠른 시간 아니겠습니까? 그러니까 효자란 말도 있지만, 다시 말해서 장사란 말이 더 참 유리한 말이지.

[자료 4] 김덕령을 낳은 묘자리

장성군 황룡면 금호리 노인정, 1982. 1. 14. ⋯ 공길수(61, 남)
　* 한국구비문학대계 장성군편 자료를 조사하기 위하여 황룡면에 찾았다. 이 조사

는 한양대 최래옥 교수와 한남대 김균태 교수와 학생 14명이 함께 참가하였다. 이 자
료는 이성진과 함께 한조가 되어 조사에 참여한 것이다. 제보자는 마을의 노인정에
나왔다가 조사자들이 조사 나온 목적을 말하자 이야기해 주셨다. 이야기는 조사자가
묘 자리를 잘 써서 장군 났다는 이야기가 없어요 하자 해 주신 것이다. *

　그래가지고 그전에 대국 예부상서 떡 나와가지고, 광주 김덕령이란 사람이 있
어. [조사자 : 광주 김덕령. 아 있어요 그 사람.] 김덕령씨가 이곳에 떡 와가지고서
몇 날 며칠을 먹고 누웠거든. 그런게 나중에 김덕령 아버지가,
　“사실은 야도 이만저만해서 뫼를 한 자리를 꼭 써야 쓰것는디, 그 쓸 자리가
어디 있으시지요?”
　“아! 있다.”
　고. 그러고,
　“그러면 천하에 삼정 나올 자리가 있다. 있으니 거기를 쓸라냐?”
　그런게,
　“쓸란다.”
　고 그러거든. [조사자 : 그 대국, 대국에 온 사람요?] 응 대국의 예부상서여. 그
전이 예부상서라면 조선서는 정승이나 다름 없다 그 말이여.
　“그러라.”고.
　“그러면 달걀 하나만 돌라.”
　고 헌다 말이여. [조사자 : 달걀요?] 달걀. 그러면 뭐 헐라고 모른게 한 개 줘
보라고. 그런 게로 나중에 그놈을 가지고 떡 음 ‘달걀 하나 돌라’고 헌 게 처음에
는 곤달걀을 줬어. 준 게는 무등산 중턱을 이리저리 찌웃찌웃 넘어다 보더니, 땅
속이 딱 묻거든. 묻어놓고는 그를 귀를 기울이고 들어. 들으면서,
　“아 울 때가 됐을텐디, 울 때가 됐을텐디.”
　그러드라고. [조사자 : 누가요?] 그 예부상서가. 그 지리를 밝게 알으니까. 그러
고는 그냥 와. 그런게 아범도 그냥 왔지. 와서 있응게 나중에 또 인자 그 이튿날
된 게,
　“달걀 또 한 개 달라. 돌라.”
　고 [조사자 : 달걀을요?] 응 그래. 또 주었어. 떡 준게 또 인자 저녁에 가만히
살짝 갖고 나가거든. 근디 준게 그때는 생달걀을 줬어. [조사자 : 생달걀요?] 안 곤
놈을. 그런게나 어쩌거나 또 가망가망 따라가 본 게, 또 그 재(고개) 가서 또 묻어.

묻고는 한참 있웅게 완전히 그기서, 땅속에서 날개를 '탁탁탁' 치고서 날아간다 말이야. [조사자 : 날개를요?] 웅 닭이. [조사자 : 닭이요?] 그려. 그려가지고 그 땅속이서,

"꾀끼요."

우는 소리가 나. [조사자 : 땅속이서요?] 웅 거기 닭 알 그 놈이 그제 새끼를 까가지고.

"옳다. 됐다. 저 자리구나!"

속으로. 살짝 와버렸어. 그런게 대국 이부상사가 떡 와서는 그날 저녁이 떡 잠을 자고는,

"나는 간다."

고. 떠나는 거여. 떠난 게 나중에 인자 김덕령 즤그 아버지는, 인자 즤그 아버지 묘소를 하관, 그날 저녁으로다서 쓰는 거여. 하루를 이제 지내서. 그런디 그 때 슥달 앞으로 예부상사 글리 또 왔어. 묘소야 빼앗겨 버렸거든. 그런게 보니까 좌향이 틀렸거든. 그래서,

"좌향 내가 다시 놔주마."

허고는 좌를 다시 놔버렸어. 그래가지고 삼정이 못나고, 김덕령이 하나뺐이 못 난 거여. 그런게 김덕령이 나기는 났어도, 말한다 치면은 도막장수를 뱎에 못 본 거여. 안 된 거여. 천기를 못보고 효맹은 그렇게 좋지만은 성공을 허지 못했어. 그것 한 개 밖에 읎어.

[자료 5] 김덕령 최후

담양군 대전면 대치리 노인정, 1991. 5. 23. … 이돈붕(75, 남)

* 한남대 국문과에서 구비문학조사를 담양군 대전면 대치리로 나가, 이장님에게 조사 나온 목적을 말하고 협조를 부탁하자 노인정에 가면 전직 교장, 면장 등을 만날 수 있다고 소개하여 주었다. 노인정에는 이장이 말한 대로 많은 노인들이 모여서 화투와 담소를 하고 있었다. 조사자들이 인사를 드리고 조사나온 목적을 말하자 이돈일 교장선생님이 선뜻 응하여 주셨다. 이 이야기는 송수효 전직 면장이 <송진우 선생 일화>를 마치고, 조사자가 '김덕령에 대한 이야기는 없습니까' 하고 묻자 제보자가 해주신 것이다. 제보자는 이곳에서 농사를 지으면서 살아왔으며, 이 이야기도 어려서부

터 이 마을의 노인들로부터 들었다고 한다. *

　김덕령이 성안 사람이여. 성안이 그 저 광주, 광주부거덩, 시방 광주신디. 그전
광주부여. 성안이라고 그서 났어. 태어났어.
　김덕령 장군이 성안리 광림이거든. 그래 역적으로 몰려서 죽었어. 역적으로
몰려서. 그래 김덕령 장군을 잡아서 죽이랴도 못 잡어. 잡들 못 히여. 죽이질 못
하고 총을 쏴도 안 죽어. 그링께로 김덕령씨가 한 말이, 나도 들은 말이여. 나도
몰라이 잉. 자기가 한 말이,
　"나 절대 못 죽인다. 날 죽일라믄 '만고충신 김덕령' 비를 세워라."
　했어. 그 만고충신 김덕령 비를 세우믄 내가 죽는다 그랬어.
　"죽는디, 내가 어떠키 죽느냐!"
　하믄. 당시 암만 죽일라 해도 못 죽잉께로.
　"여그 저 여그 어깨 밑에 비늘 시 개를 띠(떼어) 내고 삼 년 묵은 절구대로 시
번 때리믄 죽는다."
　그랬어. 그래서 죽었어, 김덕령이가. 그래 역적으로 몰려서 죽었는디 나중에
해방이 되여 가지고 그것이 복권이 되었어. 충신으로. 충신이거든. 근디 그때 역
적으로 죽었어. 역적으로 응.

[자료 6] 김덕령의 왜군 퇴치와 최후

전주시 삼화동 복덕방, 1978. 6. 14. … 임종태(46, 남)

　* 조사자가 복덕방을 찾아가 이야기를 부탁하자 해 주신 것이다. 제보자는 복덕방
주인으로 이런저런 일 하다가 알게 되어 밤에 다시 찾아가서 이야기를 부탁하자 김덕
령 전설을 구술하여 주었다. 이야기는 35~6년 전에 고향인 고창군 성동면 지동리에서
서당 선생님이나 유식한 양반한테 들은 것 같다고 한다. *

　제가 김덕령 얘기를 허겠습니다. 하 일본 놈들이 아침에 일어나서 보니깐양,
'나를 명'자가 다 써 붙여져 있으니까 다 겁이 그냥 난다 말이여. 그래서 그래서
퇴진허기 시작해, 일본 놈들이.
　"아! 우리가 더 이상 갔다가는 전부 몰살 죽음을 당허겠구나. 김덕령헌테."

그래 한 퇴진을 해버렸어, 일본 놈들이. 그랬더니 나라에서 알고는 인자,

"아! 이것 이름도 읎고 알지도 못 허던 놈이, 이것 일본 대 군사를 이렇게 퇴진을 시켰다."

이런 소리가 들어가면서, 옛날에 참 지금도 그런 거시기가 있지마는 습관이 있지만, 옛날에 참 우리 조선 사람이라는 것은 남이 잘 되는 꼴을 못 본다는 것이거든. 나라에 간신들이 생각을 해본께, 이 김덕령이 이렇게 큰 재주를 부리고 있고 세력이 있는디, 이것 까닭 잘못 하며는 우리 전부, 그때로 말하면 병조판서니 뭐니뭐니 이런 전부 김덕령한테 자리를 빼앗기게 생겼거든. 김덕령이가 병조판서를 허고 무엇을 허게 생겼응게, 나라에 알게 되면. 그래 나라님에다 상서를 했어 상소를. 상서가 아니라 상소지. 상소를 인자 그,

"이 김덕령 놈이 나라의 승락도 읎이 가서 왜놈들을 무찔렀다."

말이여. 그 옛날에는 일단 나라의 승락이 있어야 해. 승락이 있이 출전해야지 승락없이 출전하면 안 된단 말이여. 그러면 김덕령이는, 김덕령이는 사실은 나라가 원체 위태로운게 그냥 어느 절이 나라에다가 상소를 힐 사이도 읎이 가서 출전을 했어. 나라가 위태로우니까 말이여. 곧 쓰러지니까. 상항(상황)이 일본. 그 그때에 나라에 그 간신들이 김덕령을 역적으로 몰아갖고, 김덕령을 죽이기로 그냥,

"역적이니까 죽여야 된다."

막 나라님기에다 상소를 허니, 나라님은 생각을 해본게, 이 김덕령 일본 놈들을 무찔렀지만, 아 그 밑의 간신들이 그러니 어쩔 수 읎이 역적으로 나라님이 그리 몰았단 말이여. 그래가지고,

"김덕령이를 잡아오라."

허니, 김덕령이가 어디가 있을 것이냐 말이여. 아 어떠튼 이놈이 결국은 나라에서 하는 일이라 말이여. 김덕령이 생각에는 '자기가 충신인디 어째 이리 복구만 헌다고 역적으로 완전히 되거든.' 이리 잽혔어. 자기 스스로 말이여. 자신의 기분으로 자수를 바라듯기 말이여.

"내가 김덕령이요."

나라에다 잽혔어.

"그러냐."

그러니 역적으로 몰렸으니 나라에서 죽일 것 사실 아니여. 하 이놈을 대체 그때 사형장에서 어떻게 죽 죽일느냐면 몰라도, 일반인들 죽이듯이 죽일래서 도저

히 죽일 수가 없어. 죽지를 안 해, 김덕령이. 그런게 최종에는 어떻게 허는냐면 그 장작을 갖다서니 이냥 산더미처럼 쌓아 놓았어. 꼭꼭 김덕령을 묶어서 그 위에 올려놓고서 이냥 그 밑에다 불을 확 지른게, 이냥 불꽃이 위로 솟는 것이 아니라 밑으로 땅으로 솟았어.(웃음)

[청중 : 불꽃이 밑으로 갈렸어.] 아 그런게 불이 꺼지지 안 꺼져. 시지부지 해버려, 불로 태워 죽일라고 했더니. 그래서 인자(사형을) 어떻게 꾸몄느냐면, 그 뒤로 삼천 근 나가는 장검을 썼어, 참 큰 놈을. 삼천 근 나가는 장검을 구해갖고는 양쪽이다 끈을 달아서 딱 삼천 근 나가는 장검을 달아놓고는, 그 밑에다 덕령을 딱 뉘어놓고는 그 끈을 톡 끊어버리면 삼천 근 나가는 장검이 뭐라고 허는고 김덕령이 배아지에 탁 갈라지게 해버렸어.

그렇게 해서 죽일라고 딱 해놓고는 삼천 근 나가는 장검 그 끈을 가서 탁 끊은게 장검이 내려앉다가 가운데 똑 부러져가지고는 그냥 다곤(다른 곳)에 뛰쳐나간다 말이여. 그렇게 도술이 좋아. 그러니 죽일느니야 뭐 불로도 못 죽이고 삼천 근 나가는 장검으로도 못 죽이고. 그런게 죽일느니야 죽일 수가 없어

그런디 김덕령이 생각에 나라에서 영 역적으로 몰아서 나를 이렇게 죽일라고 허니, 나는 사실은 억울한 일이지만 죽어야겠다. 그런 결심을 허고는,

"자 나라에서 나를, 나라님이 영 나를 죽이라고 이렇게 허며는 나는 역적은 아니다, 사실은. 그러니 나는 나 나름대로 충신이다. 그러니 나를 역적으로 몰아서 죽이니, 나는 도저히 역적으로 죽지는 않겠어. 그런게 '만고충신 김덕령'이라고 하나 비석을 하나 세 줘라. 그러면 내가 죽겠다."

그래 나라에서 생각하니까,

"까짓것 그래라."

말이여. 쉬운 말로. 그래 비석 하나 써 깎아가지고 어찌 했느냐면, 여기다 글로 새겨서,

"태조 만고충신 김덕령."

이라고 한 것이 아니라, 그냥 숯덩어리로,

"만고충신 김덕령"

이라고 떡, [청중 : 숯덩어리로?] 암 썼다 말이여, 숯으로. [조사자 : 새기지 않고.] 암. 새긴 것이 아니고. 그렇고는 김덕령이가 보더니,

"비에다 썼느냐?"

허닌게

"썼다."

허고서 비를 갖다 준게 숯덩이로 탁, 숯으로, '만고충신 김덕령'이라고 탁 썼어.

"아, 나 죽겄다 말이여. 여 나 외약팔을, 외약팔 겨드랑이 밑에 가서 비늘 세 개를 벗겨내고, [조사자 : 겨드랑이 밑에 비늘이 있어요?] 암. 큰 사람들은 옛날에 그랬다거든. 뭐 날개 돋쳤네 뭐니 뭐니, 이제 덕령이 어깨 밑에 가서 비늘을 세 개를 비껴내고, 복숭아 나무로 아래 종아리를, 장단지지, 우리 전라도 말로는. 장 단지를 참 7번을 때려 달라."

고 했다든가. [조사자 : 복숭아 가지로?] 암, '복숭아 가지로 때려 달라.'

"그래 합시다."

아 그랬더니, 여기 어깨 밑에 보니까, 비늘이 큰 놈이 세 개 붙었드래요. 고기 비늘 같은 것인가 뭔가, 인자 비늘이 세 개를 붙은 것을 딱 떼 내어 버리고, 인자 복숭아 가지고 인자 장단지를 7번을 딱 친게로 그 저 무릎이 버끔(거품) 사라지듯 이 사라져. 사그라져 버렸어. 그러면 그냥 사그라지지 뭐, 버끔 사그라지듯이. 그 런게로 나라에서 뭐라고 허느냐면,

"이까짓 게 뭔 놈의 만고충신 김덕령이냐."

고. 그러고는 그냥 걸래 갖다가서는 그냥 비석이다 숯으로 글씨 쓴 놈을 싹 딱 아 버렸어. 싹 딱으니까 그냥 원목 패어졌어. [조사자 : 패어졌다고요?] 암 글씨가 그냥 독안으로 패여져 버려, 싹 딱음과 동시에. 새겨져 버렸어, 그냥 지우라고 했 더니. 그냥 그런게 그때사 나라님이,

"아! 이 참 충신을 완전히 죽였구나."

이러고 한탄을 했어. 인자 지금 생각할 적에는 김덕령이가 그 뒤이로 살아있다 고 보면, 참 그 뒤로도 임진왜란이라고 허면 시 번 있었다고 허던가. 그 일본 놈 외적의 침입을 안 받을틴디, 이런 생각을 가지고 있어. [청중 : 우리나라 사람들 반성해야 돼.]

[자료 7] 김덕령의 최후와 시신

장성군 황룡면 아곡리 자택 마루, 1982. 1. 14. … 김원중(83, 남)
 * 한국구비문학대계 장성군편 자료를 조사하기 한양대 최래옥 교수와 한남대 김균

태 교수와 학생 14명이 함께 참가하였다. 이 자료는 김호선과 함께 한조가 되어 조사에 참여한 것이다. 제보자를 마을 이장의 소개로 찾아가서 만났는데, 조사자들이 조사나온 목적을 말하고 김덕령 장군에 대한 일화를 해 달라고 하자 해 준 것이다. 이 이야기는 장사지냈다는 이야기는 최근에 들었다고 하고, 앞부분은 처가가 충장공파이기 때문에 손위 처남들한테 결혼한 23세 때 광주시 지산동에서 들었다고 한다. *

(전략) 선조 때 그랬는디, 그러니께 선조 정승으로, 영상으로 계신 양반이 저 유서애(西涯). 저 유서애가 그, [조사자 : 유서회?] 유서애. 그 양반인디, 그 영상으로 있었어. 그런디 임란난리를 치루었던 양반들이여. 그 둘 다.

그런디 그때의 그 간신으로 몰려서 김덕령 그 양반을 잡어다가 억지로 죽일려고 했거든, 억지로. 억지로 죽일라고 허니께 안 불어.

"내가 잘못헌 일이 없는디, 어째서 나를 죽일라고 허느냐?"

[조사자 : 역적으로 몰으라고 허니까.] 응. 그런게 그 쩍이, 아 염라도 없고 칼만, 칼 활 그런 것만 갖고도 일본 놈을 100키로를 몰아냈으니, 총, 총 쏘드라도 안 받드라네. 김덕령 그 양반이. 그래서 만리 청호 그런 양반인디, 그 간신이 몰려가지고, 몰아가지고 그냥, 갖다가 그냥 죽일라고 헐 때에 딱 때려 죽일라고 헌 게 안 죽었다는 것여. 인자 나중에 매로만 자꾸 때리고, 인자 허다허다 못 헌게나,

"나를 죽일라면 나의 간판을 내걸고 죽여라. 그러기 전에는 내가 호 하나 못 얻고 죽을 사람이 아니다."

그러는 거여.

"호를 무엇을 얻느냐?"

그런게 충장공 호를 했지. 그런게 충성 충자 장수 장, 충장공. 충장공 호를 인자 말하지.

"그래라. 그래 충장공 호를 인자 줄 것인게 니가 죽어라."

그런게,

"아! 현판을 내 걸어야지."

그런게 충장공이라고 인자 현판을 딱 써서 인자 내놓은 게는,

"이만하면 쓰것다고. 내가 죽을란다."

고 아이 외약다리 복숭씨 밑에 여기 비늘이 있드라네. 그놈을 뜯으면서,

"요놈만 비어버리면 내가 죽는다. 나 때리고 뭘 헐 것도 없다."

그래 죽었다고 그러니, 역사에 그렇게 나왔네. [조사자 : 광산 김씨, 광주 김 시

조가, 김덕령 그 충장공…] 광산 김씨 시조가 아니지. 일테면 그 광산 김씨 수가 많네. 저 거기서 충청남도 그 연산인가 그 연산 김가들도 광산 김씨이고, 여기 장성 황룡 사는 김씨들도 광산 김씨이고. 충장공파는 다르지.

그렇게 호를 얻어가지고 충장공을 얻었는디, 죽은 박정희, 박정희 대통령께 그 충장공을 장사를 지냈네. 장사를 지냈는디, 키가 두 치뱆이, 넉 자 뺵이 안 디드라네. 그렇게 잘르어, 키가. 그런게 조선 장수는 키가 작어야 된다믄서.

그런디 작아가지고 그게 가만히 있지 않어. 하나 안 썩고. 삼백 년이, 삼백 년이 넘어선 신체가 그대로 가만히 있어. 그래서 그 새로 장사를 지냈거든. 그 사람을 소원도 시켜주고. 그 박정희 대통령 때.

그 어째서 내가 그 거시기를 잘 아는 고 허니, 내 처가가 그 손이여. 그 충장공파 그 손이라. 그래서 내가 대강 잘 아네.

[자료 8] 김덕령의 처가 집과 이웃집 머슴

장성군 황룡면 아곡리 자택 마루, 1982. 1. 14. … 김원중(83, 남)
  * 한국구비문학대계 장성군편 자료를 조사하기 위하여 황룡면에 찾았다. 이 조사는 한양대 최래옥 교수와 한남대 김균태 교수와 학생 14명이 함께 참가하였다. 이 자료는 김호선과 함께 한조가 되어 조사에 참여한 것이다. 제보자는 마을 이장의 소개로 찾아가서 만났는데, 조사자들이 조사나온 목적을 말하자 이야기해 주었다. 이야기는 하서선생, 인불구환 등을 이야기 한 다음에 김덕령 장군에 대한 일화를 구술하여 주었다. 처가가 충장공파이기 때문에 손위 처남들한테 결혼한 23세 때 광주시 지산동에서 들었다고 하신다. *

김덕령이 처가를 갔는디, [조사자 : 김덕령이 처가를 갔는 디요?] 처가에 갔는디. 즈그 장모가 그런 얘기를 허거든.
"내가 여자라 놔서 물을 댄다 치면 물을 못 대게 허고 즈그 논으로만 그냥 대가는 사람이 있다."
그러니께
"그래라요. 그러면 내가 오늘은 그냥 논으로 가 볼꺼라오."
그리고 내비두어 버렸어. 호맹이 하나를 갖고 가더라네. 호맹이 하나를 갖고

가서 인자 논에 물을 딱 인자 즈그 처가 집 논에다 딱 해놓고 있은게, 어떤 사람이 오더니만 물을 그냥 지가 델 놈을 가지고 갖다고 허면서 아니꼽게 지랄을 허거든. 그런게 찌깐한 초립동이인게 원라형(?)이 보고 원라형이 아니꼽고 지랄을 헌다 말이여,

“아니 그래도 뭣이냐고. 개인적 뭔 일을 해야지 그렇게 해서 쓰냐?.”

고. 그런게.

“요깧게 쪼까는 것이 무엇이라고 그러냐?”

(웃음) 쪼깐한 것이 무엇이라고 허면서 그냥 그 으른이 무엇이라고 했싸거든. 그런게. 막 밑으로 보면서. 그전에는 두 손목을 위로 과면서 한 손으로 잡고는, 이렇게 위여 잡고는 호맹이 그 놈으로 갱기를 허버렸다고. 그런게 기운이 세니까 호맹이를 꾸불여서 갔지. 그렇게, [조사자 : 손을 이렇게 감아…] 어떻게 감아버렸어. 그런게 어쩐 일가 살을 갖다가 호맹이 쇠로 감아버렸으니 오지게 아풀 것이냐고. 나중에,

“살려 달라.”

고. 하도 했싼게,

“다시는 그리 말라. 인자 아무리 부인이 되는 사람이 물 댄다고 그렇게 거시기를 말라.”

고. 나중에 끌러줬다고 그런 얘기. 그것도 풍설이지.(웃음)

찾아보기

ㄱ

거제도 25, 26, 207, 218, 222, 223, 281, 313

거제도 탈환작전 48, 49, 54, 135, 182, 186, 187, 195, 206, 207, 216, 217, 218, 220, 221, 222, 223, 224, 225, 228, 272, 274, 275, 281, 304, 312, 313

계월향 102, 153, 284

고령 99, 103, 104, 138, 286

고언백 27, 208

곽재우 14, 25, 26, 27, 48, 55, 58, 72, 115, 166, 181, 182, 185, 187, 195, 197, 203, 205, 206, 207, 208, 210, 216, 218, 222, 223, 226, 274, 313

관습적 유형 259

관우 49, 51

관운장 계열 18, 153, 154, 155, 263, 264, 267, 269, 284

광해군 25, 48, 57, 134, 195

국문 전기소설 <김덕령전> 20, 21, 264, 266, 273, 310

군담소설 63, 126, 238, 239, 242

권율 25, 26, 27, 49, 55, 56, 71, 185, 195, 197, 203, 204, 205, 206, 213, 216, 218, 220, 222, 225, 226, 274, 313

금기모티프 86

금기요소 89, 90, 235, 236, 242, 253, 309

금학봉 166, 291

기년상 14, 48, 147, 186, 229

기병과정 47, 48, 49, 181, 183, 185, 198, 203, 204, 213, 215, 217, 218, 219, 220, 223, 228, 241, 272, 274, 275, 297, 312

기병권유 24, 134, 194, 274

기복종군 24, 38, 63, 65, 70, 71, 75, 98, 100, 101, 134, 139, 140, 142, 143, 147, 149, 167, 217, 219, 220, 227, 235, 243, 268, 280, 297, 304

기아모티프 63, 83, 84, 86, 87, 91, 100, 235, 237, 240, 245, 309, 314

김윤제 24

김응남 26, 55, 118, 182, 195, 208, 209

김응서 27, 99, 102, 107, 153, 155, 311

김응회 24, 48, 134, 139, 181, 184, 203, 213, 219

김충장공유사 19, 23, 24, 25, 26, 28, 29, 37, 72, 74, 84, 96, 173, 178, 258, 265, 270, 271

ㄴ

날개 25, 34, 35, 36, 44, 46, 51, 67, 68, 77, 79, 81, 82, 94, 97, 98, 122, 134, 148, 216, 241, 275, 293

남원 25, 48, 50, 181, 185, 219, 220, 280

노비 41, 42, 43, 44, 45, 46, 47, 72,

208, 218, 301, 313
논개 109, 111, 195, 204, 268, 274, 283
누나 32, 37, 43, 82, 88, 89, 90, 91, 92, 93, 94, 95, 97, 110, 113, 114, 233, 236, 239, 244, 248, 249, 252, 253, 268, 286, 300, 304

ㄷ

단맥삽화 77, 168, 169, 285, 306
단실거사 131
당쟁 13, 182, 188
덕보 54, 55, 72, 181, 187, 206, 236
덕홍 24, 134, 183, 203, 229
도사 56, 57, 58, 83, 293, 299
도술현시 136, 138, 143, 144, 145, 146, 282
독선적 사고 300

ㅁ

마상입군 133, 135, 264
만고충신 70, 113, 114, 116, 119, 120, 121, 122, 123, 138, 149, 152, 243, 250, 254, 255, 257, 268, 294, 295, 299, 300, 310, 315
만고효자 120, 121, 146, 151, 152, 243, 310
명나라 14, 22, 25, 109, 111, 112, 113, 134, 144, 156, 163, 164, 165, 168, 171, 184, 198, 203, 204, 216, 222, 273, 275, 286, 288, 289, 302
명마 52, 54, 88, 110, 114, 244
묘자리 76, 78, 80, 82, 89, 91, 97, 98, 232, 233, 247, 248, 251, 252, 256
무등산 23, 25, 29, 39, 41, 76, 77, 78, 79, 82, 88, 89, 92, 96, 97, 99, 232, 235, 241, 247, 251, 268, 285
무사적 측면 85, 122, 194, 200, 229, 236, 239, 241, 242, 245, 246, 309, 313, 314
민족적 영웅 18, 81, 103, 109, 111, 119, 153, 154, 155, 156, 157, 158, 161, 165, 167, 169, 170, 171, 190, 192, 193, 198, 199, 203, 205, 206, 210, 228, 281, 282, 284, 285, 286, 288, 289, 290, 291, 305, 310, 311, 312
민족적 영웅화 21
민중적 영웅 6, 82, 106, 107, 114, 119, 136, 145, 151, 152, 199, 243, 250, 256, 286, 290, 296, 297, 310, 311
민중적 영웅화 20, 310, 311

ㅂ

박종화 21, 125, 212, 213, 214, 215, 218, 228, 258, 264, 265, 274, 296, 300, 312
반복구조 21, 196, 197, 246, 251, 252, 253, 255, 314, 315
범 23, 25, 49, 50, 51, 53, 281
벽진서원 28
변이양상 16, 29, 77, 78, 79, 261
복선화 31, 77, 81, 233, 268
북지 154, 158, 162, 163, 264, 269, 284, 301, 304
불충 69, 70, 146, 149, 151, 227, 243
불효 28, 69, 70, 100, 115, 117, 121, 139, 142, 149, 227, 243, 244
불효자 119, 120
비극적 영웅 18, 21, 22, 75, 188, 198,

231, 236, 239, 246, 250, 279, 296, 303, 313, 316
비극적 영웅담 20, 21, 86, 230, 231, 238, 245, 246, 247, 251, 256, 296, 313, 314
비극적 의지 299
비극적 장수설화 18, 134, 245, 258
비늘 66, 67, 68, 103, 106, 116, 121, 122, 138, 152, 268, 293
비장군 50, 52, 54, 281

ㅅ

『사기』 174
사마천 174
산중처자 구하기 43, 47, 241, 270, 301, 303, 305
삼포왜란 14
상중죄인 18, 24, 134, 139, 143, 144, 145, 147, 148, 149, 150, 203
서사 장르 276
서사장르 18, 22, 125, 258, 315
서성 56, 217, 226
석주 74, 75
선생 33, 63, 83, 84, 85, 86, 87, 90, 100, 114, 201, 234, 235, 236, 237, 238, 239, 240, 242, 244, 245, 248, 249, 252, 253, 283, 284, 300, 309, 314
선조 23, 24, 25, 26, 28, 48, 67, 68, 92, 116, 118, 123, 138, 150, 151, 152, 167, 172, 183, 195, 197, 198, 202, 208, 209, 210, 290, 291, 292, 299, 302
설화적 변이 19, 59, 243, 302, 308
성 쌓기 92
성윤문 50, 52, 56, 195, 208

성장담 21, 76, 83, 114, 196, 200, 234, 235, 236, 239, 244, 245, 246, 248, 249, 250, 252, 253, 267, 268, 272, 273, 275, 283, 283, 303, 308, 309, 314
성혼 24
세계관 13, 16, 17, 75, 180, 186, 247, 258, 259, 262, 264, 266, 276, 277, 278, 300
소서(비) 99, 102, 103, 110, 137
송응창 25
수레 부수기 56, 57, 63, 64, 65, 83, 242, 244, 271, 284, 293, 298, 299
순환구조 197, 198, 199, 21, 246, 247, 247, 250, 251, 252, 255, 256, 312, 314, 315
술 마시기 55
신립 장군 44, 45, 47, 164, 194, 196, 202, 273
신마 35
씨름삽화 33, 36, 37, 38, 83, 86, 88, 89, 91, 94, 113, 235, 236, 270, 298, 303, 304

ㅇ

아기장사 81, 95, 230, 231, 233, 234, 237, 296
악비(악붕거) 71, 281
역사계열 129, 130, 131, 136, 149
역사적 장르 258, 259, 260
연려실기술 15, 19, 23, 26, 27, 28, 33, 56, 69, 74, 85, 92, 119, 121
열림(개방)구조 21, 246, 250, 255, 256, 314, 315
영웅출현 197, 198, 199, 210, 247, 250, 251, 255, 256, 296, 312, 314,

315, 316, 317

영웅화　18, 19, 20, 21, 23, 28, 29, 51, 93, 135, 136, 144, 145, 150, 230, 235, 256, 258, 279, 300, 308, 310, 311, 313, 317

오뉘씨름　82, 233

오뉘힘내기　82, 83, 86, 88, 89, 91, 92, 93, 94, 96, 110, 113, 114, 236, 253, 304

옥사　14, 15, 28, 40, 53, 54, 56, 59, 64, 65, 66, 67, 68, 69, 72, 73, 74, 90, 98, 115, 120, 121, 131, 134, 139, 150, 151, 152, 186, 207, 210, 217, 218, 228, 229, 243, 250, 254, 276, 307, 313

왜군 물리치기　98, 99, 116, 240, 248, 268, 282, 301, 302, 304, 305

용마　32, 35, 51, 53, 88, 89, 94, 95, 113, 236, 239, 248, 249, 253, 300, 304

우월의식　156, 165, 168, 170, 190, 279, 280, 281, 282, 289, 303, 312, 316, 317

운명론　59, 60, 64, 65, 242, 243

원두표　28, 178

위욱승　16

유성룡　118, 182, 188, 195, 209, 217, 226, 227, 228, 292

윤근수　26, 54, 134, 182, 187, 188, 206, 207, 208, 216, 217, 218, 220, 221, 223, 224, 225, 227, 275, 276, 305, 313

윤두수　25, 26, 48, 49, 54, 55, 206, 220, 225, 226, 227

윤재근　17, 18, 24

의병장　14, 17, 47, 87, 132

이가원　173

이경린　24, 48, 134, 203, 219, 229, 297

이귀　24, 30, 48, 49, 51, 134, 181, 203, 213, 216, 219, 229, 272, 275, 297

이덕형　27, 55, 226

이몽학　14, 15, 27, 28, 30, 32, 40, 54, 55, 67, 73, 74, 77, 83, 86, 88, 91, 93, 95, 110, 119, 131, 134, 146, 150, 186, 188, 195, 197, 198, 207, 208, 217, 218, 223, 225, 226, 229, 230, 231, 233, 234, 235, 236, 237, 238, 239, 255, 256, 271, 272, 294, 303, 307, 313

이민서　21, 173, 178, 181, 189, 258, 271, 272, 296, 311, 312

이순신　25, 57, 72, 129, 130, 136, 149, 155, 17, 170, 172, 182, 192, 193, 198, 216, 218, 221, 222, 223, 297, 300, 301, 313

이시언　146, 188, 27

이여송　60, 99, 103, 104, 108, 109, 110, 111, 112, 113, 118, 128, 129, 139, 153, 154, 155, 156, 157, 158, 159, 160, 161, 162, 163, 164, 166, 167, 168, 169, 170, 171, 172, 240, 249, 253, 264, 269, 279, 282, 284, 285, 286, 287, 288, 289, 290, 291, 292, 296, 302, 303, 304, 305, 306, 311, 316

이여송 설화　60

이정암　28, 134, 204, 219, 229, 297

인식태도　17, 19, 21, 22, 134, 145, 279

임진록　16, 17, 20, 22, 57, 125, 126,

127, 128, 129, 130, 131, 133, 136,
139, 140, 141, 142, 143, 146, 147,
150, 151, 153, 156, 157, 158, 168,
169, 171, 190, 197, 202, 214, 231,
232, 263, 264, 266, 267, 269, 270,
277, 278, 282, 283, 284, 286, 287,
288, 291, 293, 295, 296, 297, 298,
301, 303, 304, 305, 306, 310, 311,
315, 316
<임진왜란> 20, 21, 125, 212, 213,
214, 215, 217, 218, 219, 228, 264,
266, 267, 274, 275, 276, 277, 278,
300, 301, 304, 305, 310, 312
임철호 17, 127, 128, 129, 130

ㅈ

자존의식 284
잠재적인 영웅 87
장검 만들기 39, 40, 241, 270, 299
장군수 63, 82, 83, 84, 85, 86, 235,
237, 238, 243, 248, 304, 309
장군수 훔쳐 먹기 63, 82, 83, 87, 89,
235, 236, 237, 240, 242, 248, 252,
268, 300, 309
장도빈 21, 189, 192, 193, 194, 210,
264, 265, 303, 312
장르적 양식 258, 262, 265, 276, 277
저항의지 43, 65, 241, 257, 273, 298,
299, 301, 315
적개심 22, 190, 219, 269, 279, 280,
281, 283, 284, 316
적대 의식 283
적대감 282
전봉준 231
정여립 231
정지 장군 39, 40, 241, 299

정탁 26, 55, 182, 187, 195, 208, 209,
217, 224
정태화 28, 178
조대 96, 268
조동일 17, 127, 130
조석관 166, 291
조선왕조실록 23
조섭 99, 102, 103, 105, 106, 107,
108, 109, 111, 132, 137, 153, 154,
155, 156, 157, 158, 159, 160, 161,
163, 166, 167, 170, 171, 240, 242,
249, 253, 268, 282, 283, 284, 286,
286, 287, 290, 291, 296, 302, 303,
304, 305, 306, 309
좌구명 174
지관 76, 77, 78, 79, 80, 81, 232,
237, 247, 251, 252, 285
지혜적 측면 107, 194, 236, 237, 239,
241, 242, 244, 245, 246, 250, 309,
313, 314
진주목장 49, 51, 135, 181, 182, 184,
188
진주성 71, 195, 204, 205, 274

ㅊ

천태산인 172
천하명당 77, 232, 247, 252, 285
철삭 끊기 65, 66, 182, 186, 217, 228,
242, 271, 272, 293, 298, 299
청정 50, 53, 99, 108, 110, 112, 129,
130, 135, 136, 137, 138, 141, 143,
144, 146, 147, 150, 152, 185, 240,
268, 282, 287, 287, 302, 311
초립동이 62, 78, 268, 304
초패왕 171, 303
최담령 27, 55, 72, 181, 185, 204,

208, 210, 216, 219, 220, 272, 275
최일영계열 129, 130, 136, 142, 298
최후담 18, 21, 67, 76, 113, 114, 115,
　　116, 123, 166, 196, 199, 200, 207,
　　242, 243, 244, 246, 249, 250, 252,
　　254, 255, 267, 268, 269, 271, 272,
　　274, 276, 303, 304, 308, 309, 310,
　　314, 315
추노삽화(설화) 41, 42, 47, 241, 270,
　　301, 305
춘추좌전 174
충장공 123, 295
충효의 갈등 20, 115, 117, 136, 138,
　　139, 142, 145, 146, 147, 152, 156,
　　197, 203, 283, 284, 305, 310, 311
취시가 74, 217, 227
치마대 35, 82, 83, 88, 89, 94, 95,
　　110, 113, 236, 248, 252, 304

ㅌ

탄생담 18, 21, 29, 30, 31, 36, 51,
　　53, 76, 77, 78, 82, 91, 196, 232,
　　233, 234, 245, 246, 247, 249, 250,
　　251, 252, 253, 267, 270, 273, 275,
　　284, 285, 303, 308, 313, 314
태몽담 30, 270

ㅍ

평수길 99, 108, 109, 110, 111, 112,
　　113, 154, 158, 162, 164, 165, 166,
　　240, 242, 249, 253, 268, 269, 282,
　　287, 288, 289, 302, 309
평양성 102, 104, 198, 204, 286
표현 매체 258, 260, 264, 265, 271,
　　276, 277, 278
풍수지리 30, 76, 77, 80, 232, 233,

248, 270, 285

ㅎ

한글매체 262
한북 154, 158, 162, 163, 269, 304
한양가 17, 130
한양오백년가 125
한자매체 265, 271
한현 27, 55, 217, 226
해동명장전 23, 173, 178, 179, 180,
　　189, 265, 271
현종 14, 15, 16, 23, 28, 29, 178, 230
호랑이 23, 29, 30, 31, 34, 35, 36,
　　43, 44, 51, 53, 54, 76, 95, 96, 97,
　　98, 144, 181, 183, 213, 216, 232,
　　233, 270, 275
홍계남 27, 55, 132, 133, 208, 226
홍량호 21, 173, 178, 179, 186, 189,
　　271, 311, 312
홍수 32, 270
화월 153, 154, 155, 156, 157, 158,
　　159, 249, 284, 302
활동기 18, 33, 39, 49, 54, 98, 194,
　　234, 238, 249, 250, 268, 270, 304,
　　312
활동담 18, 76, 98, 116, 199, 200,
　　203, 203, 207, 21, 236, 239, 241,
　　242, 244, 245, 246, 248, 249, 250,
　　253, 254, 266, 267, 268, 269, 271,
　　272, 273, 274, 275, 308, 309, 314
황월 102, 103, 105, 106, 107, 108,
　　108, 240, 253, 283, 302, 306
효행 36, 42, 43, 146, 241
힘내기형 32, 43, 83, 88, 89, 113,
　　114, 236, 252, 253, 303, 304, 309

저자소개

강 현 모

한양대학교 대학원 국어국문학과(문학박사)
(현) 한남대 강의 전담 교수, 한양대, 용인대 강사

대표 저서
한국설화의 전승양상과 소설적 변용 〈2005년 문화관광부 우수학술도서 선정〉
장수설화의 구조와 의미
한국 민속과 문화
금내 유역의 구비설화(공저)
"비극적 장수설화 연구" 등 논저 다수

김덕령 서사문학의 전승 양상과 교육적 의의

인 쇄	2007년 6월 5일
발 행	2007년 6월 12일
지은이	강현모
펴낸이	이대현
편 집	박소정·이소희
펴낸곳	도서출판 역락

서울 서초구 반포4동 577-25 문창빌딩 2층
전화 3409-2058, 3409-2060 I FAX 3409-2059
이메일 youkrack@hanmail.net
홈페이지 http://www.youkrack.com
등록 1999년 4월 19일 제303-2002-000014호

ISBN 978-89-5556-544-7-93810
정 가 14,000원

*잘못된 책은 교환해 드립니다.